姚雪垠小说创作公开课

姚海天 陶新初 主编

中国青年出版社

编辑例言

　　本书作者姚雪垠先生是一代文学大家，他的创作生涯横跨现代和当代两个历史时期，所走过的七十年创作道路是中国二十世纪文学图景中极其重要的一部分。他的代表作——长篇历史小说《李自成》是一部具有史诗风格的文学巨著，被誉为中国封建社会的百科全书。在其创作道路上，特别是在艰难困厄的岁月中，《李自成》的创作得到党和国家领导人的关心和帮助，这在当代文学史上是极为罕见的。《李自成》不仅受到广大读者的欢迎，也得到了郭沫若、茅盾、曹禺、吴晗、朱光潜、胡绳等文学与史学大家的好评。《李自成》长卷不仅是中国当代长篇历史小说的开山之作，填补了"五四"以后长篇历史小说的空白，而且塑造了当代历史小说的艺术典范。《李自成》的创作理论与创作实践开辟了一条历史小说的新道路，在历史小说的创作中产生了广泛的影响。当然，近些年来对于《李自成》也出现了一些不同的声音，围绕着它的论争是中国当代文学史上重要的文学资源，姚雪垠先生与他的《李自成》是研究中国当代小说始终绕不开的话题。三百多万字的《李自成》是一座丰富的文学矿藏，有待人们进一步去挖掘、认识。

姚雪垠先生是一位才思横溢、小说创作与文艺理论研究并重的作家与学者，他一生发表了许多著名的讲话（或称讲座、报告）。本书以"小说创作"为核心，精选了他在二十世纪四十年代到九十年代的24篇公开讲话。这些讲话以时间先后为序，涵盖了中国文学传统对小说创作的启发、作者的创作生涯概述、文学思想的来源、创作道路的选择、历史唯物主义的运用，李自成和崇祯等小说人物的塑造、明清历史生活的再呈现、历史小说语言的掌握与运用、小说的单元结构艺术、小说美学思想的追求、小说悲剧艺术的探索、《李自成》对相关历史问题的考证，以及历史与小说的关系等诸多方面，不仅内容丰富多彩，而且在很多方面都有他的独立思考和真知灼见。本书与其他作家谈小说创作的讲话不同，姚雪垠先生的文艺理论植根于长期的创作实践，并且在小说创作中又不断地丰富和深化，理论和实践相得益彰，富有自己的独到特色。

本书主要面向两类读者，一类是熟悉姚雪垠先生作品特别是读过《李自成》的读者，他们可以从中了解姚雪垠先生的创作道路和艺术探索，了解到《李自成》这部皇皇巨著背后的诸多历史故事，本书能使人长知识、开眼界，领悟作家的创作奥秘；另一类是不熟悉姚雪垠先生作品的人，这也不妨碍他们从书中窥见姚雪垠先生小说的魅力，了解到小说的创作手法,并借此窥见二十世纪浩如烟海的文学史。对于那些初步涉入小说写作领域的文学青年,本书所讲的各类小说创作知识和经验可当作常读常新的创作指导。

姚雪垠先生虽已作古,但他关于"小说创作"的一系列讲话却具有超越时间的价值,今天读来依然具有重要的启发意义。我们仿佛身临现场,聆听这位文学老人的讲话,他那睿智风趣、深入浅出、声音洪亮、带有河南口音的话语久久回响在耳边,令人感慨不已。本书之所以取名"公开课",正是希冀突出姚雪垠先生有关小说创作的思想对当代人的启示。他那饱含着智慧之光的24篇讲话,像是一堂又一堂"干货满满"的公开课,又像是精心准备的思想盛宴,将引导一代又一代的读者去思考小说、品读小说。这也正是我们编辑出版本书的宗旨所在。

目录

001 _ 序言

007 _ 屈原的文学遗产及对我小说创作的影响

042 _ 要理性地鉴赏文艺作品

049 _ 用什么话写小说

053 _ 小说的定义与要素

062 _ 《李自成》的艰难创作历程

071 _ 李自成为什么会失败
　　　——兼论创作《李自成》的主题思想

106 _ 关于创作《李自成》的艺术追求和探索

126 _ 关于《李自成》中崇祯形象的塑造

147 _ 我的创作准备
　　　——《李自成》专题一

161 _ 历史小说要深入历史再跳出历史
　　　——《李自成》专题二

190 _ 为什么要走现实主义的创作道路
　　　——《李自成》专题三

230 _ 在世界小说之苑中显出中国气派
　　　　——《李自成》专题四

262 _ 小说创作的美学追求
　　　　——《李自成》专题五

292 _ 由《李自成》大悲剧说开去
　　　　——《李自成》专题六

330 _ 我走过的学习道路

342 _ 作家必备的修养

368 _ 漫谈我的文学道路

379 _ 我学习文学语言的道路

404 _ 我的现实主义创作手法

418 _ 向世界各国作家学习

421 _ 怎样写长篇小说

439 _ 如何应用史料去修志

458 _ 勇敢地承担历史赋予的任务

479 _ 我的学习和创作道路

497 _ 后记

序言

姚老离开人世已经二十多年了，可是他的声音仿佛仍然在人世间反复回荡，仍然以他的智慧启迪着人们的心智，以他执着顽强的精神激励着人们去追求真理和信念。这是我读这本书最直接的感受。

这本书汇集了姚老在二十世纪四十年代末至九十年代初期的24篇讲话，内容涉及作家的生活历程、选择文学事业的初心、《李自成》创作期的漫长与艰辛、对《李自成》涉及有关历史问题的思考、历史小说创作的美学追求、作家应具有的个人修养，等等。可以说，这是一位作家人生态度和艺术追求的自我坦露。

姚老最值得我们敬重的无疑是他作为一个作家的责任感。他的讲话鲜明地坦露了自己文学追求所坚守的原则，"我既然生活在这个时代，我就决不做历史的旁观者，而要做历史的参加者和推动者"。即使在遭受不公正待遇的人生晦暗时刻，他仍然"没有忘记我对于我们的国家、民族和人民依然负有一定的责任"。我想,这正是他在文学创作征途上,决心以数十年之坚毅、全副精力地创作五大卷本长篇历史小说《李自成》的最重要动力。

也正是基于这种动力,姚老在他以历史为题材的艺术创作中,始终坚持历史唯物主义精神。我们会注意到,姚老在历次讲话中反复强调的历史唯物主义,对他来说并不是一个抽象的名词,而是渗透到他的整个精神领域,支配着他检验历史的眼光,也支配着他对历史的价值判断、对历史物象的展现和对历史人物的塑造。因此他在创作中,从对历史大环境的把控到对许许多多生活细节的描摹,都重视以历史真实为依据,即使是艺术的想象与虚构,也有着历史映照的逻辑。这样,他小说中所展现的历史画图才会让我们觉得如此可感、可信。他塑造的农民起义军首领李自成绝不是个清一色的英雄,明朝亡国之君崇祯也绝不是个单纯的昏君,无论是义军重要成员还是朝廷命官,都有其独有的个性。姚老在对他们人生轨迹、生存环境的展现中,似乎把我们带回到历史的现场,甚至可以让我们触摸到这些人物的血肉之躯以及他们灵魂深处的震荡。姚老正是以他所说的"哲学上的历史唯物主义,历史上的科学历史观,文学上的现实主义创作方法",让读者通过他创作的历史艺术画图,自然地领略到明朝末年复杂的社会现状,并真切地感悟到历史上这支曾威武驰骋中原大地的李自成义军从成功到最终惨败的多重复杂因素,也会理解到一个皇朝的崩毁有它无法挽回的历史必然性,而封建王朝并非一人的才干可以支撑。一部历史小说让读者在艺术鉴赏中所领略到的精神元素实在太多了。恩格斯在评价巴尔扎克《人间喜剧》时曾说过："我从这里，甚至在经济细节方面所学到的东西，也要比从当时所有职业的历史学家、经济学家和统计学家那里学到的全部东西还要多。"我想，用这段话来评价《李自成》的创作，也是恰当的。

这里，我想重点谈谈姚老对李自成义军失败原因多层次的思考。他对这个关系到《李自成》创作意旨的重要问题的思考是逐步深入的，我们从他先后发表的一些文章可以了解。1979年他指出"农民起义的悲剧英雄"从成功走向失败的八大原因，诸如流寇主义、战略错误、眼光短浅、兵力不足、没建立根据地、粮饷不足、大顺朝领导层很弱，等等。这些原因似乎也有道理，但却有些表层之见，未有"中的"之感。但到了1981至1986年间姚老在谈这一问题时，则大胆提出"民心向背"的问题，认为这是"李自成失败的根本原因"。也是基于这种认识，他在1990年发表的《创作体会漫笔——〈李自成〉第五卷创作情况汇报》一文中，有针对性地批判了一些极"左"错误思潮在史学领域的影响，即无视历史真相。比如：不承认"由于传统的封建观念，当时北京民众许多都是'皇权主义者'，自然把李自成义军看成是'流寇'"的历史事实，否认这正是当时许多民众不给予起义军支持的内在原因；又比如：大顺军进北京后军纪败坏，抢劫和奸淫，大失人心，而极"左"思潮却斥之为"地主阶级的造谣"，从而掩盖了历史的残酷真相；再如：大顺军政策失误，进京后不分青红皂白匆匆将大批明朝的勋戚和文臣逮捕、严刑甚至处死，造成民众恐慌，大失人心，而极"左"思潮却无视这样的政策失误所造成的恶果。姚老在这个时候敢于对史学领域的极"左"思潮进行批判，不仅是拨开乌云，表明他对一场革命成败的关键——"民心向背"的深刻认知，更显示了他坚持历史唯物主义，敢于面对历史、追求历史真相的勇气。

《李自成》创作所坚持的历史唯物主义精神，对我们今天的文学创作无疑有着很强的启迪意义，尤其是对那些虚无主义的历史书写，更有着强烈的反衬意义。

作为一位有着长期创作实践的作家，姚雪垠对小说创作的美学追求也是异常执着的，这在他多次讲话中都有充分的叙述。他谙熟长篇小说的一些艺术规律，如内容的复杂，人物线索不能太少，需要一定的长度，等等；而更值得重视的是他的独特创造，他在演讲中特别谈到《李自成》小说中的"单元结构"，讲究"大开大阖，有张有弛"，讲究"壮美和柔美交互出现"，讲究"虚实结合""平淡中有风波"，等等。很明显，他许多独特的艺术创新，正是在艺术实践中对我国古典艺术经验的有意识融取，也包括在民族传统中对外国的一些艺术技巧的吸纳与衍化。一个作家追求成功的艺术创新，离不开在本土艺术传统和外来艺术经验中的浸润，有了这样的基础，作家自然可以在艺术天地中自由驰骋，大胆创造。姚老一生勤奋积聚的艺术素养充分说明了这一点。所以，我读完这本书后始终不忘姚老对我们文学后辈的谆谆告诫：多读书！多汲取各种文化营养！

今天，斯人已逝，但他的精神劳作却常驻人间。当他的声音在我们耳边响起，更会激起我们对这位为中国文学奉献一生的作家深深的怀念！

武汉大学文学院教授陈美兰

2023年2月作于武汉珞珈山居

屈原的文学遗产及对我小说创作的影响

编者按：这是姚雪垠于1942年端午节在安徽省文化界举行的第二届诗人节纪念会中的报告。

一

今天是中国历史上一位最伟大的诗人屈原投水自杀的忌日，也是国际上一位伟大小说家即高尔基逝世六周年的忌日，这使得我们这个纪念会就带有更多意义。关于这位小说家，我们可以不谈，现在专讲我们的这位诗人。屈原的作品我是在十年以前读过的，不过那时候可算是"擀面杖吹火——杠眼儿不通"。如今找到一部《楚辞》来预备这个讲题，等于临时抱佛脚。又因为我们是处在大别山中，参考材料极缺，结果连佛脚也并没有抱住，只抱住佛的一个脚指头。我今天晚上要发表的意见，不过是从佛的脚指头上弄下来一点儿灰垢而已，真对不起！

大家可以闭着眼睛想一想,在两千二百年以前,有一年旧历的五月五日,也就是今天,在湖南的汨罗江岸上,有一个老头子精神失常地走来走去。这个老头子有政治家的思想,文学家的情感,超过常人的天才,然而却面色憔悴,形容枯槁,须发苍白,脸上布满了深深的皱纹。这时候,他对于政治上的一切都绝望了,许多年来就时时盘旋在心里的自杀念头完全苏醒了。绝命诗已经作好,放在家里,同以前的许多首诗放在一起。他很爱惜自己的诗,这些都是他半生来的心血结晶。现在一面在江岸上走着,一面喃喃地、用苍哑的哭声背诵着绝命诗的末尾四句:

知死不可让,
愿勿爱兮。
明告君子,
吾将以为类兮。

后来这个老头子忽然站住脚步,久久地注视着奔流的江水,胸口微微刺痛起来。最后,他迅速地弯下腰去,从地上拾起来一块石头抱在怀里,牙一咬,眼一闭,投进水里。又过了半天或者一天,有许多老百姓划着渔船,在这里打捞他的尸首。尸首并没有打捞上来。到黄昏时候,幽静的江岸上可以听见他的仆人或家人们的悲哀的哭声,中间夹杂着老年农夫的叹息。江岸上,芦苇丛边,有几点火光,那是人们在祭吊他的亡魂。

这个投水自杀的老头子就是屈原，也是中国最早的一位诗人。在他之前没有诗人，在他之后两千年间没有一个诗人如他伟大。我说他是中国最早的一位诗人，这句话并不过火，《诗经》三百多篇诗虽然有几篇可以找出作者，甚至其中还有一位女作家被后人考出，但这些诗人只是偶然写一首两首，严格来说实不能算作诗人。历史上，屈原是第一个有目的地拿诗来表现他自己的生活、思想和感情的诗人。他有自己的独创的风格，在产量上也证明他绝不是出于偶然的吟咏，而是长期从事创作。他把火一般的热情、悲愤、希望、幻想，统统地表现在自己的作品里面。所以，我们应该给屈原上一个尊号，称他为"中国诗人之父"。

各位写诗的朋友不要误会我在开玩笑，给大家找出来这位父亲。实际上，我们有这么一位光荣的父亲，实在是值得骄傲的事。他比传说中的荷马晚不了多少，比但丁要早一千年，是世界上最古的诗人之一，而且是最伟大的诗人之一。孔夫子说："父在观其志，父殁观其行，三年无改于父之道，可谓孝矣。"屈原的"志"和"行"我们观察得很清楚，正如汉朝淮南王刘安所说的，"其志洁，其行廉"。像这样的父亲，不要说三年不改他的"道"，就是三千年不改他的"道"，也是应该的。

屈原是一位伟大的爱国诗人，他自杀的日子长久地被中华民族普遍纪念。现在把他的忌日正式改名作诗人节，其意义就是不仅要纪念他，而且要承继他的遗产，发扬他的精神。在今日以前，中国只有一个屈原；在今日以后，我们应该有很多屈原。特别是今日中国，更需要产生屈原，愈多愈好。说不定在我们这个纪念会上，就有屈原参加，但愿我们的诗人，不得已时宁可避世，千万别再跳水。

下边是"闲言归正"，开始来研究屈原的文学遗产。

二

关于屈原的文学作品，从汉朝王逸以来一千多年，学者只做了不完全的注释工作，而谈不到系统的研究工作。对于屈原生平及其作品的系统研究是五四运动以后才开始的，是伴随着新文化运动的成长而出现的事情。这些研究屈原的学者之中，除郭沫若先生外，在方法上差不多都受了胡适之先生的影响。胡先生的方法是在美国的实用主义的方法外吸收了清代朴学家们的治学方法，他重视实际证据，没有证据不妄发议论，有了证据就死咬着证据不放。但是实用主义的方法是不可靠的，他们的"证据"也是带有极大的局限性的——弄得好，也解释不了事物发展变化的真正原因；弄得不好，不是引导学者钻进牛角尖里，便是走向庸俗化。以胡先生那样博学，竟然还否定屈原的存在，岂不是吃了他死咬着证据的亏吗？现在为明白胡先生及其门徒们在方法上的错误起见，我们看看近二十年来的文学史家们对屈原所承继的文学遗产是怎样解释的。

一般文学史家都站在进化论的观点上替屈原的作品追本溯源，非要替《楚辞》找出来可靠的祖先不可。他们找来找去，找出来两代祖宗，一代是诗经中的"二南"，一代是《楚辞》中的《九歌》；另外还有一些不很惹人注意的祖先，如《接舆歌》《沧浪歌》和《越人歌》等，都写在屈原作品的家谱上。他们认为假若没有这些先行的文学成就，则屈原写《离骚》和《九章》是不可想象的；反过来，只要把握住这"来龙去脉"，别的什么都可以不管了。我们不妨替他们把意见说得明显一点，他们好像根据这一"来龙去脉"的发现，认为即使没有黄河流域的文化发展，在江汉流域也同样会产生屈原。同样的错误他们也犯得很严重，那就是他们只看见诗歌方面的遗产，而没有注意到屈原所接受的学术思想遗产和当时已经有高度水准的散文遗产。他们所犯的这些严重错误，是由于方法的局限性，只可能使进化的观念庸俗化。

同上述一般学者的研究方法相反，我们既不要在楚民族的文学遗产里打圈子，也不要在楚民族的诗歌里打圈子。假若只在楚民族文学里打圈子，那是忽略了当时全中国各民族、各地方在文化上的交流性、统一性，而闭着眼睛把楚国从大中国的整体中割断开来，把她作为一个决然孤立的东西去考察；倘若只在楚民族的诗歌里打圈子，那是忽略了在文化领域中各部门的发展都是互相关联的，而闭着眼睛把诗歌的发展孤立起来。就像我这个不提气（编者注：河南方言，类似"不争气"的意思）的小说作者吧，如果我只读过一些前人的小说而没有把现代文化的广泛遗产多吸收一点，我就只可以住在家里替太太抱孩子，绝不会在创作上有什么成就。屈原是两千多年来中国文学史上最具光芒的巨星，是古往今来无数人崇拜的伟大诗人，他的文学成就绝不仅仅是从楚民族的诗歌中养育出来的。我敢说，如果单靠着战国以前楚民族的诗歌作养料，不惟产生不出屈原，连屈原的一半也产生不出来。但丁的成就不是因为他读熟了维吉尔等人的诗歌遗产，而是由于他除此之外还有渊博的学问和深刻而丰富的人生经验。倘若我们只在战国以前楚民族贫弱的诗史上去研究屈原成为伟大诗人的原因，那将永远得不到对他的正确理解。

在批评了一般文学史家们的方法之后，我们是不是要跟着否认楚民族的诗遗产对于屈原的影响呢？不，我们一点也没有否认的意思。我们不过不把楚民族的诗遗产看作唯一的遗产，不把屈原所承继的文学遗产或文化遗产看得那么单纯，不把《楚辞》的"来龙去脉"看作一条孤立的直线发展罢了。这不仅是我们在逻辑上应该作如此理解，而且还有着充分证据。

我们要知道屈原是一个博学多才的人，读的书非常之多。《史记》上说他"博闻强识，明于治乱，娴于辞令；入则与王图议国事，以出号令；出则接遇宾客，应对诸侯"，因此上官大夫靳尚非常嫉妒他，在怀王面前谗言他。屈原还是一个在政治上很有眼光、怀抱理想的人，曾经到外国做过特使，所以绝不是只读过一些诗歌的诗人。这样只读诗歌的诗人在目前很多，为着想作诗而去读别人的诗，除诗之外很少读别的东西。但是屈原那时候还没有拿写诗来出风头和卖稿费的事情，他是为政治上的实践而读了很多的书，后来在政治上失败了才去写诗，但至死都没有忘掉政治。屈原在自己的作品中，特别是在《离骚》里边，常常提到他非常看重他自己的修养。这所谓"修养"是分两方面的：一方面是人格修养，一方面是能力修养。在这两方面的修养上，屈原的成就都非常高，他自己的生活与作品就是证明。在《离骚》中有两句是"纷吾既有此内美兮，又重之以修能"，这两句是屈原的自白，而事实上也确是如此。人格修养与能力修养对屈原是不可分的。这一点也是屈原能成为伟大诗人的条件之一，很值得我们学习。不用书籍来武装头脑，是谈不到这两种修养的。我们知道屈原在诗中常常引用历史，他的修养得益于历史的比例一定很大。并且屈原拿儒家思想来武装自己的头脑，从这里又产生出他的人生观与政治理想。屈原既然"博闻强识"，对于当时各派思想一定都很了解。老庄思想是南方产物，儒家思想是北方的产物。屈原在思想上既可受北方思想的影响，为什么一定说他在文学技巧上就只受"楚诗"的影响呢？屈原本来不曾为他自己的学习画一个很窄狭的范围，那范围是两千年以后的文学史家们给他画的！

从西汉的淮南王刘安起，一直到清朝的戴东原（即戴震，乾嘉学派重要代表人物之一），没有人把屈原所接受的文学遗产限定在"楚诗"的狭小天地内。我们现代的文学史家们因为在治学方法上多了一套实用主义，所以才往牛角尖里拼命地钻。实用主义和朴学家的怀疑精神结合起来，笼罩了从"五四"到北伐这十年间的历史学界，其影响到今天还是存在。怀疑精神是好的，实用主义却靠不住。胡适之先生因为《史记》上《屈原贾生列传》有些地方出于后人伪造，便大胆地否定屈原这个人的存在。他的学生们虽不敢否定屈原的存在，却否认《九歌》是屈原作的，同时还否认《招魂》和一部分《九章》是屈原的作品，他们否认《九歌》是有很大野心的，因为否认了《九歌》是屈原的作品，才能够把楚民族文学的发展构成一个独立的完整系统。这系统就是从"二南"到《九歌》，到屈原，孤立发展，与全中国的文学无关。他们这样地强调民族性，显然是受了泰纳的影响〔编者注：法国批评家泰纳（Taine, 1820—1893）提出"三要素说"，即时代、种族、环境是影响文学创作的三要素〕；但泰纳的方法在现在已经陈旧了，何况我们的文学史家们只学了一点泰纳的皮毛。在我们看来，问题不在《九歌》是不是出自屈原之手，而在当时楚民族的民间诗歌是不是屈原诗形式的唯一源泉。王逸把《九歌》写在屈原的账上，固然很牵强；但近来文学史家们完全不承认《九歌》的出现与屈原有关系，理由也并不充分。《九歌》是民间祭神歌经过有修养的文人之手予以写定，而且在写定时大加修改，这一点是不成问题的。至于这些祭神歌的写定者究竟是谁，在目前谁都不应该作肯定的判断。在小枝节上找出一些不充分的证据，像煞有介事夸大起来，而忽略了对象本身所包含的种种可能性，这是学院派的一贯作风。反对《九歌》经过屈原修改的最有力的人是陆侃如先生，他在《中国诗史》中举出来三大理由如下：

（一）依王（逸）朱（熹）说，"修改"的动机是因为原文有淫鄙的话。然而现在的《九歌》依然充满了言情的话。如《湘君》《湘夫人》《大司命》《少司命》《河伯》《山鬼》等篇，祭歌几乎变成恋歌了。

（二）依王朱说，"修改"的目的是表明自己的冤结，自己的忠心，然而现在的《九歌》便没有这一类话。各篇或言情，或写祭祀，或述歌舞，但绝对的没有说到屈原自己身上去。

（三）依王朱说，"修改"是在屈原放逐到江南的时候。他的《涉江》《哀郢》等篇，纪放逐的路程，地点，年月，以及沿途景色至为详尽，但其中绝对的没有说及士人祭祀及作歌词之事。

在上面三大理由之后，陆侃如先生就跟着写出他的结论道："修改"之说既不能成立，则《九歌》与屈原可说绝对没有关系了。你们看，陆侃如先生的"理由"能不能站得住呢？一般人都觉得他的"理由"很充足，许多文学史家也都是这样的看法。但是，我觉得他的"理由"肤浅得怪可笑。王逸和朱熹所说的"动机"，大概都是瞎猜，我们说他们猜得不对是可以的，却不能因他们猜得不对，就否认了屈原曾"修改"民间的祭神歌。这就好像有一个人看见我的名字和我的原稿上的字迹，猜我是一位女作家；另一个人仔细地读了我的小说之后，从里边没有发现一点女性气息，于是就肯定地说道："哈哈，那篇小说和姚雪垠绝对没有关系！"陆侃如先生和许多文学史家都是用的这一套治学方法，你们看，不是很可笑吗？实用主义派（一般称作"古史辨派"）史学家们在辩论古史最热闹的时候，他们有一个最风行的骂人话——"瞎子断匾"。这意思就是说：有两个瞎子走到一个大门口，甲说这大门上挂了一个匾，匾上写的是"急公好义"四个字，乙看了看，摇着头说："哪里？上边写的是'乐善好施'。"于是两个人抬起杠来，几乎打架。第三个人从旁边走过，他们请他证明谁是谁非。这人不是瞎子，他向大门上一望，忽然笑道："见鬼，大门上根本就没有挂匾！"现在我们就把"瞎子断匾"这句话还给实用主义的文学史家们。

而且，王逸和朱熹固然是瞎猜，陆侃如先生实际上连他们的瞎猜也没有驳倒，这就更有趣了。王逸说原来的祭神歌是"其词鄙陋"，所以屈原才加以改作；朱熹说原来的祭神歌是"词既鄙俚，而其阴阳人鬼之间，又不能无亵慢荒淫之杂"，所以屈原才加以改作。王逸和朱熹所说的"鄙陋""鄙俚""荒淫"，被陆侃如先生归结为"淫鄙"一词。陆先生因见现在《九歌》中仍然充满了言情的话，便说《九歌》并没有经过修改，这是把"淫鄙"和"言情"两个词儿看成了同样的含义。实际上，"淫鄙"和"言情"完全不同，这是谁都知道的，难道我们能把但丁、普希金、李商隐、温庭筠以及徐志摩等中外诗人的"言情"诗也看成是"淫鄙"的吗？再说，陆侃如先生把"鄙陋""鄙俚"和"荒淫"归结为"淫鄙"这一个词儿也就失去了王逸和朱熹原来的意思。他们所说的"鄙陋"和"鄙俚"是指修辞而言,"荒淫"是指内容而言,这比"淫鄙"一词具体得多,和"言情"一词简直是毫无共同之处。至于陆侃如先生因为《涉江》和《哀郢》等篇中"没有说及士人祭祀及作歌词之事",便否定《九歌》曾经过屈原修改,更不成理由。《涉江》和《哀郢》等诗并不是包罗一切的回忆录,甚至也不是叙事诗,为什么一定要提到这些无关紧要的事情?屈原一生中有很多重大事情,都没在诗中提到一句。他曾经到齐国做过特使,负有建立国际反侵略阵线的任务,在《离骚》和《九章》中都没有提到过,难道你能说没有这回事吗?两年前我同诗人臧克家从老河口到皖北,又来到大别山,兜一个大圈子回到河口。臧克家写了一首长诗《淮上吟》,路上的琐事和景物都尽可能地写入诗中,比屈原的《涉江》和《哀郢》要详细无数倍,然而没有写进去的事情至少有十分之九。《淮上吟》作为一首纪事诗尚且如此,何况《九章》诸篇都是抒情诗。陆侃如先生的这种不合理的要求,只证明他在创作上完全是一个门外汉。

《九歌》可能是经过屈原改作的,也可能没有经过屈原改作,假若真是经过屈原改作的,则屈原改作的动机当然不一定是王逸、朱熹所推测的那两种,在时间上也可能不是在放逐以后。一般文学史家们否认屈原曾经改作《九歌》,无非想给屈原的诗形式找一个直接来源。但是他们不晓得,即便在屈原之前没有文人写定的《九歌》先行存在,仍然无碍于屈原的文学成就。因为当屈原自己动手去修改那些没有被写定的民间祭神歌时,这些祭神歌对他依然是一份重要遗产。我们认为他是从民间祭神歌得到一部分新的启示,而又加上当时的各种文学遗产,特别重要的是当时全中国诗歌与散文的发展成果。战国是诗与散文的解放时代,屈原应运而生,消化了当时各种文学遗产,通过自己的天才和努力,配合着丰富的生活内容,才能创造出一种崭新的诗形式。这种新形式在当时是一种革命的形式,在历史上具有划时代的意义,对后来的诗歌发展产生伟大的影响。当时楚国的民间祭神歌只是给了他重要启示,而不是这新形式的产生的决定力量。对这种新形式的产生起决定作用的,是屈原诗的内容,其中包含着所反映的关于诗人生活、思想和感情的内容;而这些东西同他的政治生活、个性、气质、文化教养、社会意识又是相关联而不可分的。我们的这种看法是非常合乎逻辑的,因为第一,我们不把所谓南方的诗歌发展看作是孤立的东西;第二,我们认为形式不能决定形式的发展,只有内容才决定形式的发展;第三,我们以十分坚决的态度把屈原的社会生活与文学创作联系在一起,不单从文学去研究文学;第四,我们把屈原的诗歌看作是当时中国的时代产物,认为当时中国诗歌形式已经发展到不得不彻底变革的时候,而屈原就是这变革时代的英雄,他所创造的诗形式绝不是从南方诗歌中静静地进化出来的。

讲到此处,我个人同一般文学史家们在方法上的不同之处,以及我对于这问题的主要观点,已经明白。在下一节里,我们对于这问题将做进一步的分析工作。

三

屈原诗是整个中华民族的文化产物，绝不仅仅是楚民族的文化产物。在上一节中我已经很鲜明地提出了两个基本观点：一个是屈原是一个博学的人，广泛地承继了中国当时的文化遗产；另一个是当时中国各地文化互相交流，互相联结，绝没有独立发展的情形存在。前一点十分简单，不必再去讨论；后一点还需要稍加发挥。

中国文化往上追溯到新石器时代，也就是所谓"胚胎时期"，可以找出来两个来源。一个是由西北来的夏民族文化，以仰韶文化为代表；一个是由东北来的殷民族文化，以城子崖与沙锅屯文化为代表。这两种文化交流以后，使中国文化获得了飞跃的发展，产生了殷朝文化。中国文字是殷朝文化的伟大产物，这从殷墟甲骨文字出土以后，已为学者所公认。以后定居在黄河长江流域的各民族，即古人所说的"诸夏"或我们所说的"炎黄子孙"，亦即所谓"汉族"，从没有再造过新的文字，以后的文字都是继承殷朝的甲骨文字而发展的。殷民族在政治上失败以后，一部分做了周民族的奴隶；一部分回头向渤海一带移动，一直移到朝鲜；一部分往长江流域逃避，征服了南方的土著民族，而发展为后来的楚民族及吴越民族。我们固然不否认地理条件对于文化发展的作用，但我们却不像机械论者们一样把地理条件的作用夸大。我们认为，在春秋战国时代，各国的文化发展情形虽具有差别性、不平衡性，然而整个说起来却是统一的，是统一中显出来大同小异，愈到战国末期，各地文化交流愈密，统一的情形愈见显著。儒家的大一统思想就是当时全中国政治文化趋向统一的一种反映。秦朝的废封建为郡县，以及所谓"车同轨，书同文"的大变革，都是逐渐被历史准备好了的事情。李斯作的小篆与"书同文"是一个问题的两方面，所以我认为李斯作的小篆也是由于字体发展的结果，李斯只是使文字的发展实现了"质变"的过程。

在春秋战国时代，虽然还没有人开书店、开报馆、办杂志，但各地文化的沟通交流是非常密切的。拿思想来说，当时的各个思想流派，如儒，如老庄，如杨，如墨，全都有普遍的国际性，拥有广大的信徒。在孟子时代，除儒家思想在国际上很占势力外，杨朱墨翟的信徒也是到处都有。所以，孟子曾经带着慨叹的口气说过，"杨朱墨翟之言盈天下，天下之言不归于杨，则归于墨"。当时到外国求学和做事情的风气非常盛，文化的传播跟这种情形很有关系。所以那时候虽然没有商务印书馆和生活书店，竹简却可以流传各地。《史记》上记载吕不韦著《吕氏春秋》的动机也是看见别人著书风行天下，眼热起来。《史记》上写到当时书籍风行的情形，"是时诸侯多辩士，如荀卿之徒，著书布天下"。《吕氏春秋》是中国最早一部集体写作的书籍，书成之后，"布咸阳市门，悬千金其上，延诸侯游士宾客，有能增损一字者予千金"。（编者注：以上均引自《吕不韦列传》）当时一方面是各国诸侯及大政治家需要人才，不限籍贯，不限资格，广事延揽，另一方面是学问已经不为贵族所专有，平民只要读过几句书，都可能找到官做。所以，当时各地学术思想的交流十分密切，绝没有孤立发展的情形存在。

当时各国文学的交流也非常密切。特别是在诗这方面，诗是全中国上层社会必读的东西。要想到外国去做使臣，更应该多读诗，读了诗之后，一则可以知道各国的民情风俗，二则可以帮助说话。孔子最重视读诗，说道，"小子，何莫学夫诗"，又说"不学诗，无以言"。所谓"学诗"，并不是楚国人只读楚国的诗，秦国人只读秦国的诗，郑国人只读郑国的诗。诗是没有国界的，这国的人在说话时不妨引证那国的诗。三百篇的诗选集在孔子时候就已经出现，是否真是他老先生编订的，不得而知，现在也无须在此地研究。但有一点很值得注意，这三百篇的诗集子的国风部分包括当时全中国各主要国家的民间诗歌，楚国的诗歌也包括在内。屈原是一位博学而"娴于辞令"的人，曾经替怀王"接遇宾客，应对诸侯"，还到外国去做过特使，我相信他不仅读过这一部诗选集，一定还读过许多为我们所不知道的诗。所以我们认为屈原在诗歌方面所接受的遗产是全国性的，极其丰富，绝不仅仅是楚国一国的诗。一般人看见当时楚国同中原尖锐对立，于是就夸大了这种政治现象，认为在文化方面也是对立的，这样理解历史的方法未免机械。

屈原的诗体并不是楚民族原有的诗体，这一点正表现出屈原的独创性、伟大性。人们往往因误解"楚辞"这个名字，便以为楚民族有一种独立的诗形式，和北方的诗完全不同。我们的许多文学史家们也总在字面上打圈子，企图找出来屈原以前的楚诗与北方诗歌在形式上的差别之点。有的盲人摸象，摸到音乐方面。有的从楚诗或屈原诗句中找出来一个"兮"字，认为是楚民族文学的特点，实际上"兮"字的应用不仅楚诗中有，在北方的诗中也不少，读过《诗经》的人都会晓得。中国的学术界很奇怪，研究文学史的人往往连起码的文学理论都不懂得，只会记流水账，而且有时还记错账。他们不知道所谓文学形式是包括作品的语言、结构、表现手法在内，种种复杂的组成，而与内容不可分割。单从一个字着眼去研究形式，不是白费力气吗？实际上在屈原之前，楚国的诗同北方诗在形式上并没有差别，"二南"同其他《国风》都是一样形式。《国风》比《雅》《颂》在形式上活泼得多。《雅》《颂》代表贵族文学，形式最呆板，也可以说是一种死的诗形式。这些诗差不多都是四字一句，抒情的成分极少，多陈述而少表现。据郭沫若先生说，从近年长江流域发掘出来的铜器铭文研究，南方的贵族诗也是用的同样形式。可见，把屈原以前的楚诗看作有特别形式，是不合事实的，屈原诗中如《天问》《橘颂》《招魂》都没有摆脱净贵族形式的影响。真正的"屈原形式"，应以《离骚》为代表，所以后来凡是摹仿《离骚》体的诗都叫作"骚体"。古人并没有把屈原的诗体看作楚民族的诗体，而是把它看成对《国风》《小雅》的继承。《国风》完全是各国的民间诗歌，《小雅》里面有些诗与《国风》很接近，大概掺杂有民间诗歌在内。把屈原的诗和摹仿"屈原形式"的后人作品统名之曰

"楚辞"，是从刘向开始的。名之曰"楚辞"本不恰当，不过刘向的用意只是认为这一种诗体是屈原创造的，而屈原是楚人。后人把"楚辞"当作楚民族的诗体，就大大地错误了。

现在我们已经看见了"屈原形式"的一个来源，那便是当时的民间诗歌。郭沫若先生说屈原是民间诗歌的集大成者，这看法是非常深刻的。如今，我再把这意见进一步地加以发挥。

文学形式的变化，被文学内容所决定；而文学内容则随着社会生活的发展而发展。社会生活向前发展之后，文学的内容也跟着发展，这种发展是沿着由单纯向复杂的路线前进的。但是文学形式的发展总落在内容之后，于是旧形式与新内容不能相容，前者变成后者的桎梏。到这时候，就需要文体变化，亦即新形式的产生。中国文学史上有一个通例，即任何重要文体，如五言诗、七言诗、长短句、戏曲、弹词，都是发生于民众之手，完成于贵族之手，而完成后就跟着僵化。这道理我曾经在一篇文章中解释过，现在可以不谈。且说旧文体僵化之后，新文体就代之而起，实际上新文体在旧文体僵化之前就已逐渐地成长起来，而不是旧文体僵化后才开始成长。古人说"物方生方死，日方中方睨"（睨，日斜也），就是这个道理。四言诗是不是从民众手里发生的？我认为是的，因为这是一个规律，四言诗不应例外。你如果再问：为什么《诗经》中时代最早的是贵族诗，而不见四言诗在民间的萌芽材料呢？我的答复是，在西周时代，特别是比《周颂》更早的殷周之际，采集民间诗歌的制度还没有，文学的应用范围也非常狭窄，所以只有朝廷和上层贵族们所用的祭歌和舞歌保存了下来。四言体到西周末年已经开始僵化，轻松活泼的诗形式便跟着从民间成长起来，这从《国风》啦、《接舆歌》啦、《孺子歌》啦、《越人歌》啦，可以看得清楚。但倘若没有屈原，新形式大概不能够如此光辉。倘若屈原是头脑顽固、抱残守缺的人，像我们现在所看见的许多开倒车的家伙们一样，那他在诗上的成就大概比荀卿好不了多少，绝不会值得我们如此地崇拜他、纪念他。屈原在诗体上的成就是两千多年来无与伦比的，他结束了四言诗的历史，而创造出新鲜活泼的诗形式，所以他在文学史上应该被看作一个伟大的革命诗人。

我们曾说过他的新形式的来源很复杂，并且已经指出来当时全中国的民间诗与贵族诗的对立，屈原是接受了民间诗的总遗产而创造出新的形式。那么所谓楚国的民间祭神歌曾经给屈原重要启示是不成问题的，然而却不是他的新形式的"中心源泉"也是非常显然的。除这些民间诗歌之外，屈原在创作上一定还很受当时的散文影响。一般文学史家把散文和诗歌的发展各自独立起来，是不合道理的。比如汉朝司马相如等人的赋，便是从诗与散文中发展出来的；六朝的诗渐渐走向雕琢风气，与当时散文的趋向是一致的；韩愈的诗风格与其散文风格，是有着共同之处的；宋朝理学家们的说理诗及其散文著述，晚明公安派的散文解放及其性灵诗，都相一致。再拿最近期例子来说，五四新文学运动，同时产生了白话文与白话诗，是散文与诗的同时革命，而不是单方面作孤立的解放。屈原的诗体解放与战国的散文发展，是否也有互相关联的意义呢？我认为是绝对有的，请听我下面解释。

第一步，我们先从问题的表面现象来考察一下。在古代，散文和韵文的关系比近代更为密切，散文在形式上深受韵文的影响，西洋文学如此，中国文学也是如此。像我国的戏曲和小说所受韵文的影响，是大家都很清楚的。在春秋战国时代，散文往往都有韵，《易经》中的文言和系词有韵，《老子》有韵，《庄子》有韵，《列子》和《墨子》有韵。

特别是《老子》这部书，它的句子的结构有些简直同诗差不多。比如《老子》上有"唯之与阿，相去几何？善之与恶，相去若何？"这不是很像屈原的《天问》上的句子吗？也许你们有人没有读过《天问》，我现在再念两句《天问》上的句子你们听听，"东西南北，其修孰多？南北顺椭，其衍几何？"你们比一比，像不像呢？再如《老子》上有这样的句子，"祸兮福所倚，福兮祸所伏"，这句子就有点儿像《九章》中的句子。只要是有关联的事物，变化都是互相影响的。比如，我接到一千元稿费，忽然高兴起来，对太太说："昨天我穷得空空如也，今天可变了样儿了。"太太拿到我的稿费，到街上买一些衣服料子，买一些化妆品，打扮得像一朵花儿似的，快活地叫道："你看，我也变了！"太太高兴，不再对我噘着嘴，也不再埋怨我一天到晚写文章，于是我就感到幸福甜蜜，简直想把太太抱起来扔到天上去。诗与散文的关系也是如此，这是法则，这是哲学。现在我可以下一个结论说：在春秋战国时代，韵文既然深刻地影响散文，散文按道理讲也应该或多或少地影响韵文,这在哲学上讲就叫作"反作用"。

再继续考察表面现象,我们可以从赋这门文体上得到许多启示,特别是以司马相如的赋作为范例。司马相如的赋,如《子虚赋》《大人赋》等,受《庄子》的影响是很显然的。假若《战国策》中的文章在秦以前已经产生,那么我敢说司马相如一定还受了《战国策》的影响。从前人们只认为赋是从《楚辞》演变出来的,而没有指出它的散文成分,这是大错而特错的。荀子也作过赋,但为什么荀子的赋不像赋呢?我的解释是:荀子太受诗的形式所拘束,而不知道加进去散文成分,所以他作出来的赋只像诗而不像赋。那么为什么像贾谊、司马相如,不拿四言诗形式去跟散文手法结合在一起,而要拿《楚辞》形式去结合散文手法呢?我回答说,因为《楚辞》是一种新鲜活泼的诗体,而这种诗体中本来就含有散文的手法在内。

现在我们再进一步,从屈原诗的本身上来作个考察。郭沫若先生曾经说过,春秋战国时代的散文是一种解放的文体,"之乎者也"都是当时的口语。胡适之先生在《白话文学史》中也谈到过当时散文中采用白话的问题,并且说这风气一直影响到司马迁。因十来年不看胡先生的原书,记得不很详细了。郭沫若先生去年在重庆做过一次演讲,是关于屈原诗中的语言问题。这篇讲稿没有看到,觉得很遗憾,不过我最近借到了一部《楚辞》,虽然没有郭先生的文章,也不妨碍我们今天的研究。为预备今天的演讲稿,我又将屈原的诗从头到尾细读一遍。我可以告诉你们，屈原的诗之所以成为革命的诗形式，大量地采用民间口语也是一个重要原因。他所用的民间口语多得很，汉朝的王逸曾经注解了一小部分，清朝的戴震注解出来的更多。戴震主要根据的是汉朝杨雄所著的那本《方言》，所以可想而知一定还有许多土语没有被戴震注明出来。根据戴震注释，我们知道屈原所采用的口气大部分是南楚方言，也就是沅湘流域的湖南土话。为恐大家听不明白，我不必多举这种方言的例子，现在我只举一个有趣的例子让大家瞧瞧。十年前我在开封读书的时候，有一位同学是商城人，他每次说"圆圆的"总是说成"抟抟（团团）的"，我常常觉得好笑。商城就是离咱们这儿一百多里地的商城，这一带在战国时代都是楚国的领土。我想把"圆"字念作"抟"字，一定不仅商城如此，豫南和鄂东大概都是如此，说不定湖南人也有一部分如此。我们再看屈原《橘颂》里边有两句是"曾枝剡棘，圆果抟兮"，"曾"就当"重重叠叠"的"重"字讲，读"增"，"剡"字当"利"字讲，"棘"就是茨，是当时湖南的土话。"抟"也就是圆，王逸注明是楚国人的方言。班婕妤诗"裁为合欢扇，团团似明月"，古书上有时写成"团"，有时写成"抟"，有时写成"专"，实际都是一个字。那么屈原的这句诗译成现在的白话，就是，"圆的果实抟抟的呵"，抟既然就是圆，这句话不是很可笑吗？也许这两个字在用法上稍有差别，我们不知道；不过也可能是字写颠倒，原来的句子应该是"果圆抟兮"，这就通了。总之，这些都是枝节问题，就此打住。现在我可以把屈原诗的语言问题作个结论如下：第一，屈原诗采用当时的民间口语非常之多，这是他的诗形式的一个主要的构成要素；第二，他采用口语，一部分是受了民间诗歌影响，一部分是受了生活的影响，而另一部分则是受了当时散文口语化运动（虽然是不彻底的）的影响。

屈原代表作品是《离骚》，这首二千四百多字的古代第一首长诗，在组织上很复杂，绝不像《国风》或《九歌》那么单纯，《九歌》的结构虽然比《国风》复杂，但比《离骚》仍然相差甚远。不过仅凭这一点还不能认为《离骚》就受当时的散文影响。从技巧上说，《离骚》使用了各种各样的比喻、暗示，甚至是象征手法，这是表现手法的更高发展，在中国文学史上可算是空前成就。由于灵活地使用着这些表现手法，所以在气势上就极其纵横变化。倘若我们稍留意一下战国时代的散文，就可以看出来当时优秀的散文都是如此。《孟子》这部书出自北方，按道理讲它的文笔应该十分质朴。但我们如今读《孟子》，总不能不惊叹其使用比喻手法的高明。再看一看南方散文的代表作《庄子》这本书，里边充满了各种生动的比喻、抒情的句子，以及丰富的故事描写。所以《孟子》是好散文，而《庄子》更是好散文。《庄子》因为使用了上述的文学手法，所以气势也极尽纵横变化之能事。至于《战国策》的文章，也是以比喻丰富与气势纵横见长。可见在战国中叶以后，使用比喻成了一种风气，而这种风气也影响到新诗歌形式的创造。

最值得注意的是，屈原是第一个在抒情诗中驰骋幻想的人，这一点同庄周的散文很接近。诗人如果不能利用超出常人的想象力，就很难把一首抒情诗写得深刻而丰富。屈原的想象力，是《离骚》的艺术美的一个构成要素，庄周的想象力，也是《庄子》的散文美的构成要素。《离骚》同《庄子》还有一个接近之点，是它们都利用神话来表现作者的想象天才。从《天问》看来，屈原对于神话是抱着怀疑态度的；从他所受儒家思想的影响来说，他对神话应该是完全否定的。儒家和庄子都不相信神话，但表现的态度却不同：儒家对神话干脆不谈；庄子却利用神话来表现自己的思想感情。屈原是接近庄周的，他们的态度是诗人的态度，古希腊的戏曲家与诗人们也是这态度，所以最爱拿神话来作为写作题材。屈原利用神话显然是受了民间口传文学的影响，这从《九歌》和《天问》的本身上看得最清楚。但是我觉得也许除了民间的口传文学的影响之外，屈原还多少受《庄子》及其他南方散文的影响。这所谓"其他南方散文"，正如屈原本身的散文作品一样，早就失传了。

在此，我顺便谈一谈屈原时代神话的流传情形。中国各地神话，到春秋战国时代在北方被保存的没有在南方的多，像女娲氏炼石补天及造人神话、盘古氏的开天辟地神话，都是较完整的，也都是南方产物。秦汉人著述之中，除《山海经》这部稀奇古怪的书以外，要算《淮南子》中记载的神话最多。在屈原前后虽然还没有记载神话的专书出现，但零星的记录，一定很多。《天问》中的许多神话同《吕氏春秋》和《山海经》中的是相同的。《山海经》的神话有一个系统，那便是昆仑山系,有一点类似欧洲神话的奥林匹斯山系,不过还没有发展到那么完全。在屈原的《离骚》里边,可以看出来昆仑山系神话已经形成。中国诗史最光芒的收获是《离骚》,而《离骚》中最辉耀千古的是"跪敷衽以陈辞兮"下面一段。这一段文字很长,现在背出来如果不详细解释,大家也是听不懂的,我希望大家有工夫时不妨读一读原文,对于学写诗的朋友们尤其是一个宝贵遗产。这一大段中的地名、神名、鸟名,《山海经》中差不多全有,而且也是以西方的昆仑山为中心。最后在"历吉日乎吾将行"下面,也有一段,在写法上大致和上一段相同。这一段中有"麾蛟龙使梁津兮,诏西皇使涉予"两句,所有的注释家都把"西皇"注成"少",完全错了。西皇实际上就是西王母,是昆仑山系神话的最大之神,像奥林匹斯系神话中的宙斯一样。屈原说他忽然走到流沙,就顺着赤水慢慢前进;但是赤水在昆仑山的东南,他还要过赤水往西走走,所以就招呼蛟龙给他架桥,并命令西王母接他过去。把"少"当作西方神祇,大概是秦汉以后阴阳五行之说。屈原对于传说中的上古皇帝都是相当尊敬的,怎么会向"少"下命令呢?

我们知道了当时神话的流传情形,便懂得屈原在创作上的一个秘密,就是把天才、想象、神话沟通起来。这秘密后来中国的诗人们都不懂得,只有少数的小说家们懂得一点。希腊的悲剧家和诗人荷马,就是利用神话和传说创造出不朽的作品。中国的神话远不如希腊神话丰富和完整,所以中国不能产生荷马,只能产生屈原,我们不管读荷马还是读屈原,总觉得他们的天才和想象力是超人的,实际上他们并不超人,只不过他们肯接受民间的口传文学的丰富遗产,而我们现在的许多诗人简直连报纸都不愿去读。我们现在的许多诗人们把所谓"想象"当作闭着眼睛瞎想,不知道"想象"必须有知识和经验作基础才行。歌德如果没有丰富的学问,如果不注意民间流传的古老故事,绝写不出《浮士德》来;屈原如果像我们现在的许多诗人们一样读书不多,不向民间学习,怎么能写出来《九歌》《招魂》和《离骚》?又怎么能使他的作品的内容和形式异常丰富而多彩呢?

最后,我们要谈一个重要问题,就是屈原的诗形式与屈原的社会生活的关联问题。我曾经着重提过屈原的人格修养与能力修养,这些都是他的社会生活的构成部分。他在政治上遭了打击,被放逐出去,因而更能够接近民众,吸收民间文学遗产,这一方面可说是属于社会生活,同时又属于文艺生活。所以像屈原这样的伟大作家,我们是不应该单从"文学成就"来把握他的伟大的。作家的社会生活、人格修养、思想意识,同他的作品有机地统一着,而后者是受前者所决定的。宋玉是一个没落的无聊文人,所以他的《九辩》也是无聊文学的开山祖。但我们这样来考察屈原,仍然不够深刻,我们必须更深一层地去发现诗人社会生活的矛盾是怎样反映到作品上来的。

古人有一句话:"文穷而后工。"这句话不幸被一般人们误解,认为文学家活该受饿,不受饿就写不出好文章。其实穷不一定是指没有钱,稿费不能糊口。没有钱,稿费不能糊口，这只算是物质的穷；另外还有一种穷与饥饿同样可怕，有时甚且过之，那就是精神的穷。物质的穷和精神的穷是互相联结、互相影响的，但有时也可以只表现在一方面。在理想社会实现之前，每个有良心的真正作家，同他所属的社会都有矛盾，结果他不能征服这种矛盾，便有了苦闷，有了感慨，有了批评。矛盾愈深，苦闷愈多，他的文学作品愈易成功。陶潜、杜甫、施耐庵、曹雪芹，都有社会矛盾，精神苦闷，也可以说都是"穷"的。像司马相如那样的侍奉文人，和他的社会环境很少矛盾，所以也只可写一些帮闲文学。但一个作家的矛盾非常复杂，有的是永远的，有的是暂时的，有的深，有的浅，有的带有社会性，有的不带有社会性。政治的矛盾或思想的矛盾，是带有社会性的；在恋爱上碰了钉子，或身体上发生毛病因而造成一种精神矛盾，这些多半都不带有社会性。优秀的文学作品，都是作家内部矛盾与外部矛盾的反映：这些矛盾愈带有社会性，愈能使作品有价值。拿屈原同宋玉一比较，便知道屈原的矛盾具有广大而深刻的社会性，而宋玉的就较少。所以屈原是伟大的，而宋玉便不是伟大的。以前人们解释不出来这一秘密，便只好抽象地说屈原的赋是诗人之赋，宋玉的赋是词人之赋（编者注："诗人之赋丽以则，辞人之赋丽以淫"，语见西汉末扬雄的《法言·吾子》）。

　　政治生活的矛盾使人向文学方面发展，在历史上是一种普遍现象。现代中国作家的产生固然如此，旧俄时代作家的产生也是如此。元朝人致力戏曲，清朝人致力朴学，也是根源于政治生活的矛盾。司马迁在《自序》里写有下面一段话："昔，西伯拘羑里，演《周易》；孔子厄陈蔡，作《春秋》；屈原放逐，乃赋《离骚》；左丘失明，厥有《国语》；孙子膑脚，而论《兵法》；不韦迁蜀，世传《吕览》；韩非囚秦，《说难》《孤愤》；《诗》三百篇，大抵贤圣发愤之所为作也。此人皆意有所郁结，不得通其道也，故述往事，思来者。"司马迁所举的例子虽然不尽对，但原则是对的，和我所说的意见是一致的。屈原是一个有良心、热情、正义感并有远大眼光的政治家，同当时楚国上层社会的腐化、堕落、昏庸情形，不仅是矛盾的，而且成为一种鲜明的对立。由于黑暗的势力太大，他在政治上失败了，眼看着君亡国破，自己不惟不能出一点力，还被长期地放逐出去了。然而这种政治上的矛盾和失败，却成了他的文学创作的"中心源泉"，使他成就了文学方面的不朽事业。

屈原同当时楚国上层社会的对立是一种大而主要的矛盾，是他与客观环境的显然矛盾，此外还有许多不易看见的内心矛盾，也非常重要。这些内心的矛盾在《离骚》和《九章》里流露了一部分，在《卜居》和《渔父》里也流露了一部分。《卜居》和《渔父》虽不会是屈原自己作的，但可以作为研究屈原内心矛盾的材料。另外有一篇奇特的长诗，便是《天问》，把屈原的内心矛盾与精神苦闷表现得更为彻底。关于屈原的外部矛盾与内部矛盾，等我讲到屈原自杀问题时还要谈到，现在我们不必扯得太远。屈原的政治失败（外部矛盾）使屈原走上创作之路，那么他的内部矛盾对他的作品有什么影响呢？我说，这也是他的诗在形式上复杂化的一个主要原因。内部矛盾决定其创作时的情绪变化，情绪有变化，内容就复杂，所表现的形式也跟着变化多彩。把不同的情绪组织在一首诗中，这诗的内容就丰富起来；内容丰富起来，形式上当然复杂起来。比如小说，结构复杂的小说，必定是小说中所包含的纠葛也复杂，纠葛复杂就是交织的矛盾复杂。自来的文学史家们都不懂得这一点创作哲学，所以他们在考察"屈原形式"时只在寻找外在的形式影响，或只在进化论上打圈子。

更进一步，我认为屈原用各种明喻、隐喻、象征手法，表现他的思想感情，这现象也可以用"政治矛盾"来解释。他一方面痛恨在朝的那班奸臣小人，怨怀王父子的不能用他，但同时他又希望自己能回到楚国京城，同朝廷合作。这是他采用委婉讽喻的手法以表达自己思想感情的原因之一。屈原一方面对怀王父子的昏庸感到非常伤心，悲愤达到极点，另一方面他又生在人臣不应该怨刺君上的时代，前者是现实生活，后者是社会意识，这自然也是一个矛盾。有了这一矛盾，屈原就只好采用委婉讽喻，不采用直接的抨击。还有一个矛盾，就是屈原那时候的言论也不自由，他既不愿到外国去，而楚国里边又没有租界可以存身，你们想一想，事实上能允许他骂得过火吗？所以汉朝淮南王刘安评《离骚》说，"《国风》好色而不淫，《小雅》怨诽而不乱，若《离骚》者可谓兼之矣"。不过到屈原晚年，对楚王绝望，对恢复其政治生活绝望，决心一死，口气就大不相同了。在《惜往

日》中他骂楚王为"壅君",在绝命诗《怀沙》里边更骂得痛快淋漓。比如《怀沙》中有这样的句子:

> 变白以为黑兮,
> 倒上以为下。
> 凤皇在笯兮,
> 鸡鹜翔舞。
> ……
> 邑犬群吠兮,
> 吠所怪也!
> 非俊疑杰兮,
> 固庸态也!

你们看,这几句不是骂得很痛快吗?"凤皇在笯兮"那一句中的"笯"字是当时楚国南部的方言,就是我们所说的"笼子";鹜是野鸭子。把这两句诗译成现在的白话,就是"凤凰因在笼子里,鸡子野鸭满天飞"。好了,屈原诗中的好句子多得很,你们有工夫时自己去读一读吧。

四

屈原的死不是偶然的,不是因一时感情冲动去投水自杀。在好多年前,他自己就看出来这一种绝望的归宿,决意拿一死来完成他的理想和节操。这些时时萦绕心中的念头,从他的作品中清楚地表现出来。在《离骚》中他就说过，"亦余心之所善兮，虽九死其犹未悔"，又说"伏清白以死直兮，固前圣之所厚"。这可以看出来他对于节操看得是多么神圣，而对于一死是看得多么不足畏惧。倘一班注释家的话是可靠的，我们可以说，屈原在很久以前就想到投水而死，因为他好几次在作品中提到彭咸，据说彭咸就是一个投水自杀的殷朝贤人。我认为一个作家的人格同他的艺术成就是分不开的，所以我们必须看重屈原的节操，认为这是构成他的文学遗产的重要部分。宋玉和司马相如都没有这把硬骨头，这种光辉人格，所以一个表现为没落的无聊文人，一个表现为宫廷的帮闲文人。他们在文学形式上向前发展了一步，在内容上却堕落了一步，简直不能同屈原比拟。而且，屈原的节操在目前更显得光辉，像周作人、张资平一流人物，能够写出来一篇富于正义感的诗吗？

　　一个人因一时感情冲动而去自杀是容易的，考虑了许多年而去自杀是非常不容易的。我们固然不赞成自杀这种办法，但对于这种至死不屈的殉道精神却崇拜万分。在屈原那个时代，如果不愿自杀，也有别的办法，或者到外国，或者妥协，或者消极隐遁。到外国做官是一种时髦办法，以屈原的才能，离开楚国以后一定会被别国重用。当时也一定有人劝过屈原到外国去，屈原也在心里盘算过，但盘算的结果是宁死也不离开祖国。为什么不出去呢？因为他抱有自己的政治理想，对于祖国满怀热爱，不是抱的做官主义、混世主义。至于妥协，屈原也在心中盘算过，而且女嬃就一再地劝过他，但他抱定决心至死也不妥协。在那时想妥协也很好办，大概并不要办什么悔过书之类的手续。屈原因有一把硬骨头，宁死也不肯向敌人低头，这比之韩愈要高出万倍。韩愈被贬之后就向朝廷递悔过书，固然由于时代不同，但骨头不硬也是真的。最后讲到消极隐遁，屈原也想到过好些回，劝他这样做的人也有，可是他不干，他要同奸人斗争到底。在春秋以后，南方隐士最多，消极的思想最盛，所谓老庄学派便是代表着这一倾向，屈原不受这思想影响，反而抱着积极的入世主义，心像一团火似的热烈。他的事业心非常强，时时怕老而无成，时时痛苦着不能为朝廷所用。说实话，一个文学家如果没有积极的入世精神，没有改造社会的热情，永远不会写出伟大的作品。巴尔扎克与托尔斯泰虽然世界观是落后的，但积极的入世精神及丰富的正义感是同屈原一致的；至于像周作人那样地逃避现实，即使不做汉奸，也没有什么出息。

上一节我讲过诗人与当时楚国上层社会的基本矛盾，这一点在屈原作品中就表现为忠奸不并立，善恶不妥协。屈原的性格在他的作品中表现得非常鲜明，处处表现出他非常的倔强、热情，不肯同流合污。特别是《橘颂》这篇作品，恰是他的性格写照。他认为橘子树不可随便迁移，外面光彩，内里纯洁，苏世独立，秉德无私。他极力赞美橘子树，愿意以它为师。古来有修养的人们，往往可以从他最爱的植物或动物上，窥看出他的性格，如陶潜爱菊，周敦颐爱莲，苏东坡爱竹，林和靖爱梅爱鹤。屈原不仅爱橘子树，还爱各种香草,这些行为上的现象正可以说明他的性格的本质。这种性格也使得他既不妥协,也不"出洋",只好自杀。但屈原性格上另有一个深刻矛盾,必须注意,那就是:他一身具备着政治家的思想,文学家的感情。许多人都是因为有这种矛盾,在政治方面没有成就。屈原的失败,这也许是主观方面的一个重要原因。政治家的斗争方式和诗人的斗争方式完全不同,一个政治家如果带有浓厚的诗人气质,他的政治活动往往会遭到失败。诗人的感情是丰富的,当他在政治上遭遇到打击,被长期放逐之后,想找个表白自己心迹的机会也没有,简直是进退两难,动辄得咎,而同时又眼看着朝廷之上,小人当道,弄得国亡无日,于是,诗人心中便交织着愤慨悲痛、焦灼、幻想,各种情绪,而在作品上就表现为一唱三叹,极其变化多彩。在屈原的政治活动期间(放逐期间也包括在内),正是楚国日趋崩溃的时代:始而是怀王上了"第五纵队"的当,被秦国俘虏去,死在秦国;继而是怀王的孩子襄王忘掉父仇,对秦国作屈辱妥协;后是秦将白起大举伐楚,破了楚国京城,扒了楚王的祖坟,百姓流离失所,襄王君臣狼狈逃迁。屈原到这时候便怀疑一切,绝望万分,悲愤万分。怀疑、绝望和悲愤的结果,便决定实行他考虑过多次的最后办法,投水自杀了。

另外一个很重要的问题我现在还没有研究清楚,就是屈原同他那个时代的矛盾问题,从屈原的诗句中,如:

"謇吾法夫前修兮,非世俗之所服。虽不周于今之人兮，愿依彭咸之遗则。"

"固时俗之工巧兮，偭规矩而改错。……"

"曾歔欷余郁邑兮，哀朕时之不当。"

"世幽昧以眩曜兮，孰云察余之善恶？民好恶其不同兮，惟此党人其独异？……"

以上仅是从《离骚》中举几条例子，倘若把《惜诵》细细一读，引起我们怀疑的地方更多。要研究这个问题，需要更渊博的学问和更充足的材料，我现在力有未逮，只好暂不作大胆的探讨。至于侯外庐先生最近在重庆发表的两篇研究文章，在态度上似乎不够谨严，往往抓住屈原诗的一些句子引申曲解，望文生义，以求符合他的历史看法。不过侯先生提到屈原与时代的矛盾，又注意到诗人的世界观与创作方法的矛盾，这些地方都是特别值得我们注意并继续研究的。

与这问题有密切关系，而同时也是使屈原痛苦绝望的最大原因，是屈原的"干部政策"的失败。手头缺乏参考资料，我不晓得从前是否已经有人注意到这个问题。倘若还没有人注意过这个问题，那么这倒是一个有趣的新鲜问题。为什么我说屈原也有"干部政策"呢？第一，从常理上讲，屈原既然是反秦派的领袖人物，当然有他的拥护者，有他的党羽，有他的"干部"。第二，屈原在诗中时时提到别人变节，这些"别人"大部分应看作本来很好，而后来转到另一方面去了，所以才更令人伤心。第三，最重要的，屈原在

《离骚》中曾有下面两段：

> 余既滋兰之九畹兮，又树蕙之百亩。畦留夷与揭车兮，杂杜衡与芳芷。冀枝叶之峻茂兮，愿俟时乎吾将刈。虽萎绝其亦何伤兮，哀众芳之芜秽！……
>
> 时缤纷其变易兮，又何可以淹留？兰芷变而不芳兮，荃蕙化而为茅。何昔日之芳草兮，今直为此萧艾也！岂其有他故兮，莫好修之害也。余以兰为可恃兮，羌无实而容长。委厥美以从俗兮，苟得列乎众芳。椒专佞以慢慆兮，樧又欲充夫佩帏。既干进而务入兮，又何芳之能祗？固时俗之流从兮，又孰能无变化？览椒兰其若兹兮，又况揭车与江离！……

前一节分明说他是怎样用心地培养"干部"，希望"干部"长成，发挥力量。并且说他自己遭受打击不足伤心，令人伤心的却是这一班"干部"（众芳）堕落变节。后一节他很清楚地说到这班人怎样转变，并且为什么转变。他分析这班人的变节有三种原因：第一是修养不够，不长进；第二是热衷名利，做官心切；第三是时势所趋，年头不是年头了。最后两句是说重要的或得意的"干部"都变了，其他就更无希望。

在《惜诵》里边，他又一次提到同伴们的不可靠，说道：

> 昔余梦登天兮，魂中道而无杭（航）。吾使厉神占之兮，曰：有志极而无旁。……众骇遽以离心兮，又何以为此伴也！同极而异路兮，又何以为此援也！

这一节是说他从前曾希望干一番大事业，到中途却走不通了。为什么走不通呢？因为他没有同伴帮助。同伴们到哪里去了呢？同伴们没有骨头，怕受打击，变了！

世界在变，同伴在变，一切都在变，一切都令他绝望。《天问》中充分地表现出屈原到最后对于一切的怀疑，而《离骚》和《九章》中又处处流露出他的绝望心情。逼到这步田地，诗人既不能像盗跖一样"上梁山"，又不愿"出洋"，更不肯妥协或隐遁，便只好自杀。南方水多，跳水大概是自杀的普通办法，正像北方人的上吊、日本人的切腹或跳火山一样。在传说中有许多古代贤人，如狐不偕、务光、纪他、申徒狄等，都是投水自杀的，而我们的大诗人也就采取了这一办法，结束他的悲剧生涯了。弥尔顿说过："诗人的自身应该是一首诗。"屈原的生活不就是一首动人的史诗吗？我的话说完了，请大家有工夫时读一读他的作品！

原载《文艺生活》1942年第3卷第2期，收录本书时略有修订

要理性地鉴赏文艺作品

　　四月六日姚雪垠先生应川北文协分会暨东大二十余学术团体之请在东大礼堂公开演讲，这是演讲的扼要的记录，原稿业请姚先生校阅过。

　　　　　　　　　　　　　　——黑黎记录

诸位先生，诸位同学：

　　我们首先说一说欣赏与批评的异同。欣赏的目的在于满足个人精神上的要求，批评的目的在于使别人接受自己的意见。所以欣赏近于个人享受，批评则近于介绍和教育工作，有时是为真理而论争。好的批评不仅教育了作家，教育了读者，而且打击了对现实或真理的歪曲行为。批评的战斗性也就在这里。欣赏可不负什么责任，批评对读者、作者都负有责任。欣赏较多主观性，批评的客观性较为重要。欣赏偏重于感情，批评偏重于理智。批评如果感情多于理智，就不是好的批评。欣赏时的态度可以是随便的，批评的态度则是严肃的。我们累了一天，晚上躺在床上随便拿起一本诗集，只读一首也可以，甚至只读几句都可以，因为这是欣赏。我们拿起一本《红楼梦》，只翻到"黛玉葬花"这一段看一看，曹雪芹在地下也不会向我们提出抗议。但为了批评而阅读却不然了，你必须严严肃肃地一字字把全书读完，然后才能发表意见。

这样说来，欣赏和批评是不是完全对立呢？不是的。二者仍然有其相通性，欣赏中带有批评，批评中带有欣赏，欣赏常常是批评的开端。欣赏和批评是不能绝对分开的。欣赏和批评都必须以个人生活经验和思想认识作基础。虽然欣赏较多主观性，批评较多客观性，但主观性和客观性是可以互相转化的。较为正确的欣赏，能够深刻地理解作家的作品，就是一种批评性的欣赏。反之，只根据自己读后的一点印象去批评作品，就是欣赏性的批评，而且，即使是真正的批评，主观性也是不能够缺少的，问题是看主观性的性质如何。如果只是个人的主观或少数人的主观，便成了主观主义或宗派主义。如果你的主观同进步的社会力量相一致，和大多数人的意见相一致，这主观性就是一种战斗性，就是将主观性转化为客观性了。

至于说到欣赏和作家的关系，我们应该知道作家在社会上是怕孤独的，他需要很多很多的知音人。如果有人对一个作家说，"我最了解你的作品"，那位作家听了，一定会喜欢得跳起来。所以好的欣赏者就是作家的知音人。正如钟子期听俞伯牙鼓琴一样，他能仔细地听出"巍巍乎志在高山，荡荡乎志在流水"，子期就是伯牙的艺术上的知音人。

同时，作家也是欣赏者的知音人，欣赏者不但可以从作品认识作家，也可以认识自己，与作家心灵共通。作品是忠实的媒人，它联络了作家与欣赏者中间的友谊。《文心雕龙》上说："夫缀文者情动而辞发，观文者披文以入情。沿波讨源，虽幽必显。世远莫见其面，觇文辄见其心。"这就是说，写文章的人由于情动于中而写文章，读文章的人就可以从文章中看出作者的影子、作者的灵魂，欣赏者可以从作品中发现自己，引为共鸣，此之谓感情的传染。夏天的晚上，天气有点闷热，首先有一个青蛙在稻田边"哇"的一声叫起来，其余的青蛙也就跟着叫起来。作家就恰好是第一个青蛙，读者是其他无数的青蛙。首先叫的青蛙也许是不甘寂寞，需要个异性朋友，其余的青蛙一定也很有同感。因为有同感，所以才有共鸣。这个共鸣的基础是什么呢？就是生活。过去，我常东奔西跑。每当初冬时节，我一个人在北方荒凉的原野上走着，夜里住在三家村的鸡毛小店，天一明，又走上茫茫旅程。由于这多年的漂泊生活，我对于"鸡声茅店月，人迹板桥霜"这两句诗，感到分外的亲切。每次想到这两句诗，同时就想起来无数往事。每次旅行的时候，我特别会想到"枯藤老树昏鸦，小桥流水人家"的情景，也是由于这个原因。还有，你如果没有经历过离别的悲哀，你绝不会体验到"无言独上西楼"的深意，你更不会领略到"剪不断，理还乱"的感情。

欣赏者可以被作品唤起生活经验，或欣赏者所能了解的生活经验，这是联想作用和移情作用。我的朋友中虽说没有像林黛玉一样的人，但我读《红楼梦》，仍可以实实在在地了解林黛玉。少年时读到林黛玉死的一节，我曾两天没有好好吃饭。一个多情的女孩子读到"黛玉葬花"这一段，也许她会在书头上批一行字："林黛玉呀，我是如何地同情你呀！"这是从经验过的推想到没有经验过的，或从眼睛和耳朵扩大了自己的生活经验，又把别人的命运看作自己的命运。有一次庄子同惠子在河边散步，庄子看见河中游鱼，就对惠子说："这些鱼真快活呀！"这里面就含有欣赏的道理。欣赏也就是主观同客观的联结、统一、渗透。

由于联想作用，当欣赏者欣赏艺术时，常常自己的心中也在创作，变成创作的欣赏。记得，有一年黄昏以后，我在一个古老的寨墙上散步，月色苍茫，四野寂寥。忽然从寨墙里面的小屋内，传出悠扬的拉二胡的声音，这声音简直"如怨如慕，如泣如诉，余音袅袅，不绝如缕"。我静静地听着，听着，我的心忽而随着二胡的弦音飘向空中，忽而飘落深谷，忽而又在旷野上飘来荡去。这时候，我不禁想起童年时代随着祖父去看夜戏的情景，想起远方的友人，想起伤心的往事，想起茫茫的将来，想起那平时我所不容易想到的一切……可是，那个拉二胡的人，却绝对没有这么多的问题；另外听二胡的其他人也不会想到这么多的问题，更不会和我想的一样。我这样的欣赏就是创造的欣赏，更准确地说，是欣赏时的创造活动。

可是事实上欣赏也常有很多障碍。如生活经验的缺乏，会使你不能够理解作品。黄山谷说,当血气方刚的时候不能读陶诗,就是这个道理。其次是文艺形式上的障碍,如古代的和外国的文艺作品,必须先打破文字的障碍,才能够进行欣赏。其他如主观论的欣赏者处处有成见,他认为凡是论敌的作品都不值得一读;机械论的欣赏者处处有偏见,爱拿一个框子向作者身上套。有成见和偏见,主观论和机械论,都不是好的欣赏者,更不是好的批评者,正如刘勰说的,"会己者嗟讽,异我者沮弃,各执一隅之解,欲拟万端之变,所谓'东向而望,不见西墙'也"。见的少,知道的少,常识缺乏,或死抱着教条不放,都不能做好的批评家。如果勉强做批评家,便要闹笑话、闹错误。庄子说:"井蛙不可语于海者,拘于墟也。夏虫不可语于冰者,笃于时也。曲士不可语于道者,束于教也。"就是说的这类人。

作家和批评家到底应该是一种什么样的关系呢?作家同批评家不是对立的,作家很需要批评家,因为好的批评家就是作家的诤友。作家在创作过程中往往会把主观性提得很强。"太太是人家的好,孩子是自己的好",这是中年人的看法,自己的孩子不论如何不好,总要护短。年轻人都以为自己的爱人顶好,认为她比马利亚还要崇高、神圣,所谓"情人眼里出西施",就是说的主观性。作家对作品也像中年人对孩子,年轻人对爱人一样,主观性也相当强。作家天天想、天天写,写到某一个好场面,某一个精彩的句子,就拍案大叫:"我真是一个天才!"这最初的主观性是很必要的,没有旺盛的主观热情,你就不会做一个爱人,不配做一个父亲，不能做一个创作家。作品既然问世，它就成了客观存在，可能对社会影响很坏，你如果一味对作品护短，那就错了。同是主观性，在起初很必要，到后来就变成不必要的了。这时，主观性必须降低，必须拿客观精神或民主精神克服它，诚恳地接受批评，听一听别人的意见。作家应该把自己看成一个永远在发展过程中的人，绝不能认为是一个定型的人。人非圣贤，孰能无过？有过就改，才可以逐渐地改造自己，提高自己，促进自己向好的方面发展。

批评家对于作家也应该看成一个发展中的人，批评家不是作家的太上皇，而是作家的诤友。批评家不是作家的仇敌，也不是作家的捧场者，批评家和作家是"站在一条战线上的战士"。批评家对于自己战线上的作家，应该尊重他、理解他，万万不要武断、不要侮蔑，要诚恳而友好地鼓舞作家的积极方面，纠正他的消极弱点。对于敌对战线上的作家，如法西斯作家，则应该骂得他狗血喷头，绝不客气。同样地，作家对于敌对战线的批评家也应该采取一种断然的战斗态度，但在战斗中还要改正自己的弱点。

谈到批评的立场和态度，一般说来，有四种错误的现象：第一是捧，不管作品好坏，只要和自己一派，就无条件地捧，像啦啦队一样，或表面上骂两句，而实际上是用劲地捧，骂是假的，捧是真的。第二是骂，只要作家不是和自己一派，就一笔抹杀，一骂到底，或表面上捧两句，而实际上是用劲地骂，捧是假的，骂是真的。第三是主观至上论，忽视作品的完整性。第四是艺术至上论，强调作品的艺术性，而不顾作品的社会意义。以上四种，都是非现实主义的批评。

现实主义的批评是什么呢？现实主义的批评立场是站在人民大众方面的，站在进步力量方面的。把作家看成正在发展过程中的人，虚心地去理解作家，认清敌友，提高自己的民主精神，不武断，不主观，顾及大多数人的意向，并且批评也要顾及环境，在敌人力量最小的地方，对自己朋友的批评不妨严格一点，在敌人势力大的地方，应该和缓一点。批评家万不可唯我独尊，也要向作家和读者学习，不要自认为是作家的老师，自己的话就是权威。事实上，现在作家在学习中，批评家也在学习中；今天没有产生伟大的作家，也没有产生伟大的批评家。现在的中国文坛极需要真正现实主义的批评，却不需要反民主的主观主义和宗派主义。

刊载于《文学青年》1945年第1卷第1期，收录本书时有修订

用什么话写小说

诸位同学：

今天，我讲的题目是"用什么话写小说"。

文学是形象的语言的艺术，描写是形象化的过程，形象是具体的、生动的。如果我们说"增之一分则太高，减之一分则太低，施朱则太赤，涂粉则太白"，这，不形象。怎样形象化呢？那就是：要具体。例如，你们在外面上学，漂泊七八年，回家后，你们的老祖母也许会把你们抱住，说，"我的孩子，我想你把肠子想断啦！"因为肠子是具体的，肠子断也是具体的，所以，"把肠子想断啦"是夸张的描写，是形象化的语言。又如，描写少妇想念丈夫的心情，"梳洗罢，独倚望江楼，过尽千帆皆不是，斜晖脉脉水悠悠"，其中没有一个字是"想"，而字字是想。又如，"无言独上西楼，月如钩，寂寞梧桐深院锁清秋。剪不断，理还乱，是离愁，别是一番滋味在心头"，这，也是形象化的描写。又如《诗经》上的"昔我往矣，杨柳依依，今我来思，雨雪霏霏"，其中不说"春天"和"冬天",而春冬自在其中。我小的时候,读《醉翁亭记》不知其意,现在才体会出好在哪里。例如,"野芳发而幽香,佳木秀而繁阴,风霜高洁,水落而石出者,山间之四时也",这是用形象化的语言写出春夏秋冬的特点。总之,写小说要用形象化的语言,这是第一。

其次,写小说要用最精练的语言。如果不用精练的字句写,那就成了"老太婆的裹脚布——又臭又长"。古诗中有很多是非常精练的,例如,"寥落古行宫,宫花寂寞红,白头宫女在,闲坐说玄宗",这简单的四句,写出了诗人对于历史巨变的无限感慨。又如"天苍苍,野茫茫,风吹草低见牛羊",这也深刻地描绘出北方的朴实的原野。"落日照大旗,马鸣风萧萧",这也是极精练的语言。王安石写诗时,曾写了一句"春风又绿江南岸",最初,他打算写成"春风又到江南岸""春风又过江南岸",或"春风又满江南岸",但,总觉得"到""过""满",远不如"绿"好,为什么好呢?精练。因为他用"绿"字把一切春意都写出来了。莫泊桑的老师福楼拜说过,"形容事物,最恰当的只有一个形容词",这就是主张作品要精练的意思。最近我写了一篇小说,要在上海某报连载,其中有许多句子,我还可以背给各位听。过去我写东西,老是好拖长,现在,我大大改变了这种文风。在这篇小说里,我曾经用这样几句话,写出敌人劫后的村庄:"大部分的房屋被烧毁了,只剩下红色的墙壁映着蓝天;碾盘上生着绿苔,井沿上长满荒草……"(全体鼓掌)我觉得这描写是比较突出的,精练的,尤以"红色的墙壁映着蓝天",构成一种画面美。

第三,要用最自然朴素的语言。凡是好文章,都是最自然的文章,最朴素的文章。有人问我:"你演讲老是用河南话,为什么不撇京腔呢?"我说:"我说河南话才能自然。"陶渊明的"采菊东篱下,悠然见南山",杜甫的"峥嵘赤云西,日脚下平地,柴门鸟雀噪,归客千里至",都是最朴实的诗句。最近,《文艺复兴》上曾刊载过一篇散文,是不自然的,头一句就是这样的写法,"瓶花已经把它的影子慢慢的拖在台布上了",这反而没有"黄昏来了"自然。

第四,应用活语言。什么是活语言?是活在大众嘴上的语言。例如,乡下佬对于那些好打扮的乡下女人,形容为"驴屎蛋上下霜"。(鼓掌)说那些好脾气的有奴隶性的人,是"扎一百锥子不流血"。(鼓掌)说人走得慢,是"一步挪四指"。说人懦弱、斯文,是"一脚踏死一个蚂蚁"。说屋子小,是"连下脚的地方都没有"。说人好吃喝而一无所能,是"鹰嘴鸭爪子"。(鼓掌)又如,乡下人说"头发辫奓拉着",这"奓拉",不是挂,不是垂,而是一半附着于硬东西上,一半悬下,这语汇在元曲中也常见到。狗吃东西吃得多了,谓之"呛",但不能说"呕吐"。又如,说鼓励某人,谓之"钢"他一顿,就是使他勇敢一些,加点钢的意思。这些活语言,都是非常宝贵的。

第五,怎样使语言丰富?一方面要多学习,多收集。另一方面,更重要的是,要了解生活。因为只有了解生活,只有正确而深刻地了解人民生活,才能了解并运用人民的语言,写出反映真实生活的语言来。

以上五点,是小说中运用语言的基本原则,能够把握住这些基本原则,写出的小说就自然能与大众结合。现在,文学中所表现的事件是千千万万的人的事件,文学是千千万万的人的文学,所以,我们写作时所用的语言,也必须是千千万万的人的语言。

1946 年 5 月 29 日在开封女师大礼堂的演讲

小说的定义与要素

今天所谈的问题，是属于创作方法方面的。这是很不易讲的一个问题，我自己，说起来，是一天到晚在写小说，而现在乍然一谈，却是"不识庐山真面目，只缘身在此山中"。大有一部二十四史，不知从何处说起的感觉。没有好的办法，或者就经验谈吧！而这又有许多不合适，因为经验只是属于自己的，不能代表别人写小说的意见。况且我的经验又十分不够，拿走路说，我只算小孩子学步，还说不上安安稳稳地走，更谈不上跑步了。所以这问题，要详细讲，一年也说不完，今天就简明扼要地拿一两个钟点的时间略微讲一下吧！

首先我们先说什么是小说。小说的定义是什么？这个似乎难说，因为小说自来没有过一个好的定义，因为文学和艺术，不像自然科学，界限清楚，概念容易把握。所以下个定义十分困难。

勉强地说吧！小说是用形象化的语言，表现人生的故事。

所谓形象化，大体上说，就是描写的手法表现，无非平铺直叙。再一方面，为什么小说写的是人生的故事呢？因为历史社会是人构成的，小说是反映历史社会、反映时代的，所以必然离不开人，必然要写人。而有没有不写人的小说呢？为什么都要写人？当然这也不尽然，也有例外，如同杰克·伦敦的《野性的呼唤》是专写狗的生活的，其他如《伊索寓言》等西方童话，是大部分写禽兽的，那怎么都一样是好的作品呢？这当然是不错，但我们应该注意，他们所写虽是非人的东西，其本身却都是"人格化了"的。这就是所谓移情作用。

譬如说，庄子游于濠梁之上，见了鱼就说鱼很快乐，庄子不是鱼，怎么能说鱼快乐呢？这就是庄子把自己的感情移到鱼的身上。还有从前一位诗人说到花，"泪眼问花花不语，乱红飞过秋千去"，这也是将自己悲哀的情绪，转移给了花。赋予鱼和花一种人格，我们感觉到鱼和花有灵魂有精神，而且这种精神还和我们是一致的，所以小说也可以写动物和植物。不过这只是极少数的，主要的还是写人生，小说还是用表现的手法、形象化的语言写人生的故事。

现在再说"故事"，"故事"两个字相当重要，诗和散文都是写人生的，而所写的只是人的思想与情感，不着重在故事，只有小说本是写人生的故事的。

再说小说和现实、和历史的关系。

小说是现实，但和我们平日常看见的现实不完全一致。也就是说现实和真实有距离，现实是个别的带有偶然性而确切存在的，现实是对真实的概括、归纳与提高，是深入真实而又超出真实的。现实是在这个时间空间里有普遍发生的可能性的。举个例子来说，现在你要写一个小说家，你以我姚雪垠为准来写，说小说家是一个穿咖啡色外袍、浓眉毛、大眼睛、黑皮肤、络腮胡子的人物，这是不好的，因为世界上小说家多得很，这一个描写不能作代表。这就是说，真实是有局限性的，专就真实来写，不够。所以必须从个别的真实中抽出其共同性写出来。这一点是十分要紧的。

再说小说和历史。有人说小说就是历史，历史就是小说，不过小说虚构的成分多，英文说小说是 fiction，就是这意思，历史则是真实的，比小说更真实。

这一点，说历史比小说真实，这我否认。小说的记载，是比历史真实的。如司马迁《史记》上记载的吧！项羽大败于垓下之后，奔至乌江，问农夫路，农夫说左，项羽向左，结果，项羽和他的随从都死亡了。这件事在项羽和他的十八骑随从都死完时，又有谁告诉史官，教他这样写呢？这不过是根据传说罢了。又如同今天早上我和两位朋友去吃饭，已经走出房间，迎面又来了一位，这位朋友连屋里也没进去，就被拉着一块儿去吃饭了。而他却说我屋里有个女人，其实我屋里除去一张床、一床被褥以外，什么也没有，但假若这位朋友传开去，有人要写出印象记一类的文章来，能真实吗？

所以我说历史是瞪着眼睛板着面孔说假话，小说则是嬉皮笑脸地说真话。历史如同一个一本正经的老头子，见了小孩便道貌岸然地训示着，说什么读书不用功，一天到晚光顾着谈恋爱，而一转脸到自己房里，便又同姨太太调笑起来了，所以要真想了解以前的事，看历史还不如看小说。

如果读《明史》之类的史籍，要想了解张献忠的脾性，可不大容易。但有一个小故事，说张献忠手下有个县官，犯了法，张派人去查他，不久他又给了个手谕给查的人，上写着"奉天承运皇帝诏曰，回来吧，饶了那个狗知县，钦哉"。我们一听便能想到张献忠原是这么个人物。而这段记载是出于野史的，而且十分富于小说意味。

另外再谈一种浪漫的如《西游记》等小说，这种可以说是超现实的、不切合实际的东西了，像这样的作品在西洋也有，如《鲁滨逊漂流记》《格列佛游记》等就是，但有些人却觉得这也是真实的。其原因是虽然所写的不是人，但是从人的生活中抽出来的，《西游记》也便是这样，翻去荒唐的外表，仍不失其真实性。

比方说拿神来比喻人，地下有皇帝，天上便有老天爷执掌一切；地下有县长专员，天上便有隍都城隍；地下有保甲长，天上便有土地。这种神的组织大体上都是模仿人的。天有大神，地有大官，天有小神，地有小官。天上有吕洞宾之类的神仙，也是因为地下有教师作家之类的人物。事实是这样，一切都是真实的。

小说包括人物、事件和主题。

说到人物方面，许多人都说我会看相，成都许多朋友曾经喊我作"文艺大相师"，实在我也确实会看相，尤其同学们更且是河南同学们的相。我只要一看人，对这人的过去现在以及将来，就能看得十分准，一看就对。譬如有一次我在燕大讲演，讲毕之后，有一个女同学请我吃点心、喝咖啡，要我给她看相，我一看就说她家庭很富有，外婆家也富足，另外还知道她最近正失眠。结果，都对。为什么能看对呢？这是因我对人的看法，有一个哲学的系统，主要看人的性格、心理以及心理的转变。我在一个卦摊旁边听说过关于性格的话，他说是，"有心无相，相随心生，有相无心，相随心减"。我是捧黑格尔辩证法的，这两句话，便很像黑格尔的辩证法。换句话说：心是内容，相是形式，内容是可以决定形式的。举例说吧，一个人外表不见得十分漂亮，五官也平常，而我们对他却越看越美，越看越可爱，这是因为他的风度动作都好，是一种内在的美。但是这个人若生长在贫穷人家，不让他读书，不受教育，在粗野的环境里生长，那么他的内在美就很难发展；如果反过来说，自小就把他放在优良的环境里，受良好的教养，那他的衣裳装饰、姿态动作都自然可爱。这就是相随心生。再譬如有些人，干枯瘦小、虚弱，而一旦发了大财，做了官，发威发福的，那穷酸气自然就消失了，立刻会变成方面大耳、又白又胖一副大官赐福的样子。但若又一旦砸了锅打了瓦，找事不成，谋业不就，那一定是背着锅子走路，满脸烟色，一身晦气，见人弯腰。这就是所谓"相随心生"。这就是所谓内容决定形式。

一个人物的内容，就是性格，而性格是由心理和生理所构成的。有一个朋友，在结婚的时候，我曾经去看过，朋友太太很漂亮，各方面都美，但在说话时，往往好拿手巾掩住嘴，后来我才发现，这位朋友的太太，各方面长得都很好，可就嘴上有毛病，现下牙包上牙。这一定是她在女孩子时期，懂得了美和丑的时候，再有些残酷的人们，告诉了她她的缺点以后，她便自觉不自觉地去注意这缺点而企图去掩饰，这样久了，便构成了她如今的这种性格。这就是生理影响心理，久之构成了性格，也就是说，心理作用受了外界的或生理上的影响，有条件或无条件地反射，这样长远了，便自然构成了性格。

再如：我有个朋友，是我们家乡人，外号叫"小磨子"。有一次我回家，和他一道走路，走的时候，我觉得他老抗我，从路东一直抗到路西，一会儿又从路西抗到路东。后来我注意观察才知道，他之所以抗人，是个子矮的缘故。个子矮，便希求自己能长高一点，遇见个高的人，他有一种受威胁的惧怕，而遇见像我这样不称高的人，便想和我比比个子，到底低好些，这样存心久了，便自然走路好和人贴近。另一方面，由于个子太矮，便常爱注意自己的高度，而这种注意，不能看见自己的头，所以只有看肩头，时而抬左肩，时而抬右肩，一耸一耸的，这样久了，再加上比个子的心理，便自然形成一种抗人的性格。这也是生理影响心理，心理构成了性格。

还有一个很要紧的点，就是社会生活影响心理，再进一步构成个性。社会生活对性格之构成是十分重要的。心理可以说是现象，变化多端，随时随地受到外界的刺激，在内部便临时发出一种反应。而个性则是比较稳定的，变化较缓慢，但也非绝对不变的，这可以说性格近乎"质"，是一种内在的。心理是直接受社会生活影响的，例如北京有一个大成衣匠，在从前给许多官员做衣裳，做得十分合适，而且不量尺码，只要和官员的随从一谈，就能做成。因此就有人去请教他，到底是什么原因，他就告诉来人说，做衣裳的如果是一个小官，或者候差多少日子还没补上缺的人，那给他做时，就一定后边长些，前边短些，这样配上他弯腰拱手的姿态，一定很对称；若要是一个正赫赫得势的大官，那就要反过来，做得前襟长、后襟短，才能对称，因为他一定是挺胸仰脸的神气。这就是社会生活影响心理，心理构成性格的一个证明。

至于在心理方面，对写作是很值得注意的，如同我是一个男人，写老头子或者可以揣摩，但若写女主角，又是怎么写的呢？这主要的一个条件就是根据自己的生活经验，去体验别人，就所谓"人同此心，心同此理"，也即"设身处地，将心比心"。

一个人在等待情书的过程中，起初一定是很着急地等着，望眼欲穿的，若很久接不到，便埋怨邮政，埋怨交通，怨天尤人，惆怅万分。若一旦接到手，却又是万分地不宁，想一下扯破封皮，但又想保留着，但又来不及去寻硝酸去点破，于是边走边撕，到读时，一定想一气读完，而读后却又怕有遗漏似的，来回反复地读着。再说，有一个人如果在一间接待室里等女朋友,一定起坐不安,时而侧耳听听门外脚步声,时而偷眼窥窥玻璃窗外,现出十分不宁静的样子。这些都是将心理通过动作表现出来。从前人做文章,常是平铺直叙,那是最笨拙的,现在写,却如同舞台上一样,用动作行为来表现。

如果写一个人内心的矛盾,像偷表这件事,要是说他想偷表又有些怕,这样说出不好。若这样写——说他刚进门,便看见了表,心内不由得一动,于是眼便变钉,钉在表上,而又一时不敢下手,走来走去,心跳脸热,而后才把表拿走——这就好得多了。

表现人物的最重要的部分,是眼睛、鼻子、嘴、头发,这种面部的表情,最可以传神地描写出来。如同一个正在用功的心,感情很灰心,对别的事都不感兴趣,甚至是由于爱情失败的刺激,那他这时眼睛一定很深湛,眉尖蹙着,头发蓬松,面部显出阴沉的样子。假若有一个人正在有爱的要求,或是爱的萌芽,那他一定头发梳得很光亮,眼睛也射出虎玲玲的光,一举一动都加意修饰,衣服也挺考究。记得是《安娜·卡列尼娜》中说过,"从毛色中我认识酸,从发光的眼睛里,我认识恋爱的年轻人",总之眼睛的表情十分重要。不过有些人写什么"眼睛中放射出异样的光彩",这不好,不够形象化。

可是心理也有变动,从心理看性格,从性格也能看出心理。性格也有它的特殊性与一般性,如同请人讲演,那讲话的人,便由于性格心理的不同,而有不同的表现。性格受心理的影响很大，等于是本质决定着现象，内容决定着形式。如写一个乡下小土绅，在欢迎一小部分军队的欢迎会上，一定有人推他说，你老人家人望重，上去讲几句吧。他一定惶恐地拒绝，可是万不得已推不掉时，便扭扭捏捏地走到台上，可是一上台，烟袋朝腰里一插，再也想不起说什么好，那他一定会一转身埋怨人说，你看，我不上来，你硬要叫我上来。可要是一个大绅士，欢迎大军队，那气魄就不同了。虽然他也不会讲出什么漂亮话来，就拿我们乡一个大绅士欢迎石友三时的情形来说吧！当时石友三说，我的军队就是老百姓的军队，都是替老百姓做事。可是那绅士却上台说，石军长是客气的，他的军队就是他的军队，不是咱们老百姓的；接着又说石军长自到潼关，百战百胜，可称得是个大军阀。这些是由社会的生活，决定了他们的性格。

总之文化教养、历史传统的教养、社会生活、生理、心理，都是构成性格的重要条件。

演讲由丁纬记录，原文以《怎样写小说》为题名发表于《民权新闻》1946年10月9日、10月10日、10月12日、10月14日、10月16日、10月17日第2版"晨曦"副刊，收录本书时有修订

《李自成》的艰难创作历程

目前《李自成》这部小说，不管是第一卷还是第二卷，有许多部分一直拨动着读者和电台听众的心弦，我想，大概是由于我自己在笔下倾注了饱满的激情，是用墨水混合着激动的热泪写出来的。

第一卷出版之后，虽然报纸、刊物上没有任何评论，但是艺术作品本身是有腿的，它能在人民群众中自己往前走。《李自成》就是默默地向前走，获得了广大读者的喜欢，在读者的心中留下很深的印象。1966年"文化大革命"开始以后，中国的知识分子普遍地经受了一次史无前例的考验，我也不例外。"文化大革命"一开始就有人写大字报、小字报、画漫画，说《李自成》是"大毒草"。在当时情况下，如果《李自成》真被定为"大毒草"，那问题就太可怕了。幸而毛主席看过这部书，在1966年8月的一次中央政治局扩大会议上，他明确地告诉中央的一位负责同志，说他看过《李自成》第一卷，他认为写得不错，要他通知中共武汉市委，对我予以保护，让我继续写下去。在那样极具关键性的时候，毛主席的指示救了我。如果没有毛主席及时地做出指示，我的第二卷原稿，我的多年积累的关于明末历史的大量卡片、笔记以及藏书就保存不住，身体也会遭到摧残。

由于毛主席说了话，明确地给我关怀和支持，我在全国老作家中是比较幸运的，在"文化大革命"中没有坐牢，没有被毒打，没有在群众大会上作为主要对象被批斗，家中的藏书、稿子、研究历史的笔记和卡片都得到了保护。然而我仍然被看作牛鬼蛇神、文艺黑线人物。我有时得去陪斗，有时免不掉受小规模批斗，每日行动受到控制，我还被强迫下去做体力劳动，当然，我不能继续写作了。不管处境多么艰难，我都没有放弃继续写《李自成》的信念。只要我晚上能回到家里，休息休息，仍要看点书，记点笔记，思考《李自成》的写作问题。我坚信中国人民需要文化，需要好的作家和作品，那些人们破坏和利用"文化大革命"的所作所为违背了中国人民的心愿和利益，不符合马克思列宁主义，也不符合毛泽东思想的真正精神。到"文化大革命"后期，我的境况稍微好了一点。我在五七干校，常常白天和同志们下地劳动，后半夜悄悄起床，伏在床上继续写《李自成》，等天明时赶快停止。

我认为，我作为一个知识分子，一个经过几十年锻炼的作家，应该用一切办法为我的祖国、为我们人民做出自己的贡献，绝不能消极等待。一种对国家对人民的责任感在推动我不顾条件困难，进行写作，哪怕一个后半夜只能暗中写几百字也是好的。我今天追叙这种情况,是想要朋友们通过我自己的创作故事,更加明白粉碎"四人帮"和批判极"左"思潮对繁荣中国文学艺术的重大意义。

由于毛主席曾经明确地肯定了《李自成》第一卷,要我继续写下去,所以从1973年春节后我就从乡下回到武汉家中。中共武汉市委指示我在家中继续写《李自成》。但是那正是"四人帮"横行时期,我所受的精神压力依然沉重,条件依然困难。到了1975年夏天和秋天,人们故意给我各种不相干的工作,占去我的时间,使我再也没法写下去了。我已经老了,必须分秒必争,才有可能将写作计划完成。看着我老年的有限时间白白浪费,我痛苦极了,也非常愤怒。我要为写《李自成》,为能在晚年为人民做出一点贡献而进行斗争。于是在万不得已的情况下,我给毛主席写了一封信,由当时主持中央工作的邓小平副总理送到毛主席面前(编者注:这是当时的误传,后来才确知信是胡乔木转给毛主席的)。毛主席在我的信上批示,同意我的写作计划,提供方便条件,让我将书写完。由于毛主席的这一批示,我就从武汉移居北京,专心写《李自成》。这是毛主席第二次在我的最关键的时候给我以明确支持。

虽然我的长篇小说《李自成》第一卷出版后得到了广大读者的欢迎和毛主席的支持,但是如果不粉碎"四人帮",《李自成》未必能够出版;纵然由于毛主席的批示,可以出版,但出版后肯定会挨"四人帮"的棍子,找一些歪曲理由将我打倒。幸而在1976年10月间,党中央粉碎了"四人帮",中国人民第二次得到解放。我国的知识分子在政治待遇上和工作条件上都受到党和国家的关怀和照顾。知识分子,只要有一技之长,都能够在中国共产党的领导下为社会主义建设事业贡献力量,发挥各人不同的才能。中国古代有两句有名的诗,"老骥伏枥,志在千里;烈士暮年,壮心不已",这是目前中国老一代知识分子共同的精神状态,也是我们的时代特点。所以,一方面我有满头白发,而且头顶的白发逐渐稀疏,另一方面,我依然有燃烧的工作热情,活泼的艺术想象,好像我的国家一样,经过一段痛苦的历程后,重新焕发着青春。

粉碎了"四人帮"以后,《李自成》第二卷在1977年春季出版,随即第一卷修订本也出版了。我目前正在写第三卷。第三卷也有八十多万字,分三册出版,上册已经发排,将在秋天出版。《李自成》第一、二卷共有一百三十万字,加上第三卷的上册,将有一百六十万字。对全书来说,还不到一半。所以我面前的工作量还很大,困难也很多,不论在时间的安排上、艺术的追求上,都必须继续努力,不能稍有松懈。如果不是有这次极"左"思潮对中国文化事业的严重破坏,大概《李自成》全书已经写完,现在我已经开始写第二部长篇历史小说了。所幸的是,风雨崎岖的道路已经走完,如今只有加紧努力了。

我为什么写历史小说?这个问题,在日本不是个问题,在西洋也不是个问题。我知道在日本很重视历史题材的作品。井上靖先生和司马辽太郎先生都用中国的历史题材写出了几部小说，为日本文学和中日友谊做出了贡献。在中国古代，历史题材一向受到群众的喜爱和重视，源远流长，并且产生过《三国演义》和《水浒传》两部伟大的长篇小说，日本的读者也是熟悉的。五四新文学革命以后，历史剧本（包括话剧和戏曲）还有不少人写，可是历史小说，特别是长篇历史小说成了绝响。这个问题，在四十年代我已经注意到了。到了五十年代，这个问题更为明显。当然，我们的大多数作品应该以反映现实生活为主，但是，要不要继承《三国演义》所开辟的长篇历史小说传统，通过我们的努力填补新文学的这个空白，为社会主义文学占领这一角阵地，满足广大读者的需要？这个问题从四十年代到五十年代一直萦绕在我的心头。

中国是一个有数千年文明历史的国家，单说封建社会就有两千多年。她曾经为人类创造了灿烂文化，产生过各种各样的、非常众多的杰出人才和英雄人物，照耀千古。任何国家的历史都是不能割断的，要在批判中继承，在继承中发展。我爱我的祖国，关怀她的今天和未来，同时也重视她的悠久历史。我一方面明白因袭下来的历史包袱给我们的阔步前进带来了多么大的消极影响，但是另一方面，我也明白，祖国历史上的重大事变会替我们今后建设新中国的伟大事业提供多么丰富的经验和教育，那许多可歌可泣的英雄人物会给我们莫大的感染、启示、鼓舞！总之，我写历史小说不是出于怀古思想，不是厚古薄今，而是着眼于我们国家的今天和未来。这个问题，在中国的习惯说法就是

"古为今用"。

每个作家在写一部作品时都有自己的愿望，也就是他在艺术上的追求。不管他的追求能否达到，没有艺术追求的作家恐怕不能算是真正的作家。我今天借此机会，向日本朋友们谈谈我在写《李自成》这部小说中的艺术追求。当然，我只能很简单地谈两三点艺术上的主要追求。

我的第一个艺术追求，是要在《李自成》的写作实践中探索长篇小说的中国气派和中国的民族风格。我国五四新文学革命是反帝反封建斗争的新文化运动的重要部分。在这一特定的历史条件下，我们的新文学运动的前驱者努力向西洋学习，受欧化的影响较强，这几乎是不可避免的。包括文学语言、文学形式和表现技巧，都表现了强烈的欧化倾向。到了二十世纪三十年代，随着中国革命运动的深入发展，我们开始认识到文学应该跳出狭小的知识分子圈子而与广大人民相结合，过分的欧化倾向会阻碍文学与人民大众的联系。大众语文学运动便是对文学上过分欧化倾向的一次否定。到了四十年代，文艺界提出了民族形式问题，进行过热烈讨论。这时提倡文学艺术应该摆脱盲目欧化的倾向和道路，转向中国人民所喜闻乐见的民族气派和民族风格。

从二十年代末到三十年代，我国有一部分左翼文艺工作者在创作上开始摸索民族化的文艺形式。当时所提出的"大众文艺"即包含着这种追求。但是当时不管在理论上、创作上，都仅仅是新探索的开始，一个新运动的萌芽阶段。从四十年代到五十年代，这一道路被许多作家所重视，并且产生了几部利用章回体形式写的长篇小说。较早的"大众文艺"的提出,对我的影响不大。三十年代的大众语文学论战和四十年代的民族形式问题讨论,都使我常常考虑小说方面的写作方法问题。我在四十年代所写的一部长篇小说《长夜》,是在创作实践上的初步尝试,到《李自成》就形成了我自己的道路。但是,我必须说明,我只是许多新道路探索者中的一个罢了。

《李自成》第一卷出版以来,许多朋友和读者认为我是将西洋小说的写作手法同中国章回体小说的写作手法混合一起,形成了自己的写作方法和中国气派的艺术特色。我不很同意这种看法。我自己认为:我是植根于民族土壤,吸收和消化西洋小说的长处,形成中国气派的长篇小说风格。"植根于民族土壤"的概念和"学习章回体小说的写作手法"是不同的,前者所包含的内容十分丰富。但是这是一个比较复杂的理论问题,我今天就不谈了。

我的第二个艺术追求是想通过《李自成》除反映农民战争的胜利和失败的规律之外,还要反映十七世纪中叶中国社会中各个阶级、阶层的复杂关系和动态,而且要涉及不同地区的生活和不同的行业,要写出各种各样的人物性格。这样,不但希望这部小说能够广阔地反映明末清初的历史面貌,而且我希望它有助于读者通过这部小说了解中国封建社会后期的许多问题。

我的第三个艺术追求是通过小说艺术的手段重现三百年前的历史生活,写出历史的典型环境,能够将读者带进特定的历史气氛中。我知道要实现这一愿望很难，但我将继续克服困难，摸索前进。

朋友们，因为限于时间，我今天只能够长话短说，简单地谈出我写《李自成》的一部分情况。我希望通过这一点自我表白，增加日本文艺界朋友和读者对我的了解，从而进一步建立我们两国作家、两国文化和文艺界之间的深厚友谊。

中日两国是兄弟之邦，在文化上自古就有密切关系。特别是唐代，日本多次派使臣和留学僧人到中国学习佛经和各种文化，而中国僧人也渡海来到日本。这种文化上的密切关系，将永远被我们两国人民所记忆，所称颂，并为我们两国人民培养了源远流长的历史感情。日本明治维新之后，在向西洋文化学习方面，比中国先进一步。现代中国知识分子，很少人不是直接地或间接地接受日本影响向日本学习。以我自己来说，在青年时期，即二十世纪三十年代，曾阅读了许多日本作家的作品、文学理论著作，以及介绍马克思主义的著作。我走上文学创作道路并成为一个作家，日本二十年代和三十年代的文学对我是有启发和教育作用的。遗憾的是，近三四十年来，特别是"文化大革命"以来，日本有许多重要作品都不曾翻译到中国。假若我今年只有五十岁，我一定学习日语，以便直接读日本作品，向日本作家学习。然而如今已经晚了。今天我借此机会，向日本朋友提出一个热切的愿望，即加强我们互相访问、加强友谊团结之外，还需推动一个运动，将两国作品互相翻译、介绍。通过作品的翻译，加强两国作家的互相了解，并借助作品促进两国人民加深了解。愿中日两国文学艺术界加强团结，互相促进，为亚洲、为世界文化做出更多的贡献！

1979年5月18日访日演讲，载于《姚雪垠书系》第14卷《惠泉吃茶记》

李自成为什么会失败
——兼论创作《李自成》的主题思想

一、从主题思想问题谈起

《李自成》出版以后,读者提出许多问题,有关于历史方面的,有关于艺术方面的。我这里只打算集中谈一个问题——李自成为什么失败?为什么失败得那么快?因为这个问题牵涉到《李自成》的主题思想,在谈李自成为什么失败当中,也附带地谈一谈《李自成》的主题思想。这些年来,"文化大革命"把文学的基本理论搞得非常混乱,我在谈主题思想时,也对流行的谬论略作批判,澄清是非。

李自成为什么失败?为什么进北京后失败得那样快?当然,这两个问题是在《李自成》中要解答的问题,也是《李自成》这部书主题思想的重要组成部分。

一部长篇小说,特别像《李自成》这样的长篇小说,在处理主题思想方面,应和短篇小说、中篇小说都有所不同。

不同在什么地方呢？在于它比短篇小说和中篇小说所反映的历史生活和问题的容量大得多，主题思想也要丰富得多。它不仅有总主题，还有若干侧重面不同的副主题。在长篇小说中，既要有统摄全书的总主题，像大树主干，也要有许多横逸斜出的枝干，也就是轻重不同的副主题，为总的主题思想服务。长篇小说的思想性既需要深刻，也需要丰富。深刻性与丰富性不是等同的，而是相辅相成的。副主题也是反映某个方面的历史规律和经验教训，部分地表现作家对生活和历史问题的思想见解。总主题和副主题是有机关联的，它们之间体现着辩证关系。例如一个单元，甚至一章，你所表现的内容出了问题，就会影响到总主题的发展。所以一部长篇小说一定要牢牢把握总主题。但是，每个单元、每一卷，都要表现一个中心思想，这个中心思想和总主题的关系，必须扣得紧。《李自成》这部小说写的是大悲剧。这个悲剧在中国封建社会历史上有代表性、典型性。因此，通过《李自成》这部小说不仅能看到李自成领导的农民起义的成功和失败的规律，以及如何成为悲剧，也可以看到从秦朝末年到太平天国许多大的小的农民起义的共同规律。这些规律给我们许多教育，许多启发，使我们认识封建社会的阶级斗争，认识农民运动为什么成功、为什么失败。这是一些客观的、不以人们意志为转移的规律。李自成、张献忠只是明末农民战争大悲剧中的一些英雄人物的杰出代表。

所谓悲剧，按我自己的理解就是英雄人物通过他的努力奋斗，不能扭转客观历史条件给他提供的形势。正如恩格斯说的,"历史的必然要求与这个要求的实际上不可能实现"。如果运动的主要人物是庸庸碌碌的,他的失败便不是悲剧。正因为他确实很杰出,很了不起,拼命地斗争,影响很深远,然而在某些关键问题上违反了客观规律,最终失败,这便是悲剧。历史上农民起义的悲剧英雄很多,李自成不过是一个代表。《李自成》的总主题就是要挖掘和表现这种既是具体的、特殊的成败经验,也是具有普遍意义的规律。

《李自成》全书五卷有一个总主题,这是不待说的。但各卷都有一个中心思想,既是总主题的有机部分,也有相对的独立性。因为全书五卷是一部完整的小说,所以各卷的相对独立性是有限度的,不很鲜明,不能过分渲染。

拿《李自成》第一卷说,它特别表现革命英雄在极其不利的条件下,在失败之后应该抱什么态度。这在全书中是有机组成部分,但又是第一卷的中心思想。第一卷就是要写出革命领袖人物在全军覆没之后,不应该动摇、妥协、投降、无所作为、灰心丧气,而应该坚贞不屈、百折不挠、奋发图强,将革命运动推向新的高潮。

第一卷开始写作是在1957年秋天。当时我被错误地作为反党、反社会主义和反人民的"右派分子"进行批斗。反右派斗争的时候,我受的精神打击和政治打击很大,十分痛苦,经常痛哭流涕,夜不成寐。就在这样令人几乎完全绝望的境遇中,我开始悄悄地写《李自成》第一卷,往往边写边哭。我当时没有想到此书能在我生前出版,我是想着,在我死后,形势变了,我的后人倘若将稿子拿出来交给党,必会得到肯定，就是我为党、为祖国、为人民做出的一点贡献。我从长远来看，对党、对人民、对历史的发展规律没有任何动摇，对马克思主义的哲学思想不曾因自己的遭遇而产生任何怀疑。这是我当时开始写《李自成》的主观条件，也是根本。因为有这个根本，所以我才有那样的勇气和决心在别人几乎不能想象的困难条件下"献身"于这一写作工作，并且坚持运用历史唯物主义的思想方法处理明清之际极其复杂的历史问题（包括对各种历史人物的分析研究），将我的激情倾注在农民革命的大小英雄人物身上。

当时我为着写《李自成》，特意买了一个质量很好的皮面活页夹，用蝇头小字写在窄行活页纸上。听见脚步声，我便赶快将活页夹合起来。进来的人问我在写什么，我便回答说我是在写检查材料。等他走后，我小心地打开夹子，赶快继续写。从1957年10月到1958年8月下放东西湖劳动之前，我不仅写完了第一卷，也将第二卷写出了一部分。当然那只是仓促写成的草稿，只是作为后来整理加工的基础。但这个基础非常重要，倘若没有它，后来的《李自成》就永远是一句空话。

去年美国作家安格尔、聂华苓夫妇访问我时，问道："你从李自成失败写起，写他全军覆没后毫不灰心，用百折不挠的精神继续斗争，是不是也写了你在1957年的命运？"我爽朗地大笑起来，说："你们猜对了一半，还有一半没有猜到。我从李自成全军覆没写起，写他受到惨重挫折后的态度和精神状态，确实有我自己的命运在内，并非毫无关系。当时我不从李自成的出身写起,不从他开始起义某一关键时候写起,而要从他全军覆没写起,这虽是出于小说结构的艺术要求,但也反映了我自己的思想感情,就这一点说,你是猜对了。但是有一点没有猜对。如果我自己的思想感情仅仅限于个人命运上,《李自成》今天的影响不会这么大,这么感动人。'文化大革命'期间,有些人曾经一度有过绝望甚至想自杀的念头,看了《李自成》第一卷后,改变了念头,增强了生活下去的勇气,我收到反映这类情况的信有好几封。有位教授,因下放到江西,感到一辈子没有前途了,就想自杀;后来看了《李自成》第一卷,就不再想了。第一卷所表现的李自成及其周围人物的那种思想感情,是出自对历史揣摩和艺术虚构,但植根于现实生活,合乎情理,所以是感人的,能够获得许许多多人的共鸣。这种感情和千千万万人有着共同的血肉联系,远远超越我个人的思想感情的范围,所以在读者中产生了广泛的感染力。"

两位美国客人立刻表示同意,对我说:"对,世界上凡是比较能引起人们重视的,能够站得住脚的优秀作品,作者的感情和社会上广大人民的思想感情都是有密切联系的。他不仅写出了自己的,也写出了广大人民的思想感情。"

《李自成》这部小说是写一个大的悲剧。李自成是主要的悲剧英雄,还有众多的男女悲剧英雄。对崇祯皇帝我也是作为悲剧英雄来写(请不要误解艺术上"英雄"一词的含义)。我们知道,在一定条件下,农民革命运动能够持续,能够发展,尽管困难重重,但它是有生命力的,是不可战胜的。一旦条件变了,过去的优点丧失了,悲剧的命运就成为不可避免的。悲剧并不是突然出现的,它是在一个长时期的过程中孕育着的某些因素:在一定条件下,这些因素可以被克服,不至于产生悲剧;在另一些条件下,这些消极的因素会滋长,使运动以失败告终,成为悲剧。

《李自成》第一卷中的每个单元、许多章节,都是为写好李自成的大悲剧服务的。在潼关南原大战中,李自成及将士们那么激昂慷慨,临危不惧,拒不投降,冲杀出来,是为这个大悲剧的主题服务的;李自成到谷城去见张献忠,冒着那么大风险来完成一个重大的战略任务,推动张献忠重新起义,也是为这个主题服务的;甚至包括较小的故事情节,如送郝摇旗走,杀自己的叔伯兄弟李鸿恩,也都是为这个大悲剧的主题服务的。

第二卷要表现的中心问题(主旨、相对独立性的主题)是李自成继续在艰难斗争中受考验,达到成熟。写他在商洛山中,全军将士十之七八害病,外有官兵压境,内有杆子哗变,还有地主武装进攻,在这样的情况下,不仅需要应付战争的极大勇气和才能,也需要政治方面相当成熟,以及能获得贫苦百姓的真心拥护,方能克服困难,战胜敌人。这是个严重考验。到了鄂西,因联合张献忠失败,李自成回顾了过去十年的奋斗历史,总结了经验教训,然后决定以后怎么办。进入河南以后,提出了适应人民需要的新的政策和口号,群众到处响应,事业得到发展。这是历史上农民起义从受挫折到发展、壮大的规律。就在这发展中逐渐孕育着可能导致失败的因素，这也是运动的客观规律。我在第四十二章虚拟了一封李岩给李自成的书信，是为李自成后来的战略错误做一伏笔。

现在我可以将以上所谈的概括为一句话：如果是多卷的长篇小说，每卷都有一个中心主旨，可以称作相对的副主题，副主题一方面受全书总主题制约，一方面又为它服务，这就是总主题和副主题的关系。还有贯穿全书的副主题，如明清之间的民族斗争，张献忠和李自成之间的矛盾，等等，在结构上成为几条线交织进行。

《李自成》全书的主题思想是和写李自成大悲剧的因果关系密切联系的。关于这一复杂问题，不是我1957年动笔时就完全认识清楚的，但也不是完全缺乏认识。应该说，当时有一种粗略认识。

社会上常常有一种似是而非的看法，误将写作的课题、题材，同作品的主题混为一谈。我要写明末以李自成为主要英雄的农民战争，这只是我为自己选定的写作课题，是属于某种题材，而不是指小说的主题思想。主题思想不是凭空产生的，而是我对于明末的阶级斗争、民族斗争，各种政治力量的互相关系，以及各种重大的社会问题，经过初步研究，大体有了我自己的认识之后，才初步形成了《李自成》的主题思想。没有这个"初步认识"，我就不会动笔，没有动笔创作的起码条件。倘若事先不在多年中阅读了许多资料，对各种有关的问题和人物进行过一定的分析研究，形成了我的初步认识，自成体系，就不会在我的头脑中产生《李自成》

全书的总主题思想，也不会有某些比较重要的副主题思想。许多年来，由"长官"指定主题思想，即所谓"领导出思想，作家出技巧"的创作方法，是非常荒谬的。对社会生活（历史的、现实的）不经过一番调查研究便决定一部长篇小说的主题思想，即所谓"主题先行"，也是荒谬的。如果有作家先有主题，然后动笔，那是有条件的。事先对要写的长篇内容有相当了解，是一个先决条件。

一部大部头长篇小说，它的主题思想在初步形成之后，还需要在写作过程中继续丰富，继续深化，直到最后将小说定稿为止。

现在，我应该将我的话题收缩到李自成为什么失败的问题上，不再泛谈主题思想了。单就我对李自成失败原因的认识来说，也是一个由粗到细、由浅到深的发展过程。这话要稍微谈远一点。自从郭沫若同志的《甲申三百年祭》发表后，不仅在史学界影响很大，在广大读者中也有很深的影响。以后出现的各种剧本，可以说都是以《甲申三百年祭》提供的历史见解为指导，进行写作。我没有采用《甲申三百年祭》的各种见解，也不同意这本书对于史料运用的方法和态度。我走的是我自己的研究道路。但是我不是一开始就对一切历史问题都十分清楚。我的认识是逐步发展的。即将由上海文艺出版社出版的《关于长篇历史小说〈李自成〉》一书中，有一部分资料可以表明我对《甲申三百年祭》一书批判性认识的发展过程。我一方面在认识上逐步批判《甲申三百年祭》的论点，一方面逐渐形成我自己的一些论点，这些论点逐渐形成一套大体完整的看法。如果勉强说这是一个认识体系，它也是尚处于未最后完成阶段，它还在由粗到细和由浅到深的过程中。从《李自成》第一卷开始动手写到出版前后，也就是"文化大革命"之前的一个阶段，我对李自成失败的原因概括为若干条，这是我的认识的第一阶段。经过"文化大革命"十年，我又读了些书，特别是我思考的问题多了，经历狂风暴雨般的阶级斗争和政治斗争多了，我的认识又向前发展了。现实的政治斗争、阶级斗争和复杂的社会动乱现象，启发我对古代历史的重新认识。可以说，我们可以借助历史加深认识现实，也可以借助现实加深认识历史。对现实的政治斗争、阶级斗争的深入理解，可以作为一盏灯照亮许多模糊的历史问题。所以到"文化大革命"后期，我对李自成失败原因的认识进入了第二阶段。

今后我的认识是不是会继续发展呢？肯定会的。任何人只要不停止生活、学习和研究，他的认识就是不会停止的；直到最后死了，个人的认识的发展才停止，由别人去继承和向前发展。我们的认识在一定阶段达到的所谓细、深、完整、全面、正确……都是相对的，也只有从相对性上看才有意义。从整个发展过程看，不断地由粗到细、自浅到深，由不完整到完整，蝉联发展。只要我发挥主观能动性，经常关心现实，关心政治斗争、阶级斗争，继续读书，研究历史，我的认识就会逐步向前，继续发展。为着提高我对《李自成》中历史问题和历史人物的认识，必须从各方面找借鉴，经常挤出时间继续浏览中国古代和现代的历史资料，也浏览外国资料。外国的现代资料如各种人物传记，对我也有启发。现代中国和外国的复杂斗争，与我写《李自成》也有关系。有人劝我把时间稍微集中一点，两眼不看周围事，一心只写《李自成》。我说不行。如果我不关心现实，我的思想就会僵化，感情就会干枯，就写不好《李自成》。正因为我能够不断认识现实，不断认识历史，所以我对明末清初许多问题才不断有新的理解。不要说我现在还只是写成一部分，就是五卷全写完了，也不等于我的工作完成了。我将依照新的认识继续修改。什么时候住到医院，医生通知说"你已经完了，准备后事"，我就停止修改。一个作家应该严肃地对待自己的作品，特别是长篇小说，更应不断要求提高，要求深化，这是用艺术手段正确反映生活的必由之路。

同志们会问："李自成为什么失败？"好，我现在就回答这个问题。

二、关于李自成的品质问题

《李自成》第一卷、第二卷出版后，有很多人，包括很多有名望和有学问的人向我提出一个问题："你把李自成写这么高，好像共产党员一样。既然那么好，他将来怎么会失败？我在替你担心。"

我说："请你不要担心。我的小说还没有写完。到第三卷你就清楚了。"

我对塑造李自成的英雄形象有两个基本态度。首先一个态度是：我将李自成写那么高，既有历史依据，也有我塑造他这个历史人物的一套想法，也就是我的认识和意图。因为要重视历史依据，所以我并没有而且坚决反对凭空瞎想。

先谈我的历史依据。李自成同时代的封建士大夫们和纂修《明史》的史官们尽管骂他为"流贼"，也不得不称赞他具有超过一般起义群雄的优秀品质。总括起来，人们称赞他的优秀品质是"不好酒色，脱粟粗粝，与其下共甘苦"；称赞他"声色货利毫不动念。经夜不眠，图画大事，求其必中"。说他善用人才，"工驾驭，他寇莫及也"；说他善用兵，"幻变虚实，莫可测度"；说他喜欢读书，常由牛金星为他讲《通鉴》和《经书》；说他与部下商议事情时自己很少说话，倾听别人发言，最后他"择其善者而从之"。马世奇当面对崇祯说，"治献易，治闯难。盖献，人之所畏；闯，人之所附"。李长祥也是一个顽固地与农民军作对的士大夫，他评论李自成说，"百姓当他贼过，人畜巢卵靡有孑遗。即官兵过，亦不下贼。惟闯贼过，则家室完好，亩禾如故。百姓竟德之，竟多归附"。总之，明清之际的地主阶级的人物既仇视农民军，又称赞李自成，这问题很值得我们重视。李自成的敌对阵营已经给李自成的光辉品质作出了评价，难道我这个信仰马克思列宁主义的作家应该故意往这位古代革命英雄的脸上抹黑吗？李自成与张献忠是两种类型、两种性格，不能要求同样写法。李自成的身上不具有张献忠的特色，他的性格要从另外的方面去认识。认识他的性格要比认识张献忠的性格难。

其次，我的创作意图是要塑造一个封建社会后期农民革命的杰出的英雄人物，而不是一般的英雄人物。他的光辉行事都没有超出封建社会所提供的历史舞台（或历史基础），许多故事细节都是古人曾经有的，我不过移用到李自成身上并在使用时加以改造罢了。关于这个问题，在这里不去详谈，免得离开我今天要回答读者提出的主要问题太远。我今天要回答的问题是：我将李自成写得那么好，他怎么会失败呢？

对于这个问题，我的看法是：农民革命运动的失败，领导人的品质起一定作用，但不是最后的决定因素。历史上的革命起义总是此起彼伏，失败者多，成功者很少。造成起义失败，或由于敌对力量过于强大，或由于内部叛变、分化，或由于战略战术上失策，或由于政治上错误，种种条件，互为因果。许多起义失败，不一定是领导人的品质有严重毛病。许多领导革命运动的人，个人品质并不坏，经过艰苦卓绝的奋斗，最后失败了，成为令人同情的悲剧英雄。这种情况，不论古代史和现代史都为我们提供了很多例证。例如孙中山，我们不能说他不是近代史和现代史转换阶段的伟大人物，可惜他的革命事业失败了。可见历史的发展、运动的胜败，往往不为个人的品质所决定，而决定于各种客观和主观条件所起的作用的总和。李自成的成功和失败是某些历史规律决定的，也就是说，在某些历史条件下他从失败走向胜利，在另外一些条件下，他从胜利的顶峰跌下来，陷于失败。在这种变化中，他的个人品质起相当作用，但不起最终的决定性作用。任何英雄人物的作用都要受到历史的、社会的、周围的种种条件所制约和影响。

我对于所谓品质的看法是：一切人的品质在一定环境条件下都是会起变化的。第一卷、第二卷写的是李自成在最艰苦环境条件下进行斗争，他必须惨淡经营，百折不挠，爱惜百姓，谦躬下士，发挥各种优点，才能自存；能够自存，才能够徐图发展。在这个阶段里，他的性格也有阴暗面，也有弱点，但被克制下去了。如果他在艰难困苦时就暴露许多品质上的弱点，便不是李自成，便不是历史上杰出的农民革命英雄，他的事业也就不会发展得那么快。在第一、二卷中，他的弱点还不到暴露的时候。其实在第二卷中也流露了一点，并不是完全没有写。到了第三卷，即破了洛阳之后，他的人马发展到几十万，正式称号定为"奉天倡义文武大元帅"，他身上的弱点就暴露得多了一些。就拿他定的正式称号来说，就表现了典型的封建时代的天命观和帝王思想。他宣传他的起义是奉上天之命，是"奉天倡义"。"文武"是说他认为自己文武双全，既有文化，又会打仗。《尚书》中歌颂尧的文章中有两句话，"乃武乃文，乃圣乃神"，"文武"二字是从这里边取出来的。到这个时候，他的思想当然起了变化，他与别人的关系也会有变化。有些是自己主观上要求变化，有些是他周围的人非要他变化不行。我们也可以设身处地地替李自成想一想。破了洛阳之后，革命形势发展很快，这个时候他不仅要考虑和处理全军的重大问题，整个中国的问题他也要考虑，许多人想见他，但不容易见到了。倘若有一个小百姓去求见他，他手下的人们会说："你这点小事，不要找他。大元帅多忙，哪有时间见你？你去找高一功将军吧。"这位小百姓只好去找高一功将军，可是又有人会说："高将爷要掌管全军粮草军辎，要统率中军营，你那点小事不要去找他。你找双喜小将爷吧。"双喜也会说："我这么忙，哪有时间？"这样一堵墙一堵墙，就把李自成挡住了。这种情况古代如此，今天还是如此。这个规律是不以人的意志为转移的。这是一种情况。

另外一种情况：凡是我接近的某个领导人，你最好莫接近，你一接近就可能对我不利，于是我就想办法不叫你接近他。于是人们就这样把一个领袖一层层封锁起来。这是古今常见的事实。这也是墙。有高墙，有矮墙，有篱笆墙，有砖墙，还有钢筋水泥墙。封建社会是讲究等级的社会，农民革命的阵营也不能摆脱其影响。一般情况是：在农民革命初期或比较艰苦阶段，等级关系较随便；愈走向壮大和成功，等级愈严。太平天国革命开始时也有抽象的平等思想，但具体实行的是封建等级制度，到南京后更加等级森严。许多人为要抬高领袖的身份、地位、权威，为要表现对领袖的爱戴和忠诚，愈会将领袖神圣化、绝对化，使领袖变得高高在上，甚至高不可攀。这就叫作对领袖的"尊崇"。那些身为领袖的人物，在胜利成功的道路上，尽管有时也说些谦逊的话，做些谦躬下士的事，但是骨子里总希望别人将自己神圣化。神圣化很利于巩固他的统治地位。已掌握政权的封建皇帝固然都是如此，封建社会中准备夺取政权的农民英雄何尝不然？一切起义领袖们的所谓"奉天倡义""奉天承运""名应图谶"，以及各种伪造的神话等宣传之词，就是自我神圣化。李自成不是超人的英雄，而是封建社会条件下产生的英雄，不能想象他到革命后期会一直像在第一、二卷中那样与下级士兵、穷苦百姓联系密切。

第二卷写破了洛阳后，有人劝李自成称王，建立国号，有人不同意。老马夫王长顺喝醉了酒，从高夫人的院子里出来，碰见李自成，他问："听说你要建国号称王了，有这事吗？"李自成说："你有什么看法？"他说："我跟随你十多年，最知你待老部下有恩有义。可是我也想啦，一旦你建国改元，称王称帝，我便再不会站在你面前称你一声闯王，随便吃哒。到了那个时节，闯王，即令你还没有忘记我这个老马夫，可是我的官职卑小，进不了宫门，再也见不到你同夫人啦。就说有幸你会想起我，把我召进宫去，我还得离很远三跪九叩，俯身在地，连抬起眼睛看看你都不敢。咳！有什么办法呢？自古以来皇家礼仪森严，一道宫墙把亲生父子的骨肉恩情都隔断了，何况我这个老马夫？"王长顺说这几句话很有感情，说出了封建社会中人与人关系变化的一个规律。

史书上有许多例子，农民起义领袖由于地位条件变化，品质中的消极方面得到机会滋长。隋末的窦建德，是劳动人民出身，在起义初期非常好，到他率领几万人马，雄踞一方，作风就慢慢变了；后来到洛阳去，和李密合作，有人向他建议一个很好的战略，他不接受，结果全军覆没。陈涉也是如此。陈涉起义以后不久，有一个从前在一起替人家种地的朋友去看他，他招待得很好。这个人时常对人大谈陈涉过去的佣耕生活。陈涉如今称了王,觉得面子上不好看,很不高兴,将这个一同吃苦佣耕的老朋友杀了。这个人一被杀,"诸故旧皆引去",从此他的身边没有了亲密朋友。总之,陈涉后来变了,因为他要维护做王的尊严。不但如此,他还用朱房和胡武那些人主持侦察群臣的工作。他们"以苛察为忠",对那些他们不喜欢的人,不必交给政府主管官吏审讯,自己就将他们治罪。陈涉很信任朱房、胡武这班人,诸将因此离心,这也构成了他失败的一个原因。

事实上,随着李自成地位的变化,他同朋友的关系,同广大百姓的关系,都起了变化。崇祯十六年春天,他在襄阳要称新顺王,怕贺一龙和罗汝才不服,设晚宴请他们二人。汝才以疾辞。一龙赴宴,言笑甚欢,五鼓就缚,当即杀掉。天明,李自成率二十骑驰入"曹营",直进汝才帐中。汝才正在梳头,立即被斩,李自成的部下持其首向汝才的部下宣布:"罗汝才反,元帅已下令斩了!"贺一龙与李自成并无显著宿怨,只因他同罗汝才关系较密,所以和罗汝才同时被杀。罗汝才虽然对李自成正式称王心中不服,但未公然反对,对他断然斩首,未必有正当理由。还有李自成率二十骑直入曹营,直入汝才帐中,将汝才斩首,竟无人敢阻拦,这也反映了两人之间的关系变化。自成是元帅,实际是"主公"地位,这地位在封建社会中对所有部下都是神圣不可侵犯的,具有至高权威。

李自成在困难时同百姓关系密切,后来发生了深刻变化。崇祯十六年十月间,他进入西安,改西安为长安。在城中拆毁民居，大开驰道。每三日亲至渭桥大校场校射，身穿蓝布袍，张小黄盖，乘马，打黄龙旗。百姓只要望见黄龙旗，便赶快回避，回避不及的就俯伏地上，口呼"万岁"。原来同百姓的革命关系变化了。在他进北京以前，就将自己的名字改为"自晟"，同时规定了避讳的字，如避"自"为"字"，避"成"为"丞"。又改延安为"天保府"，米脂为"天保县"，处处趋向神圣化。中国历史博物馆有一幅《闯王进京》的油画，画的是北京群众拦着李自成的马头欢迎，自成向百姓拱手致意，就完全违背历史真实，宣传了错误的历史知识。实际情况是：刘宗敏先进城，"军容甚肃"。初进城时，传谕百姓，"吾来安你百姓，毋得惊慌。你们须用黄纸写'顺民'二字粘于门额上，即不杀"，城中家家户户都在门上贴"顺民"二字，并于门口摆设香案，供香纸牌位，上写"永昌元年，大顺皇帝万岁"。百姓有的闭户不出，有的执香跪迎，在街上走的人都在鬓边插"顺民"二字。

李自成同广大人民之间的关系发生了如此巨大的变化，毫不奇怪。他是封建社会的革命英雄，革命的结果必然重新建立一个封建朝代，而他是新朝皇帝。有些人不讲历史唯物主义，不读历史文献，硬说他没有皇权思想，没有天命观，要建立的是所谓"农民政权"，未免太不实事求是了。

前边所举窦建德和陈涉的例子，只是说明一个人的地位改变后，他的作风、他与别人的关系也会在新的条件下起变化，品质中的弱点会暴露出来。李自成也不能逃此规律，这个问题在第二卷中逐渐表露。但是，李自成的品质上的变化不曾掩盖他的品质上光辉的一面,所以他后来的"突然"失败,原因很多,最主要的失败原因不在他的个人品质方面。那些打败他的人,不比他的品质好,而是镇压人民的凶手。

三、几种对李自成失败原因的误解

三十多年来,史学界和社会上对李自成进北京后突然失败,流行着如下误解:第一种误解是,有人将李自成失败的主要责任归于大顺军进北京以后的腐化。大顺军进了北京,是不是有腐化现象?有。有某种程度的腐化现象,但不是严重的,更不会构成大顺帝国亡国的重要因素。大顺军进入北京的仅仅几万人,在大顺军的全部人马中只是一小部分,而且腐化程度并不像那些野史说的那么厉害。山海关大战时,清兵和吴三桂合起来要比大顺军多。吴三桂军精兵四万人,进关时还率领很多关外老百姓,其中一部分可以参战。清兵到达山海关的大概有二万骑兵,后面还有后续部队。李自成六万人,所以清兵和吴三桂联合起来在人数上占优势。在装备方面,清方占优势,这个问题我后面还要谈。这个战役打了两天。头一天在山海关西边的石河滩上,大顺军与吴三桂军战斗非常激烈,一度攻进北翼城。休息一夜,第二天又打。双方正打得激烈,大顺军稍占优势,清朝的两万骑兵突然冲出。李自成无兵增援,便被打败了。虽然打败了,但不是溃不成军。李自成退到永平,停留一天多,敌人并未猛追。一则李自成没有溃不成军,二则清兵、吴三桂军损失也很大,所以敌人不能够乘胜直追。如果说大顺军到北京后严重腐化，怎么会有这么强的战斗力呢？所以从结果来说，大顺军在山海关失败了，但从战斗表现来看，大顺军英勇顽强不减当年，充分表现了革命的高贵品质，证明他们进北京后没有严重腐化。纵然有某种程度的腐化现象，但不是大顺军失败的重要原因。

  第二种误解是把大顺军失败的一部分重要责任推到刘宗敏身上，把宗敏骂得一钱不值。这是历史的很大误解。我在第一卷再版的《前言》中特别替刘宗敏"平反昭雪"，大概你们都读过了。他们派给刘宗敏的第一条罪状是说刘宗敏进北京后抓了许多皇戚、勋旧、大官追饷，用严刑峻法逼着他们拿出银子，不讲政策。崇祯十三年冬天李自成进入河南，提出"三年免征"和"随闯王，不纳粮"。所谓"三年免征"，是他们自己占领的地方三年免征。所谓"随闯王，不纳粮"，是说当义兵的不纳粮了，拥护革命的不向明朝的官府纳粮了。征收钱粮是封建国家财政的基本来源。李自成需要大量军饷，还要放赈，钱从哪里来？军费政费从哪里来？靠打贪官污吏、土豪劣绅。因此，进了北京，还是这个财经政策继续起支配作用。刘宗敏只是执行大顺军一贯的财经政策，因袭旧的做法。刘宗敏是李自成最亲信的人，执行政策最坚决，最铁面无私，为人正派，因此他的地位在文武百官之上，所以，李自成把筹饷这个任务交给他。筹来的钱没有落到刘宗敏的腰包。大概在北京一共搞到了七千多万两银子（在北京的军政开支除外），其中大部分是来自追饷，一部分是大商人拿出的钱。这些钱是大顺朝的国库收入，化成银块子运往西安去，并未落入刘宗敏的私囊。执行这个政策合适不合适，是不是进入北京后应该灵活一点，那是另一个问题，不能由刘宗敏负责。

刘宗敏的第二条罪状是说他把陈圆圆夺去了，激怒了吴三桂投降清朝。这事情也是冤枉。他跟陈圆圆大概没见过面。陈圆圆是怎么回事？陈圆圆是个苏州有名妓女，被田宏遇买去了，于崇祯十六年四月间到了北京。这年秋天，田宏遇就病死了，以后陈圆圆的下落不清楚。可能被吴三桂的父亲吴襄买来送到宁远前方，给了吴三桂。崇祯十七年三月间，陈圆圆大概已经病死了。清朝初年诗人吴梅村写了一篇《圆圆曲》。在《圆圆曲》的影响下，随后还有人仿唐人传奇写了两篇《圆圆传》，一篇是钮琇写的，一篇是陆次云写的。然后正史、野史都采用《圆圆曲》的说法，《明史》采用它，《清史稿》也采用它。其实，吴梅村的《圆圆曲》是政治抒情诗，不是严格意义的纪事诗。崇祯亡国时住在北京的人们所写的野史中不写陈圆圆的故事，她的故事是后来出现的。陈圆圆故事互相矛盾，始终没有统一的说法。有的说是周后的父亲周奎买去了陈圆圆，送到宫里去了，以分田妃之宠，崇祯没有要，退回去了。一说田妃的父亲田宏遇买去了。有的说周奎送进宫中，被田妃弄到田宏遇府中了。有的说陈圆圆被李自成要去，有的说被刘宗敏要去。总之是传说纷纭，漏洞百出。周后虽有点妒忌田妃，但作为皇后她还算宽容不嫉妒的。《李自成》第二卷中写的周后与田妃之间的关系是符合实际的。何况田妃从五皇子死后就患病，拖到崇祯十五年七月十六日病故。她死后九个月，陈圆圆才到北京。怎么会说周后用陈圆圆以分田妃之宠？何况明朝的宫禁森严，选妃必须选自清白良家，成为"祖制"，谁敢把一个妓女送给崇祯皇帝？关于陈圆圆与吴三桂降清无关的问题，我已经写了一篇论文，将来准备发表，现在不详细谈了。

《圆圆曲》是政治抒情诗，它的写作目的不在记载真实历史，而是要抒发诗人的亡国之痛和对吴三桂的痛恨。"痛哭三军尽缟素，冲冠一怒为红颜"，这样的事情根本没有。吴三桂投降，绝不是为一个妓女。吴三桂的军队也从来没有给崇祯皇帝发过丧，戴过孝。吴三桂出身于东北武将世家，他是宁远人，他父亲吴襄是总兵官，他自己也做了总兵官，他亲舅父祖大寿也是总兵官，祖家总兵官有四个，至于副将、参将、游击有一大群。祖大寿投降清朝被重用，祖大乐也投降清朝，仍做总兵官，投降的还有许多副将、参将、游击。原来吴襄的一些部下，也投降清朝。这么一个社会关系，对吴三桂是有影响的。祖大寿等人投降之后，皇太极就叫他们给吴三桂写信，劝他投降。皇太极自己也给吴三桂两次写信招降，吴三桂只是不理，支吾，并没断然拒绝。他早就留下了后路。这事情发生在崇祯十五年、十六年之间。所以吴三桂的投降不取决于一个妓女，而是受他的家族和各种社会关系的影响。他的将士的家都在辽东一带。如果大顺军当时在北京的力量很强大，他不会降清。最初他打算投降李自成，走到半路上发现了李自成力量并不是那么强大，有些政策又使他感到害怕，所以他动摇了，又退回山海关，然后派人向清方求援。清方也不是因为吴三桂投降才进兵。清方正在进兵，过了锦州才遇上吴三桂派来求援的人。由于吴三桂的求援，多尔衮才改变了进兵方案，加速前进，直奔山海关。

第三个误解是把责任归到牛金星身上，派给牛金星三条"不是"。第一条是说牛金星到北京后招收门生，坐着大轿拜客，坏得很。其实，招收门生是明清时代上层士大夫的社会风尚，既不是品质问题，更与大顺军的失败拉不上关系。拜客就是出去看朋友，他是宰相，出去当然坐大轿。第二条是说牛金星劝李自成登极。这件事情算不到他的账上。为什么呢？李自成起义夺取政权，结果必然做皇帝。北京曾是辽、金、元、明四朝的首都所在地，尤其重要的，是明朝永乐十九年以后的首都。李自成及其部下认为李自成在北京正式登极就正统化了。牛金星是当朝宰相，他当然要完成这个工作。其实，从陕西来的文臣（包括牛金星在内）和武将不十分急于为李自成搞登极：不管早晚正式登极，他们总是开国元勋，地位非常稳固。倒是在北京新投降的官僚们希望李自成赶快在北京正式登极，使他们变为"从龙之臣"，所以他们劝进最切。

第三条最严重，说牛金星杀了李岩。李岩的问题现在基本上清楚了。且不说李岩这个人物的历史真伪，先谈谈牛金星杀他的责任问题。杀李岩决定权在皇帝，在李自成，而且这位皇帝不是糊涂昏君，是开国之主，事必躬亲。如果他不决定杀李岩，牛金星敢吗？牛金星没有杀李岩的权力。如果说他说了坏话，这可能。但决定权在李自成。是李自成怀疑李岩兄弟，授意牛金星在酒宴上除掉他们。有人说错杀了李岩是大顺军失败的一个重要原因，于是更夸大了牛金星的坏作用。这问题需要说清楚。李岩和红娘子的故事宣传得几乎"家喻户晓"，只是近三十多年来的事情，是郭沫若同志的《甲申三百年祭》在社会上产生巨大影响的结果。到底有没有李岩这个人？现在我们能够确凿知道的只是以下几点：第一，李精白是安徽阜阳城内人，并非河南杞县人。第二，李精白有两个儿子和一个女儿。长子麟孙，次子鹤孙。鹤孙早死。麟孙改名栩，十分反动，于崇祯十五年九月被袁时中所杀。李精白别无儿子，故知李岩与李精白毫无关系。第三，李岩并非举人。明清之际的读书人都不曾在乡试题名录上看见过李信的名字。第四，清代早期纂修的《杞县志》和《开封府志》（杞县属于开封府）都否定杞县有李信其人。第五，明清之际睢州人郑廉在其所著《豫变纪略》中否定杞县有李信其人，所举理由不易驳倒。第六，据《杞县志》，崇祯十三年不惟无红娘子破城救李信事，而且这一年也无别的农民军进入县境。

大顺军里可能曾经有一个李信，改名李岩，号称李公子。到底是怎么回事，因史料不足，目前尚不清楚。抱科学态度，不知道就是不知道，这案子等将来再去解决。

退一万步说，假若确有李岩，真像过去史书上所说那么有本领，有威望，我看，李自成给他二万精兵，放回河南，也是没有办法。为什么？曰：形势比人还强。当时处处反对大顺朝，处处武装叛乱，大顺在各地建立的极其脆弱的新政权迅速瓦解，而清兵又很快过了黄河，在此形势下，李岩率领两万人马回河南何济于事！

以上所说的这些关于李自成失败的原因，是《甲申三百年祭》发表以后将近四十年来比较流行的、深入人心的看法，都不能使我同意。

四、我对李自成失败原因的看法

现在谈谈我对李自成失败原因的看法，与大家商讨。当然，我只能谈最重要的，而且也只能简单地谈，既不能全面分析，也不能详细引证。

李自成失败的许多原因中有一个根本原因，就是毛泽东同志说的"流寇主义"。流寇主义就是不重视建立根据地，不重视建立政权。农民起义，不要根据地，流动作战，这种战术在一定条件下很必要。因为在农民起义的一定阶段，它在装备方面、作战经验方面，都没有官军强，如果死守一地，一般都要失败，而且失败很快，所以流动战术，在敌强我弱的条件下很有用处。陕北起义的各个农民起义领袖都是采取了这个战术。但是李自成后期，进入河南后，兵力迅速壮大，压过明军，便应当放弃这种战术。破了洛阳以后，他以河南作为舞台，一批一批地消灭明朝的有生力量，杀掉了两个总督，一个叫傅宗龙，一个叫汪乔年。到了这个时候，他不重视一面作战，一面建立根据地，建立政权，犯了战略上的严重错误。没有稳定的政权和根据地，就不能恢复生产，改善人民生活，满足人民乱久思治的愿望，也经受不住军事挫折。

民心的问题，极为重要。我们不要光看老百姓在他才进河南时响应他，我们还要看后来他如何失去民心。老百姓最关心的是如何生活，包括吃饭穿衣，生儿育女。我们讲唯物主义，如果光喊些空口号，不叫大家吃饱肚子、有衣蔽体、有屋容身，日久会失去民心。古今一理，都是如此。战争不断地进行，而没分出一只手建立政权，这是李自成的一个致命失策。如果那时候一面推进战争，一面确实占据一些地方，设官理民，恢复农桑，抚辑流亡，就会满足人民的迫切需要，不断获得人民的拥护。事物是辩证的。在一定条件下人心思乱，在另外条件下乱极思治。建国之道，应该乱中求治，以相对安定局面支持战争，为最后大治创造条件。倘若违背这一规律，长期使经济不能恢复，政治不能安定，人民不能生活，民心就不能归附。没有根据地，不恢复生产，就没有财政经济基础；没有财政经济基础，就没有支持战争的物质力量。战争的支持力量靠人力、物力，没有这两个支持力量，战争不能胜利；胜利了也不能巩固。

李自成于崇祯十三年冬天进入河南时，每到一地，提出"三年免征"的口号和政策，当时很有作用。但是日子稍久，这口号就变成空的。义军过后，并未留下革命政权，原来骑在百姓头上的明朝地方官吏和恶霸乡绅依然骑在人民头上，被杀的官吏空缺又填补起来，即令暂时某县没有知县，仍然存在压在人民头上的旧政权，这是一种情况。有时李自成派一个地方官，住在城内，而明朝的地方官住在山寨中，掌握着四乡的豪绅和地主，并且有地方武装，这是第二种情况。百姓的负担反而更重，生活更苦。李自成大军所过，传谕远近州县的明朝官吏和士绅献骡马，送粮食，并声言顺从者免于攻城。地方官吏和士绅所缴送的骡马、粮食从哪里来？当然分摊在百姓身上，这是第三种情况。李自成过于着眼和满足于军事斗争的步步胜利，而忽略了切实地"解民倒悬"，这是他的悲剧主因。现代史学界常有人喜欢称道李自成的均田口号，我认为是一偏向。明代的所谓"均田"，有时指的是均赋。姑且不论李自成提出的"均田"是指的什么，即令指的是均地，是唐初那样好的封建改良政策，他也从来没有实行，没有在任何地方试行。看来他和他的左右文武压根儿没有将"均田"作为一种必行的重大政策进行考虑，所以有关这一口号的史料特别少。我们评论历史上任何一次政治活动，应该多着眼于研究它的历史实践和实践效果，而不应该多着眼于某一个曾经出现过的空洞口号。

李自成后来遇到的对手是清朝政权，后者同他的做法恰恰相反。清朝初进关时已经有了一个包括东北和差不多整个蒙古的强大根据地，有了一个十分稳固的政权。多尔衮采纳了范文程、洪承畴等人的建议，对明朝官吏、武将、豪绅实行招降政策，每到一个地方立刻把政权恢复；官吏投降的，留任使用；同时发布命令，取消从万历到崇祯年间额外摊派的三大饷，笼络人心。凡是抵抗不服的，残酷镇压。

第二个问题是北伐战略错误。李自成于崇祯十六年春天在襄阳建立政权，称新顺王，开始有了中央政权，同时建立地方政权。在讨论下一步用兵方略时，人们提出了三个意见：第一个意见是从襄阳顺流而下，占领南京，作为首都，然后利用江南的财富，北伐幽燕。李自成不同意，说太慢了。第二个意见是从河南过黄河，直取北京，这个建议太冒险，也被否决了。因为山东、陕西和山西都在明朝手中，驻有军队，孙传庭就在关中。如果大顺军攻北京不顺利，退无所归。第三个意见是从河南进潼关，占领西安，以关中作根本，然后出兵过黄河，占领山西，进取北京。讨论结果，决定采用这个战略。

近代历史学家有人认为这是个伟大的战略。我对这个问题有不同的看法。我对军事是外行，但我觉得，任何战略都有两重性，有它有利的一面，也有它不利的一面。当时如果先占领南京，以江南作根本，然后北伐，未尝不是好办法。朱元璋就是用这个战略，先把南京周围巩固起来，往东南消灭方国珍，往西消灭陈友谅，往东消灭张士诚，然后北伐，结果成功了。虽然不快，但是稳固。当然，大顺军都是西北人，以骑兵为主，到江南也有不利的一面。那么先占领西安，然后第二步进攻北京，对不对？对的。但一切都不是死的。假如当时占领西安后，再占领山西，以长安为首都，用一二年的时间将已经占领的广大地区消化，经营安定，然后攻占北京，就较稳妥。我的这个想法，在小说第二卷我代李岩写给李自成的信中已经说得很明白了。因为保卫北京有左右两个臂膀，山西是右臂，山东是左臂，丢掉哪一条臂膀都不行，这是一方面。北京朝廷的开支，包括文武百官的俸禄，军队的开支，靠江南财富，通过运河北运。如果大顺军切断运河，北京朝廷和城里官民就会完全困死。所以我认为，占领西安，然后进攻北京的战略，从表面上看不错，但具体运用上错了。

第三个失败的原因是李自成及其周围的人们对于当时整个形势没有看清楚。我们下棋要看两三步，一般会下棋的要看三步以上。他们应该预见到占领北京后形势有什么特点、什么变化，考虑好"应变"之策。他们没有预先想到占领北京后，崇祯这个对手消灭了，可能面对的强敌是满洲。因为没有考虑满洲军队可能入关的问题，所以在军事上、政治上都缺乏必要考虑，缺乏应变准备。当时中国有两大矛盾，一个是农民军和明朝政权的矛盾，一个是以汉族为主的明朝政权和以满族为主的清朝政权的矛盾。李自成进了北京，明中央政权覆没，于是大顺政权与满洲势力便成为主要矛盾。当然内部还有明政权在南方的残余，但已降为次要矛盾。可惜李自成和周围的文臣武将都没有看到这一点，非常可惜。什么原因？倘若我们从表面看，可能归结为两个原因：一是长期以来，他们在黄河以南、长江以北活动，清兵几次进入长城，曾经深入河北省南部，破济南、德州，从天津附近经过，返回辽东，这情形他们只听说，没有亲身体会，没有引起足够重视。二是进入西安后，被胜利冲昏了头脑，到了北京，这种情绪更为滋长。那时大顺君臣们所关心的是如何举行登极大典和如何下江南，而没有考虑迫在眼前的军事危机，即清兵竟敢入关给予致命打击。一群明朝降臣上表献谀，助长了李自成的志得意满和麻痹思想。有人上表称颂他，"独夫授首，四海归心。比尧舜而多武功，迈汤武而无惭德"；有人上表说，"燕北既归，已拱河山而膺箓；江南一下，尚罗子女以承恩"。据说，这些谄谀文字都受到牛金星的称赏，谄谀者都授以高官。任何英雄人物，一旦在阿谀奉承中头脑不够清醒，没有不吃亏的。

但是，我们看问题不应该停留在问题的表面，倘若往深处一想，我们会更感到遗憾。明朝末年，满洲逐步强大，对明朝不断用兵，几次打败明军，几次进兵到北京周围，向南深入冀南，进入山东，这对以明朝为代表的汉族来说是一个非常严酷的现实，也是妇孺皆知的常识问题。像李自成这样经常"经夜不眠，图画大事"的人物不可能不知道，像牛金星、宋献策、顾君恩以及传说的李岩等人物不可能不知道，像刘宗敏等将领也不可能不知道。问题究竟出在什么地方？我认为问题出在李自成在新的历史形势中变成了一个头脑失去清醒的悲剧英雄。从他在襄阳建立新的政权开始，他已经杀了贺一龙和罗汝才，又即了新顺王位。前者使人害怕，后者使他自己居于至高无上的神圣地位。两种变化既不利于别人向他提供符合实际的有用意见，也使他失去了谦逊和平易近人的起义英雄本色。从这时起，一大批士大夫来到他的周围，其中多数是明朝的投机官僚。他们以传统的做官之道来新朝做官，有的居于显要地位，必然只顺着李自成的心意说话，歌功颂德。接着大顺军消灭了孙传庭，顺利进入西安，李自成传牌所至，望风归顺。军事的节节胜利使李自成更变得好大喜功，踌躇满志，认为千秋大业将成。文臣们都想着如何扶他正式登极，如何规取江南，如何做一些"润色鸿业"的盛事，所以在西安初行科举考试就出题《定鼎长安赋》。武将们都受了封爵，得了重赏。君臣上下，都不肯想着前途可能尚有挫折，他们不认为清兵敢再南下。纵然有人头脑清楚，但是大家都在李自成面前报喜不报忧，所以也不敢说实话了。据野史载：自成入秦，凡秦人之为贼者无不访宗族，修坟墓。田见秀独不然。人问之，见秀笑曰："如今天下在哪里？我要去认亲！"故旧有至者，密遗以金帛，促之去。及败后，刘宗敏宗族诛，坟墓发；见秀独不知其为何邑人，故免。（《绥寇纪略》卷九《附记》）看来这一段记载有相当真实性，可见像田见秀这样曾是李自成生死伙伴的亲信大将，已经对李自成的成功抱有殷忧，但不敢对自成说出实话。

条件变化后，李自成在周围人物的影响下变得很短视，头脑发昏，可以拿两件事说明其严重程度。第一件事是崇祯十六年十一月回米脂祭墓，带着群臣，戎马万匹，旌旗百里。事先派李过到米脂修行宫于米脂城北，十分壮观。在故乡召集族人故旧，大宴三日，愿出来做官的跟他出来，不愿出来的赠金封爵。这是刚占领西安后不久的事，很像汉高祖还乡。第二件事是进入北京之后，他所考虑的问题只是如何举行登极大典，如何规取江南，而对于清兵即将来犯的严重局势毫无知觉。可见，他的后期同人民失去了密切联系，生活在文武群臣的包围之中，同他初入河南时有多大变化！

第四个失败的原因是兵力不足。李自成的人马号称有百万之众，实际没有。到底有多少？搞不清楚。为什么他不会有一百万？因为部队人数和装备决定于经济财政条件。当时农村到处破产，生产没有恢复，政权不稳定，限制了他的养兵数量和装备情况。到北京的人马到底有多少？有人说二十万，实际没有，而是虚张声势。大顺军到北京的只有六七万人。去山海关作战的只有六万人马，北京城留下一万守城。因为李自成没有把清兵入关这个问题估计进去，也没有估计到吴三桂会成为死敌，所以进入北京的人马很少。如果说真有二十万人马到北京，吴三桂大概不会降清，纵然吴三桂降清，大顺军在山海关也不会战败，北京不会失守。倘若山海关不战败，北京不丢掉，河南和山西各地的反动武装不会那样纷起叛乱，摧毁大顺新建立的地方政权。后来李自成退到陕西，而陕西比较稳定，其所以守不住，兵力少和缺少粮食是重要原因。由于兵力少，大顺军无力出击，不能变被动为主动，只好等着挨打。由于粮食缺少，李不得已放弃延安，影响得李自成不得不放弃潼关，放弃西安，从商洛逃往湖广。

第五个失败原因是政治上的失策。我已经首先谈到李自成不重视建立根据地和建立稳固政权是其失败的根本原因，这里所谈的政治上的失策是根本原因的派生物。从崇祯十六年五月间起，李自成开始称新顺王，向各地派遣州、县官吏；歼灭孙传庭，进入陕西以后，声势接近高峰，派遣州、县官吏更多。传牌所至，士民响应，将原州、县官或逐或捕或杀，欢迎新官上任。李自成因过去不注意建立政权，不曾通过实际工作考验和培训一批治理地方的干部,如今临时派出去的新官吏良莠不齐。其不好的,只知征集粮饷、骡马,甚至要女人,在人民中造成不好影响。加上没有强有力的武装保护,这新政权不过是一种虚假现象,很容易被摧毁。新建的州、县政权提不出和不可能执行有利于抚辑流亡和恢复生产的政策,也没有力量惩治残害百姓的反动势力,所以新政权使广大人民感到失望,也使那些持观望态度的人们一遇风声变化就倒向大顺政权的敌人一边。

由于后期政治上的失策,不仅各处地方政权缺乏群众基础,极易被摧毁,而且李自成在抵抗清兵进攻时对广大人民缺少从前的号召力。在初进入河南时他在人民中的号召力是那样大,在清兵入关后他不能利用民族矛盾,竟失去号召力,这是个悲剧性的历史现象。

进入北京后,向勋、戚、大臣严刑追饷,这种措施是出于两方面的原因:一是出于对腐朽的朱明政权及其上层统治集团的切齿痛恨,二是出于解决财政困难的需要。但是这样做,欠缺策略上的考虑,操之过急。由于操之过急,猛烈打击的范围过大,在政治上发生了坏的作用。吴三桂的中途变卦,投降清朝,北京和畿辅的大地主、官僚迅速地倒向清朝,共同与大顺政权为敌,都与李自成到北京后在政治上的失策有关。

第六个失败原因是清兵(包括投降的汉族武装)比大顺军强大,完全掌握了主动权。清兵装备好。当时起重大作用的是骑兵和炮火,清兵占了压倒性优势。清兵后方巩固,可以集中力量进攻，而大顺处处有敌，连襄阳这个根本重地也受到敌人的威胁和攻击。在汉中到广元一带又同大西军相持，兵力分散。经过山海关之战、正定之战，大顺军连续失败，士气低落，将领伤亡也大，而清兵却保持着进攻的锐气。

第七个失败原因是大顺军粮饷困难。李自成退入陕西以后，本拟坚守，后因清兵攻破延安，只好匆忙地退出陕西。延安失守，是由于城中粮食缺乏，假若延安能够多守些日子，李自成能不能守住陕西？我认为也不可能。陕西在当时经过多年天灾和战乱，生产残破，人口大减，都未恢复。单就经济力量说，要支持对清战争是根本不可能的。

第八个失败原因是大顺朝的中央领导层很弱。从崇祯十六年起，有三次大批明朝士大夫投降李自成，有的是现任官吏，有的是解职乡绅。第一批是在襄阳时期投降的，第二批是在西安时期投降的，第三批是在初进北京时期投降的。在襄阳和西安投降的文臣成了中央文臣的主要成员。这一群士大夫的参加，对明朝的统治起了一定的瓦解作用，但对大顺的政治道路也起了一定的消极作用。我们看李自成进北京后，文臣们忙于准备登极大典，搞一套大顺礼制，学习朝仪等，而独不提醒李自成重视清兵的南下，就可以看出来这班文臣的消极作用。李自成退入陕西后，发现了其中一些人的罪恶，予以惩办。清朝的情况相反，它在皇太极在世时就有一个由满、汉大臣组成的文臣班子，包括汉族文臣范文程、宁完我、洪承畴等一批较有治国的政治本领也懂军事的人，进入北京后更扩大文臣阵容。这些人在多尔衮领导下一心一意地替清朝效忠办事，对清朝的建国和统一事业起了决定性作用。两相对照，这一历史现象并不奇怪。清朝从努尔哈赤手中就建立了中央政权，到顺治元年，辅佐皇帝的文武官员不断充实和完备，得力的人才日渐增多。大顺朝吃亏在直到崇祯十六年春天还没有建立政权，临时匆匆搭成班子，机构不健全，人也没有经过考验。

以上所列举的是李自成迅速失败的根本原因和由根本原因派生的较重大原因。当然，这里所谈的不是全面因素，而且提到的问题也不暇详细分析。有些比较复杂的问题，我今天都不谈了。

以上看法，谈出来与大家讨论，向你们请教。错误的地方，请给予批评指正。

1979年7月就旧日报告记录稿补充修订

跋语一

关于李自成为什么失败的问题，我去年曾在中国社会科学院学习会上作了一次报告，今年三月间又在武汉师范学院作了一次报告。在武师报告开始前，主持报告会的同志告诉我说，大家希望我顺便谈谈《李自成》的主题思想问题，所以我就先谈了关于主题思想的话。我曾想有工夫时将记录稿整理补充，分作两篇文章，将两个问题分开谈，谈透一些。但一时抽不出时间。这篇稿子本不想急于公开发表，现在因接丰村兄信，说香港《文汇报》曾敏之先生想发表这篇未完稿，我考虑到我在近期内很难有时间加以改写，所以就将未完稿再一次略加补充，公之于世，目的是想多听听读者和史学界同仁的意见。

1979年9月26日于北京

跋语二

此文发表于香港《文汇报》副刊《文艺》上。自1979年10月21日开始刊载，至12月16日载完，共连载九期。尚非定稿。俟日后有暇，分作两文，加以补充，在内地发表。谈主题思想部分另作一篇，独立发表。

1980年1月21日

关于创作《李自成》的艺术追求和探索

原文编者： 本文是老作家姚雪垠同志1980年6月18日在华南师范学院中文系举办的报告会上的讲话，由中文系当代文学教研室邝邦洪同志根据录音整理。

今天跟大家见面非常高兴。我很少有机会跟同学们、年轻的同志们见面，像这样的机会，我是很希望有的。另外，虽然我现在不教书，但是我对教师的工作很重视。我们老一代的人都有教育年轻一代的任务，希望在我们有生之年，通过我们的讲话、我们的文章、我们的作品，对年轻同志有所帮助，又反过来从年轻同志身上吸取力量。我今天谈的题目，就是我对创作《李自成》的一些艺术追求和一些探索。

《李自成》是一部大部头的长篇小说，字数多，篇幅长，现在已经出版了第一、二卷，有一百三十多万字，第三卷快完成，大概有八十多万字，三卷合起来有二百一十万字，还有第四、五卷。现在看来，可能要写到三百万至三百五十万字。在我写完第一卷的时候，有许多朋友劝我不要写这么长，担心到后面松下去。过去有个一般性的规律，写三卷一百多万字的长篇小说，往往写第一卷最有劲，后两卷就松些了。我现在写《李自成》要超过三百万字，我认为不会松下去。我为什么写这么长？我有几个想法，一个是我们中国是一个伟大的国家，有三千多年的文学史。古代的一些不可考的歌谣且不谈它，诗歌从《诗经》算起，经过屈原到杜甫，以后一直发展下来，像长江大河一样。不管是诗、散文、小说还是后起的戏曲，数量非常丰富，成就非常光辉。这样丰富、光辉的文学史，在许多国家是不可能想象的。像俄罗斯在十七世纪还模仿法国，还看不到自己独立的文学道路。我国文学的黄金时代有好几次，战国时代是黄金时代，散文发达，诗歌发达，诗歌的代表作是屈原的作品。接下来还有几次黄金时代，这里就不详谈了。我们要不要做一个好的子孙，对我们中国的悠久、光辉的文化遗产多多地继承、吸收？不说发扬光大，我们继承它好不好呢？另外，我们国家有十亿人口，我们既然有这样悠久的历史，又有这么多的人口，我们写一部小说，从内容到形式庞大一些，和我们的祖国相称又有什么不可以呢？

　　我这次写《李自成》是打的有准备之仗，从第一卷到第五卷、尾声，重大的故事情节，主要人物的发展，我都心中有数。《李自成》是根据历史发展来写的，从崇祯十一年冬写起，一直写到崇祯十七年李自成死，而尾声又在十八个年头之后。历史的故事奔腾澎湃，一浪跟一浪，纵然想松，历史也不允许我松下去。这一点与写现实题材有所不同，现实题材靠自己的构思和生活体会，而历史题材和历史本身发展有密切的关系。这是我为什么写这么长的第一个理由。

还有一个理由，我们中国是个社会主义国家，我不需等着稿费、等着米下锅，我可以精雕细刻，慢慢地一边构思一边写下去。如果是在资本主义国家，我就无法这样从容，得赶快写一本书，买米买菜应付糊口。这就充分肯定了我们有利的一面。当然我没有把"文化大革命"的情况估计进去。总之，从第一卷到第五卷，直到尾声，确实一个高潮接着一个高潮。所以我保证这部小说不会松下去。

由于小说的规模这么大，过去没有经验。书中的人物很多，到底写了多少人物，现在还没有统计。到第三、四、五卷还会陆续有人物出现。包括的故事情节也很多，这些故事情节不是一个一个孤立起来的，它们是整部小说的有机构成。像这样写，我们是没有经验的，也不好找借鉴。所以，在艺术方面，我们要做些新的探索。

怎样处理历史小说？今天我不向大家谈历史，只谈在艺术方面我是怎样追求的，追求什么，包含些什么东西。整体来说，文学，特别是小说，有它共同的美学要求，长篇小说也差不多。但现在的一些中长篇小说的美学要求，用在《李自成》上未必能够解决问题。我今天偏重谈谈《李自成》这本书的美学要求。这个美学要求与内容有密切关系。《李自成》尽管是反映历史，但它是有计划、有目的创作的。它是封建社会后期一部百科全书。说是一部百科全书，也不是样样都有。这个社会、这个历史阶段，它的各个阶级、各个阶层的互相关联、矛盾斗争、运动发展，统归一些主要人物贯串起来。通过这些人物，表现了那个时代不同阶级、不同阶层、不同地区的生活，包括他们的生活习惯、风俗、制度，所以一看，就是那一个时代。这是明末清初封建社会的后期，小说里要用一幅一幅的历史生活的画面，把那个时代展现在读者的面前。这就是我的追求。因为历史生活是复杂的，丰富多彩的，包括的面很多，历史故事也非常复杂，用什么办法，用什么艺术手法来解决这些困难？下面我谈我所采用的艺术手法。在谈艺术手法前，有几个小问题值得先提出来。

写明末的小说，要写的情节复杂得很，故事也复杂得很，光是大小战争就很多，斗争的力量也很多。在统治者方面，以崇祯为代表的，是一个力量，这个力量的内部错综复杂，充满矛盾；以李自成为代表的，是一股力量、一股势力，这个力量里头也充满矛盾。第一、二卷还没有多少矛盾，第三卷开始就多了。以张献忠为代表的其他农民起义的力量，也构成了一股势力；还有清朝在关外，在第三卷正式上场，这又是一股力量。在每一股政治力量里都有错综复杂的矛盾。第二卷里，有十几万字写宫廷生活，可以看出宫廷生活里的矛盾很多，皇帝与太监、皇帝与皇亲、皇帝与大臣、大臣与大臣之间，充满了斗争，斗到最后，把崇祯的五皇子也搞死了。这部小说从内容上来说是复杂的。那么就要求从复杂里面透视清楚,繁而不乱,这是一个要求。

第二个要求,篇幅虽长,但要引人入胜。这部小说这么长,如果中间有一卷,或者有一个单元写松了,写垮了,这就不行。一部小说能叫读者放不下去,这不容易。《李自成》里战争场面很多,如果有一个战争场面重复了,这就失败了。古人写战争不怕重复,写一个武将在阵上斗三十、斗五十、顶多斗一百二十回合,士兵不动,这就不符合古代生活。《李自成》要走另一条道路,要使历史生活再现。第一至第五卷都有战争,要使这些战争写来不重复,这也是一个困难。

还有一个困难,故事情节百分之九十九都是虚构的,这点与《三国演义》完全不一样。《三国演义》有根据,根据见之于野史和《三国志》及裴松之所作的注。《三国演义》的许多情节在野史里就有,这是一个有利条件;第二个有利条件是从唐朝就开始有说三国故事的,到宋朝更形成了说话的一个流派,说三分,属讲史一类。历代说话人不断地说,不断丰富,人物个性越来越鲜明。经过元代的戏曲又重新加以创造,到了元末明初就有人把前人的成果加以整理,写成《三国演义》,实际上这是一个集体创作,而且是经过长久历史形成的一个创作。这跟写《李自成》情况不一样,我是白手起家,不能光靠《明史》,《明史》顶多有二三千字,很多大事有的没记,有的几句话,很简单。许多人物个性不知道,高夫人个性不知道,张献忠、刘宗敏也只有几个字就过去了。这些事情说起来容易,做起来很难,一个个人物都得赋予不同个性。比如张献忠,只知道他"狡诈",他日常生活的态度怎样,不清楚。像郝摇旗这个人物根本没有什么历史资料,只是李自成死了以后,才知道他带了几个人投降南明,后来在打清兵的时候牺牲了,别的故事不清楚。但我们要创造,根据什么来创造呢,就根据一点线索:他投降南明以后,后来到广西,跟广西的南明政权矛盾很深,有一次,他把南明皇帝赐给的衣服脱光,扔到炕上,屁股一拍就走了。我就根据这一点加以创造。高夫人的材料也很少,只知道李自成死了以后,高一功、李过到河南一带,当时要不要取消大顺国的国号,有争论。这时高夫人出来说话,取消大顺国的国号。本来李过应继承皇位,但没有继承,与南明合作,以他们为主一起抗清,高夫人起了这个作用。就这一点,说明高夫人说话算数。就根据这一点,把她塑造成镇定、有胆识、有智慧的形象,与穆桂英、樊梨花不一样。穆桂英也好,樊梨花也好,这些都是武将,要上马杀敌,武艺高强,高夫人也骑马,身挂宝剑,但从来不写她冲锋陷阵,不能作一个女将写。她的威望不是靠她的威武,而是靠她的正气、理智、智慧。把许多优点集中在她身上,你们说难不难呢?过去根本没有这个故事,人是空的,要把她塑造成有血有肉的、感人的形象,这就难吧?诸如此类很多,慧梅、慧英这些人物,史籍上也都没有的,要靠创造。

最难的是结构问题,这么一部大的小说,写成三百万至三百五十万字,如何才能写得结构完整,做到繁而不乱?采取什么办法呢?

我采取的方法是"大开大阖、有张有弛"这八个字。有些人写中长篇小说一章一章地连下去，写《李自成》不行，因为这部小说不仅不是一个地区，也不只是几个人，看到第三卷就知道，有北京的、有关外的、有农民军的，所在地方是东西南北中，如果一章一章地单独去处理，就会松弛、会乱。所以我采取一个单元一个单元地写，若干章构成一个单元，单元有一条基本线，这条线要过渡到别的一个单元。如第二卷可分十个单元，第二卷开始的时候，李自成如何保卫商洛山根据地，现在取名叫"商洛壮歌"（第一至十五章），在这个单元里，官军四面围攻，内部又发生叛变，还有地主武装与官军互相勾结起来，千钧一发，李自成大病刚好，勉强可以起来，就靠李自成的统帅才能和高夫人的指挥才能，才化险为夷，克服局势的艰难，用现在的话就是，"胜利地打破了包围"。这十五章是一个单元。跟着下面就是李自成派刘体纯赴开封找宋献策营救牛金星；也写到李信，只有三章，也是一个单元。第一卷开头几章，写北京，以崇祯皇帝为中心，这个单元过了以后，一跳跳到潼关南原，就光写潼关大战。《李自成》就是一个一个大的单元，中间插进小的单元，联系起来。可能这个单元写到北京，那个单元写到陕西或河南，有的单元可能写到四川，有的单元可能写到沈阳，就是通过一个一个单元把整部小说结合起来，这是"大开大阖"，是我摸索到的一个窍门、一个方法。

但单元也不能都紧张，都打仗。都紧张，又打仗，读者也紧张。所以经常有很紧张的，但有时锣鼓也稍为松一下，做到有张有弛有变化。例如第二卷前十五章，写商洛山壮歌，忽然下面写到开封，这就松弛一下，免得继续紧张。像这样有张有弛的手法，都贯串全书，这是结构方面的一个处理方法。

关于结构方面的另一个原则是，单元独立，前后呼应。例如第一卷，一开始写崇祯皇帝在北京这个单元，清朝增兵在北京郊外，北京城里戒严，皇帝周围有人主张向清兵妥协，又有人主战，看起来这个单元是写在北京对清兵主战与主和的两派斗争。实际上也写崇祯皇帝想着潼关南原大战，他把潼关南原大战经常挂在心里，他认为李自成是心腹大患，是不是已把李自成消灭了，他在思虑。这就由北京呼应到潼关南原大战。又如清兵继续深入，往河北以南进军，这就呼应到卢象升阵亡那个单元，这就摆出问题：清兵深入怎么办？卢象升怎么办？这就是前后呼应。所以尽管单元独立，但还是用呼应的办法，过去也叫前后照应，这也是根据大开大阖来的。

过去评点小说和评点文章，有时用"横云断岭"的手法。我们画山水画，讲究虚实，远山要虚，近山要实，远山也不要画到底，中间一片白云把山腰盖掉，这叫横云断岭。山尽管断了，但在意象上还是连接下来，所谓意在笔外。《李自成》用这个手法很多，看起来这个故事断了，实际上它在发展。

还有一种办法是人隔千里，情节交融。例如第二卷的第五十一章，写崇祯在北京过春节；写到开封，以周王为中心过春节；而大家的注意力都集中在洛阳，又是在洛阳过春节。这样一章就写了三个大城市，变换了三个人物——崇祯、周王、福王，相隔很远，但是又有联系。我把这种手法归纳为"人隔千里，情节交融"。这个手法是比较新的。这种手法现在在电影上也用，还形成一家，可在小说上用得比较少，也比较难，可以说这是继承古代传统，吸收一些优秀手法。这也属结构方面。

处理人物方面，有个基本原则，就是从历史生活出发。尽管是空想出来的，但必须符合当时历史生活，这个原则不能有任何动摇，也不能有任何偷懒。包括小说里的如何做弓箭，如何射箭，如何骑马，都要符合历史生活。第一卷写卢象升到昌平后，太监高起潜奉皇帝旨意到昌平看卢象升，高起潜想敲卢象升的竹杠，想要卢象升的名马，因为卢象升喜欢养名马、骏马。我虚构了高起潜在昌平郊外试马这个细节。有一个军事家来看我，问我是不是会骑马，我说会骑百十步，不全会，我是看书得来的，他才恍然大悟。要研究历史的生活，这一点我想多说几句。历史家和历史小说家有相同的地方，也有不相同的地方。相同的地方都要用脑，都要研究历史，收集资料。不同的地方是，历史学家只需要研究历史发展的规律，研究明末的经济史、政治史、军事史等，但对明末的打仗的具体情节他可以不研究，崇祯皇帝和周后的宫廷生活他可以不管，更不需要研究文学史。可是做历史小说家就不同了，当时的经济情况以至生男育女、家庭负担、什么时候用铜钱、物价怎样，要了解；军事方面，仗是怎样打、用什么武器也要了解；当时的风俗制度、宫廷生活、柴米油盐、衣食住行都要了解。因此，写历史小说，如果没有很广的知识面，没有一定的研究，要反映历史生活是不可能的。所以从生活出发并不简单。现在有些历史戏剧、戏曲、电影，就违背了历史生活，甚至把外国的生活搬到中国来，这是不恰当的。我们不能欺骗观众，要对得起观众。

从历史生活出发，从这个基本原则出发去写各种人物。到底农民英雄怎样生活，我们很难了解，但有一点是明确的，古代做一个武将跟今天的不一样，今天的状况越是文明越靠机器，靠电子计算机指挥作战。做一个农民英雄则要靠武艺和力气，这非常重要。武艺不好可以当统帅，当指挥家，但当冲锋陷阵的将领就不行。可李自成、刘宗敏、张献忠，他们要冲锋陷阵，一定是气概非凡，武艺高强，跟现代的不一样。我们加以夸张，他们就成了英雄传奇的类型。但是古代小说里有些离奇的、超人的英雄，我们摆脱了这个超人英雄，因为他毕竟是个人。第二卷第二十五章，写李自成救袁宗第。袁宗第引诱周山，告诉周山说可以投降，出卖李自成，杀掉李自成夫妇，向官军投降。周山以为是真，同袁宗第在山上见面，当时袁宗第突然挥鞭打死周山的一个亲兵，用左手把周山抓过来。现在看来带有传奇色彩，实际上古人在马上抓敌将是不稀奇的。又如第一卷写的潼关南原大战，刘宗敏开始死了两匹马，后来要换第三匹马时，落入陷坑，他在坑中抵挡敌枪，又跳出坑杀敌，这也是英雄气概和浪漫主义，带有英雄传奇的色彩，看起来很奇怪，实际上生活中都有，符合古人的英雄性格。这是创造典型的形象，把很多人的东西集中在一个人身上，只有一个原则，就是不塑造超人英雄，而是古代的武将可以办到的。大家看到的李自成射箭，一箭射到一块岩石上，火星乱迸，有巴掌大的一块石片飞落两尺以外，箭也从岩石上跳回来一尺多远。这说明李自成的力量猛。但是古代有的武将，把一块石头当成一只虎，一箭射过去，连箭杆甚至羽毛都射进了石头里，这个夸张太过了，现在连机枪的子弹打到石头上都会弹回来。所以写英雄的传奇色彩不能超人化。第二卷写刘宗敏跃马渡汉水，那是可能的。这是我们写英雄人物的又一个原则。

写英雄人物要从历史生活出发，写反面人物也不能简单化。这些年来，我们不管看电影、看小说，一看就知道是坏人还是好人。《李自成》这部书，写反面人物不简单化。有人说崇祯皇帝写得那么好，周后也写得较好，周后是总地主婆，你是站在什么立场来写的？但是，到今天看，我们是站得住脚的，批评我们的人都是把问题简单化了。我对崇祯这个家庭曾经做过认真研究。崇祯的性格非常复杂，他很聪明，也喜欢读书，字写得不错，还会音乐，辛辛苦苦地看公文看到半夜，这是一方面。另一方面，他主观，刚愎自用，疑心很重，他杀了几个宰相和大臣，杀了十几个总督。他和一般的亡国之君不同，一般的亡国皇帝或者昏庸，不理朝政，或者信任太监，自己不当家，叫太监掌权，或者皇亲掌权，所以他与一般的亡国之君确实不一样。为什么崇祯亡国以后，从清朝到民国年间，许多人包括搞历史的，都对崇祯带有同情心？可见他和其他亡国皇帝不是一路货色。因此，对这个人不能简单用几笔漫画，简单用几句骂语、几句贬词，就解决问题。我们要对得起历史，对历史负责，要忠实反映历史。从政治上来说，他是反对农民革命的；从阶级地位来说，他是一个皇帝，代表当时的大地主贵族，是一个腐朽政权的领导。但他同时又不是一般亡国之君，而是"这个"皇帝。他有他的私生活，有他的感情，他是在他的那个环境里生活。他那个环境里包括皇亲、妃子、宫女、太监、钦差大臣，他在这里头是个活生生的人。这个活生生的人，就是崇祯。

我写周后，写得很简单，但通过两个细节，就把她的阶级本质揭露了。一个是她做生日，有一个小和尚焚身，有一个宫女以血写经。另外一个是她看见小太监和她的太子摔跤，小太监压在了太子身上，于是大怒，小太监为此而死。这些地方代表了她的阶级本质。但在一般的问题上不给予丑化，因为她是皇后，有皇后的权，又长得漂亮，她不漂亮不会选她当皇后。明朝有一个规矩，选妃子不能从大官僚家庭里选，不能从皇亲里选，要从家世清白的平民里选。这就是说，只有家世清白，而又长得漂亮，很温柔典雅的，才可能被选进宫里，周后就是这样的出身。因此不能把她写得很丑，也不能写得很坏，也就是从历史生活出发。袁妃这个人如果不美，不是很聪明，也不会选进宫里。田妃这个人会弹琵琶，会绘画，会写字，她与皇后相互为用，这就是崇祯的家庭。所以写她们不能简单化，不能漫画化，不能故意丑化她们。

像杨嗣昌这个人,连明朝末年官场里的人都骂他,而且造谣中伤他。明朝末年有党锢斗争,互相造谣,我们不能上这个当。杨嗣昌很能干,比一般大臣能干得多,崇祯把他放出京,让他统率大兵去打张献忠,这是崇祯甩出的王牌。但他终究失败了,这不决定于他个人,而是他所指挥的军队代表非常腐朽的政权,他个人在历史形势下是无能为力的。包括第三卷写的洪承畴,有人骂他是汉奸,投降清朝,迎接清兵进关。但是像他那种人,幼读诗书,中了进士,做了官,由低级官做到高级官,当总督当了好几年,当时威信很高,不可能一下子就当汉奸。他被抓后开始想自杀,一直想自杀,后来绝食,最后才当了汉奸,这是写他当汉奸有个过程。总之,从历史生活出发,对反面人物不简单化。你们可以回想一下,之前就有这个倾向:写英雄人物不能有毛病,不能有缺点,写反面人物唱一个调子、一个样。我们创作上的公式化、概念化以及教条主义、形式主义这一套,完全是反现实主义的。在"十七年"的情况下,《李自成》一直不能出版,说是没有列入批准的计划。我们要认真地回顾一下历史,我们有些领导确实违背了马列主义、毛泽东思想的工作方法。直到今天我们才能认真地对待历史问题,对待文艺问题。这两三年来我们的成绩是可观的,我们的前途是无限光明,无限灿烂的。

现在谈谈李自成这个人物。第一、二卷出版后,有种论调,说第二卷不如第一卷,当然也有人不赞同。我认为第二卷比第一卷好。为什么有人说第二卷不如第一卷?主要原因是什么？多少年来我们写长篇小说都是沿着单线发展的道路，一部小说围绕一个中心矛盾，单线发展。二十世纪三十年代茅盾同志写的《子夜》，曾经企图打破单线发展，他有几章写到农村里，但没有写下去，还是以吴荪甫为主线在上海发展。《李自成》用单线发展不能解决问题。为什么不能解决问题？因为我希望这部书成为反映封建社会末期的百科全书，要使清朝的力量、明朝的中央力量和地方的矛盾，以及农民起义的矛盾，都正面写进小说里去，单线发展根本不适合，单线发展不是《李自成》的气派。但是第一卷不能写得太复杂，写得太复杂，人物太多，我也驾驭不了。开始要小，中间要发展、要充实，结尾要有力量。《李自成》第一卷不能写得太开阔，写开阔了不好掌握，读者也不好接受。所以第一卷基本上单线发展，但实际上是两条线，即崇祯与李自成，以及崇祯与张献忠这两条线。写农民战争，以李自成为主，张献忠为辅，崇祯皇帝也作为一个陪衬。这个面不能铺得太开。如果第二卷还是这样写，问题就大了。所以第二卷必须铺开，人物众多，场面复杂。有些人不习惯，他认为第二卷不如第一卷，你反问他第二卷开头十五章"商洛壮歌"，你喜欢不喜欢？他回答说喜欢。宋献策在开封，想办法救牛金星，包括李信那一个单元也喜欢。一个一个单元都喜欢，但全部就不喜欢，这是什么原因？是不习惯多线头的发展。我觉得第二卷比第一卷深刻得多。像第二卷里写宫廷生活，那么复杂，那么深，比第一卷深刻。

再说这第二卷，有人说张献忠、郝摇旗写得好，李自成写得不好，还说李自成像个共产党员。那么李自成在哪个支部生活？还有人画了个漫画：李自成读马列的书。还有人担心把李自成写得这么好，那他怎样失败？我听了非常高兴。我认为如果写李自成给人家看，一看就看穿了，那我就算一个大失败了。正因为读者不知我怎么写，不知道哪个是好人坏人，而且看不穿，看不透——张献忠看透了，郝摇旗看透了，李自成看不透——那我就算取得一个成功了。对李自成到底怎么看？我觉得这个人物基本上是成功的，写得比较深。李自成最难写，而读者理解李自成这个形象也不容易。例如，在商洛山，郝摇旗要走，李自成送给他银子、战马、武器。大家都欣赏郝摇旗的性格，他们忘掉了李自成怎么做法。不但人人都说郝摇旗在困难时逃走该杀，而李自成不杀他，而且抱怨他事先为什么不告诉一声，"你才四十几个人，马不全，别说遇到官军，就是遇到乡勇也吃不消"。尽管非常困难，李自成给他人马，还送他银子，作为买路钱，叫他不要伤害百姓。李自成这样处理，是超过一般人的，也超过对其他的亲兵大将，这是李自成最深的感情。在第二卷里，他病了也骑马出去，这是为了安定军心、民心。等到他知道在石门谷的杆子哗变时，手里没有兵，少数兵由高夫人带着防御武关进击，他身边只有二十个人，连老神仙也要求把他带去。李自成就这样去石门谷。这个气派，这个处理，正是他的境界。到了石门谷，坐山虎不让他进寨，刀枪挡住，后来门开了，李自成昂扬前去，坐山虎的人马刀枪只好往后退，最后分开。李自成一夜之间就杀了坐山虎和他的党羽，拉回了丁国宝。在石门谷这危险的地方，他处理得妥当，可见他不仅是个战将，而且是个统帅，有政治头脑。他杀堂弟李鸿恩以整军纪，也说明了这个问题。如果是张献忠，一定会踢李鸿恩一脚，骂几句就算了。所以理解李自成不是那么容易，如果李自成一写出来大家都理解了，那么我就失败了。而且李自成的性格在变化，到第三卷就表现出来。这里有个规律，农民起义开头很好，进了城就有变化。例如陈胜称王后就变了。李自成的变化，在第二卷里已埋下了伏笔。到洛阳后，有人建议在洛阳建都称王，有人反对，有部分人同意。高一功就不同意。老兵王长顺对李自成说："我从起义就跟着你，天天盼望你大功告成，称王称帝。可是我又不想你现在就称王。这闯王的称号我已经叫惯了。一旦你建国改元，称王称帝，我再不会站在你面前称你一声闯王，随便吃哒。到了那个时节，即令你还没有忘记我这个马夫，可是我的官职卑小，进不了宫门，再也见不到你同夫人啦。"这是真的，地位变了，人和人的关系也变了。等李自成到了第三卷，正式称呼不叫闯王，叫"奉天倡义文武大元帅"时，他和周围的人的关系变了，人们很难见到他，同他谈心就更难了。这不是一个人的问题，历史就是这样无情，李自成的变化，就反映了这个历史规律。

　　人物处理还有个问题，就是语言特色。这个问题我很注意。古人对话不能有现代语、现代词汇。我给自己画个框框，在三百年前的人不能有现在的人说的话。我们现在叙述的问题，描写的问题可以现代化，但他们那时不能现代化，这是一个原则。那么现在书里会不会有现代化的语言？可能有。这里有两个原因，一个原因是书太大了，我们是现代人，有时照顾不到。另一个原因是预想不到的，"文化大革命"把一些制度破坏了，有些不经作者同意就随便改动。如第一卷写高夫人教女儿兰芝的常言道"女子无才便是德"，这本来符合三百年以前的思想情况，后来改成"我们是革命的人"。我看见了，若不改过来，我将会一辈子惭愧。又如李自成与张献忠在谷城那天晚上的会见，李自成对张献忠说的话很委婉，非常符合朋友之间的关系。后来我一看，变成了批评张献忠你这一方面错在哪里，那一方面又错在什么地方。红卫兵的语言也到了李自成的嘴里。所以会偶然出现这种情况，也许是我的手笔，也可能是在排清样时被改变了的。总之，不许古人的嘴里头有现代人的语言，不然不是古人。这是一个要求，这是时代的特点。我们写宫廷的大臣的对话，就不能完全用土话，因为这些大臣都是知识分子，应带有他们的时代特色和阶级烙印，这是关于语言方面的原则。

　　长篇小说的艺术结构还要注意下列的一些美学原则。这些美学原则要贯穿全书。第一个原则要变化多，丰富多彩。我很注意这个问题。每一个单元要变化多端，甚至每一章都要有变化。例如李自成到谷城见张献忠一章，情节忽而紧张，忽而轻松，不断变化。又如张献忠在鄂西摆鸿门宴请李自成，笔法变化很多，忽然写王吉元得到消息回来报信如何如何，又写到路上怎样中箭；也写到李自成游山玩水，变化很多。又如潼关南原大战，有时刀对刀，枪对枪，非常激烈，有时又转写高夫人、孩儿兵，有时写打仗打得没喘气的机会，而对贺人龙，则写用钱财方式来瓦解他的攻势。总之，要富有变化，使小说的色彩很丰富，不单调，这是一个原则。

第二个是壮美和柔美，交互出现。我曾经用一首七律来概括我对美学的追求。这首诗是这样的：

> 我爱长篇彩色多，缤纷世相入网罗。
> 英雄痛洒山河泪，儿女悲吟离乱歌。
> 方看惊涛奔急峡，忽随流水绕芳坡。
> 丹青欲写风光细，不绘清明上汴河。

有时写出英雄争夺江山的慷慨激昂，有时又写出儿女之间的悲欢离合；有时如长江大河，惊涛汹涌，似千军万马奔腾而下，忽然一变，又像一道小溪流水，缭绕芳草如茵的小山坡。这第五、六两句代表两种美学概念，前者是壮美，后者是柔美。第七、八句"丹青欲写风光细，不绘清明上汴河"，这跟宋朝人张择端的《清明上河图》不一样，他的画卷并没有反映出当时的政治斗争，而我们则要为农民战争服务。

第三个是虚实结合，有虚有实。这不多讲。

这第四个就是平淡中有风波。这点很重要。过去有句话"文似看山不喜平"。常常要奇峰突起，这样画面才美，文章才有气势。所以写《李自成》常用这个手法。举一个例子，李自成从郧阳大山里头出来以后，带了五十个骑兵走在前面，大队在后面，奔往河南进入淅川，到了荆紫关附近，没料到被官军发现，官军想夺取这五十匹战马，立即派三百名骑兵追赶。李自成来到一处岔路口，看见一家茅草饭铺，忽然听到马蹄声，判断出这支骑兵大约三百人。要跑，来不及了，要打，又抵挡不住，怎么办？他就给了那个卖饭的男人一把碎银子，叫他赶快逃走。这里头一般读者不会想那么深，实际上李自成叫这个男人逃走是有用意的，这男人不走，官军一到，问这个人刚才走的有多少人，如果告诉只有五十人，那么官军就会拼命追。这个人逃了，就不会有泄露机密的人了。李自成叫这男人逃走后，叫几个亲兵留下，别的人先走。他叫一个亲兵下马去茅屋中将灶中的余火弄灭，大锅中添了一瓢冷水，再拿半瓢水浇在马屎上，自己带着三个亲兵，对着从荆紫关来的小路，控弦注矢，又吩咐亲兵把半袋子豆料倒在狭路口。这些做完了以后，官军快到了。李自成转过一个山脚，听见两边山上松涛澎湃，才抽了一鞭，奔驰而去。官军的骑兵到了，马看见豆子马上停下来吃豆，这就把时间耽误了。有一个官军的将领看见马屎，亲自下来用手试一试，如果是刚拉的就有点热气，一摸没有；锅里水也不热。这个官军将领有经验，说跑远了，追不上了。这些看起来是平淡的细节，实际上不平淡。它说明李自成在紧张时是那么镇定、沉着，那么有智慧。

小说里还有很多风俗画和诗的情调。把风俗画的描写和诗的情调加在农民战争的小说里，就丰富了它的色彩，也缓和了战争的紧张气氛，既表现了过去的历史生活，又增加了浪漫主义气息。例如，高夫人从郧西小山出来，到商洛山会师，走到山上，大写山上的自然风景，有一段写姑娘们如何高兴，慧英用左手射箭，射死一个鹰，这是有诗意的。还有一段现在高中课本选了，叫《虎吼雷鸣马萧萧》。不少的解释文章我都看了，但有一点没抓到我的创作意图。这一节之前很紧张，李自成几乎被张献忠杀害。他在天明之前对将士们的一段训话，等于总结过去的经验，展望未来。我写这一段的时候，用了许多丰富的笔力，常常有闪电，还有老虎的叫声，有时战马的叫声与老虎的叫声汇集在一起。火光照着李自成身上和马上的装饰品。李自成平静地说话，马上的铜饰在火光中闪闪发亮。这个训话的场面很壮美。后来经过一个地势平坦的山坳，这里清泉石上流，到处有花香，飞鸟刚刚醒来，在天空中飞叫着。弟兄们走了几十里，见有水喝，以为可以休息了，吴汝义去请示李自成，但李自成没开口，鞭子一挥，部队继续前进。这么写，前面全是壮美，后面加上风景描写就显出柔美，壮美里头突然加上柔美的东西，这就是艺术上的变化。这一段创作意图，一些语文教师都没猜到，你们是师范学院的学生，将来你们讲《虎吼雷鸣马萧萧》时，把这一点加上去。

原载《华南师范学院学报》1980年第3期，收录本书时有修订

关于《李自成》中崇祯形象的塑造

去年春天，北京图书馆和首都图书馆就同我商量和大家见面，结果一直拖到今年春天，时间将近一年，现在终于有机会来实现这个心愿。我今天讲的这个题目，是我自己在创作过程中总结的一点经验和体会。我不是搞理论工作的，理论水平不高，因此，可能讲得肤浅，也难免出错误。现在我就试着谈谈，谈错了请大家指正。

我讲的这个大题目下有三个小题目：第一个题目，我为什么要下力气塑造崇祯皇帝的形象；第二个题目，我怎样理解崇祯皇帝这个人；第三个题目，我从写崇祯皇帝过程中对现实主义创作方法的一些体会。前两个问题不打算多讲，重点放在第三个问题上，因为这关系到我们现在的创作理论问题和其他一些现实问题。

一

现在讲第一个题目，我为什么要下力气塑造崇祯皇帝的形象。

每一个作家在写作中都有主观愿望，能不能实现是另一个问题，而对这个愿望的追求是必须有的。《李自成》是部大小说，动笔于1957年秋天，到现在二十多年了，如果没有追求，没有自己的一种目的，是很难坚持写下来的。但如果在这里让我回答，我为什么要写《李自成》这部小说？则这个题目太大。今天我就回答这一个小问题：为什么要下力气在《李自成》这部小说中，塑造崇祯皇帝这个形象？

我之所以要着力塑造崇祯皇帝的形象，这里有几个原因。首先，《李自成》这部小说，书名取"李自成"，是为叫着方便，避免过长过大。但内容绝不是只写李自成。曾经有人对我提出来，既然写李自成，何必又写那么多人？而且是详细地写了那么多人？尤其是从第三卷起，人物逐渐增多。这个原因是，当时我写《李自成》这部书时，有个打算，不仅仅是沿着一条线来单写李自成这个人，而是比较全面地（相对来说）反映中国明末清初（即十七世纪中叶）那一段历史时期封建社会的面貌，封建社会各阶层的动态、联系，各个政治力量、军事力量间的冲突。更概括地说，一方面写农民战争，一方面写民族战争。我不敢说这就是百科全书式的描写，也不论《李自成》能否作为百科全书式的长篇小说。

总之，从全面反映的历史面貌来讲，是比较复杂的。全书主要写了几股力量的代表人物，在农民起义军力量方面，是李自成领导的大顺军，还有"曹操"（编者注：罗汝才绰号"曹操"）这股力量，到第三卷，"曹操"逐渐重要起来；另外，还有个贯穿始终的张献忠。在明朝方面，写了农民战争的对立面，最主要的是崇祯皇帝。在清朝方面也写了几个人，第三卷中的皇太极（清太宗），第四卷到第五卷中着重刻画了多尔衮。这是我的意图，至于能否达到，那是另外的问题。总之，描写复杂广大的社会画面，是我在写这部书时尽力希望与追求的。假如《李自成》这部书不写崇祯皇帝，那么书的内容就会大大减少。因为写了崇祯皇帝，就可以反映出封建社会另外一个方面，而且是一个相当丰富的方面。不写崇祯皇帝这个方面，而单写农民战争一个方面，那么农民军也必然写不好，因为它没有对立面，或者只是简单的对立。因此，要写好农民战争，写好农民军，就必须在这部长篇小说中把农民军的对立面尽可能地写深一些，写全一点儿。这是我下决心写崇祯皇帝的一个原因。

小说一开始就写了清朝这股力量，即第一卷的开头，北京戒严，清兵进入北京，这和第五卷结尾，清兵进关，占领江南江北广大农村是前后呼应、首尾相照的。就是说，小说要反映这个历史情况，要写清朝的力量，也必然写崇祯皇帝。这三股力量——农民军的力量，明朝政府以皇帝为首的这股力量，以及清朝入关前到入关后以皇太极为首的力量，相互交织、斗争，成为这部书的一个概况。在农民军方面也写了几股力量，以及他们的关系和矛盾。这都是在写《李自成》这部书的时候所考虑到的。小说从反映历史方面、思想内容方面，都要求必须刻画好崇祯皇帝的形象。

其次，我还有一个从艺术角度上的考虑。《李自成》这部书在艺术上追求丰富多彩。所谓丰富多彩，问题包括很多，内容有几个方面：既写了宫廷生活、大臣生活，又写了农村生活、一般中国老百姓的生活，第四卷中还要写江南地区的生活。各种生活都写进来，逐步都在展开，以各种内容来展现广阔的社会历史生活，尽可能将读者带到三百多年前的历史气氛中去。这是我在艺术上的追求。假如不写崇祯，必定有许多生活写不出来，朝廷的斗争、宫廷的斗争、宫廷与政治之间的关系，都写不出来。这又是我下力气塑造崇祯形象的一个着眼点。

再者，还有一个想法。每一个作家既然要创作，就总希望开辟一个新领域。我写的人应是新的，这段生活也是新的。这个新不新，关键在于过去的作品中有没有这样写过，或是写得有没有这么充分。这就是追求，就是探索。《李自成》这部书中写崇祯皇帝，写宫廷生活，这是一个新的探索。特别是在我动笔的时候（1957年），就曾想到，这部书能否在我生前出版是没有把握的，也准备好在我死后，由我的儿子、我的孙子拿出来献给党。

最后一点，我着力塑造崇祯皇帝的形象，也是出于一种对现实主义创作原则坚决维护的态度，来进行创作的。要不要按照现实主义道路走，在今天不是问题。但在过去十七年中是个问题，尤其是在"文化大革命"期间更是个问题。如果在"文化大革命"期间,把反派人物作为典型来描写,详细刻画,那是不得了的事情。就是在二十世纪五十年代,也不是那么自由的,现实主义经常受到干扰,写英雄人物不能写个性特点,写反派人物简单化,千篇一律。这是对现实主义的曲解。这种教条主义的倾向在五十年代相当流行。因此,在写《李自成》时,我并没有考虑到马上拿出来。我考虑,要坚决按照现实主义道路走,不管是反面人物还是正面人物,都要从生活出发,从现实主义基本原则出发,绝不搞简单化,绝不随便进行廉价的批判,而是力求写出人物内心的复杂和社会生活的复杂。当时我想过这样写是有危险的。后来还是拿出来发表了。这一点使我深深地感到,我们的党看问题是清楚的。但是,出版以后,是否就没有问题了呢?不是的。书一出来,就有人提出来,不应这样写崇祯皇帝,这是同情了地主阶级头子;不应该写卢象升阵亡的场面,这是为两手沾满鲜血的官僚树碑立传、涂脂抹粉。现在,我们对现实主义创作方法有了正确的理解,但也不是一点儿没有问题。我坚持把崇祯皇帝这个反面角色作为一个典型来详细描写,正是出于一种对现实主义道路坚决维护的态度。这在今天当然是能够肯定的了。第一个问题就简单讲这些。

二

第二个问题,谈一谈我如何看待历史上的崇祯皇帝。

首先有一个问题要讲一下,今天是没有一个人会同情崇祯的，可是在明以后的封建社会，一直到民国年间，一般老百姓提起崇祯常常是同情的。景山公园的东山脚下，原来立着两块小碑，一块碑上就写着"明毅宗殉国处"，是民国年间立的。这几个字说明了当时的人们对崇祯的同情。我自己小时候在乡下常看戏，戏中常演到崇祯，也都是同情的态度。

为什么崇祯这样长期博得人们的同情，至少是多数人的同情呢？看这个问题不能简单化。"同情"二字包括的内容比较复杂。这要看到崇祯皇帝的性格特点和他所处的历史环境的特点。崇祯的性格特点是，早起晚睡，勤于政事，很少出去游玩。我们且不说这样的性格好不好，和许多亡国之君比起来，他是有特点的，是这一个，而不是一般皇帝。一般亡国之君，荒淫愚蠢，不上朝，听任太监、外戚、权臣弄权，或是年幼无知，等等。我们就看看明朝的几个皇帝。明武宗是从不做事，光知道玩乐。玩到什么程度呢？当时江南有个宁王叫朱宸濠，叛变了，王阳明把朱宸濠抓起来，明武宗便御驾亲征，自称为总督军务威武大将军镇国公朱寿，前往南方，派许多军队把这个地方围起来，让王阳明（王守仁）把宸濠放了，他自己去抓。就是这么个人。还有一个嘉靖皇帝，多年不上朝，在宫中悠闲炼丹，崇信道教。另一个万历皇帝，也是长期不上朝，他的儿子明光宗继位后，做了二十九天皇帝就死了，就是因为他荒淫无度，暴病丧生。此后就是天启皇帝登极（明熹宗），他如果生在一般家庭，也许会有点创造，他的木匠活做得非常精巧。当了皇帝，终日玩乐，奸臣魏忠贤搞阴谋，他看不出来。魏忠贤把大权逐渐抓到手里，以皇帝为靠山，为非作歹。七年后，天启皇帝死了，崇祯继位。崇祯和那些亡国之君有所不同的是，他终日辛辛苦苦，起早贪黑，勤于政事，事必躬亲，甚至批公文时，不仅注清名字，连时间也具体注明，在某些方面表现得精明强干。作为一个亡国之君，他是不易的。崇祯这个人的性格还有一个特点，果断、有魄力。当然，他的果断、有魄力有另一面的东西，我们且不论及。作为一个皇帝来说，他登极这年十七岁，朝中政事一大堆。魏忠贤和另一姓客的，在朝中把持大权。满朝文武大臣基本都是魏忠贤一党，把反对派大臣下狱、整死，或贬官。到处为魏忠贤建立生祠（即人活着时就建立祠堂），歌功颂德，吹捧魏忠贤，甚至称他为"九千岁"。在这种情况下，十七岁的崇祯继位，不敢随便在宫中吃饭，怕魏忠贤害死他，并且他也没有什么亲信党羽。但就在这种情况下，崇祯非常迅速地杀了魏忠贤，清除了魏忠贤一党，有的下狱，有的贬官，使明朝中央政权大变样子。这件事充分说明了崇祯这个人的果断和魄力。这都是引起后人同情的原因。但过于果断又容易走向另一面，就是过于自信。他总认为自己是英明君主，甚至希望在他丧国自缢而死后，人们也要把他当作英明君主，一直到国家将亡时，他还自称"朕非亡国之君"。相传在他临死的头一天晚上，要太监王承恩陪着他一道饮酒时，还用手蘸着酒在桌子上写道："文臣个个可杀！"这件事真否不敢说，但有可信之理，有艺术真实。崇祯认为他对亡国不负有任何责任，而是所有文臣的过错。还有一个传说，他吊死后，在衣袋里留下一封遗书之类的纸条，上面写着，自己无能力再治理江山，无面目再见祖宗，要人们把他的头发打散遮住脸，流贼进城后，可以把他千刀万剐，不可伤害百姓。他留下这些话，是希望后人赞颂他热爱臣民百姓。且不管这传说真不真，它也反映了历史的真面貌，崇祯这个人就是这样死要面子。崇祯的性格除此之外，还非常多疑，几乎没有他相信的人。当时有一个特务机关叫东厂，就是皇帝一手控制的，专事调查官员和百姓的事情，包括一些无足轻重的小事情，调查后向他直接禀报。他既然多疑，就免不了专断，只要他做的事，即使不对，也绝不准更改。他的这种"多疑"病对他政权的崩溃起了很大作用。举个例子，在他坐江山的开始，大概崇祯二年，清兵打到北京城外，当时有个叫袁崇焕的武将，得知清军已跨过长城进攻北京，便率锦州兵日夜兼程赶来救援，在朝阳门外跟清兵对峙相击，有勇有谋，抵住清军不得进入。清兵便想了个主意，捉到一个明朝宫中太监，故意说袁崇焕投降了清朝，让太监听，然后就把太监放了。太监回去后，把听到的话告诉崇祯皇帝。崇祯听后，不管可信与否，立刻把袁崇焕宣进宫来抓起来下了狱。其实，这样的事稍一调查就可真相大白，况且朝中又有许多文臣武将知些实情，纷纷保袁崇焕，而崇祯不肯听任何人的劝谏，还是把袁崇焕杀掉了。从此后，朝中武将就没有一个带兵抗清像袁崇焕那样有勇有谋之人。这都说明了崇祯多疑、专断、刚愎自用、自以为是的个性特点。他的凶狠，虽说比不上朱元璋，但也相当厉害。在他坐江山的十七年里，就杀了首辅两人，总督、巡抚就杀得更多，大臣也杀了不少。越是他的政权危急，他越是要杀，以巩固他的政权。但特殊的历史环境又形成崇祯十分复杂的性格，他凶狠、专断，又节俭清廉，这与当时国库空虚有关系。就以他不荒淫浪费这一面，对一个亡国之君来说，也容易引起人们的同情。总之，在他的性格及行为中，是有引起人们同情的原因的。

另外还有一个客观原因：崇祯在三百年间普遍被人们所同情，是跟当时民族问题联系起来的。过去所谓的"正统"是指以汉民族为主体的政权，少数民族为主体的政权都不能算是"正统"。崇祯皇帝代表了以汉民族为主体的明朝政权，崇祯亡，就是明朝的灭亡。在今天看来，清朝进入中原后，满汉两个民族的斗争，是中华民族大家庭内部的斗争。但是，在过去看来就不同，汉民族由于长期受清朝统治，因而十分怀念汉民族的最后一个政权，也就把崇祯亡国和中国受清朝统治联系起来。正是出自这种民族感情，历史上的崇祯皇帝在某些方面便引起了人们的同情。不论是封建统治阶级的知识分子，还是一般老百姓，都同情他。各种戏曲宣传了这种思想，封建正统观念巩固了这种思想。包括崇祯皇帝的一些敌人也不认为他很坏。李自成在出兵北伐时曾发表一篇檄文，其中提到崇祯时，认为他也不是很淫乱昏朽的，而把明朝的黑暗腐败推到下面许多官僚身上。可见对崇祯的同情也包括当时的农民起义军领袖李自成。

以上这些都是站在历史角度上看崇祯。我们今天写小说，自然有我们今天的观点。今天对崇祯性格形成的原因如何看,这一点很重要。崇祯性格的形成,有当时历史的传统以及具体历史环境几个方面原因。历史的传统,就是明朝政权和其他朝代的不同。明朝废弃宰相制以后,朝中一切大事都被抓在皇帝一人手中,这就叫绝对君权,是中国封建社会进入后期时,各种矛盾盘错复杂而产生的一种政治制度。只有皇帝一人说话算数,偶然有个别人权势很大,也是特殊现象。朝中的首辅不是宰相。有人认为明朝的首辅就是宰相,其实不然,首辅的权限很小。这种制度必然促使皇帝专断,自行其是。而皇帝也有三种办法来推行他的绝对君权。一种办法,利用特务,建立东厂。明朝建立特务机关,从明成祖就开始了。特务机关除东厂外,还有锦衣卫,也兼管特务。这两个机关,一个直接由太监执管,随时向皇帝禀报,另一个名义上受政府掌管(锦衣卫是政府机关),但也可以向皇帝直接报告消息,是皇帝的亲信组织。东厂和锦衣卫都可以随意捕人。第二个办法就是设诏狱。皇帝批个条子,不经司法机关,就可以把大臣下狱。当时的司法机关有三个,一个是刑部,一个是大理寺,还有一个是都察院。都察院是司法机关,也是督察机关。第三个办法是用廷杖。不管是多大官职,势力强否,岁数多大,都可使用廷杖,就是在皇帝面前,由锦衣卫执杖,有的当场打死,有的终身致残,后来又回避到后殿去打。这三种办法合起来使用,成为皇帝的法宝。这些东西,崇祯全部继承了。他登极后,在乾清宫写了块匾(现已不存),上有四个字,"敬天法祖"。效法祖先的主要是统治臣民之法。在他执政时,东厂继续随意抓人设监、施廷杖。小说第二卷中写黄道周受廷杖,正是反映当时这种情况。可见崇祯性格中的凶残是有历史渊源的,是对明朝绝对君权的继承。

崇祯的多疑,也有其原因。他从小在宫廷尖锐的斗争中成长起来,他的生母在宫中本没什么地位,不知怎么被他父亲看中,一夜皇恩,得了崇祯。生下崇祯不久,他母亲就在宫中妃子的争斗中莫名而死。崇祯是在宫中一个前朝姓周的老妃子的抚养照料下长大的。他父亲明光宗做皇帝的时间很短。当时朝中有个郑贵妃,很有权势,为夺太子地位曾一度动杀心。明光宗死后,崇祯的同父异母哥哥继位,就是明熹宗。崇祯尽管是信王,是皇帝之弟,也经常提心吊胆。相传,明熹宗死后,崇祯被遗诏宣进宫准备即位时,抚养他的周妃怕他被害,不敢让他吃宫中食品,亲自为他做了饼,崇祯怀里揣着饼子进了宫。到宫中不敢睡觉,把宝剑放在桌上,坐了一晚。第二天在朝上,群臣上朝宣布登极,他才放下心。在这种环境中,不能不形成他的多疑性格。

崇祯初当朝时,并不相信太监,亲手把前太监杀掉一批,赶走一批。但不久,就感到非依靠太监不行。原因是,明朝末年的政治斗争从万历年间开始日益激烈,宗派多起来,在朝在野的官僚各具力量,打派性仗,各自攻击,把明朝政权里里外外搞得一塌糊涂。在这种情况下,崇祯感到还算太监最可靠,因为他们总是皇帝的家奴。另外,在当时的具体历史环境中,还有一种情况,部队将骄兵惰,打仗必败。所以崇祯既不相信文臣,也不相信武将,这些疑虑,使他事事多心。有一年,崇祯到地坛行礼,事先动用了许多军警,沿街站岗,两两对立,沿街封门闭户,路上铺满黄沙,轿前轿后布满他的卫队。就这样出来也是极少。许多事情基本上听东厂和锦衣卫的报告,更加滋长了他的独断专行和多疑。况且,一当皇帝,万人之上,人人吹捧,同时又提心吊胆。崇祯在上面批公文,大臣们在下面两腿直颤,连周后也不敢随便多说一句话。据传周后上吊以前哭着对崇祯说:侍候皇上十八年,不敢说一句话,才有今日。意思是指崇祯十七年时,朝中曾有人建议崇祯离开北京到南方去,这事周后也向他提过,但崇祯一瞪眼,周后再不敢提及了。至于受宠于皇上的田妃,小说中曾有几个细节描写,田妃在新华门外骑马,她本是宫中细弱女子,却要把马骑得飞快,宁可摔下来,为取皇帝一乐。第三卷写田妃死,也说明了田妃在宫中也不过是一个牺牲品。她临死前,崇祯到宫中看她的病,田妃听说皇上驾到,忙让宫女将帐子挂起来,皇帝很想见她,但她坚决恳求,不让揭帐相见,而要求皇上宣见自己的妹妹。崇祯一见田妃的妹妹也很美,便立刻决定在田妃死后把其妹召进宫来。崇祯走后,田妃的妹妹问道,皇贵妃为什么不肯揭帐?田妃说,我家荣华富贵,主要是皇帝喜欢我长得美,而且我懂得小心行事,处处按皇帝心愿办事说话。现在我已病成这样,皇上看了会吃惊而忘记我从前的美貌。现在你既然就要进宫来,皇上也喜欢你,我们家的荣华富贵就可以保住了。下次皇上再进宫,我就可以揭帐见他一面了。可见像田妃这样地位的人,也是如此小心地为保其地位而巧取皇上的欢心,那一般太监宫女更是如此。这就使人无一敢对皇上进一句逆言。看过溥仪写的《我的前半生》一书就知道,溥仪做了皇帝后,曾屙了一泡屎,差人送与家中,想开个玩笑,全家人伏地谢恩,打开包一看是大粪,也不敢说一个不字,还得欣然受之。像这种特殊的环境都是形成崇祯性格的原因。同时,他当时为保其统治,是两面作战,一面对清兵,一面对农民军。因此,他企图用出最大力量,在他生前不亡国丧权,这就形成他的果断而又刚愎自用、残酷无情的性格。写小说一定要全面地、历史地写出这些。

三

第三个问题,我在写崇祯皇帝过程中对现实主义创作方法的一些体会。这个问题想多说一些。

现实主义创作方法的基础,不论是现实题材,还是历史题材,都是了解生活、真实地反映生活。对历史题材来说,要了解历史的广度和深度,这是基础。了解得不深,东拉西扯,随意虚构,不是现实主义。我用两句话概括这个道理,就是,"既深入历史,又跳出历史"。这是不容易的。小说家在反映历史生活方面,和历史学家有共同的地方,也有不同的地方。小说家和历史学家都得了解当时的重大历史事件和因果关系,以及事件运动的规律。我写小说,写崇祯皇帝,就要写崇祯所处的历史环境,同周围人的关系:纵的方面,同以前朝代皇帝的关系;横的方面,和大臣、太监以及后妃的关系，和清朝的斗争，和农民军的斗争。这些重大历史事件和历史关系，历史运动的基本规律等，是历史学家也要了解的，但历史学家却不需要知道宫中怎样吃饭、皇帝怎样睡觉、在什么地方批公文，以及后宫的管家婆做什么，等等。小说家则不然，除去以上大的方面以外，还要懂得当时的制度习俗，宫中穿戴、吃用、称呼，要懂得皇帝怎样生活，后妃怎样生活，皇帝喜欢什么，等等。崇祯很喜欢书法，近似唐太宗，这些都得知道。如果不懂这些琐碎生活，就不能真实描写生活细节。小说情节是虚构的。所谓真实，就是要使细节描写符合当时的生活真实。因此，小说家了解生活，一定要深、广。比如明代上朝时，午门外的大殿前各立着一排大象，由穿花衣的牵象人引着，听到静鞭响，大象便对对相立搭起鼻子，等待文臣们进殿上朝。如果不懂这些生活细节，上朝的气氛就写不出来。所以说，深入生活，了解生活，是现实主义的前提。

我们写小说，就是搞创造，要创造就必然跳出历史，虚构又必须令人信服。比如，我在第二卷中写崇祯叫皇亲贵族捐饷失败一事，这件事连当时的朝中首辅也不知道。事败后，在凄风苦雨的一个夜晚，崇祯突然醒来，只听从南长街上随风雨飘来一阵女子打更的声音，"天下——太平——"，这里的悲剧气氛很浓。这个细节是符合历史真实的。当时宫中侍女要跟太监读书，读不好的或被罚打板子，或被罚打更。当时，崇祯在各方面都遭到失败，天下扰扰已不太平了，就要亡国了，这宫女在寒夜里的"天下太平"的打更声，就引起了一系列的悲剧效果。这就是说，文学创作允许虚构，但必须有历史现实的依据，就是穿什么衣、吃什么饭，都是有根据的，否则，虚构就不合理，就经不起推敲。总之，对历史资料掌握得很少，或者懂得不深，我认为是不能很好地运用现实主义的创作方法的，因为这样是不可能写出社会生活的大方面以及细微的矛盾关系，反映不出历史的真面貌。

当然，我们绝不是照抄历史，而是要在深入历史的基础上，跳出历史，这是个辩证的关系。我认为，小说家要学习历史唯物主义，而且是非常必要的。不懂得历史唯物主义，对于如何认识历史现象的本质，如何认识它的错综复杂的因果关系，可以说是失去了一个武器。但反过来说，如果没有掌握许多历史知识，那么历史唯物主义方法也没有用武之地。因此，既要掌握历史唯物主义这个武器，又要掌握大量的历史资料，这个历史唯物主义才能真正发挥它的威力，发挥它的先进思想方法的作用。

我们看一部作品，不管是现实题材，还是历史题材，一看就知道这个作家的功力深不深。当然功力深不深，包括各个方面。要看语言方面、艺术方面，以及生活方面深不深、真实不真实。我们对生活了解得要深。就拿写历史小说、写崇祯皇帝来说，对于崇祯皇帝所处的历史环境，大的方面有全国的环境，具体的有朝廷的环境，掌握的资料越多，了解得越深，创作上就越能够争取主动，获得更多的创作自由。从掌握资料、认识历史，到创作上发挥出主观能动性，这个道理同哲学上所讲的从"必然"到"自由"的发展规律是一样的。如果对历史没有真正的了解，就随便去写，语言不是历史人物的，思想感情不是历史人物的，风俗制度也不是历史的真实反映，这种做法是反历史唯物主义的。反历史唯物主义的作品不算是现实主义的作品，也不是哲学上的"自由"，因为这不是真正从必然王国到自由王国。没有对历史的真正认识，就没有真正的自由。这个问题很重要，不管别人怎样主张，我是始终按照这个要求努力的，至于努力的结果如何，是另外的问题。

人们常谈到，创作中一个重要问题是逻辑思维和形象思维的关系问题。在塑造崇祯皇帝形象的过程中，我是怎样考虑这个问题的呢？把握崇祯的性格，我是看了许多资料，然后归纳为几点，但光这几点不成其为文学，如刚愎自用、多疑专断，都是抽象的几个方面，把这几点作抽象的分析，这是历史学家的任务，而历史小说家不能只靠这几点。经过对大量的历史资料的概括，得出崇祯皇帝的性格特点，这是个逻辑思维过程。而如何把这些性格特点等概念的东西，以真实的细节充分地反映出来，这就是个形象思维过程。

小说家不但要用逻辑思维，而且还必须通过形象思维进行构思创造，这是更重要的。比如，我在《李自成》第二卷中写到，崇祯经常想占验前方对李自成作战的胜败。这件事是崇祯时时牵肠挂肚的，所以连下棋时也念念不忘。他同袁妃下棋，心里暗自设想，如果棋下赢了，就暗示前方对李自成作战取得了胜利。袁妃非常聪明，一开始下棋，先故意把崇祯杀得败不成阵，连旁边观棋的皇后和田妃都不免担忧害怕，皇帝真要败了，一定会大动肝火。而袁妃就在自己将胜时，故意把一个关键棋子让崇祯吃掉，然后就顺着败下去。聪明的袁妃知道，如果让皇帝轻易获胜，皇帝也不会高兴，必须狠狠地杀一阵以后，然后卖个破绽，让崇祯取胜。崇祯果然感到愉快。这个情节是虚构的，但这个虚构有来头，把崇祯下棋同前方战事联系起来。崇祯天天忧虑前方作战情形，那种焦躁心情、侥幸心理，是从历史资料中通过分析，概括出来的，这是逻辑思维。而把这种焦急心情、侥幸心理反映在文艺作品里，就需要用形象思维，虚构出这样的下棋的情节，把它表现出来。又如，崇祯皇帝喜欢别人对他溜须拍马，这是从史料分析中得到的，这是逻辑思维活动。为表现崇祯的这种虚假性格，我设计了这样一个细节：崇祯在后妃、宫女陪同下游宫，看到树上有只乌鸦，便要过弹弓，一弹射出去，乌鸦没打着，只打落几片树叶，但宫女们却都高喊"万岁，万岁！"。这个细节所反映的崇祯性格的虚假，就不是概念，而是形象了。所以说，写小说的要素是形象思维，人物形象的塑造，主要靠形象思维来完成。

再一个问题，写人，必须把人物放在各种具体关系中来写。写崇祯皇帝，就要写他跟后妃的关系，而且一定要写好。因此，要想塑造好崇祯皇帝的性格，就必须写好周后、田妃以及袁妃的性格。如果忽略了这些性格的描写，那么崇祯皇帝的性格也就写不好，他就会变成一个脱离了现实生活的人物。另外，写崇祯的性格，还必须写他同太监的关系、同宫女的关系，因而要写好几个太监，写好几个宫女，不然，崇祯就会显得孤零零的。总之，一切脱离了历史环境及人与人之间的关系的孤单单的形象描写，都不会成为现实主义的作品，它无法完成现实主义的美学任务。所以，我在小说里，也着重写了几个宫女、太监。如乾清宫的管家婆和几个宫女，通过写她们的心理变化来烘托崇祯的性格。

另外，还要写崇祯皇帝和大臣的关系，如果不写同大臣的关系，崇祯皇帝的悲剧性格也就写不出来。在大臣中，有他相信的大臣，像杨嗣昌，写他正是要写崇祯皇帝。写陈新甲，也是为写崇祯皇帝。在第三卷中，陈新甲被杀了，原因是，崇祯下密诏命令陈新甲暗中和满清谈和，陈新甲根据他的旨意和满清割地谈和，这是为摆脱两面作战的状况，崇祯的这一考虑对明朝方面是有利的。但崇祯又是死要面子的人，所以，他准备在谈和成功后再放出风去，说满清先向他要求谈和的。没料到陈新甲不小心泄露了机密。如果陈新甲当时把责任全部承担起来，崇祯大概不会杀他。但陈新甲却仗着有崇祯密诏为证，拒不认罪。而皇帝不管什么证据，想杀就杀。崇祯本来就唱高调，自称英明君主，现在暴露了求和之密，自然不会饶过陈新甲。这件事，表面是写陈新甲，实际是写崇祯。写杨嗣昌，又是如何表现崇祯呢？第三卷用了不少笔墨写杨嗣昌出京后一筹莫展，就是为写以崇祯皇帝为代表的军事机器和政权机器的腐朽。杨嗣昌最后的失败和自杀，烘托了崇祯的悲剧性格。这些例子说明，要写好崇祯皇帝，一定要处理好一系列的社会历史关系。

还有一个问题，就是写作过程中用的人物对比的方法，也是为塑造人物形象服务的。我在写《李自成》过程中，常常是这一单元写崇祯皇帝，那一单元又跳到写李自成。为什么这样写？从美学原则看，我有个主张，就是笔墨变化，丰富多彩，避免单调。另外还有个作用，将崇祯的性格和李自成的性格进行对照。特别是第三卷中，有两个单元，从崇祯写到皇太极，写到洪承畴，这里有许多关系。洪承畴和崇祯是君臣关系。洪承畴原来是对崇祯忠心耿耿的，后来由于各种因素，加上别人的利诱，终于变成民族的叛徒。写洪承畴对塑造崇祯形象有什么关系呢？关系就是在崇祯亲笔写好祭奠洪承畴的祭文，并遣官到朝阳门外的祭棚致祭时，却又传来前方消息——洪承畴降满。这确实是对崇祯的重重一击，达到了很强烈的艺术渲染的效果。

在塑造崇祯皇帝形象时，还通过许多的特殊环境，明清之间的民族矛盾、明朝朝廷和农民起义军的矛盾斗争，写了这些大的环境、斗争如何影响着崇祯的心理状态。小说中多次写崇祯在乾清宫里坐卧不安，写崇祯做梦，等等。本来皇帝晚上睡觉，是由太监拿着写有妃嫔姓名的牌子，由皇帝自己挑选。有一天，一个太监拿着牌子由崇祯挑选妃子陪夜，但崇祯心烦地摆摆手。这个小细节说明，复杂的矛盾斗争压得崇祯皇帝连跟妃子睡觉的事都无心顾及了。类似这样的宫廷生活，小说写了很多，在这些平常的生活中，都包含着重大的矛盾斗争，通过这些描写来塑造崇祯的形象。把重大的政治斗争、军事斗争通过宫廷生活反映出来，又通过对宫廷生活的描写反映出崇祯的心理变化。第一卷中有个细节,清兵围住北京,李自成又被围歼于潼关而尸首却未找到,崇祯很关心这事。所以,连乾清宫中一盆冬天开放的稀有牡丹花,都没有看见,可见他心急如焚。第二卷中写一个小宫女侍奉崇祯,崇祯突然发现她长得很美,便搂进怀中,但随即又想起忧烦的政事,于是又一把将小宫女推开。这就写出了崇祯那种反常的心理状态。这就是把军政大事同宫中生活琐细融合起来,真实细腻地写出人物心理的方法。

最后还有一个问题。我在塑造崇祯形象时,特别注意了崇祯性格的复杂性,避免简单化、概念化。如第一卷写崇祯召见卢象升,询问同满洲谈和之事,作为一个"英明之主",向外族谈和是有损尊容的,因此不说这两个字,而是用"招和"这个词。当卢象升说道,"臣主战",崇祯的脸唰地变得通红了。这说明他也有民族的自尊心,卢象升的话刺中了他的自尊的心理,这都是崇祯性格的复杂性。在小说创作中,随时都应注意人物性格的复杂性,特别是重要人物的性格要有复杂性,决不能简单化。这是现实主义创作方法的一个重要特点。我们常看到一些戏剧和小说,反派人物一出场,连儿童也可以辨别出来,因为他被简单化、公式化了。因此,我在写作中反复考虑到,像崇祯这样一个大国的皇帝,又是生活在那样复杂的社会历史环境中,他的性格也必然是充满着矛盾,是复杂的。这是我在塑造崇祯形象的过程中,一直遵循的一个原则。

那么对崇祯有没有批判?有的。但这个批判不是表面的,而是通过艺术形象、艺术细节反映出来,也不能简单化。例如写他亡国自杀前,外城已破,清兵就要进宫,他逼迫周后和其他妃子上吊,并且亲手杀死一些妃子宫女,甚至亲手杀死自己的女儿。这一方面说明他的凶残,另一方面又说明他不愿自己的妃子宫女受敌人的侮辱,又有性格刚烈的一面。

我在写崇祯皇帝的过程中,坚持了现实主义创作方法。但我也并不排斥浪漫主义。《李自成》中基本以现实主义为主导,但也有浪漫主义手法。运用浪漫主义,也一定要以现实主义为基础,要求每一个细节的真实,来真实地反映历史面貌。这种以现实主义的创作方法为基础,又吸收了一些浪漫主义的方法,不但使细节、情节更真实,而且更丰满,更充满激情。

我今天讲的,压缩了很多,因为时间关系,就不再多讲了。

根据1981年3月13日在北京图书馆、首都图书馆和《文献》丛刊编辑部联合举办的报告会上的讲演录音整理;原载《当代文学研究参考资料》1982年,总第22期,收录本书时略有修订

我的创作准备
——《李自成》专题一

编者按：1981年春，姚雪垠应郑州大学和河南师范大学（河南大学）的邀请，在两校共作了六次以《李自成》的创作为主题的学术报告。报告结束后，河南师范大学刘增杰、刘宣老师安排几位师生对报告录音进行了整理。姚雪垠原计划以后再增加一些报告主题，编个集子。后因忙于创作《李自成》第四、五卷，无暇顾及，计划落空。转眼四十余年过去了，光阴荏苒，令人唏嘘。为将这六讲内容收入《姚雪垠全集》，主编在原录音稿的基础上，再次进行整理，主要是订正错误，补上空缺，理顺文字，并亲自录入文稿。六讲约有十万字。谨在此，向刘增杰、刘宣等师生为整理录音稿付出的劳动，致以深挚谢意。

各位老师、各位同学：

我多年没有回河南，今天又回到家乡，感到非常亲切。

在别处作报告,听的同志未必能听懂我河南话中的方言和土语,在这里就没有这个障碍。

今天是第一讲,以后还有多次报告。如果讲不完,没有关系,我到北京以后还要讲。讲了以后整理出一本书,大家还可以读这本书。第一讲是绪讲,等于个开场白。

首先谈我的经验和认识。我写历史小说的经验和认识并没有认真总结,为什么呢?第一个原因,多少年来,搞运动占去了很多时间,使我不能够坐下来专心写作。写作是一件艰苦的事情,特别像《李自成》这样的大部头著作,情节这么复杂,人物这么众多,每一卷都出现一些新的人物,因此它需要我思考和写作的时候很多。第一卷到第三卷,粗略估计,有二百三十多万字。这些都是在运动之间挤时间写出来的,这样我就没有多少时间总结认识和经验。最近稍微闲一点,是因为第三卷付印了,检查身体,发现有点毛病,乘此机会才可以放松一点。这是第一个理由。

第二个原因,我不是搞文学理论的。搞文学创作和文学理论本应统一起来,作家也应该是文学理论家,可是统一起来很难,它必有所偏重。如果既是一个有修养的理论家,又是一个创作家,当然很好。可是像我这样年纪,必须争分夺秒地把这个小说完成,这就占去了学习和研究理论的时间,而不能做一个真正的理论家。要总结经验,必须要站在理论家的角度来总结,用最先进的文学理论和哲学思想来总结。好在历史上有一个规律,即任何时代、任何国家,都是先有创作,其后再总结理论。希望将来像你们学校的老师、同学成了文艺理论家,在总结别人的经验的时候,连带着把我的也总结进去。所以,我自己总结不好,没有关系。

我准备写《李自成》,应该说有两个阶段。一个阶段是在《李自成》写作之前,我准备搞文学创作这个阶段。当时尽管没有想到我会在1957年动笔写历史小说《李自成》,但是之前的学习努力与后来创作《李自成》是分不开的。

第一点,我是1929年进河南大学预科读书,开始接触了马克思主义,接触了共产党领导的政治运动,这个对我一生起着关键性作用,决定了我的人生道路。虽然我在河大两年学得很不深,但我没有忘记马克思主义的一些基本理论,这为以后的继续读书学习打下了很好的基础。我们说,一部作品之所以能够成功,甚至流传下去,不外乎两个条件:一个是思想性,一个是艺术性,二者都要达到相当高的标准。马克思主义的哲学思想,就是历史唯物主义和辩证唯物主义,正是作品思想性的一个根本的组成部分。如果没有这一点,对现实了解不深,对复杂历史了解不深,就不可能写出深刻的历史题材的文学作品。所以马克思主义思想对我的启蒙,是我十九岁的时候,地点是河南大学。这是我常常怀念的地方和岁月。

第二点,我亦开始接触了新的文学。虽然在"五四"之后我就开始接触了,但是有目的、有计划地去接触学习新文学,也是在河大这个院子里。当时普罗文学运动,也叫作无产阶级文学的运动,已经兴起。也是在这个院子里,我接触了这一文学思潮。中国的现实主义、现代的现实主义,开始于"五四"前后——不要死板地定为1919年5月4日。其实"五四"的前三年新文学运动就起来了,鲁迅的头一篇小说《狂人日记》是写于五四运动前的1918年。所以,谈到五四新文化运动,不要拘泥于1919年。它的前期,甚至可以追溯到清朝末年。所以,中国的现实主义,开始于五四时代,是个笼统的说法。普罗文学运动起来之后,尽管它本身有许多毛病,但是通过这一次思想运动,将五四时代掀起的现实主义思潮推进了一步。普罗文学运动和无产阶级的革命运动密切相关。1927年大革命失败之后,思想斗争更加深入。这一运动使我们信仰现实主义文学思潮的青年们在思想上又前进了一步。我在青少年时代接受了五四时代的小说等文学作品,在河大两年我又接受了普罗文学,这使我的思想教育又向前推进了一步。

第三点就是历史思想。写历史小说,必须有历史知识做基础,也要有历史思想。所谓历史思想,或许也可以叫作历史哲学思想,就是你用什么哲学观点来观察历史。这一套东西当时在河大这个院子里是比较复杂的。正统的史学思想继续存在,即继承乾嘉学派考证的旧的治学方法继续存在,新的史学思想已经大大地蓬勃发展。新的史学思想中又有两派。一派是以顾颉刚为代表的古史辨派,我一直对它评价相当高。现在我看到许多论文也提到这个问题,过去贬得过于低了。这一套思想是我在河大懂得的。我当学生时,顾颉刚、傅斯年两人到处演讲。那时还没有大礼堂,就在一个能容纳两千人的大席棚下讲学,我有机会听了。另外一派是以马克思主义来指导历史研究的，就更新了，也是此时兴起来的。由于讨论中国社会性质，中国有没有封建社会、有没有奴隶社会、有没有中国历史的特殊发展规律、中国是否已经完成了资本主义阶段，诸如此类的问题都提出来了。这些问题与解决中国革命的方向道路有关系。所以此时，用马克思主义研究中国历史这个新的思想也就蓬勃发展起来了。当然，当时的许多论文是幼稚的，不但运用马克思主义的思想方法不够成熟，具体来说，历史唯物主义的思想方法掌握得不够熟练，而且历史资料也掌握得不够丰富。但这是个创新，是中国学术阶段一个新的开辟。

我在河大接受了这些影响，这时我还是个小青年。小青年阶段非常重要，因为可塑性强，接受能力也最强。如果没有这个阶段，我不可能在今天写出多少东西来，不可能写出历史小说。因此写《李自成》的准备，最早应该从此时算起。我对马克思主义的学习，对历史的学习，对古典文学的学习，对现代文学特别是小说的学习，都是我的前期准备过程。不能说是从1957年开始才做准备。如果那样准备，《李自成》不会从天上掉下来。这广义的准备是几十年。我在《新文学史料》上发表了一个长篇回忆录，叫《学习追求五十年》。第一章就是谈我十九岁时在河大预科读书阶段的学习和影响。如果说前期准备，应该从此时算起，至少要谈五十年。可是今天不从这里谈，只从1957年谈起。1957年开始动笔写《李自成》，到现在已有二十四个寒暑了。我不谈"寒窗"，因为很多年我是在下面劳动改造，当"牛鬼蛇神"，不在窗下。这二十四个寒暑，一边写，一边思考问题，一边读书学习，它是且工作、且学习、且准备，不是一次性准备完了就不再准备了。所以这二十四年，有许多经验和认识，十分重要。要研究《李自成》这部小说，必须研究这二十四年我怎么考虑、怎么认识的，对历史、对文学我是怎么看的。我这次回河南讲学，远的不谈，就谈这二十四年，我是怎样认识这些问题的。也算是总结吧，但不是深刻、全面的总结，只能草草地总结一下。

一切事情贵于实践。这二十四年是我写《李自成》的创作实践，有许多过去没有认识的问题，通过创作逐渐认识了；有许多当时我觉得只能这样写才满意，到底为什么要这样写，这个道理当时没有深思，后来逐步深思了，逐步深入认识了，逐渐形成一种理论。尽管理论粗浅，但它已经初步形成了一个理论体系了。在写历史小说上，我自己开辟出了一个道路。今天大家重视《李自成》这本书，恐怕这是因为它开辟了一个新路子。这个路子对不对、成就如何、它有什么缺点，那是将来需要全面总结的问题。但首先要承认这是一个历史小说的新道路。

1977年《李自成》第二卷出版时，香港的《大公报》和《文汇报》上的大标题就是"姚雪垠为历史小说开辟了新路"。这个话，是编辑人员提出来的，他们感到有新东西，这个路子与过去不一样。但怎么个新路，恐怕他们也说不清楚。有一种研究方法叫比较文学，譬如，如果有同志拿《三国演义》和《战争与和平》来跟《李自成》比较，前两本书一个代表中国传统的历史小说,一个代表西洋的历史小说,这三部书一比较,就看出《李自成》走的道路既不同于《三国演义》也不同于《战争与和平》。这里有继承的东西,继承中外前人的东西,也有我自己的新东西,有我自己的创造。它们一比较,看得就很清楚,我有不同于别人的方面,正反映了我自己的新东西。那会不会说,"你这个人太吹牛了,你怎么会搞新东西?"这不是我的天才,不是的,我这个人只是中等偏下之才。我经常说,这是历史给我的条件——罗贯中、托尔斯泰时代所没有的,而我有。罗贯中整理《三国演义》时,整理了几百年的民间文学,主要是说话人的口传文学加上宋元以后的戏曲积累的一些故事情节、人物形象,才产生了《三国演义》。在他的时代,他不可能读到十九、二十世纪的许多作品。十八世纪曹雪芹写《红楼梦》,他也没有机会读。我比罗贯中晚生了几百年,比他们幸运多了,中外名著我读了不少,从中吸收了经验技巧。另外一个是,他们没有条件掌握马克思主义的历史方法,而我有这个条件。诸如此类,我的条件比他们优越。对于托尔斯泰我也可以这样说:第一,他没有马克思主义;第二,他的成就我们接受下来了,他可能认为不满意的地方,我们不接受,我们有选择地接受。中国是一个有三千多年文学史的国家,我们对中国文学史的遗产广泛接受了。我常对别人说,我写《李自成》连《离骚》的东西都接受了。托尔斯泰无此机会,他对《离骚》大概只知道名字,那时没有译本供他读;即使有,也肯定是不堪一读的。我们直接读《离骚》原文，而且反复读，才能领会其意，从中汲取营养。所以不是我比人家多高明，而是历史条件的不同，我有条件去学习、去发展、去创造。

别人可能会说，"别吹牛了，《离骚》的优点，《李自成》怎么会继承？"我且举一个例子。你们想想，《离骚》这一首长诗，大概是五百句，充满浪漫和激情，这且不讲。它忽而上天，忽而下地，笔墨瞬间变化，非常活泼。这一点在我国古典文学中是很有特色的，特别是在古代诗歌中。有时屈原想到天上去，可是天门神不开门，只好下来；有时想去找西王母，可是又因为怀念故乡回来了。这种变化，到《李自成》就总结出一个美学思想，叫作"笔墨变化，色彩丰富"。以后我专门谈这个艺术问题，这里暂且不谈。谁也想不到，上下相隔二千年，《李自成》会受到《离骚》这么大的影响。至于陶渊明、杜甫诗的影响都有，《红楼梦》更不用提了。这就是我们今天的条件不同于古人和外国人。我们的祖宗给我们以丰富宝贵的文学遗产，这个接受是承前启后，有所继承、有所选择的。1961年，《李自成》第一卷稿子整理完，我写了一组诗，抒发内心的感慨和甘苦，其中有一首七言绝句：

人言久病知医理，我亦文坛久病身。
艺术探求初有悟，自成格调不随人。

第二个题目，什么是历史小说。历史小说有两种，有广义的、并非严格意义上的，有狭义的、严格历史意义上的。

广义的历史小说,《水浒传》是,为什么这样看呢？它依据的历史材料很少,而主要是根据一代代不同说话人的创造。《三国演义》是狭义的、严格意义上的历史小说,它们是不一样的。像这样类推,《杨家将》是非严格意义上的历史小说,许多重大问题与历史相违背。《战争与和平》是严格意义上的历史小说。英国司各德的《撒克逊劫后英雄略》就不是严格意义上的历史小说。还有,像蔡东藩写的各个朝代直至民国的演义,也不是我所追求的历史小说。尽管他写的都有历史根据,或基本上有历史根据,但他缺乏艺术创造,没有完成他的艺术任务,因此不能算是严格意义上的历史小说。

我自己所追求的是严格意义上的历史小说。这样的历史小说,有以下几个特点:

第一个特点,应该能够做到不违背重大历史事件的基本面貌。完全、一点不违背也不可能,因为还需要虚构、大量的虚构。没有虚构就没有小说。

第二个特点,要给读者正确的历史知识。绝对正确的不可能。我们总是存在一部分不理解,存在相对的不理解。有些我们今天认为已经真正理解了,也许过一个时代又变成相对理解了,只能说我写的历史生活、历史面貌基本上是正确的,并不指某一个具体事件,因为具体情节是创造的。它常常离开了具体事件本身,所以只能说基本的历史气氛、面貌、生活情况,是符合当时历史的,给人以比较正确的历史知识。譬如,写陈涉起义的小说,写奴隶决斗就不真实,因为中国没有,这是古罗马帝国的事情,如果写射箭比武,那就符合中国情况。譬如，我写崇祯皇帝的宫廷生活，写到周皇后的生日，如果我写在坤宁宫中举行跳舞会，宫女们跳舞，甚至抱着崇祯跳舞，这绝对不行，因为根本不可能有这个事情。我写了坤宁宫中祝贺皇后寿辰的那些繁文缛节，历史上是否就是这么个礼节，不完全真实，因为是我虚构的。但这个虚构是研究了明代历史写出来的，基本上给人以正确的历史知识，能够反映特定的历史时代、历史环境等各方面的生活情况。写明朝末年的历史小说，必须基本上能反映朝廷内部的斗争、皇帝与宫廷大臣的关系，以及他们的私下生活、公开生活，能够反映出清朝入关以前社会的风俗制度、生活情况，还能反映出底层农民的各种生活情况。不能反映这些生活情况，历史的特点就写不出来，现实主义的创作方法也就落空了。所以历史小说应当有此特点。

第三个特点，历史小说必须写出历史运动的客观规律，而不是想怎么写就怎么写。譬如，李自成到底为什么失败？吴三桂为什么叛变？他们各有原因，这原因不以历史家的个人意志为转移。李自成最后失败，绝不是因为进京以后腐化，这可能是一个因素，但不是主要因素。如果把李自成失败写成主要是他进京以后腐化了，这是没有写出历史的客观规律。说李自成杀了李岩是他失败的主要因素，这错得更远了。李岩这个人到底是怎么回事，今天还没有完全搞清。反正李岩不是河南人，不是举人，更不是杞县人，也不是李精白的儿子，这是铁板钉钉的事，历史科学不能含混。红娘子起义根本没有这个事情，更没有红娘子破杞县救李岩的事情,这是传说,是虚构的。李岩被杀有没有这个事情,不敢说,假若李岩真的被杀了,与李自成的失败也没有什么大关系。李自成失败另外有它规律性的东西。历史小说要反映历史运动的规律,这仅是个例子。《李自成》这部小说要解决的规律性问题很多。

还有一个重要特点,历史小说必须是艺术,是小说艺术。如果不能完成小说艺术这个任务,它就不是历史小说,或者不是够水平的历史小说。只有完成了历史小说的艺术任务,才能给人以潜移默化的美学教育和美的享受,让读者放不下手来。在多年的创作实践中,小说艺术是我所追求和探索的一个重要问题。因为今天是绪讲,就不详细解释了。

还有个问题需要说明,历史小说在小说这个大范畴中所处的地位。这一点,在我开始动笔写《李自成》时,心里就非常清楚。这个想法也从来没有动摇过。作为文学题材来说,现实题材永远是主流,这个不能动摇。应该大力鼓励作家努力写好现实题材的文学作品,反映现实生活。而历史小说应当居于非主流地位,是"偏师",但是不可偏废,不能忽略。我们长时间对历史小说这种题材是忽略的,这是一种极"左"思潮造成的。到1962年,提出来只写十三年,新中国成立之后的十三年才叫社会主义文学,这是极"左"思潮合乎逻辑的发展,不足为怪。今天大家再一想,觉得可笑极了。这种话竟然出自地位很高的人物,而且这种理论影响全国,给文艺创作带来了很大伤害。像这类观点更不可能正确对待历史小说。

尽管现当代文学的主流是写现代题材，历史小说从题材来说是从属地位。可是就具体作品说，是不是成为艺术、成为杰作，不在于此。大量地写现实生活的小说，是我们社会的需要，应该大力提倡和发展。大量的精力不能用在历史题材上，这是必然的。但至于某一部作品是不是可以成功、产生积极影响，甚至流传下去，这决定于具体作品的思想性和艺术性。要把这个问题分开。任何一个民族，不管有高度文明、经济文化发达的民族，还是经济文化不够发达的民族，恐怕没有一个民族不关心他们本民族的历史。从三皇五帝到夏商周时候的许多故事，经过了几千年为什么还能够流传下来，甚至深入人心？正是因为大家都重视历史，重视历史传说。譬如在我小时候，就听外祖母谈三皇五帝穿树叶，"人更三圣，世历三古"，人怎么造人等传说。虽然民间传说不完全一致，但对我起到了启蒙作用，混沌渐开。为什么大家会关心这个东西？这叫关心历史。特别是大家都想知道历史上的重大事件和重要人物，尤其是英雄人物的事迹。为什么在过去的戏曲上，常演历史人物？这与大家关心历史不能没有联系。现在的农村戏我不清楚了，因为冬天还很忙，变冬闲为冬忙。但在很多年以前，在我少年儿童时代，冬天农民很闲，没有活干，有些老年人、中年人加上小孩子，在牛屋里头，拢上一堆火，人们抽着旱烟袋，在烟熏火燎中围坐在火堆旁谈古今。所谓谈古今，更多的是谈过去、谈历史，从古代的传说谈起，一些村庄或邻村几十年前都出现过什么大事、大官，哪一家过去怎么阔气后来怎么又倒霉了，这都叫历史兴趣。所以人们不管是读书的知识分子，还是不读书不识字的广大群众，都关心历史，希望多知道一些历史知识。这是人同此心，心同此理。也包括考古方面的东西。考古学有的与当前有联系，有的没有直接联系，人们对它普遍感兴趣，是为了知道人类的历史发展，或者地球历史的发展。因为这么些历史兴趣深入人心，而且普及各种人，这就产生了历史小说需要的物质基础和社会基础。

历史小说，客观上为人民大众所需要，而且是广泛需要的。远的不说，《李自成》这部小说的出现，也证明了这个朴素的道理。《李自成》出版以后，据悉，上至八十多岁的老头子，其中包括老学者、老教授和老将军，不同行业的广大中青年人，下至十几岁的中学生，都喜欢。有的看书吃力，就听广播。江西有一个青年工人，为听《李自成》广播，在经济困难的情况下买了台收音机，收音机刚买来，广播完了。他为什么这么做？这既有他对历史的兴趣，也有小说的艺术感染力。总之，人们欢迎《李自成》，原因是多方面的。大家常问，李自成后来是怎么失败的？某某人怎么样？所以历史小说，它的存在取决于社会的广泛需要，自古至今人们都想知道过去生活的经历，古人生活的经历，这是一方面。另一方面，作家也应该满足广大群众对历史知识的需要，同时通过作家的思想和艺术，给广大人民群众以正确的或者比较正确的历史知识和艺术教育。艺术教育包括的方面很多。新中国成立以后，把文学看得过于简单化了，有着教条主义、公式主义等相当严重的苗头。经过十年动乱，大家所受的艺术教育、美学教育,也被破坏得很厉害,感情方面也简单化了。所以通过历史小说,除了给他们以历史知识之外,还给他们以艺术教育、美学教育,这都是作家的任务。

今天就讲到这里,算是绪讲。

历史小说要深入历史再跳出历史
——《李自成》专题二

今天讲的主题是历史与历史小说。主要讲两者的关系和它们的不同。历史著作和历史小说是两条路子，不一样，又不能分开。

先说历史著作和历史小说性质的不同。历史著作，是分析、研究、记录或叙述历史上曾经发生的事情。历史小说，它写的不仅是历史上曾经发生的事情，还有虚构的事、可能发生的事。历史著作则是科学，它非虚构，不能有虚构。可是历史小说必须有虚构，绝不能按历史资料的原样写出来，否则就不是小说，不是艺术品。这道理很简单。举个例子，譬如我写《李自成》。上一讲说到没有红娘子这个人，李岩到底是怎么回事，现在搞不清楚，反正不是杞县人，不是李精白的儿子，这个问题历史已经定死了，有许多根据，驳不倒。可是，历史小说却把红娘子写得有声有色，有血有肉，把李岩也写得很生动。高夫人有其人，但故事情节都是虚构的，高夫人身边的慧英、慧梅等女兵也都是虚构的。不仅写历史题材小说要虚构，写现实题材小说也是如此。老老实实写真人真事，很难成为好的小说。必须要概括许多人物、许多事件，加以提炼，经过艺术加工，才能成为现实题材的好小说。对历史题材小说也是同样道理。所以历史与历史小说二者截然不同。历史，排斥虚构。历史科学，只能写曾经发生的事。历史小说，必须虚构。历史小说，不但写曾经发生的事，而且可以写可能发生的事。再举个例子来看一看，《李自成》第二卷写到李自成这一支部队从商洛山中出来，在白鹤县附近过江。刘宗敏带少数人马断后，被敌人包围起来，逼到一个死角悬崖，最后只剩下他一个人，他大喝一声，把敌人喝得往后退。然后，回过马来，把马狠狠抽了一鞭，马跳起来，然后落在汉江中。马从汉江东头浮起来，敌人放箭没有射中，刘宗敏安全过了江。这事有没有呢？没有。如果说有的话，外国有。我将外国类似的故事加以改造，拿到中国，放到刘宗敏身上，构成中国细节。我不晓得这个细节是不是经得起推敲，但它是艺术，很形象的壮美。首先是描写蓝天，万里无云，然后描写白马，再描写刘宗敏断后，被逼到一个悬崖处，没有去路。尽管情况危急，但刘宗敏用气势镇住敌人，大喝一声，敌人纷纷后退。就在这个时候，马跳起来，白马迎着蓝天，一头栽到江里，然后浮起来，向对岸游去，很壮美，也烘托出刘宗敏的性格。有没有这个可能？有可能，但这个故事是虚构的，根本没有这个事。

再如《李自成》第二卷，李自成从鄂西郧阳的大山中出来，进入河南。崇祯十三年十二月，部队走到淅川县和陕西交界的地方，有个紫荆关，在三岔路口停下休息。正在休息的时候，听见官军的马蹄声从北而来了，而这时李自成的少数骑兵已经先走了，只有两三个亲兵跟着他。按常情要赶快逃走，因为连他只有四个人，没法抵抗，但他不逃走。赶快叫那个年轻的伙计藏起来，又让一个亲兵到屋里，把锅里烧的开水弄凉，把灶里的柴火搞灭，然后用一瓢水倒在马刚拉的冒热气的马粪上。他又带着两个亲兵占领了只能通过一匹马的很窄的山路。这个时候，敌人已经很近了，李自成把一切都安排好了，等离开时，把马身上带的喂马的黑豆撒在路口，当走过山转弯的地方，他和亲兵才策马快走，去追赶前面的那小股骑兵。小说中说的李自成的这些临危不惧、从容应对的故事，都是虚构的。但它确实发生在其他古代人身上。我这样改造移植到李自成身上，完全是为了艺术的目的。因为李自成从郧阳山中出来，进入河南，没有经过战斗，如果如实写，必然平铺直叙，无惊无险，平平淡淡，小说就不好看，没有艺术性。我们有句俗话："文似看山不喜平。"写小说跟看山一样，不能平平淡淡地写，中间须有突然的变化，要有山势之险。中间忽然插入这个情节，就使文气增加了挫折，增加了变化，就会吸引人。这是艺术目的之一。另一个目的，写李自成临到危险时很镇静，而镇静中又有智慧，他的智谋马上发挥了作用。一个是，李自成知道行军时马很少吃料，往往马乏饥饿，到了路口一见黑豆，必然停下吃豆,耽误时间。到了三岔路口,官军不知李自成的去向。从哪个路口逃走了?到底逃了多远?还是刚走?都不清楚。另外,官军看到锅里的水凉了,灶里的柴火灭了,地上的马粪没有一点热气,等等情况,都说明李自成已经走远了,就不再追了,况且再追可能中埋伏,有危险。李自成一转过山弯就放马快跑,就不怕敌人发觉?因为这一带,松涛澎湃,敌人不会发现。这样第二个目的就达到了——写出了李自成临危的镇静和睿智。

小说需要大量的情节描写,不一定要写曾经发生过的事情,更主要的是要写可能发生的事。这个道理,不仅在历史小说上要这么运用,在现实题材小说里也是这么运用。这是历史小说和历史著作性质的不同。历史著作和历史小说的道路不一样,方法不同。历史著作是通过历史的逻辑思维,对历史资料科学地加工,也就是进行整理、考证、分析、选材,目的是忠实地写出历史的本来面目,向读者传播正确的历史知识,包括事件的基本情况,也包括隐藏在事件背后深刻的历史根据。历史小说跟这不一样,它通过形象思维,对历史资料进行艺术的加工。二者都需要历史资料,这点相同,但处理历史资料的道路不同,所进行的科学加工与艺术加工的方法不同。历史小说要凭借艺术手法,对于历史素材进行提炼、虚构、剪裁、烘托、描写,通过对人物形象的塑造,达到深刻地反映历史的效果。为什么我在这儿为艺术辩护?因为通过艺术的加工、虚构,历史小说所反映的历史要比历史科学、历史论文有更大的深刻性。它既要读者了解生活真实和生活规律，也能得到艺术享受，对读者起到感染的作用。这是历史小说的特点。

历史著作中有的也有小说成分，有虚构，但它同历史小说的虚构情况不一样。拿《史记》来说，刘邦起义后，一天晚上独自一人走到山下，被一条白蛇拦住去路。我们可以想象，这条白蛇是小白蛇，拦不住路。刘邦拔出宝剑把这条白蛇斩了。后来遇到一个老太婆坐在路边哭，刘邦问她哭什么，她说，我的儿子是白帝子，被赤帝子杀了。这是不是小说？这是小说。历史应该是真实的，不可能会有这种事情。但它毕竟写在史书上，又是小说情节，也许历史上有这个事情，但很可能是刘邦起义称帝以后人们编出来的。再说《项羽本纪》里，写项羽兵败之后，一个人骑着乌骓马逃出了汉军的包围，中途迷了路，就向一个农民问路："怎么走？"农民讨厌他，故意说："往左边走。"于是乎，项羽走到一个大沼泽里面。他从大沼泽过来，汉兵追上来，项羽跑到乌江边，就被逼死在乌江。这个情节为什么说是小说呢？当时只有两个人，一个项羽，一个农民，项羽死了，农民以后没有再出现过，谁知道这个事是真是假？很可能司马迁听到过这个传说，就把它写进《项羽本纪》里了。这都是历史传说故事。再举个例子，李广有一天晚上走在路上，面前突然出现一只猛虎，他一箭射去，把虎射死了。他没有抬走死虎。第二天，李广派人去看，发现不是老虎，而是一块石头。箭射进石头，把箭头射进去了。这个故事很生动，很有名。真不真呢？我看是假的，是小说成分。怎么知道是小说成分？这个故事有各种说法,有的说是"箭矢没羽",羽就是箭头后边的羽翎;有人说是"射矢没镞",是说光有一个箭头。一方面我们知道,古代这种传说,不只是李广一个人,有好几起。另外,现在科学证明,不要说射箭,就是机关枪子弹打到石头上,顶多碰下一块,子弹不可能打进石头里。何况是射箭呢?李广怎么能把箭射进石头里!箭射豆腐可以,射泥土也有可能,但射石头射得那么深就夸张了。我们说,这是小说成分。这在《李广列传》中是个很有名的故事。所以在严肃的史书中,也有小说成分。你不能因为有小说成分,就说这是小说,而不是历史著作。但是我们应该分辨哪些是可能,哪些是不可能。

以上例子,为什么说它们不是小说,而是历史著作呢?有两个原因:一、历史家的目的是记载历史,他绝不会想到自己的事业是写小说,他跟小说家的目的完全不一样。二、在历史的记载里,小说成分是偶然的,是个别的情况,缺乏科学依据的。这和写小说不一样。写小说,我可以大胆地虚构,理直气壮地虚构。你若不承认我虚构,那我就没法写小说了。有人误解《李自成》,把它看成是历史著作。我马上否认,这不是历史著作,这是小说。这就是说小说里有历史成分,但仍然是小说。比如,《李自成》中写了许多宫廷生活,写得非常逼真,好像我就是崇祯身边的太监一样,跟随在他身边,对宫廷生活很熟悉。实际上那都是虚构出来的,读者好像身临其境一样。但虚构中包含着历史成分,反映了当时的真实情况,如宫廷矛盾的真实情况和一些事件的规律，这是历史成分。另外，宫廷中的礼节、生活细节、宫廷布置、文化氛围等，大体上是真实的。虽然《李自成》有虚构成分，也有现在故宫的布局，可是里面有许多是半真半假的，好像呈现了当时的情况：历史上确有这个成分，经过了我的改编、夸张、虚构；历史上即使没有这个，也可以把它虚构、夸张；历史上发生的故事，或者有这个事情，发生在某年、某月、某日，经过我的移花接木、张冠李戴，逼真地组合在一块。这里面虽含有历史成分，但它不是历史，是小说。比如第二卷里，周后做生日这一天，有一个小和尚在隆福寺被烧死了，他的妹妹也在宫里病死了。他的父亲去看儿子，可是一看儿子正被火烧着，小和尚父亲吓哭了。这个故事很动人，但它是虚构的，是假的。历史上实际有这个事情，但不是在明朝，不是在崇祯朝，更不是在隆福寺。大概发生在宋朝，我把它加以改造，移植过来了。古代有许多宫女自小离开了亲人，在宫里伺候皇帝后妃，最后落个悲惨下场，这是千真万确，自古以来多极了。尽管唐朝人喜欢写宫怨诗，但远远不如真实的宫廷痛苦。周后身边有一个宫女，用舌头尖的血写《金刚经》，而她的哥哥自焚，兄妹两人同时死去，一个死在隆福寺，一个死在皇宫。历史上没有这个事情。可以用血写经，这种事情我见过。抗战后期，我在成都的文殊院看到一幅《金刚经》，据和尚介绍，是他们的一个和尚经过多少日子，每次用舌头尖的血滴下来写几个字，以后再过些日子再写，天长日久，就成了"血经"。我把它改造移植来，构成了小说情节。这就是虚构。为什么这样虚构？因为周后的宫廷生活，不能光看她光鲜的表面，住的房子金碧辉煌，生活多么奢华，还要看到宫廷里实际上隐藏着无数悲剧。历史上历来如此。只有通过这种细节，才能把人间悲剧从宫内到宫外结合起来，表现出来。这是一个意思。第二个意思，周后这个人平常跟大观园中贾府的王夫人差不多。作为封建社会一个阔太太——朝廷叫正宫娘娘——平时看不出她很坏的地方，但她灵魂里头的残酷、统治阶级的残酷、自觉或不自觉的残酷，就通过下面两个细节表现出来。一个是太监和太子在玩耍摔跤，小太监把太子压在身下，周后看到了还了得，她硬是残酷地把小太监处死。另一个细节，宫女为她刺血写经，宫女的哥哥为她自焚。她的阶级地位、阶级身份，导致了这一家人的悲剧，所以要创造这些虚构情节，使小说更深刻。也有不少人认为，这就是历史，我说你错了。《李自成》第一卷里有李自成的半首诗，我看见好几个小册子写农民起义，都引用了这半首诗，甚至写《李自成》的论文也引用了这半首诗。为引证这半首诗，把一些史学家搞糊涂了，有人查遍了明清的正史、野史都找不到出处。最后问我，你的《李自成》第一卷中的半首诗，见于何处？我笑了笑说，见于我的肚子里，是我杜撰出来的。我说，问题不在这里，是你们把小说当成了历史看待。将来《李自成》写好后，我要出一本书，就是《李自成》的情节我是怎么看的，是真的假的，我得考证。然后我再写小说是怎样构成的，题目是"从历史科学到小说艺术"。再说，《李自成》里的诗词、皇帝的诏书和书信，百分之九十九是我自撰的。有朋友说笑话,说我有时给李自成当"参谋长",替他指挥军队,组织千军万马打仗;有时给崇祯皇帝当"秘书长",替他写诏书。

小说中的这些文书,读者可不要当历史来看待,要作为小说艺术来看待。这就是说,历史科学家的目的是记载历史、说明历史、传承历史。历史小说家是通过艺术手法塑造人物、反映历史生活。其目的是,既要反映历史,又要感染读者、教育人民。

历史和历史小说对待传说、野史的态度也不一样。按历史家的态度、办法,对待传说、故事要分析、考证,不能轻易相信,要去伪存真,有个辨伪任务。小说家对待传说的态度,也要做到一定程度的辨伪工作,但辨伪之后,不是去伪存真,而是要充分利用传说,让传说为小说艺术服务。这个道理很有趣。比如潼关南原大战,根据我的考证,历史上没有这个事情。这个故事错乱很多,互相矛盾。除此之外,最有说服力的是当时陕西三边总督留下了一部稿子,清朝人编成集子印出。里面说,他奉命到北京勤王,引用了一段很长的奏疏,就是崇祯十一年冬天,他过了黄河,对于潼关南原大战事情只字不提,对于李自成只字不提。可见从当时人看来,没有这事情。但是关于用兵打仗的事情,从明朝史料中可以查到,这年春天到夏天,四月份前后,他追赶李自成。李自成只剩了三百人,到处奔逃。后来李自成与另外一千人分开了,几乎被抓住。李自成有时到一个地方歇息,到了半夜,起来就走。再过几个月,就是潼关南原大战。这时候李自成的这么多的人马从何而来？怎么有那么多的精兵？这是不可能的事情。这说明并没有在潼关一带发生过大战，可是我在小说中不仅写了，而且大写了，是浓墨重彩地写了。小说大体上是根据野史传说写的。这类传说，历史小说家应大体知道其真伪，一旦采用了就大胆地写、夸张地写，完成历史小说的艺术任务。那么，小说的艺术任务是什么呢？《李自成》开始动笔，我正处在风口浪尖上，人生的低谷中，大风大浪考验着我和《李自成》。你要平平淡淡地写，你要从开始起义写，那么小说就容易写长，所以一开始就从清兵进入长城、从北京写起。接着我写了社会概况，转入写李自成在潼关中与官军大战，气势很大。在大战中，高夫人和李自成分开了，在这出生入死的惊涛骇浪中，李自成和周围大小将士，包括孩儿兵的性格得到了很多体现，人物性格一个人一个样，个个形象鲜明。这就是小说艺术。这样起头有一个好处，到我谈小说结构时再详谈。

再说一点，写《李自成》第一卷时，正是1957年我挨批斗的时候。"文化大革命"结束后，美国一个作家在北京访问我，提出：一开始写李自成全军覆没，和你1957年的遭遇有没有联系？我说，你看问题看对了一半，还有一半没有看对。我说当时李自成全军覆没，但志气不倒，惨淡经营，要推动革命高潮。这一点和我当时的感情是有联系的。一面写李自成怎样惨淡经营，一面写高夫人怎样努力，重整旗鼓。如果一个作家只考虑自己的命运，这个作家就没有大的希望。李自成的这种思想感情和精神状态，代表了很多不被一时挫折而毁灭的人。我们中国孟子说过"故天将降大任于斯人也，必先苦其心志，劳其筋骨……"这一大段，也是这个道理。司马迁的一大段有名的话"昔，西伯拘羑里，演《周易》；孔子厄陈蔡，作《春秋》……"也说明知识分子不为挫折所屈服的精神状态。作家、科学家、社会精英、英雄人物，在他们的成功路上都得经过这个考验。所以，这不是一个人的命运问题，而是一个相当有代表性、相当普遍的人的感情和看法，不能当成是我个人的命运。一说到这里，这个美国作家马上赞成说："对，世界上比较好的成熟的作品，都是代表人民的利益。"后来我就告诉他我所接触到的事情：在那段特殊历史时期，一些教授、知识分子被整了，失去了信心，几乎要自杀，读了《李自成》第一卷，念头转变，就不自杀了。这就是写历史小说利用各种传说所产生的积极作用和效果。比如说崇祯八年，农民起义军在襄阳开大会，相传十三家七十二营参加会议。大批官军突然包围过来，李自成拍案而起，发布命令，要告诉全军为什么要起义、做人是为什么。这个事情是真是假？有历史学家认为这是假的，我也认为是假的，没有这个事。但我的小说几次写到这个事情，这是为了提高李自成在义军中的地位，体现他的战略思想。我把它当成真的来写。凡是这些地方，历史小说家都可以充分利用历史传说去描写，发挥其艺术作用。而历史科学家则不同，必须辨别真伪，排斥一些传说，去伪存真。"评法批儒"的时候，我到方腊的故乡作了一次调查，当地人说，方腊有一个妹妹叫方百花。有人把有关方腊起义的资料收集起来，出版了。其实并没有方百花这个人，我在材料中没有看到过这个人。但许多历史名人都大大吹捧方百花这个人，这就不是实事求是的科学态度。包括历史上一些事情，许多名人常常信以为真而上当，有的作家写小说也上当。这都是因为真假不分，或者叫以假乱真。在历史小说中为了艺术需要可以以假乱真，但在历史科学中不能这样。科学是科学，艺术是艺术，要把两条道路区分开。以上谈的是一个大问题。

下面谈的问题，用我的话说是："深入历史，跳出历史。"这是我经过多年的探讨，然后得出的两句话。历史科学家应该要深入历史，不深入历史就写不出历史。人家怎么说，你也怎么说，人家说错了，你也跟着错了。通俗小册子也首先要深入历史，研究历史。否则，从通俗到通俗，从浅到浅，会闹出许多笑话。历史科学家要深入历史，历史小说家是否要深入历史呢？我认为要深入历史，不深入历史，就跳不出历史。

什么叫深入历史？深入的标准可以从几个方面谈。首先要掌握大量资料，经过研究辨别哪些是真实的历史面貌，哪些不是真实的历史面貌。这是一个"深"，一般的历史学家都应该做到。第二个"深"，不但要了解历史面貌，还要发现历史运动的规律。发现越深，研究越深，这是第二个"深"。这第二个"深"非常重要，非常宝贵。因为我们搞古代史的目的，其中最后一个目的，是为当前服务的，为着推动历史，在历史发展中起作用。辨别真伪，看清历史真正的来龙去脉还不够，还要能看到历史规律，这样才能更好地推动历史前进。历史学家应该做到这一点。当然我不是说每个人必须做到这一点。真正辨别一个事件、一个地方的真实，并不容易。

　　作为一个历史小说家也有他的深入，大体和历史学家相同。在个别地方、特殊部门，有所不同。两者都应该掌握大量历史资料，把事件的来龙去脉、本来面貌搞清楚。这是历史小说家应该做到的初步深入。一般历史学家，不是讲大的历史学家，而是研究政治史、经济史、军事史等专门史的，在他研究的范围内大体可以划分出不同的范畴。历史小说家就不能限制这一点。为此，写明末的历史小说，不仅要懂得当时的军事，又要懂得政治、经济情况，还要懂得当时的风俗人情、说话情况，各方面的情况都要了解，并且加以综合利用。单说《李自成》第一卷，以写北京的灯市口为例。历史学家搞政治史、军事史的，不需要了解那里详细的情况，但小说家一定要了解，如正月十五那天，绕道前门怎么走，就要搞清楚。至于宫廷生活，人与人的称呼，历史学家也可以不管。什么是皇帝的礼节，什么人的什么礼节，穿什么衣服，历史小说家应该广泛知道，这是应该具备的知识。一般的历史学家可以不管。有没有一般小说家可以不管的呢？有，但会闹出许多笑话。比如在电影《甲午风云》中，邓世昌的同僚却喊他世昌兄，这虽是个小毛病，但绝不能这样喊。古人的彼此称呼表示礼貌，表示尊重，称呼是起码的常识。当时同僚应称他老兄，官长对部下才称兄，打电话和见面都称兄。这些称呼一直沿袭到民国，新中国成立后变了。

我们年轻时常称先生，我当时只有二十几岁，也被称为姚先生。如果说"姚先生站起来"，这很不礼貌。还有北洋大臣李鸿章在大厅会见宾客，还有外国人，谈军国大事。这时邓世昌闯进去，是绝不允许的。北洋大臣是朝廷要员，不叫你进去，你绝对不能进去，何况在谈军国大事。《水浒传》中的林冲被骗到白虎堂外面就被抓下，因他私闯白虎堂，那是禁区。《李自成》第二卷写李自成到襄阳，在花厅议事，任何将领不奉诏不得进去。邓世昌只是一个小小的管带，不过是个营长级别，往北洋大臣那里一坐，人家说军国大事，你不但坐，而且还拼命抬杠。这成什么话！还有封建大家庭的丫鬟不同于小户人家的丫鬟，上街买醋打酱油，这不是大家庭的丫鬟做的。《红楼梦》里的晴雯不露面，贾琏要到大观园去栽花也不能去，因为这是封建大家庭。北洋大臣的丫鬟能到外面与邓世昌见面，这就不是封建大家庭的丫鬟，而是北京饭店里的女服务员。这是发生在1894年的事，距今不到一百年，只有几十年，导演却不知道当时的历史情况。研究历史、经济史、军事史，他可以不管这些，但写剧本、写小说的要懂得当时的风俗人情，否则会出问题。邓世昌并没有花翎，电影里却摘取他的花翎。花翎有一眼花翎，二眼花翎。顶戴他好像也没有。这是驴头不对马嘴。写历史小说或编历史剧，必须熟悉历史生活，且要深入，更重要的要深入研究历史规律。历史小说家能不能表现出思想高度？能。任何好的作家，不但应该是好的艺术家，也应该是较好的思想家，甚至是杰出的思想家。只有思想达到相当高度，这样的作品才能经得起历史的考验。历史小说家的思想高度,表现在对历史的认识不同于一般的见解上,他要看得深、看得高,能发现规律性的东西,启发后人对历史的了解,也教育后人。我们看到有些历史小说思想浅,如写农民起义,不过是官逼民反,老百姓被逼得没办法,然后起义。你也这么写,他也这么写,这不能算有思想性。你能够从历史事件中看出问题,发现规律性的东西、哲学性的问题,让读者能深入思考,获得较大收益,几十年后还有意义,这才是历史小说的思想性,这就是作家写历史小说所要达到的高度。把握历史事件的来龙去脉、历史面貌、当时当地的各种生活、风俗制度和对历史规律的认识,有了这两个深入,然后才能从认识必然达到自由创作。

既要深入历史,还需跳出历史。深入地了解当时历史阶段的阶级关系、政治力量和它们之间的关系,在这个基础上才能塑造好人物形象——这才叫跳出历史。深入与跳出的关系,深入是前提,然后再跳出历史。不深入无所谓跳出,而是凭空捏造。"五四"以后,历史小说产生很少。很多人吃亏在深入的前提没有做好。这里还有一个时间问题。历史小说包括的问题很复杂,创作时间也相当长,能不能将全部问题、许多方面问题,在一开始就做到深入研究?不能这样要求。否则,小说还没写或没写完,人就"翘辫子"了。因此这要边深入边跳出:对大的历史事件、总的规律成竹在胸,至于具体问题、具体细节,可以一边写一边研究,边深入边跳出;反过来,不断跳出,也推动不断深入。这是个反复实践的过程。许多剧本、电影，还没有深入，就要跳出。"深入"和"跳出"，我有八个字的总结："深入历史，跳出历史。"在深入历史以后，还要跳出历史，并跳得合理。比如说，李自成到底是怎么失败的？这是个需要深入研究的问题。许多写李自成的小说、剧本，包括写李闯王、闯王进京、闯王旗的剧本等，都没受到历史科学的检验，不外乎把李自成的失败说成进京后的腐化、进宫后受达官贵人的要挟，其实这都不是李自成失败的主要原因。

关于陈圆圆的问题，我今天不谈，因为她实在与李自成的失败毫无关系。

关于刘宗敏向明臣要钱的问题，这确实对大顺政权起了某些不好的作用。但这不是刘宗敏一人的问题，他是执行大顺军的一贯政策，他是按照李自成进入河南后提出来的"随闯王不纳粮"和"三年免征"的口号，以及抄没豪绅恶霸的财产的办法执行的。到北京后向明臣严刑追赃，是这一政策的继续。当时这一政策，应该如何灵活运用以适应新的斗争形势，在策略上是考虑不够的。这个问题不应该算在刘宗敏一个人身上，他只是奉大顺皇帝之命执行几年来的一贯政策，而不是他的个人活动。正因为他在大顺朝的文臣武将中最为李自成所倚信，执行革命政策最坚决，所以李自成才将这一极其重要的任务交给他兼管。据说他领兵在北京搞到七千万两银子，都在山海关战役之前差将军罗戴恩运往西安。这是大顺朝的国库收入，并非落入刘宗敏的私人腰包。这一做法是不是恰当，同样一个政策在不同地点不同时间应该怎样进行，需要通盘考虑。因为长久依靠这一政策去解决财政来源，必然会忽视应该如何积极地建立稳固的地方政权、恢复生产等问题，以便迅速建立军事活动的经济基础，将财政来源的重点有步骤有计划地转向比较合理的田赋征收。刘宗敏虽然没有这样做，但这也不是他个人的问题，也不是大顺朝失败的真正原因。

是不是杀了李岩，大顺就失败？这更是瞎说。李岩这个人物到底是怎么回事，不清楚。杀了他，不杀他，与大顺朝的兴旺没有多大关系。重大历史事件的失败与成功，取决于错综复杂的主客观条件所构成历史的形势，不是由任何人的意愿所决定的。

李自成是不是失败于流寇主义？根据我掌握的历史资料，还没有谈到他的流寇主义。退一步说，凡是农民起义军，他的失败与成功另外有条规律：战于一地，驻扎下来，未必不失败；来回奔跑，不一定就失败，一切取决于客观条件与主观条件。离开了具体的历史条件看问题，都不是历史唯物主义。正统十三年二月，农民邓茂七起义，自称铲平王。群众响应的有万余人，先后攻破了福建西南汀州、上杭一带和福建西北部许多县，共有州县二十余座。最后被官军分别击溃和消灭。还有一个在山东造反的妇女唐赛儿，也很快占领了徐州，后来也被剿灭了。就拿明朝末年来说，白莲教教徒徐鸣儒天启末年在徐州和山东南部起义，也很快被消灭。

崇祯十四年至十五年，山东南部又有李青山起义，很快失败。陕西白水王二在澄城起义,很快被消灭。这些农民起义,都是固守在一个地方,很快被官军消灭,而不可能取得胜利。黄巾起义为什么失败得那么快,就是固守宛城,被官军包围。后来突围出来又被官军包围,消灭在宛城。因为当时的农民起义,它的组织和军事装备都很差,是乌合之众。他们往往是可胜不可败。打胜仗的不多,一遇到挫败就溃散,这就叫乌合之众。因此,经过多少次的失败,农民军摸索出了一些经验教训:力量不足,不与敌人正面交战,撤退,转移地方,避开强敌,保存农民军的有生力量。驻守一地,必须粮草充足。到处流动是很好的战术,可由弱变强,对明末的农民起义有很大的好处。李自成、张献忠就采取这个办法。这一形势的变化,像朝廷的卢象升等大臣将领在上奏崇祯皇帝的时候就说得很清楚。李自成等农民军就这样来回流动作战,从山东打到安徽,往北打到长城,走遍半个中国,声东击西,纵横无敌。这种流动是需要的,是战略上的需要。等到兵力强大时,就不再流动作战了。崇祯十三年李自成进入河南,十四年攻占洛阳,人马发展壮大,改变了以往的运动战策略,而是以河南为舞台,一次又一次地消灭敌人的有生力量,杀掉了明朝的总兵官、大军阀,杀掉亲王一级的有福王、康王,赶走了开封的周王。这样一来,农民军由游击到运动,然后运动变成规律,根据战争形成的规律,看准规律,认识规律。作家要尊重历史学家,应重视和采用历史学家的研究成果。但作家也应根据自己的研究,来检验历史学家的研究,不完全跟着他们走。如果一个作家完全跟着别人的脚步走,也不行。你对历史有什么看法,你对问题的深入认识,是很重要的。

接下来,谈谈写历史小说和做历史小说家的条件。

历史小说是历史科学和小说艺术的统一。小说也是艺术科学,它是对于发现、探讨和反映历史的规律作形象化的处理,但它又跳出历史事件,构成小说艺术。就它深刻反映历史规律来说,用形象的语言来反映历史事件,真正的历史小说是历史科学与小说艺术的统一,或称有机结合。因此历史小说必须具备这几个条件:

第一个条件,就他所写的历史题材范围内,必须掌握大量的历史材料,并有深入研究,写作中才能游刃有余。如果不是一个博学的人,必然写到某个地方就会写不下去。同时要有自己的见解,不能跟风跑。写现实题材的作家也是如此。杰出的作品都是思想性很高、有独特的见解的,不能跟在别人后边走。

第二个条件,要具备语言艺术的条件。历史小说的语言不好写,要达到语言艺术方面的成熟,必须下苦功夫。我最近看了一部写黄巢起义的小说,作者吃亏在语言。唐朝人会作诗,但小说里面的诗不甚成功。写好现代小说的语言不容易,写好历史小说的语言更不容易。到底历史小说中人物如何说话,不容易写好。宋朝与明朝的人说话都不一样,很多地方一般说白话,也有地方是文言句子。不同阶层的人的语言也有不同。这些问题比较复杂,要具体情况具体对待。

谈到历史小说家必须具备的条件,我不妨谈一谈清朝的桐城派。他们提倡复古。姚鼐提出做这派的古文家的三个条件：辞章、义理、考据。辞章就是文采、写文章的方法，他们是继承唐宋八大家，但有所变化，到晚清这派文风又盛极一时，对后世影响很大。桐城派的辞章有什么特点，这里不谈了。义理，是儒家的政治哲学。考据，是清朝曾经盛极一时的学派，是治学的基本方法。

写历史小说是不是也应该有这三个条件？我们的解释不同。辞章是语言艺术。马克思的美学观点，如何通过语言艺术表现出来，也就是写散文、小说等文学作品的艺术技巧问题。我们的义理是马克思主义的，包括我们对社会、政治、历史、文学艺术的看法。我们有我们的一套思想体系。考据，也是历史小说家必须具备的。在他所写的历史范围内，他是知识渊博的学者，对历史辨别是非，经过调查研究，达到相当深度的认识，这也是我们所谓的考据。考据是一种学问，是做历史小说家的一个条件。我也常常想，按这个道路走，如果以前我只写历史小说，而不去深入研究历史，也写不好历史小说《李自成》。创作带动研究学问，用研究学问推动创作，二者是相辅相成的关系。

近几十年来，我国历史小说出现得很少。郑振铎曾写过三篇历史小说，在二十世纪三十年代读书界有过影响，但写得粗糙，小说艺术掌握不好，"辞章"没有过关。因为"九一八事变"以后知识分子产生了爱国主义思想，产生了国防文学，也叫爱国的、救国的国防文学。郑振铎写文天祥的历史小说发表在这时，产生了影响。还有人写历史剧《太平天国》，是很有名的戏剧家写的，但这些戏剧现在没有再上演。为什么？这里不细谈。我是外行。恐怕吃亏在对太平天国的历史没有加以研究。比如说写的《石达开》，我当时看了这个剧本，认为作者是根据《石达开日记》写的，而《石达开日记》是民国十一年一个叫许国英的人伪造的。《石达开》剧本完全把石达开写成了一个酸溜溜的文人，写到他诵诗、喝酒，有一个什么人的姑娘，在他身边照料。《石达开日记》既不能反映太平天国运动的本质，也不能反映太平天国的制度和具体战争情况。而剧本作者主要是根据《石达开日记》来写的，所以不可能写好。当时其他的几个历史剧也因为考据缺乏，研究历史这个工程没有做，因此主题思想一般都不深。

一部文学作品的主题思想从哪里来？这是根本问题。过去我们许多领导文艺创作和搞文艺创作的同志，有一个违背现实主义创作原则的习惯：先有主题思想，然后创作；后来发展到领导的思想和意图成为作家的创作原则的地步。这种违背现实主义创作方法的结果，使得作品千篇一律，一味图解政策。有的好作品图解得好一些。大家都图解政策，所以撞车的现象很多。例如陕西、山西的作家在反映某些历史方面，都是根据政策找材料，作品必然雷同化。我也写过一部长篇小说，正要出版，1957年被错划为"右派"而没有出。前年美国华裔作家聂华苓访问我，说到《捕虎记》怎么样。我说你的情报很灵，聂华苓说不是情报灵，而是美国有专门研究中国文学的中心，一查资料，就知道你有什么作品要发表。这部小说有明显的时代痕迹,写老工人有技术但思想保守,徒弟底子差但思想先进、敢于创造发明,师徒之间发生矛盾,隐藏的特务在里面捣乱破坏,最后特务暴露了,师徒两个团结起来了,生产也搞起来了。当时我告诉美国作家,因为"文化大革命"没有抄家,稿子保存下来了。正是1957年被错划为"右派",《长夜》没有出版。1957年被批判过后,我可以不需要按领导的意图去创作了,开始埋头创作《李自成》,暗暗地进行。用几个月时间写出了第一卷的草稿。可以说,没有这部四十多万字的稿子,以后也就不会去写《李自成》。

小说的主题思想产生于作者对生活的观察。那么历史小说的主题思想是怎么来的?它产生于对历史运动、历史事件的深入研究。有的李自成剧本,不是根据历史,而是根据《甲申三百年祭》创作的。而《甲申三百年祭》对历史没有做深入研究,是根据一两个历史材料匆匆忙忙地写出来的。凡是不从历史科学着眼,认真下功夫做研究,主题思想是无法深入的。这一点,根据我的经验,恐怕是个很重要的问题。作家对现实理解多深,作品的主题思想才多深;作家对历史了解多深,作品的主题思想才能挖多深。写历史题材与写现实题材,道理是共通的。

历史小说家与现实生活有很大关系。有人对我说"两耳不闻窗外事,一心只写《李自成》",以加快写作进度。我不同意这个说法。我说如果那样,我写不出《李自成》,即使写出来也不深。不但是现在,就是划"右派"时,有人连报纸都不看,我仍然关心国家大事,看报纸、听新闻。关心现实是我的特点,对写《李自成》有很大好处。我今天创作热情依然很旺盛,困难的是体力不行,写作时间不能持久,但脑筋思考问题还相当活跃,这与我平时关心现实生活有关系。有的人到中年以后写不出东西,原因固然很多,其中一个原因是对现实生活不关心,思想开始衰退。我曾常说几句话:眼睛向下看,不向上看;眼睛向前看,不向后看。社会要发展,我们要推动社会向前发展。我如果"两耳不闻窗外事,一心只写《李自成》",我敢说,写不好。举个例子,《李自成》中的一些生活细节与现实生活都有关系,如李自成和义军将领过元宵节,留下了郝摇旗。郝摇旗自知有过错,坐在角落里,李自成叫他坐到前面来,他激动得两眼泪花花。在现实中,常挨批评的人,突然间有人拉你出来,信任你,你也会感激的。我听到这样一个故事,周总理病重时,出席人民大会堂举办的国庆节招待会,有一个刚刚释放出来的中年干部,周总理问他来了没有,他马上含着眼泪出来了。历史虽然和今日有不同,但也有不少相似的地方。所以当一个历史小说家也要关心现实,而且对历史了解得越深,对现实的看法越敏锐,对历史了解得越清楚,对现实也更清楚。

我们懂得现实,就更容易了解历史,了解历史也就使我们更容易理解现实。我们常说"历史是一面镜子",就是这个道理。有一次,新华社一位记者访问我,访问记写得很有感情。他访问我,是因为1975年11月毛主席对《李自成》

的批示，当时影响很大。我的谈话是动了感情的，掉了眼泪。后来他第二次访问我，他说："姚老，今天我不作为记者，而是作为您的学生问您。"我说："你问什么？"他说："我对评法批儒的一些问题很不理解，您能不能谈谈这个问题。"我马上对他提的这个问题作了爽快的回答。答了以后，我觉得我的老毛病又犯了，又直说了。结果还好。他回去以后，向他们的社长穆青作了汇报。后来他告诉我说，穆青是含着眼泪听的，他大体知道我的情况，因为我也算是他的半个老师吧。（编者注：二十世纪三十年代中期，作者受地下党员、好友梁雷之邀，先后三次到杞县大同中学养病、写作、代课，穆青是在校学生、文学爱好者。全面抗战爆发后，穆青等青年人奔赴延安，作者时任河南地下省委领导下的《风雨周刊》主编，负责给穆青等青年写去延安的介绍信。所以有这层渊源的师生关系。）所以他写的访问记很有感情。

这就是说，一个历史小说家要关心现实，要和现实产生密切感情，要对现实有个责任感，这样，作家对历史题材也就看得更深，看得更透，在小说里，作家对现实的责任感也就更强烈。作家不能因为埋头研究历史去写小说，就放松了深入现实，关心现实。

关于历史与历史小说这个大问题，我最后再谈一点"古为今用"。古为今用不是个坏事，自古以来就重视古为今用，历史本身就包含着古为今用的功能。因为人们的现实生活和历史是相联系的，不可能一刀两断。古代人的生活遭遇尽管跟我们今天不同，但也有相似的地方。古人的一些经验也可以为我们所借鉴。所以历史归历史，今天归今天，这个事要搞清楚，但也不能分开。比如，"借古喻今"，拿古代比今天，历代的创作家都把这些作为创作方法之一。我们想象屈原的《离骚》，他经常以古代的贤人来比喻当前的境况，抒发感情。他要投江自杀，就想到彭咸。再看《天问》这首长诗，一方面是对自然界的问，一方面就在问人事，问人事就包括了古为今用，这是很好的例子。就是骂人攻击对方，也要搞古为今用。有人把庄子的一篇《盗跖》当作历史，实际上它不是历史，是寓言。庄周学派利用这个寓言来攻击儒家和孔子。这是我几十年前看到的东西，现在记不清楚了。孔子被盗跖叫去以后，盗跖叫着孔夫子的名字说："丘来前！"狠狠地给了他一顿。孔子和挨批斗差不多。他也并不喊孔子仲尼先生。这实际也是古为今用。古为今用这种事情自古以来就是创作方法的一种。到了近代，有过一次最大的古为今用，是康有为。恐怕思辨学派也是古为今用。康有为是激进的古为今用者，他为搞变法改良，把古为今用这种思想也用上去，他认为孔夫子之所以要宣传历史，也是为了托古改制，就是假托古人事迹去改变当时的政治制度，这是一种最鲜明的古为今用。

历史从来都是有阶级性的。没有文字以前不说，自从有文字记载以来的历史都说明这一点，历史有阶级性，都有政治色彩，都是为一定的阶级和政治集团服务的。一个朝代取代另一个朝代，抢下并毁灭他们的历史资料，来为自己修史，建立自己的修史机构。政治斗争和阶级斗争在历史上密切相关，历来如此。改造历史、伪造历史，什么样的手段都有。改造历史，就是自己修改前代的史，毁灭前代的真实历史，这实际上也是一种皇帝的古为今用。所以，不能一听到古为今用，就认为这种事情臭了、不能再提了。问题实质不在这里，实质是在一定历史条件下，一些人将"古为今用"带上了歧途。

我们说不同意的"古为今用"，是指社会上随意歪曲、改造前人的历史，来影射今天，这个很不好。可是这种办法在过去多少年来相当流行。随便改造历史不仅包括个人历史，当代历史也可以改造，而且改造得不像样子，这种情况现在大家都知道。客观存在的事情不能够随便抹杀、随便改造。后人在算这个账的时候，从舆论上、精神上、道理上会加以清算。所以"古为今用"不能篡改历史，不能颠倒黑白，否则会走上歧途。

另外是无意走上歧途。对历史材料不加研究，不做考察，别人怎么说，他就怎么写，许多剧本、艺术品、文学作品都是如此。这种"古为今用"，它的问题是对读者传播了错误知识，不能告诉读者真正的历史经验教训。它的主观愿望是好的，但在客观上因不懂历史，所以它的古为今用就误入歧途。但比上述的古为今用要好些。我举一张画作例子来说。中国历史博物馆陈列有一幅《闯王进京》的油画，起初我看到这幅油画就有意见。油画上画闯王进京时，老百姓拦住马头迎接他，闯王拱手还礼。有没有这种情况？首先说，作者的创作意图是好的。你看，李闯王多么平民化，人民性多么好。画家和领导都想画出农民英雄的形象，但它违背了历史。李自成他当时想当皇帝，做个好皇帝，而且他真正做了。崇祯十六年十月，李自成攻克西安，把西安改称长安，要在这里作根据地。这个时候，他仅仅称王，还没有称帝。进入长安以后，每隔三天他就出来阅兵，穿着一件黄衣服，不再穿蓝衣服，颜色代表着地位变了。前面打着黄伞，有简单的仪仗队。老百姓能避开的避开，不能避开的一看见黄伞，就赶快跪在街两旁迎接他，由此开了这个程式。这一年十一月他回米脂县祭祖，这一点跟"高祖还乡"类似。他先派李过率领万余人沿途修路、修桥，在米脂县北门外修行宫。行宫至今还保存下来，很壮观。清朝入关以后，米脂老百姓把行宫改成了庙，行宫因此没有被拆毁而完好地保存下来。李自成在他的家乡大摆宴席，宴请父老乡亲。宴请以后，留下五百家农民为他守祖坟。还对乡亲们说，愿意做官的跟他去长安，不愿做官的他给留下钱。他这已经是皇帝身份了。所以李自成进北京时，根本不是画上那个样子，像老百姓欢迎解放军那样。当时进北京时，是刘宗敏先进去，部队很整齐，进入内城，先进乾清宫，看看有没有暗藏的奸细、刺客。然后李自成带着宋献策、牛金星一班文臣和亲将进北京城，从阜成门进去，正在走时，忽然一股旋风吹过来，北京春天风大。宋献策马上说，走这条路不利，于是马上又退出来，绕道从北面德胜门入城。这时候，北京城里的老百姓在沿街路边烧香，供个牌子"永昌皇帝万岁万万岁",门上都写着"顺民"。老百姓在街上走着,帽子上都写着"顺民"。然后他的卫队、文臣武将排着整齐的队伍走到承安门(天安门)。李自成骑着乌骓马,拔出箭来射了一箭。射这一箭有道理。有人说射一箭是算卦,看看有没有夺整个天下,一箭若射不中城楼匾额上的"承天之门"的承、天之间的空处,就只有半个天下。这样的说法不对。因为李自成是个战胜的皇帝,所以要对战败的皇帝射一箭,等于驱除邪气。这时老百姓只能跪在街边,绝不敢拥上前拦住马头。老百姓如果走近,李自成不说,卫队抓住就要杀头。在长安时,老百姓跪在街边,他也没有还礼,因为他的身份已经不同了,不再是艰难困苦时候的李自成,他已经变了。所以老百姓对他的态度也就不同了,因为他是皇帝。这幅油画上老百姓拦住马头,李自成对人们拱手还礼,皇帝哪有对老百姓拱手的呢?画家不能脱离历史单凭好的愿望去想象。所以像这个"古为今用",是不知不觉地,没有研究历史,也没有故意捏造历史。是单纯的好心,违背了历史,结果给人们以错误的历史知识。

什么是正确的"古为今用"?按我的想法,作家首先要对历史做深入的调查研究,再通过作品正确地反映历史的发展规律和经验教训。首先是科学的,经得起推敲。作品传授的经验教训等历史知识,对后人能有所借鉴。这是最基本的。第二点,作家有先进的思想感情,有自己正确的立场。对英雄人物要歌颂,对坏人要揭露,要有褒有贬,运用现代的春秋笔法。作者要思考怎么使读者通过英雄人物的精神和行动受到鼓励、受到感动、受到教育,加强对未来美好生活追求的热情,增加克服当前困难的勇气。第三点,通过作品告诉读者许多历史知识,也包括古人的聪明才智,这也是"古为今用"。比如《三国演义》,用古代人的很多计谋和办法增长我们的知识。清太祖皇太极命人把《三国演义》买过来,让他们满族带兵打仗的贵族学习,学习《三国演义》中的用兵方法。所以通过对历史的学习,增加我们的知识、智慧。第四点,如果作品中的人物形象鲜明、情节生动感人,给读者以很好的美学教育,美的享受,也是一种很好的"古为今用"。"古为今用",按我想,大体有这几条。尽管细节方面的问题还很多,因时间关系这里不能详谈。

关于历史与历史小说,到这里就讲完了。

为什么要走现实主义的创作道路
——《李自成》专题三

文学上有两种基本的创作方法。只能说是基本方法，因为问题比较复杂。这两种基本方法就是现实主义与浪漫主义。

文学艺术都是这个道理，不仅是文学作品。文学作品的出现可能要晚于绘画、音乐、舞蹈。因为现在发现古代留下的文物，山洞里或外边石头上留下的远古岩画，它可能是新石器早期的人所画，也可能是更早的人所画。在那个时候，一般来说还没有出现文学。尽管绘画时间是那么早，早到旧石器末期新石器初期，但这些简单的绘画中就已经有了浪漫主义和现实主义创作方法的萌芽。因为艺术和文学的产生，是由于人类模仿生活和反映生活。比如打猎，打猎的绘画题材在上古生活里是个普通题材，岩画所画的常见的动物是鹿等。这都叫作模仿时期。这些远古绘画出现的创作方法的萌芽，大体上可分为两种，一种是现实主义，尽管技巧不成熟，但用意是模仿生活，反映生活；一种是浪漫主义，有夸张，有想象。一直到后来，仍不外是这两种方法，有时是各自运用，有时是交互运用，总之不外乎这两种方法。马王堆汉墓发现的帛画，我看是浪漫主义的。

文学出现以后，这两种方法更明显了。最早我们看到的诗歌里，这两种方法交互运用。屈原的诗歌，不论是《离骚》《九歌》还是《九章》《天问》《招魂》，我看都是浪漫主义的。诗歌里有浪漫主义的，也有现实主义的。今天在座的一些同志是教古典文学的，比我熟悉。我在这里只举一个例子："氓之蚩蚩，抱布贸丝"，这是现实主义的。也有可能是混合起来，"蒹葭苍苍，白露为霜。所谓伊人，在水一方。溯洄从之，道阻且长。溯游从之，宛在水中央"，这是浪漫主义还是现实主义？很难说，应该是偏重于浪漫主义吧。像《硕鼠》《伐檀》，基本上是现实主义的。我这里主要说古代很早期的诗歌是有两种创作方法。有的诗人在这个题材上用的是现实主义写作方法，有的是用浪漫主义写作方法，但向来不外乎两种。有些诗中，我看《孤儿行》是现实主义的，这个没有什么说的。那么最有名的《古诗十九首》是什么？据我看，偏重于浪漫主义。颓废情绪，人生无常，写这种感情是属于浪漫主义的，相当于欧洲十八世纪有一派诗人喜欢写坟墓、写黄昏，是早期浪漫主义。就拿建安时期及后来的诗说，王粲的《七哀诗》《西京乱无象》，属于现实主义，曹子建的有些诗是属于浪漫主义的。这话我就不多谈了。有些诗是浪漫主义和现实主义混合在一起的。不混合在一起的，容易辨别。像《木兰辞》，是浪漫主义写法，包括主人公，都是浪漫主义的。可是《孔雀东南飞》是什么呢？《孔雀东南飞》是现实主义的，兼有浪漫主义，不能截然分开，不能看得那么简单。比如民间文学很多是浪漫主义的写法。写这个兰芝从十三岁写起一直写到她出嫁，是夸张描写。出嫁的嫁妆，是夸张描写。写她不畏她的婆婆，她被休了，这一段是现实主义的。后来结果兰芝死了，焦仲卿也死了，两人死了以后变成了小鸟，这是浪漫主义的结尾。像这种长诗，要注意浪漫主义手法和现实主义手法混合使用，而基调是现实主义。古代诗歌里的这类例子多得很，往后更明显，我就不谈了。

那么，中国的几部长篇古典小说，我大体说一下。运用浪漫主义写作方法的，有《西游记》《封神演义》，我为什么说它们呢？因为这与我以后走的道路有密切关系。运用浪漫主义手法写成的有名的长篇小说，可以以这两部为代表。完全用现实主义手法写成的有名小说有《儒林外史》，还有一部《歧路灯》，以这两部为代表，是现实主义手法。我最重视的作品是以现实主义为基调，适当地以浪漫主义作为补充，但还是现实主义的，不排斥浪漫主义手法。下面举出三部作品来谈。《三国演义》是如此。它是一部伟大的现实主义作品，但里面运用了许多浪漫主义手法，有些人物也是浪漫主义的。《红楼梦》是一部伟大的现实主义作品，但里面有很多浪漫主义手法。一开头是浪漫主义，中间也常常是浪漫主义。现在看起来，就长篇小说来说，基本上是现实主义的，有《歧路灯》和《儒林外史》；基本上是浪漫主义的，有《西游记》和《封神演义》；是现实主义，但时常有浪漫主义的有《三国演义》《水浒传》和《红楼梦》。这三种都不相同，各有千秋。但我最喜欢的是现实主义作品，含有浪漫主义手法。中国古典长篇小说，我大体举这三种情况。

现实主义是个重要的问题。在今天看起来，不仅在中国有重大的现实意义，在国际文学的斗争里也有重大的现实意义。有些外国人包括中国驻在国外的人，说我们中国的文学落后了。是不是落后了？不是的。这对于美学、文学这个部门，他的美学观点不一样，看法也不一样。绘画部门更是如此。大概大家都注意到了，我们有些刊物，喜欢在封面上画美女，有些美女的脖子很长，这是受了外国当前流行的一种思潮的影响。我前年到日本，参观了一个近代绘画馆，画一个美女，丑恶无比。这一天陪我去的一个日本翻译，是个女青年，姓户美。我问她："户美，你说这个美女美不美？"她说："不美，丑极了。"这幅美女画，要多丑有多丑，可以说五官不整，四肢不匀。还有一幅画叫"开卷见"，看不见水，也看不见人，涂的一大片黑，仿佛有一个线条是书。还有一幅画叫"合卷"，根本连线条也没有了。这种情况在中国不多见，但曾经有这个苗头。文学上也有这种情况，如大家所说的"朦胧诗""意识流"。"意识流"作为一种创作方法，当然可以。什么样的创作方法都允许，百花齐放。但作为一个"思潮"，文学潮流，那么吹捧，这恐怕也是受了某些外国作品的影响。我们有许多电影，首先看了不真实，也没有反映生活，甚至违背了生活常识。有一部电影《金鼎》，我是在电视上看到的。其中有两个尼姑，在深山出家，头发都梳得很美，一看就不真实。编剧和导演连起码的常识都不顾了，道姑可以戴假发，但对于佛教，是削发修行。这一类东西很多，也不管是不是真实地、深刻地反映生活，反映现实，作者想到哪里就写到哪里，这样写，问题都出现了。

还有人说，我的作品就不需要别人懂得，几十年以后会有人懂得。这也是个问题，是思想斗争的一个方面，虽然不像其他方面问题严重。你的作品为什么不让别人懂得，让别人懂得你的作品岂不产生更大的作用？古人还讲究这一点。如白居易写诗还尽可能地通俗，相传他写了诗以后，先读给一个老婆婆听，她是家里用人，不识字。如果老婆婆听懂了，白居易就满足了。我们现在的作家，作品不让人家懂得，还不如古人，这是不是一个思想问题呢？这在文学上是个什么问题呢？是反现实主义。现实主义问题，是"五四"提出来的这个口号。"五四"以前，我们中国文学有现实主义传统，但没有现实主义这个提法。从"五四"开始提出现实主义，当时翻译成写实主义，写实主义就是现实主义，提出现实主义的时候也就提出解释——"为人生的文学"。这个解释非常好，现在许多人忘了，所以最近我写文章写信常常提这个问题，也就是要考虑到客观效果、社会效果、写人的生活。所以今天我们应该理直气壮地维护现实主义传统，发扬"五四"的现实主义传统。这没有任何可以动摇的。这个创作方法不但不落后，而且今天在世界上还很先进。我常说，我们不能够考虑一个时间什么潮流在世界上最流行，而要考虑为什么会流行，今天流行的不一定将来就流行，今天流行的不一定就是美。现在文学方面和艺术方面，大家追求的东西不一定就是美的东西，未必就能站住脚，要长远看。就文学来说，真正美的东西，是深刻地表现人生的作品。散文、小说这个东西，你要真正写到人的灵魂深处，塑造出好的、不好的、各种各样的典型性格，而且典型在今天活跃，过若干年以后还能活跃起来。能够达到这个水平，你就完成了大部分美学的要求；达不到这个水平，再时髦都是假的，人民不喜欢，会被很快忘记。你说今天人民不懂得，没关系，将来会懂得。难道你是算卦的，算定它将来人民会懂得，会欢迎？我们说，首先要为今天，其次才为将来，今天你都不能够获得人民的批准，将来人民凭什么一定要批准你，你这不是超时代的天才吗？我这话虽是闲话，但这是关系到现实主义道路的问题。

"五四"以后我们树立了一个光荣传统，就是现实主义传统。五四时代有两种文艺思潮，一种是现实主义，一种是浪漫主义。现实主义以文学研究会为代表，尽管文学研究会的组织成分复杂，不一定每个人都是现实主义者，但总的来说，它提倡现实主义。最早把现实主义这一套理论介绍到中国来的是茅盾。另外一个力量是以创造社为代表的文学团体。鲁迅虽然没有参加这两个文学团体，但他是现实主义大师。在现实主义阵营里，鲁迅所代表的一批作家有许多，和文学研究会的作家是密切的同盟军。在现实主义这个思潮、这个流派之外，跟它并驰、互相有斗争的，是以郭沫若为代表的创造社。创造社也做出了成绩，它在五四时代也起过相当重要的作用，这些不能否认。"五四"以后发展的不是浪漫主义，而是现实主义，凡是背离了现实主义或者不坚守现实主义这个主流的作家，后来都没有大的发展甚至无声无息地消沉下去。在浪漫主义大的范围之内，还有十九世纪末期二十世纪初期兴起的一些派别，也在中国出现过，这属于新浪漫主义，到今天知道的人很少，譬如说中国曾经有过"唯美主义"，出现过"象征主义"，你们很少看过这些诗。我们会问，创造社的浪漫主义精神为什么会有发展，象征派、唯美主义等派别为什么不发展，自生自灭？在革命阵营里，有了普罗文学，这一派人曾经为革命流血牺牲，也起过积极作用。但他们的作品为什么不能流传下来？他们不能算是不努力。以蒋光赤为代表，为什么今天青年人不喜欢他的作品，即使当时人看过也并不喜欢？我们肯定他把文学与政治结合了起来，这一点起了积极作用。原因是他们也不是真正的现实主义作家，从空想来写小说，写出以后加个革命尾巴。更糟糕的是，有许多作品变成了空洞的标语口号式的东西。只有真正写出人生社会，写得深刻，这些作品在今天才有生命，将来还有生命。

为什么我们尊重鲁迅？鲁迅作为一个文化战士是不朽的，鲁迅的短篇小说也是不朽的，是真正现实主义的典范。鲁迅之外，拿郭沫若同志说，他的小说、散文写得很多，今天我们只说他伟大，但是读起作品来，谁也举不出例子。作家只有作品有生命，他的名字才不朽，其他别的都是题外之事。茅盾我们为什么称他为伟大作家？这是因为《子夜》这部小说，从它反映现实的深刻性来看，在左联时期不说了，一直到新中国成立，长篇小说反映现实的深刻性没有超过它的。可是有的长篇小说比它更流行，但深刻性达不到它的程度。茅盾的短篇多数都可以流传下去。而且其中的人物也可以举出来。这些问题就说明现实主义文学思潮，它从"五四"以后产生，不断在斗争中前进，开辟了自己的广阔道路。

1942年"延安文艺座谈会讲话"之后，我们对文学的认识更提高了一步。但文学的创作道路依然是沿着"五四"的现实主义道路前进的。当然也有变化，但基础是"五四"以后开辟的现实主义道路。中华人民共和国成立以后，我们的现实主义曾经受到长期干扰，虽然出现过一些好作品，有长篇、中篇、短篇，可是我们为什么肯定近四年来文学的发展成就，为什么不说新中国成立以来文学的发展有近四年发展得这么快这么大？就是因为新中国成立后，尽管有毛主席《在延安文艺座谈会上的讲话》作为理论指导，我们有了五四传统，但现实主义也受到了干扰，受到了歪曲。要说的话，以我们中国这么多人口的国家，我们的文学成就应该远远超过前十七年。什么干扰，什么歪曲？为政治服务是不是就等于今天春耕了，就写春耕；冬天积肥，就写积肥；或者明天"三反"了，大家都赶紧写"三反"、打老虎？绝不仅仅是如此，这是文学为政治服务的一部分，但不是主要部分。主要部分是号召作家，如何深刻反映现实变化的规律，写出更深刻的人的灵魂和精神面貌的变化。但是我们常常只是看见一面，没有看见全面。描写工人阶级的题材大致雷同，描写农民的小说也大致雷同：富农都是反动的，中农都是动摇的，贫农都是坚决的。人类社会极其复杂，哪有社会那样简单化？！农村里有的地主，生活过得远不是那么好，恐怕很少盖过绸被面。作为封建剥削阶级来说他是地主，我们要改造这个阶级，打倒这种剥削，但不等于地主们过的生活都很好。如果要反映这个阶级剥削制度的可恶，要打倒地主阶级，这是对的。问题是，电影中一出现地主，画面上都是坏得不得了，而且都是一个样，千篇一律。其实，就我们家乡说就没有那个情况。我小时候看见村里的不少中农、富农甚至地主家的子弟，确有很好的，劳动好、学习好、为人正派，没有因为他的家庭划为富裕中农或富农成分，他就抬不起头，或遭人歧视。当然后来越来越"左"，情况就不同了。像这些问题都是复杂现象，可是我们的文学作品中出现的凡是富裕中农都是带有动摇性、带有资本主义倾向，富农更不行，只有贫农和下中农才是革命的。抽象的理论和实际情况常常对不上号。拿工人说，小说中的老工人和青年工人都是有矛盾的，老工人总是思想保守，青年工人都是思想解放的、更可爱的。他们不能团结好，常常是因为有阶级敌人进行破坏，只有把坏人挖出来，他们才能团结好，把生产搞得更好。同样，工厂的厂长都有保守思想，书记都是进步的。而且这个书记往往是女书记，因为书记代表党，形象更好。这是在二十世纪五十年代就普遍存在的创作缺陷。我们记得很清楚,二十世纪五十年代苏联马林科夫的报告传到中国来,各个文学单位都讨论了他的报告,报告里谈到先进人物是不是有缺点,允许不允许写英雄人物的缺点。这类问题很多。凡是这种思潮,我认为都是干扰了现实主义,歪曲了现实主义,使现实主义道路愈走愈窄,甚至把文学带到死胡同里去了。

我是深为这种创作倾向痛苦的,每次想到这个问题,用中国的旧话说,就是"不禁义愤填膺"。我们现在不妨说当时提倡教条主义,由教条主义代替了现实主义理论。不妨反问一句:为什么1957年以前,我写不出作品来?其实我也曾写过作品,但是销毁了。这一段我不谈,你们可以看看《长夜》的序言。当时我在新乡面粉厂体验生活,写《白杨树》,刘增杰老师当时是学生,知道这一点,还帮我抄过稿子。为什么我一被划为"右派"就忽然写出《李自成》?为什么有这个变化?难道一划"右派"我就成了"天才",不划"右派"我就没有"天才",平平庸庸,没有学问?这到底怎么解释?只有一个解释,在当时的环境条件下,我不打算让正在写的作品被别人知道,不打算拿出来,等我死了以后由后人拿出来交给国家,是我对中国文学的贡献。于是,我的思想放开了,不再有那么多条条框框,就按我自己理解的马克思主义的要求和艺术要求写《李自成》。这是活生生的事实。我如果不被错划为"右派",想写的题材不能写,即使写了也会跟风走,这一辈子也就是个没有出息的作家。

为什么这样说呢？因为在那个环境下，我也只能跟潮流，只好写老工人落后，年轻工人先进，贫下中农都是好的。否则，作品在领导那通不过，不能出版。我当时写了一部长篇《捕虎记》，虽然最后完成了，但我并不满意。因为"反右"，小说没有出版。小说的背景是新乡一家面粉厂，是当时河南一家比较大的厂子，历史悠久。我原来有个很好的题材，已写了二十几万字。它是写中国轻工业在"一战"后是如何成长起来的，农民如何变成工人，工人如何与资本家斗争，资本家如何与军阀官僚勾结的情景，帝国主义的侵略，特别是1929年前后资本主义世界经济萧条对中国民族工业的冲击，一直写到解放战争以后。小说写了两代工人的遭遇。全书写了大概有一半。因为小说的前半部没有写共产党的领导，遭到作协领导反对。在一番激烈的争执之后，我回到宿舍，一怒之下把稿子烧掉了。今天后悔死了。这个稿子如果不烧掉，把它写完了，还是我比较满意的长篇。直到现在还没有人写这个题材。先有工人阶级，而后有党，这是历史事实。但在具体的工厂、具体的地点，很长时间是没有党组织的，这不等于没有工人生活和工人斗争。如果每写到工厂必有党的领导，特别是在二十世纪二三十年代早期，不现实，不符合历史的发展。工人常有自发斗争，从自发斗争而后转入党的领导，提高了一步，由党参加领导，这基本上是正常现象。像这些问题，都是应该深思的，不要什么事情都绝对化。所以我说"文化大革命"前十七年间，我们的文学是有成绩的，也出现了一些好的作品。但是，假若十七年没有教条主义,没有极"左"思潮,没有官僚主义的领导作风,没有那么多条条框框来干扰现实主义道路,而是放开手,让作家深入生活,去发挥才能,我们十七年的文学成就可能会远远高于已有的成就。这是我从中华人民共和国成立以后看现实主义传统。

从古典文学的发展特别是小说的发展历程,我们看到现实主义这个道路的伟大。诗歌也是如此。但诗歌我不打算谈,只提一点。我认为,现实主义诗歌我是偏爱杜甫的,而我在青年时期也很爱李白,到中年偏爱杜甫。这可能是偏见吧。从杜甫诗里我看出很深刻的反映人生的东西,而从李白的诗里很深刻地反映人生的东西就不像杜甫那么多,也不像杜甫那么深。我为杜甫的诗也挨过批判。那是在一九五几年,世界名人纪念他时,我根据杜甫在成都草堂的一段生活,重点放在《茅屋为秋风所破歌》写过一篇短篇小说。后来就被批判了,而且批得很厉害。省里和市里都组织了批判班子批判我。为什么我要选择杜甫这首诗作小说题材?我认为这首诗是典型的现实主义作品,通过作者自己在刮风下雨的夜里睡不着觉的心情,写出的生活很深刻,很有感情。总之,他在这样贫穷痛苦的情况下,想到的不是他自己,而是幻想将来"安得广厦千万间,大庇天下寒士俱欢颜"。别人批评我的都没有道理,都很可笑。批判文章中说:"你为封建知识分子服务,向党进攻。"我是写杜甫的一种非常高尚的感情,一种虚幻。自己痛苦无所谓,而愿天下所有寒士都能够不受痛苦。后来我说,我讲的人民是有范畴的。唐代人民应该包括小商人、小地主、自耕农、农民，唐代家庭的农具多，富裕的比一般自由民稍低一些，要不要包括进去，我也不敢说，应该包括进去。破落的知识分子——就是杜甫——住在草堂的这个时候，他那个邻居还是杜甫的朋友，读书人，靠给人家写碑文来吃饭，这都属于人民范畴。天下寒士属于人民的范畴。为这件事，到"文化大革命"还批判我。后来我就说，我只管我自己符合了马克思主义，别人我不管。我说，杜甫确实是走现实主义道路使他成为真正的诗人。我们都知道"三吏""三别"吧，《兵车行》《自京赴奉先咏怀五百字》《北征》等，还有《前出塞》《后出塞》，这许多诗篇奠定了杜甫在中国文学史上的不朽地位。当然其他的诗还有很多，我就不谈了。这是一个例子。白居易也是这样。他比较复杂，他有一部分诗是深入现实的，而且以通俗的形式写出来。白居易有两首诗脍炙人口，一首是《琵琶行》，一首是《长恨歌》，可能大家都喜欢《长恨歌》，我喜欢《琵琶行》。《琵琶行》思想性高，《长恨歌》则不高。《长恨歌》不仅思想性低，而且到现在还讨论它的主题，这是什么问题？既然好，为什么主题到现在还在争论？《琵琶行》一看不仅主题鲜明，而且句子精练。《长恨歌》依我外行人的看法，庸俗。譬如说，"芙蓉如面柳如眉，对此如何不泪垂"，这是什么诗句？"西宫南内多秋草，落叶满阶红不扫"，还有什么"夜雨闻铃断肠声"。尽管我承认白居易是伟大的现实主义诗人，但这首诗格调不高。我这样说，也许有很多人骂我。这是百家争鸣嘛，我算一家。白居易的伟大不在《长恨歌》这首诗,而在他的讽喻诗、《琵琶行》这一类诗。宋朝人为什么把陆游捧得那么高?陆游是伟大的诗人,我也看见近两三年来有人写文章把他列为第三等。梁钟嵘写个《诗品》,没有什么诗,把陆游列为世界第一流,文章公然到处发表。但是陆游是伟大的,为什么说陆游是伟大诗人?现实主义和积极浪漫主义手法结合在一起,他把一些爱国主义情感,通过现实主义诗歌表现手法,也和积极浪漫主义结合在一起,成就他的伟大,写出了伟大的作品。

然后再看看小说。说良心话,《封神演义》我看不下去,《西游记》我没看完,《红楼梦》我百看不厌,《儒林外史》也有它杰出的地方,特别是它的前半部。《水浒传》有许多杰出的地方。这道理在什么地方?是不是我们就是偏废?《西游记》《封神演义》的缺点我不说,大家都知道。古典小说像《红楼梦》写得那么深,把许多人物写那么复杂,确实值得我们学习。我们现在看电影,看电视剧,一看好人坏人就知道。这么一比,《红楼梦》确实伟大,人物好与坏不能一眼看透,不能那么简单。对研究《红楼梦》我是不敢说话的。我觉得研究《红楼梦》先人是有成见的,好像历来有那么个看法,说薛宝钗那么毒,可讨厌人。我常说,叫你选老婆你要林妹妹,还是要薛姐姐?尽管我们有无产阶级思想,如果我是一二十岁的年轻人,我会选薛宝钗,不敢选林妹妹。她脾气坏,小性子。我说,贾宝玉的感情绝不是那么简单的,不要用我们的套子去套古人、套古代的作家。我有一封信谈《红楼梦》的研究,稿子被一位同志要走了,近两三个月可以发。茅盾很赞成我的意见，谈到《红楼梦》的一些唯心主义的研究，我的信和茅盾的回信将同时发表。《红楼梦》人物的复杂性，值得学习。

把人的性格、心理看得比较复杂，这正是现实主义很重要的一点。它不是公式化，不是套子，不是从概念出发。这方面值得我们学习。我们有一些作品，包括电影、话剧，为什么总是从概念出发，原因在哪儿？首先，作家对人生的道理了解不深，对现实了解不深；其次，表现手法太简单化。在我谈《李自成》这本书时，要更深刻地谈这个问题。《红楼梦》很好，《水浒传》也好，《水浒传》好就好在有几个单元写得好，但比较《红楼梦》还要矮半头，矮一头。如果两者比较起来，我最佩服的是《红楼梦》，而不是《水浒传》。关于这个问题，我讲了自己的看法。河南出版社出版了一部书《歧路灯》，是由栾星同志整理出来的。他叫我写个《序》，《序》很短，有两千多字，提到《水浒传》这本书还不大懂得真正写人、写普通人的生活。拿喝酒来说，潘金莲毒死武大郎，在《水浒传》里写喝酒喝醉很多回。《水浒传》有成就，但它不如《金瓶梅》写得那么好。当然《金瓶梅》有致命的缺点，我在这里不多说了。一般写人物不等于写生活，写武松过景阳冈，连喝了几大碗酒，带着根哨棒上山了，一打瞌睡就睡着了，忽然听见一阵风声，老虎来了，接着几拳打死老虎。根据小说家的眼光看，因为它不能真正深刻地反映生活，这好写。最难写的是深刻地反映生活的。中国有一句老话："画鬼容易，画人难。"画鬼容易得很，你把它头上多画一个眼睛也可以，你画它一条腿也可以，反正是鬼，谁都没有见过，不知道它是什么样子，怎么画都行。可是画人就难，特别是画熟悉的人更难。从前一些人给我画像，没有一个画得很理想，要画得像不太难，而要画出我的内心世界、气质和神态就很难。《水浒传》真正写人生的不是太多，写的生活是异常生活，和一般人是不一样的生活。可是《红楼梦》写生活比较一致。我们中国的长篇小说大概从明代的《金瓶梅》开始离开了英雄传奇阶段，写到了社会风俗人情和日常生活。《金瓶梅》不是突然出现的，但以小说为代表的就是《金瓶梅》。后来到了清朝就出现了《儒林外史》，它前几章写得很精彩，写"范进中举"这些生活，包括严监生死前睁一只眼睛，伸出两个指头，大家问他，哪个地方还欠你两百两银子？还有什么事情没有了结？只有赵姨娘是明白人，她把两根灯草挑掉一根，严监生这才两眼一闭死了。像这样描写确有夸张成分，但确实深入人的生活中。我们姚营村里有一个我叫姥爷的，地上落了一粒黑豆，他就蹲在那里慢慢地捡起来，省吃俭用到了家。这就抓到一个人的内心深处。所以《儒林外史》和《红楼梦》这两部书，是中国的长篇小说离开了英雄传奇，写到生活、写到风俗人情，写到人的灵魂深处的，这是真正的现实主义。《三国演义》还停留在英雄传奇阶段。总的来看，我们要创造社会主义时代的伟大作品，是遵循浪漫主义道路还是现实主义道路，我的看法，只有一条道路——老老实实的现实主义道路。离开了现实主义，小心翼翼也好，不管怎么写，都很难写出人民的生活和人民的灵魂。现实主义创作方法给我们提供了这个武器，让我们能够又仔细、又深刻地写人民的生活和人民的精神。

小说的现实主义很重要，至于诗歌是不是独立的、永存的，那不一定。我对写诗是外行，但我反对把浪漫主义看得过高。大跃进的时候，搞诗歌运动，家家户户都要写诗，老婆婆也要写诗，有人写不了，就去街道上找人代写。郭沫若也带了一个团体到一个县去参加诗歌写作。那些诗出现以后，我们想想是什么情况？假、大、空。还有天津大邱庄的一些诗，什么"柴草垛堆上天，对着太阳吸袋烟"，什么"石油工人一声吼，地球也要抖三抖"，这些浪漫主义的写法，夸张了浪漫主义写法的作用，依然是假大空，写不出真实的人情。这些事情我不多谈了，大家可以回想回想，总结中华人民共和国成立以后的小说和诗歌的创作经验。

下边谈谈我自己的学习道路、追求道路。几十年来，我自己的道路是一贯的，中途没有什么变化。一开始，就拥护现实主义道路，而且从青年时代起就如此。什么道理？我想有两个原因。第一个原因，我是五四运动以后成长起来的，受到五四运动后的新文学影响比较大。五四道路包括翻译外国十九世纪的现实主义作品，也包括弱小民族的作品，这就叫五四道路。我是在这个道路上熏陶成长起来的。第二个原因，我是河南人，从我小时候人们就起来造反，大概造反队伍路过南阳这一带。以后的军阀混战，几乎是年年都有。我看见各种封建势力、大小军阀、贪官污吏屠杀人民。我小时候所看见的情况你们想都想不到是怎样血腥残酷。比如刨心，邓县（今邓州市，下同）吴司令砍头杀人后，刨出心，炒了吃，说可以治"心口疼"，也就是胃病。这种现象在当时很普遍。鲁迅小说里写的人血蘸馒头，我也亲眼见过，这个细节我将来也可以写进我的小说里。刽子手刨心的一些技巧和办法，残酷得很。我是从苦难深重的封建时代过来的，小时候有不少关于黑暗社会的阅历。我之所以能够写出《长夜》、写出《李自成》，与我的生活阅历有很大关系。一般人对中国封建社会的认识和知识是从书本上得到的，是理性认识，而我有一部分是亲身经历的感性认识。从我懂事起，心头就压着沉重的精神包袱，确实希望中国进步，改变封建落后面貌。帝国主义的侵略，使我从小学开始就懂得抵制英货、抵制日货，跟着大一点的孩子去查禁、去游行。经历过这样的生活，诞生在这样时代的作家，一般都是现实主义作家。为什么唯美派诗人不产生在我们河南，而多产生于富庶的江南？这和地域环境、生活条件、文学思想有密切关系。五四新文学熏陶是一个因素，生活条件和环境是一个因素，这两个因素结合在一起，使我从青年时代就沿着现实主义方向学习、摸索。

我小时候当过兵，在土匪中生活过，虽然时间不长，但有这方面的生活经历，因此才能写出《长夜》。中国写出土匪生活的作品还没有，这是第一部。中外读者说《长夜》写得真实，真实地写出了二十世纪二十年代中原农村生活，反映了社会濒临崩溃的情况。尽管写得比较毛糙，我不是很满意。五十年代初，我从上海回到河南，准备修改《长夜》，写出《黄昏》和《黎明》，完成"农村三部曲"，但条件变了，计划落空了。现在再让我改《长夜》，可能会改得好一些，但没有时间了。《长夜》确实是现实主义作品。但新中国成立后我能不能写《长夜》？不能。如果同样是那个题材，当年的印象已不深。"七七事变"以前我发表过几篇小说和一些散文。最近散文要出个集子，已签约河南人民出版社出版。但我没有时间去编、去校订一遍。这次回北京后，抽时间编一编。其中有些散文比较感人。

谈到小说艺术，许多人知道我的短篇《差半车麦秸》，还有人说是我的处女作，其实它不是我的处女作。在此以前我已经发表过一些小说。因为《差半车麦秸》享了大名，把别的小说都压下去了。大概在民国十五年，河南选国大代表，CC派跟蓝衣社互相争名额，竞选中丑态百出，我就写个短篇《选举记》，反映这一生活。这个主人公有原型，是位小说家，我的小同乡，人已经死了。这篇小说是现实主义作品。"九一八"以后，全国各地抗日情绪高涨，但是被国民党压了下去。国民党忙于修碉堡，消灭共产党，我写的《碉堡记》也是现实主义的。我从1929年发表处女作《两个孤坟》，开始走上写作道路，到《差半车麦秸》，到《牛全德与红萝卜》，到《春暖花开的时候》，都是现实主义的。

1943年，《春暖花开的时候》在重庆出版后，尽管很受读者欢迎，成为畅销书，但被人骂了许多年，骂它是色情文学、娼妓文学。在我们中国，新中国成立后有，新中国成立前也有，党同伐异，无中生有，骂后也没有人替你辩白，能够有独立见解、敢于说真话的人，今天不少，在过去则很少很少。前两三年，有一家单位编现代文学史第三册，要编到我，编这一部分的同志找我说："姚老，你那个《春暖花开的时候》，我看了不同版本，没有看到有色情的文字，为什么那时骂它是色情文学？"我把当时文坛上的派性斗争情况说了，他恍然大悟，才知道这一情况。问题是，最早写现代文学史的人，没有看原著，把人家骂我的话转抄过来，于是乎就流传下来了——姚雪垠的《春暖花开的时候》是色情文学。还有可笑的，我的一位朋友，也是有名的现代文学研究者，写一部现代文学史，对《春暖花开的时候》一字不提。他不骂我吧，他不敢；骂我吧，他看过我的原作，知道没有色情，是被人诬蔑的，于是回避，干脆不提。实际上《春暖花开的时候》不能回避，也回避不了。现在出版机构计划出版。

有个南阳籍的人，名字不知道，大概是新加坡的一个作家（编者注：新加坡华裔作家，笔名李如琳，河南泌阳人。1985年1月作者应邀参加新加坡国际华文文艺营和金狮文学奖颁奖活动，见到了这位作家），他谈到我的作品的时候说到《春暖花开的时候》，但是没有谈准确。新中国成立后，《春暖花开的时候》在大陆绝版多年了，但香港有三个版本在翻印。这部书，没有参加过抗战初期生活的人，看过以后他知道抗战初期的真实生活，参加过的人，回想起来有温故知新之感。事过几十年，我没有再碰过《春暖花开的时候》，去年看过以后，就把我带到了1938年的这个历史气氛中。

我现在谈这些，不是夸耀这本书。这本书是我青年时代的作品，发表那一年是二十九岁。这是我的"少年作"呀，青年时期的作品，为什么当时一发表那么轰动，在重庆出版时成为畅销书？我认为有两个原因：首先是现实主义道路，写出了当时青年从事抗战活动的真实生活。而且，每写到一个人物，不管是绅士，还是青年，都有个性，且个性鲜明。现实主义很重要的一个条件，是写出人。其次是语言问题。我的语言特点今天不谈了，以后专门谈语言问题。我有我的语言特点，我也曾下过功夫，到今天还在下功夫。

当时见到的抗战小说有好的，有比较好的，但常常写得很浅。我有一个熟人，一写到抗战，机关枪嗒嗒叫，就这么简单化。或者把抗战歌曲大段引用，作品都差不多。当时沈从文批评过抗战作品"差不多"，许多人写文章骂沈从文，批判沈从文，我没有写过这样的文章。为什么没有写呢？沈从文的提法可能有偏见、有片面性，但作品确实浅，有"差不多"的现象。人家提出来，可以有则改之，无则加勉，一提个意见，马上就作为敌对方面看，这正等于当时朱光潜提出的"距离说"一样。距离说，是说写作品和现实生活要有一段距离。这不是他的发明，是从西洋传过来的。许多文章说，没有什么距离，现实生活就可以及时反映。我这两年看见朱光潜，没有交换意见。我心里同意他的意见。有的作品立刻就可以写，如报告文学、杂文等。距离有种种原因，有些生活、事件比较复杂，当时认识不清，过后才认识清，有些人物要概括许多东西，构成典型，一时不会那么清楚。举例说,"文化大革命"这一段历史,改革了几年,我们写个"文化大革命"题材的长篇,能不能写得很好?要叫我写,我看麻烦,没有把握。尽管我身临其中,但往往"不识庐山真面目,只缘身在此山中"。有些问题看不清。所以"距离说",具体事物具体对待,有时确实要有距离,有时不要距离,不能一概否定。这话又扯远了。虽然扯远了,但这关乎创作的基本原理。

我自己随着年龄和阅历的增长,愈来愈拥护现实主义,不喜欢夸夸其谈的表面文章。所以《李自成》不是突然出现的,它是从我青年时期积累的创作经验和我摸索的道路到我中年开始写的。说我中年,是因为我从1957年四十七岁那年开始写《李自成》,从中年到老年还没有写完。这一辈子能不能写完,不敢说,但争取写完。所以《李自成》这部小说,是我从青年起沿着现实主义道路,摸索出了一条规律,最后把各路经验汇集到了这部作品中去。我常说,我中年以前的作品,都不过是丘陵和小山,但没有这些丘陵和小山,就不会有《李自成》这座高峰。

《李自成》这部书,是现实主义作品。它有什么特点呢?我提供考虑的几点意见,详细的今天不谈了。《李自成》这部小说我是有目地地运用现实主义方法。我考虑到,这部小说读者看时,要把读者带进历史的具体环境中去。我们有时看小说,往往读不下去。特别是历史小说或其他历史题材的作品,譬如《蔡文姬》这个剧本,看了以后,能不能把人带到汉朝末年那个社会中去?带不进去吧?他演戏是演戏,我们观众是观众,你无法想象这个帐篷里的生活究竟是什么样子。那些人物穿的衣服是舞台人员设计的,说的话也是现代话,结果戏与历史脱节了。那么,我写《李自成》是不是带进去了?不敢说,但我的主观愿望是把读者带进历史中去,这一点就是现实主义。我把这归纳为一句话:历史生活的再现。写明朝末年的事是不是那样,我没有十分把握。根据我自己掌握的材料,我自己的研究,应该把读者带进去。也有些不是明朝末年的事,我也知道,是根据我关于旧社会的生活经验来写的。譬如有几段写风土人情,写风俗画的,就是如此。

《李自成》第二卷有一段写的是北京当时的灯市口,现在还叫灯市口。每年元宵节,灯市口是从元月初十到十六,各种东西都在灯市口上叫卖,游人摩肩接踵,热闹得很,很有特色。牛金星出场在灯市口。我写这个灯市口,老北京人看了以后都说写得好,真实!尽管清朝的灯市口不像明代的灯市口,但古老的习俗和传说基本代代沿袭,不会有大的变化,仍然在人的心里。这是一种情况。第二卷中开封相国寺也写到了。宋献策到相国寺找李闯王派来的人,他装扮成走江湖卖膏药的,在相国寺藏经楼的后边院子里,摆摊打拳卖膏药,吸引了很多人观看,很是热闹。这个相国寺,我是怎么写的?一部分是根据历史文献,一部分是根据民国年间我亲眼看到的相国寺。明朝那个打拳卖膏药的情景,我不知道,书上找不到材料,这是根据我少年时期在家乡看到的打拳卖膏药的情景写出的。他们说的话都是很内行的江湖话。

我在少年时期喜欢看热闹,在街上经常看到卖彭德府姚家膏药的,我把他们说的江湖话稍加改造,写到小说中。我前几天黄昏时重游相国寺,看见那个大钟,勾起了我的回忆,感到很亲切。第二卷写开封八景,相国寺是八景之一,可惜那个钟楼已经没有了。所以,为了再现历史,营造当时的氛围,我处处用各种办法把读者带进去。写宫廷,也是如此。像这样用心,主观效果达到几分之几呢?让读者去评说。但我是沿着现实主义的路走的。如果这一点做不到,就失去了现实主义的优越性,不可能写好《李自成》。

有许多小说、戏剧不考虑这一点。譬如我看见一部小说,写陈涉吴广起义,其中陈涉参加了秦始皇的奴隶决斗。罗马帝国有决斗,历史小说《斯巴达克斯》写的就有决斗。但中国没有。还有部写戊戌变法的小说,荣禄招待袁世凯,举行跳舞会,赛金花参加了,穿的衣服袒胸露臂,奶子露出一半在外边。当时有没有这种生活?没有!跳舞是西洋的东西。在清朝末年,中国的封建官僚很守旧,绝不会举办跳舞会。特别是荣禄这个人,如果他要举行舞会,维新派就会群起而攻之。在他的世界观里,根本不会举行跳舞会。赛金花是个妓女,但她不可能像外国女人那样袒胸露臂。即使是妓女身份,也不会。我们中国的妓女有她们的生活,何况赛金花不是旗人,一定裹脚了。在那个时代,脚裹得越小越好。赛金花裹着小脚,怎么会嘭嚓嘭嚓跳舞呢?这都叫作反现实主义。由于不读书,不懂历史,凭空想象,破坏了历史题材。

再举个例子,有一部小说写康有为在北京,谭嗣同去见他。谭嗣同那时很年轻,三十出头,康有为绝不会让自己未出嫁的姑娘去招待谭嗣同,在那个时候是不可能的。尽管谭嗣同曾经写过《大同书》,好像思想很进步,但《大同书》是一套,现实生活是一套。就像"打倒孔家店"的四川吴虞,他提出口号"打倒孔家店",但他在家里很封建,竟然反对他的女儿谈恋爱。那本书我没看完,别人告诉我,书上写梁启超在北京穿西装,梁启超是个上京举人,跟着康有为搞维新变法,当时只能穿长袍马褂、披着长辫子,绝不会穿西装。不穿西装别人还攻击他,一穿西装还得了!还有,那本书里,谭嗣同在光绪皇帝面前不称臣,而自称嗣同。当时任何人在皇帝面前,包括王公大臣,都得称臣,不能自称自己名字。谭嗣同在皇帝面前怎么能称自己名字呢?这样写起码是没有历史生活知识。

还有更可笑的,作品写道:"酉时正,夜也已经很深了。"开头一句就这么写。后来,他们叫我提意见。我说,基本常识没有。我们今天一天分二十四小时,过去中国传统分十二个时辰,一个时辰包括两个小时。十一点到下午一点,这两个钟点就是午时;下午一点到三点,未时;三点到五点,申时;六点、七点这两个钟点,是酉时。他写的是夏天,夏天天长,酉时太阳还很高。为什么夜已很深了?这样简单的常识都不知道,咋能做历史小说家?

历史小说通过历史的再现,表现作家对历史的看法。我在这方面摸索了很多年。《李自成》第二卷里,写杨嗣昌出场之前,崇祯带着周后、田妃、袁妃到中南海游玩,这一段写了很多细节,其中有崇祯抽签,签文写得像一首七律诗,你这么解释也可以,那么解释也可以。为这个签诗,我反复思考,下了功夫。南阳诸葛亮庵,签最有名,新中国成立前我每次路过诸葛亮庵,都抽个签。好奇嘛。我前年到日本去,到一个大庙里抽过签,也出于好奇,但不相信。接待我们的人也抽了签。他抽了个下下签,当时脸色都变了,日本人很信佛。我抽了个上上签,大家向我祝贺。过去,签文一般解释的内容是求财、打官司、害病。宫廷里的签文不要这些,宫廷的签文是有学问的人编的,要编一首七律,编得朦朦胧胧,可以这样解释,也可以那样解释,模棱两可。这是什么意思呢?任何时候都要设身处地考虑当时的时代、当时的环境,如何最恰当地反映生活,达到好的效果。在《李自成》中我处处留心,包括对大量的宫廷生活的描写。有一次,我到故宫查资料,故宫接待我的同志说:"我们管故宫的,各管一个部门,哪个宫到哪个宫怎么走法,我们都搞不清,你都写清楚了。"

我有意识、有目的地反映生活,再现历史生活。在《李自成》中处处考虑这个问题,唯恐不真实。有人向我提出:红娘子把李岩救出来,当天夜间李岩回到李家寨,商量下一步怎么走。有人主张就在狱中起事,有人主张投闯王。红娘子参加了这次会议,她看见李岩的书房里,堆着很多书,还有一些盆盆罐罐,看到一个彩色陶马,马身上黄的、绿的,好几种颜色。这就是唐三彩,洛阳出土的一种殉葬品。有个考古学家给我写信,说唐三彩是清朝末年才发现的东西。我回信说，你说得很对，我当时考虑不周。但我写的是小说，就当是《红楼梦》里写的那些龙啊什么的，不一定有那种东西，要求完全真实。

李自成的大将都有字号，刘宗敏字捷轩，有人给我写信说，农民起义领袖没有字号。我就告诉他说，你们没有在旧社会生活过，我们乡下混光棍，芝麻籽大一个有名的人，都有字。我上小学的时候，老师就叫字，同学之间也叫字。我的字是汉英，是父亲起的。"字"是在春秋战国以后兴起的，愈来愈兴盛，成为很普遍的现象。李自成的大将难道没有字？当然有字。第一卷写李过，字补之，宋朝有个人，也叫补之，词写得很好。有人到米脂县调查，他从米脂县的家写信告诉他们家里的人，现在城里不要紧，由补之将军主坐。"补之"就是李过的字。我虽然没有写准确，但证明农民起义领袖到一定时候都有字。作家不懂得这一套东西是个缺憾。甚至我看到民国年间收的字书，本来是这个人的字，他说是号，号是号，字是字，号与字不一样。所以风俗、制度、习惯、礼节，作家都得掌握。通过这些，就可以把读者带到历史生活的场景里边，或者历史的氛围中。这是我有意识的追求。

我第二个有意识的追求，是《李自成》为什么写得这么复杂。现在已经看见第二卷里，从北京到开封，到洛阳，到商洛山，到湖北，好多地方。人物：从皇帝到辅臣、大臣（当时的辅臣就相当于宰相的地位）；从太监往后，皇后、妃子、宫女，明朝的文臣武将，然后是农民起义领袖，从头目到小兵（王长顺那样的小兵）、医生，再到一般老百姓，包括了不同阶级的人物，阶级里头还有阶层。就这么复杂！到第三卷，又出现了清朝人物，在第一卷和第二卷清朝人物是虚写，从第三卷开始，清朝人物正面上场，清朝满洲人的生活、风俗、制度正面描写。本来打算写到江南，后因第三卷太长，准备第四卷有个单元写到江南，写到南京、镇江。第一、二卷里明朝的大将左良玉不够丰满，以后逐渐丰满。《李自成》为什么写这样长？过去不敢说，怕人家说我这个人吹牛，现在公开了，有别人写文章也指出来了。这就是我有意识地希望写出中国封建社会后期，也就是十七世纪中叶，各个阶级、阶层、各个政治集团之间错综复杂的关系和阶级变化的动态，以及各个阶级各个行帮的代表人物，构成历史的百科全书这种形式的一个长篇。读者看了《李自成》，不仅看了《李自成》的人物和故事，也看到了明朝末年中国封建社会的缩影。这样一个意图，非走现实主义道路不可，其他道路不能代替。譬如，再说《蔡文姬》剧本，关于布景、服装、道具，一律由导演处理。导演怎么处理？他不是历史学家，怎么处理？我们不敢偷懒，不要导演处理，需要作家自己处理。

　　一些部队的同志来家里看我，问我：你怎么对骑马那么熟悉，对弓箭的做法也知道，你是怎么懂得的？卢象升到昌平的时候，让人把所有的马都牵出来，让总监军太监高起潜骑，那个骑马的动作，骑马的感觉都写出来了，读者看起来感觉很好看，写得很真实。有人问我，你怎么懂得？我说，我在抗战中也骑过马呀，但并不真懂，书上有。有人问，你怎么懂得做箭？我说，书上也有。红娘子和慧梅，怎么射箭？脚步怎么扎？要看起来很美、很真实，作家要吃很多苦，得翻很多书，有些书还不在手里，得去找。只有下功夫，去慢慢摸索，才能掌握这些知识。所以走现实主义道路，写历史题材，比写现实题材难得多。譬如有一部长篇小说，写有人舞剑，旁边站个人，在他正在舞剑时，泼了一碗水，看他的衣服没有湿，意在夸张描写剑舞得好。我一看，就知道他没有研究历史，他是从说书人那里学来的。一切武艺，枪也好，剑也好，花枪与实战不一样，实战不在花样，要求干净利落有力量，花枪只是为表演。可是有人写历史小说却不晓得这个道理。所以，越是写作历史百科全书式的小说，它所需要研究的历史生活知识就越多，难度也越大。

也有人说，第二卷不如第一卷。这是个误解。各卷有各卷的特点，各卷有各卷的创造性。第二卷从商洛山到第四、五章，你喜欢不喜欢？问题不在于第二卷不如第一卷，问题在于，"五四"以后，我们的长篇小说都是单线发展。茅盾的《子夜》，曾经计划打破单线发展，第四章写到农村，写吴荪甫的老家，结果没有写完就把这个线停止了。《李自成》这部书，不但不是单线发展，而且是两条线甚至多线发展。看惯单线发展的小说，看复线发展，故事情节一会儿跑到这个地方，一会儿又跑到那个地方，不习惯。这涉及结构问题，结构问题今天不谈了。

所以，能够达到把读者带进历史生活的场景里边去，能够达到百科全书性质的长篇小说，又回到我前天说的，要深入历史，跳出历史。不深入历史，就没法创作，没法达到跳出历史。历史小说家在他自己的范围里，他本身应是知识渊博的历史家。应该研究政治史、经济史、天文学，以及马怎么骑，什么是好马，什么是不好的马，等等。这些知识，作为历史小说家要懂得，懂得的越多越好，不知道什么时候就用得着。譬如，我在小说中从来不写围棋，因为我不会下围棋，只懂得象棋。田妃和崇祯下象棋，这我懂得，可以写得自如有趣。不能够从空想出发，只能从掌握的历史生活的大量资料出发，得到对历史生活的真正认识，这是创作历史小说的基础。同样，必须有对现实生活的真正认识，才能创造出比较好的现实主义作品。不然，写不出来；即使写出来，人家一看，外行。

　　我们现在许多关于现代题材的电影剧本，就有这种毛病。有一次和夏衍谈到，有个作者对新中国成立前国民党的情况缺乏了解，写国民党不像国民党，蒋介石不像蒋介石。特别是用漫画手法描写蒋介石，一出场，一瘸一拐地拄着伤兵的拐杖，那是漫画化。我看了一部小说，是写1938年夏天，南京失守了，蒋介石在武汉，常常动不动就骂人。警报一响，蒋介石同大家一起躲进防空洞。武汉夏天很热，是中国有名的大火炉，他却穿着大衣。小说作者想听我的意见，我说，这方面你完全是外行。第一，蒋介石说话不会一开口就骂人。因为不管是新军阀还是老军阀，都玩不过蒋介石。蒋介石在他的阶级中，是个尖子人才，蒋介石是个了不得的人物。东南亚国家中,越南的吴庭艳没有好下场,南朝鲜的李承晚也没有好下场,有的被杀了,有的下野了,只有蒋介石玩到八十多岁。如果蒋介石像你写的那么浅,一说话就骂"娘希匹",他玩不下去,早垮台了。另外,蒋介石的防空洞不是一般人能进去的,能进他防空洞的都是级别相当高的将领和要员。平时别人一看见他,都得"啪"的一声笔直站起来。相传陈诚给他打长途电话报告事情,电话听筒往下一放,"啪"的一声,从电话里传过去,蒋介石就晓得这是陈诚在向他敬礼。这真不真?大家都在传,很有可能。蒋介石在西安事变中被捉起来,张学良去见他,军容整齐,挎着武装带,向蒋介石敬礼。蒋介石也没有完全装孬。张学良一进门就报告说,请领袖原谅,我是爱国的。蒋介石说,你没有资格说话,你背叛了领袖,你要杀我就杀,你不杀我就不要管。张学良还年轻,慷慨陈词,说到东北沦陷以后的事情。蒋介石说,汉卿啊,我把你当子弟看待,东北沦陷后,全国都要杀你,我把你保护了下来。你现在犯上,背叛领袖。张学良没有说话,回头走了。所以,写蒋介石,不能凭空想象。我很感慨,现在一些年轻作者对新中国成立前的许多事情都不懂,缺乏知识。比如写红军两万五千里长征,那么艰苦的长征,不去写红军战士的衣服破破烂烂,饿得面黄肌瘦,饿死了许多人,而是写红军将士一个个满面红光,吃得胖胖的,读者一看就不真实。有人是条条框框,有人是不懂生活。特别是十年动乱时期,作品中当书记、当工人的,姿势只有一个,站得高高的,器宇轩昂,满面红光。这是反现实主义。有一部电影，反映一个乡下老人带着姑娘到南京总统府去告状。总统府大门两边有四个站岗的警卫，对告状老人推推搡搡的。这是作者不知道当时的情况，连二十世纪三十年代的知识都没有了，现实主义的路怎么走得好？怎么能写深刻？怎么能反映出生活的真实？

《李自成》还有一个特点，是大胆写反面人物。为这我吃过许多苦，"文化大革命"中有人（还是知名老作家兼文艺理论家）要打倒我，说我歌颂了崇祯皇帝，歌颂了卢象升，把皇后、妃子写得那么美，把宫女写得那么美。他不知道皇后和妃子是选上的，如果不漂亮，怎么会选上？如果崇祯皇帝凭说媒娶老婆，当然要碰巧。可她们是经过严格挑选的，周后是选的，田妃、袁妃也是选的。从许多人品好的姑娘里，清白良家姑娘里，初选进宫，然后再一个一个挑选，最后选出最美的、最好的。你说我能把后妃、宫女写丑吗？现实与历史有共同的地方，我们现在敢于写反面人物，在今天看起来好像是当然的，但是同志们不要忘记，在十年浩劫期间，所谓的"三突出"，只写正面人物，只写正面英雄，反面人物都是漫画式的，一律骂几句。这种思想、潮流，不仅在十年浩劫期间很严重，而且五十年代就已经有了。正面人物没有缺点，不能写缺点，写缺点就是歪曲正面形象，或者叫"黑不溜秋的中间人物"，"帽子"都有了。1957年"反右"后，我写《李自成》是保密的，也不打算在生前出版，因此，没有了原来的条条框框，就大胆地写了崇祯皇帝和卢象升等这些人物。后来批判我时，这些都成了罪状。卢象升原是明朝参加过与农民军作战的大臣，后来调到北边对抗清兵，最后阵亡。这个人物在中国文臣中有代表性，也不是从美学来考虑的。批判者只问：卢象升双手沾满了人民的鲜血，你为啥对他的阵亡还歌颂？我当时回答说：岳飞也是沾满人民的鲜血，但岳飞劳苦功高，是民族英雄。在当时的那种政治环境下，那么写卢象升是需要很大勇气的。这也是一种"反潮流"精神吧。第二卷是在二十世纪六七十年代创作的，写了崇祯、后妃和宫廷生活，写了杨嗣昌，都用了较多的笔墨，并不是一味地贬，在当时都是要冒很大风险的。

历史无情，历史也有情。所谓历史无情，即那些空洞的教条主义，到今天只好卷旗收兵。历史也是有情的，那些敢于为真理、为艺术奋斗的人，今天得到了人民的同情和支持。有人问《李自成》哪些地方写得比较成功，我认为宫廷生活写得比较成功。你们可以看看，可以对照，中国古代小说里这种情况没有，外国古代小说里这种情况也没有。我们今天提倡比较文学史，可以把外国的历史小说和中国的历史小说拿来比较一下，可以看出《李自成》写宫廷生活写得比较深，比较成功。有的读者也谈到了这一点。

《李自成》第三卷写洪承畴投降清朝。稿子在"文化大革命"中写成后拿给别人看，别人说，这不行吧，我说你放心，不会出问题。后来，1977年在《人民文学》发表，看到的人很满意。现在又修改修改，很快要出版了。在"四人帮"时期如果写汉奸，往往是几句话简单带过，这个人是天生汉奸，非说他是大地主出身，什么儒家思想。而我写洪承畴被俘虏之前、被俘虏之后，确实一腔热血，决不降清，要为国争光。而后来由于种种原因，心理有了变化，才做了汉奸。这是一个有血有肉的人，不是天生的汉奸。在"文化大革命"中，我有什么力量会那么大胆地来写？这就是现实主义理论的力量，不要忘记典型环境、典型性格。性格不是孤立的，不是作家随意创造的，而是作家通过典型环境、典型生活条件，把性格塑造出来的。这个道理非常重要。这个道理是恩格斯说的，实际是恩格斯总结的前人的经验。恩格斯很强调这一点。正视形象化问题，几百年来就讨论这个问题，并不是毛主席去世以后发表了他给陈毅的一封信，才提出形象化问题。作为文学史上的理论问题，应该追溯它的起源和发展。《李自成》第二卷中汤夫人的形象，之所以给人的印象很深，是因为现实主义的胜利。汤夫人到底姓什么，不知道。她是明初辅佐朱元璋定天下的功臣汤和的后代，大家闺秀，从来没有露过面。这么个女人，丈夫坐了牢，用了各种办法救不出来。红娘子破监，把她丈夫救了出来。如果红娘子不救她丈夫，她丈夫可能在监狱里被人害死。救出来是好事，救出来以后怎么办？要不要造反？不造反能不能生存？而造反牵涉的问题就多了。古人对造反，认为是大逆不道。作为她的家族，当然不能同意造反。如果丈夫造反，她势必跟着造反。可是她不能去造反，因为她是汤和的后代。汤夫人是大家闺秀，从来没有露过面，可不去造反，她又有什么出路？将来即使能逃过官军之手，也逃不出她的家族和社会的谴责。在这种情况下，她只能自杀解脱。她死前送给红娘子首饰，希望红娘子能嫁给她丈夫。今天看起来，哪有这样的好人？死了还管他做什么？可是古人就是这个脾气。她有责任替丈夫选择三妻四妾，这是按当时的要求写的。除此之外，还运用了烘托手法，如她给丈夫写了封信。当时，李岩在杞县西门外，还没回来。这封信用的是六朝体。为什么这样写？李岩在监狱里，狱卒给他抄的县太爷的判词，里面用对仗。大概从宋朝以后，判词用对仗。汤夫人为什么用六朝体？因为明代的许多大家闺秀都会作诗，写文章，而她们的文章一般都是六朝风格。像这样各种方面的分析，是从具体时代的、历史的、家族的、阶级的，各种历史条件考虑清楚以后，写出的汤夫人的形象。尽管故事情节是虚构的，但它是符合历史生活的，是真实的，有血有肉的，而且带有典型性，这就是现实主义的优越性。

关于语言方面，我也费了思量。譬如当时上层人物是怎么说话的？像我这个年纪，小时候上私塾学古文，平时说话中就常把古文带出来了，这种情况并不奇怪。我小时候学大人说话，说话也总是文绉绉的，这是文化教育熏陶的关系。在《李自成》小说中，上层人物说话要避免现代词汇。当然，偶尔也出现现代词汇，原因是这样的大部头小说，有时自己照顾不到，失于检点；同时也有编校关系，看清样的时候，编辑给改错了。举一个例子：《李自成》第一卷，写李自成到谷城去见张献忠，对张献忠的投降不赞成。原来书上写的是很符合古人规劝朋友的口气。后来在"文化大革命"结束后出版第一卷修订本，我偶然瞧瞧清样，李自成批评张献忠，口气变了：你这个错误是严重的，一方错在什么地方，另一方错在什么地方——这是红卫兵语言。幸而我当时看到了，吓了一跳，赶快给改过来，不然会闹出笑话。又如，潼关南原惨败后，与李自成失散的高夫人逃到崤函山中。有一天她告诉她女儿兰芝，跟着大姑娘认字，然后练习骑马，练习射箭。高夫人的话是这样说的：虽然自古以来女子无才便是德，可是我们现在造反了，多识几个字有许多好处。你除了练习射箭以外，也跟着读读书。这话很家常。后来我一看清样，那"女子无才便是德"变成封建的了，删去了，一开始是"我们是造反的人"，接着来了个感叹号！变成了红卫兵语言。所以，一些错误是编校原因造成的，不完全是我的责任。怎么办呢？一方面读者发现了写信指出来，一方面等五卷写完了，我在通改一遍时解决。

语言很重要。你们看我写的回忆录，就知道我从青年时期对语言就一直很重视。《李自成》中有许多诗词，包括文章、皇帝诏书、李岩写给李自成的长信，都用文言来写，这就是现实主义。因为古人要发表意见，他总是用文言写得多。如果作家掌握不了这种语言，历史小说就很难写。我原来虽有文言基础，但不够，这就逼着我不得不学习；我原来不会写旧体诗，五十岁以后为写《李自成》，就下功夫学写旧体诗。李岩填的词，写得很豪放，内容、形式和思想感情相符合。李岩去投奔李自成，走到半路上，在禹县这个地方，给李自成写了封长信，提出战略上的建议。这封长信，运用的是传统散文的笔法。这是受当时文学的影响，像唐宋八大家，明代前后七子，这些散文传统。因为他是举人，有这方面的修养。有许多写评论的同志，关于《李自成》对古代语言的运用方面的分析，都没有挖到深处。这在将来我还要详细总结。

有人要问，我们的现实主义，和托尔斯泰十九世纪的现实主义有什么不同？是不是走的他们的道路？不是的。我们的现实主义，是从分析历史、研究历史出发的。可能有些青年会误解，以为党现在号召唯物主义，我就强调唯物主义。事实不是这样。五十年前我在河南大学预科读书的时候开始写东西，经过这五十年的实践经验，我认为这个武器确实好。有时我反问：难道作家不应该有哲学？各个作家都有哲学武器。你不同意我运用唯物主义哲学、马克思主义哲学，难道我用资产阶级的哲学？作家本身应该是思想家。这是我的想法。尽管我没有做到。为什么有些作家的作品总是写不深，停留在表面？因为缺乏思想武器。我们是现实主义，从一开始就掌握了马克思主义武器，这是和前一代现实主义作家、批判现实主义作家大大不同的。另外，《李自成》博采众长，电影手法出现了，戏剧手法也出现了。我曾经举过一个例子：刘宗敏骑马跳汉水，就是电影手法，有画面美——白马、蓝天、绿水。先写碧绿的水，然后骑马扬鞭跳入江中，游到对岸。一上岸，写的是白沙滩。为什么这么写？事先曾几次提到蓝天，加强读者的印象后，几次提到白马怎么美，然后白马跳水。这是电影手法。

最后，提几点《李自成》的浪漫主义手法。

《李自成》这个题材，本身带有浪漫主义的因素。为什么？因为这个题材，属于英雄传奇题材，或者叫英雄史诗题材，它本身就带有浪漫主义成分。这如同《长夜》这种题材，写土匪，它本身有浪漫主义成分，尽管我突出的是现实主义手法，但是读者看起来，它有很多离奇、不平常的东西，浪漫主义的东西。

《李自成》中有很多夸张描写、惊险情节。譬如有一个情节，第二卷袁宗弟去捉周山。周山准备了好多人，袁宗弟只带一二十个亲兵去了。相距一段路，袁宗弟为了亲自活捉周山，把亲兵留在后面，单人前去，这很惊险。这时，周山的亲兵把鸡血洒在酒里，亲兵捧着鸡血酒要周山和袁宗弟结盟。等到举杯喝酒的时候，袁宗弟迅疾一把把周山抓过来，接着周山的亲兵亲将扑了过来，把袁宗弟团团围住，要夺回周山。像这样惊险的场面，本身应该属于浪漫主义。

另外是写激情。如第二卷写慧梅的一个细节，构思中带有浪漫主义特色。慧梅最后嫁给了袁时中，而袁时中后来叛变了。袁时中率兵出征跟李自成作战，慧梅首先把兵权夺到自己手里，然后坐在寨子南门等丈夫回来。这天夜里刮着风，下着雪，慧梅从寨门楼出去到寨墙上，雪花飘着，风在刮着，手都冻僵了。然后，慧梅用许多办法来安定人心。她和袁时中是夫妻，结婚不到一年，不杀袁时中，问题怎么解决？胎儿又常常在肚子里蠕动，当时是嫁鸡随鸡，嫁狗随狗，已经嫁给了袁时中，生是袁家人，死是袁家鬼，如果将来孩子出生，问他爸爸哪里去了，这怎么回答？而且自己又那么年轻，才二十一岁。这问题实在有很大困难。等到袁时中兵败以后，来到南门。这时，周围的女兵都不敢射箭，因为是她的丈夫，都看她的态度。慧梅就告诉丈夫，你不该背叛闯王，我劝过你多次，你现在赶快逃走，你休想回寨。袁时中不相信，觉得慧梅是自己的妻子，还要叫门。他举起马鞭，因为马鞭是他们感情最好的时候慧梅送给他的。慧梅一箭把马鞭射掉，这就是说：你赶快走，要不走，下场就如同这马鞭。袁时中知道不行了。这时，袁时中后边还有许多部队，慧梅和她的亲兵们射死了袁时中的不少兵。袁时中想抢夺东门，因为东门是他的亲兵守着，一进门就可以守住寨。慧梅早已布置好了，从寨里边、寨墙上两路抢过东门。经过一场混战，袁时中进不了寨，逃走了。不久，李过的部队赶来，把袁时中杀了。而在这个时候，慧梅来到自己的住宅。张鼐这时候赶来了。慧梅事先知道，高夫人派人来接她，但不知道就是张鼐。她和张鼐的感情比较好，已有爱意，李自成、高夫人原来曾打算把她许配给张鼐。这时慧梅的女兵就赶快找到钥匙，打开南门，放张鼐进来。张鼐这时很高兴。因为高夫人对他说，打仗的事你不要管，用一切办法把慧梅接回来。张鼐一进南门，碰见四个女兵，都是慧梅的亲兵，牵着一匹白马，捧着宝剑，还有一个没有做完的香囊。张鼐就问，慧姐姐住哪儿？别人说，白马、宝剑、香囊都是送给你的。张鼐大踏步地往慧梅的宅子走，地上一片白雪，男女亲兵们都在雪地上站着哭。张鼐一看，慧梅已经死了，尸首躺在当间，伤口已被老妈子洗干净了。她对慧梅说，姑娘，你想见的亲人来了，眼睛闭起来吧。正当这时，有人报告，老神仙来了。一听老神仙可以起死回生，大家忽然高兴起来。这是高夫人不放心，派老神仙赶来，万一有个三长两短，一定要把闺女救活。张鼐冲出去，迎接老神仙。这时老妈子对慧梅说，姑娘你走得太早了，现在都晚了。这种写法是浪漫主义，把人的激情提得很高，这里有许多诗情画意。

有许多民间传说的手法是浪漫主义的。比如第一卷写卢象升阵亡。卢象升在与清兵作战时骑有两匹马，一匹是五明骥，一匹是千里雪。在同清兵作战中，卢象升阵亡了，五明骥被清兵射死了，留下了白马千里雪。两天后，战场上夜间月色苍茫，人们往哪里去找卢象升的尸首？这时听见一阵萧萧长鸣，人们循声找马，马跑一跑，叫一叫，人们紧跟着白马。最后，千里雪跑到卢象升的尸首旁停下。这种写法，借用的是民间文学的写法。

所以，《李自成》这部小说，基本上是现实主义的，但是也混合着一定的浪漫主义。

按计划，在开封讲到这里就结束了。

在世界小说之苑中显出中国气派
——《李自成》专题四

《李自成》第一、二卷出版之后，比较说来，读书界是欢迎的，而且在学术界的影响比较大，各行各业，各种年龄，高龄的八十几岁老人，年轻的十几岁的娃娃，可以说工农商学兵，读它的人都喜欢。有些人一拿起这本书就放不下手，有的人看了一遍又一遍。这是什么道理呢？为什么这部长篇小说会有这么大的吸引力，也可以说是艺术魅力呢？我看到许多评介《李自成》的文章，从不同的角度来谈这个问题，但是根本的问题没说透。这个问题不是单方面的，我今天要谈的一个问题，可能是一个重要的方面，这就是：我走的是中国气派的道路。

《李自成》第一、二卷在香港的销路也很好。曾有人在报纸上发表文章，题目是《姚雪垠开辟了历史小说的新道路》，但到底怎么开辟了新道路，没有说清。香港还有一位作家曾经谈到，自从有了《李自成》，中国才有了自己的新小说。这话不对，但又有几分道理。为什么不对？因为中国新小说开始于五四时期，我们是五四时代的继承人，所以绝不能说有了《李自成》中国才有了自己的新小说。为什么说得又有些道理？这说明了这是走中国自己道路的小说。这个问题比较复杂，现在只能谈我自己所能理解的。这个道理只能在一个小范围谈，就是中国气派的问题。

《李自成》第一卷和第二卷出版之后，有不少人提出看法，认为《李自成》是中国章回小说的技巧加上西洋小说的技巧。这一看法，起初我没有思考，我说大概是这样吧，可能是这个情况吧。后来我慢慢总结经验，思考深一些，认为这个说法很不确切，因为《李自成》所吸收的创作方法绝不仅仅是西洋小说技巧加中国章回小说技巧。对中国的章回小说，我接受一部分，也批判一部分，而且批判的地方很多。不能说这两个来源混在一起，就是《李自成》的道路。这样的话，就把艺术创作简单化了。而且章回小说在很重要的地方我是抛弃的，下面还要谈这个问题。

另外，还有人说《李自成》这部书是根植于民族土壤。这个说法比较好，我采用了。但这个话有毛病，毛病在于笼统。什么是民族土壤？《李自成》是怎样扎根于民族土壤？太不具体的提法就容易产生误解，也容易搞出含混不清的概念。

《李自成》从第一卷动笔至今已有二十四年。二十四年来，惨淡经营，甘苦备尝。古人说十年寒窗，我不仅是十年寒窗，其间还有很多年是当"牛鬼蛇神"，是牛棚寒窗。但在各种各样的条件下我继续思考、酝酿、写作，纵然没有功劳，还没有苦劳？中国有句古话，"九折臂而成良医"，就是说手臂断了九次就会成为好的外科医生，也就是久病成良医。二十四年的道路，走得十分艰辛不易。当然我也有一些治学经验，加上我自己的创造，算是半个学者吧。我对中国历史、中国古典文学、中国新文学，可以说泡在里面将近一辈子。所以，这些问题结合起来，使我探索了许多方面的艺术问题。我曾就历史科学方面探索过，文学艺术方面探索过，这些探索综合起来，成为我自己的道路。就艺术看，是中国气派的道路。现在可以回答一个问题，为什么七八十岁的老教授、老学者、老将们喜欢读《李自成》，十几岁的娃娃也喜欢听《李自成》？《李自成》能够达到雅俗共赏的效果，这是因为不论是看还是听，都很舒服。为什么舒服？这有语言方面的问题、故事结构方面的问题、对话组织方面的问题，也有所写的风俗人情、精神状态的问题，这些问题有内容的成分，也有艺术形式问题，总的来说是中国气派的问题。我今天侧重谈艺术形式和艺术手法问题。一个作家有一个作家的风格。

风格，越是有成就的作家越有自己独特的风格。这种风格，别人可以模仿，但模仿不能到家。如果一个作家的作品风格别人可以模仿到家，这个作家就没有多大出息。文学园地之所以能百花齐放，是因为每个作家独开他自己的花。如果大家都开一样的花，都跟着别人走，这花就开不好，就会千篇一律。每个作家须有自己的花，自己的花代表自己的风格。自己的风格与民族风格不是一回事，但它们有统一的地方。中国作家有中国的风格，中国作家姚雪垠应有自己的风格。自己的风格也与民族风格有关系。我不能摆脱中国的风格，这也是我和许多作家不同的地方。有的作家不注重民族传统，强调向外国学习，近几年也有这种倾向。我是强调学习民族传统的。我们认真研究中国三千年的文学史，就会产生民族的自尊心和自豪感。中国三千年的文学是辉煌的，凡是认为不必向传统学习、盲目推崇外国文学的，是不认识中国的文学史，不认识中国文学的辉煌成就。当然，外国文学也有值得推崇的作品，但它毕竟不能代替中国文学的作品。我们不能割断历史。中国是个有悠久文学传统的国家，而欧美国家的文学史大多都很短。拿俄国文学来说，历史很短，十二世纪时，还没有俄国这个国家。当时只有大公国，莫斯科还不是国家的中心，有叫莫斯科大公国，或叫基辅大公国。当蒙古人打到俄国时，俄国还没有成立。这时中华民族的灿烂文学已经发展了两千多年。俄国在十七世纪时还在模仿法文写作，还没有形成俄国文学；到十八世纪和十九世纪前半期，俄罗斯的贵族还说法语，还没有形成自己的语言。而我们早有自己的本国白话加"之乎者也"了。美国在二百年前刚刚出现，早期的文学是欧洲人去写的，美国文学是近百年才发展起来的。

中国的民族传统这么丰富，这么悠久，而且确实达到了相当的高度，我们应该重视。拿短篇小说来看，西洋人一谈到小说史就总是谈到《圣经》。《圣经》有个别故事，比如

"浪子回头"的故事,带有小说的初步因素。《圣经》的"四福音"是在耶稣死了以后,从第一世纪到第四世纪逐步形成的。《旧约》比较早,大约在耶稣诞生以前形成。中国的短篇小说到底从什么时间计算历史?据我看,《左传》中《郑伯克段于鄢》是短篇小说,它有人物性格,有故事,有高潮,结尾也很好。《庄子》外篇的《盗跖》,人物性格非常突出,结构完整。"四人帮"把它当成历史来攻击儒家。这是不对的,是胡扯。它是寓言,寓言和小说是兄弟。像《中山狼的故事》也是寓言,这也是很早的小说。我们都读过《桃花源记》,我把它看作寓言小说,它的结构很完整,通过渔人线索写出来,而且叙事条理与短篇小说的结构非常一致。到了唐朝,传奇小说就形成了,而且艺术成就非常高。到了七、八、九世纪,特别是八、九两个世纪,西洋现代推崇的短篇小说是薄伽丘的《十日谈》,比我们晚得多。大家想想,《十日谈》在短篇小说的结构上是不是比唐传奇高明?我看大不见得。不信大家看《柳毅传书》,结构好、性格好,把柳毅性格夸张得非常突出。就是剑侠小说的鼻祖《红线传》,它的故事也是很引人入胜的。中国短篇小说到宋代以后就出现了白话小说。我国长篇小说成熟得也很早,从《水浒传》《三国演义》发展下来,一直到我国最伟大的写生活的长篇小说《红楼梦》,令人瞩目。到了十八世纪,欧洲也没有这样的小说,十九世纪才有了《战争与和平》。我不是一个国粹论者,但对中国长篇小说的成就应该充分认识和肯定。《战争与和平》有它很高明的地方,但也有很多地方不如《红楼梦》。作为艺术来讲，《战争与和平》有的长篇对话枯燥无味，而《红楼梦》一直是刻画人物性格、写生活的，书中出现的人物那么多，个个性格鲜明，生动形象。今天说来，在世界文学方面也属顶峰之列。我只是随便举几个例子。总之，不能轻视我们的文学成就。

我们的诗，包括我们河南大诗人杜甫，他的诗不论从内容的深度来讲，还是从艺术技巧来讲，成就都是辉煌的。有人说不爱读现在的新诗，原因是新诗写得长。问题不在长，杜甫也写过长诗，但是百读不厌。杜甫写过的长诗《自京赴奉先咏怀五百字》，在文言诗中算长的，还有一首《北征》也长，我是百读不厌。所以目前白话诗的问题不在长。故意求长，把话说尽当然是毛病。内容真正深那就不妨长。杜甫的长诗有很好的，短诗也有很好的，古体诗成就也很高。除以上两首诗，还有《前出塞》《后出塞》、"三吏""三别"等。律诗最难写，而杜甫的律诗在古代达到了登峰造极的程度，如《诸将五首》《秋兴八首》，技巧多辉煌！

中国的散文，一直从先秦诸子散文发展下来，经过司马迁一直发展到近代，各有奥妙，各有千秋，这值得我们骄傲。我们如果能把这些道理都吸收过来，都吃透，诗、小说、散文的，都吸收过来，创造新的文学风格，岂不妙哉！可是"五四"以来，创作新文学作品的作家，在如何吸收古典遗产方面也有个过程。五四时代是学西洋的多，学中国古典的少。这个问题下面我还要专门谈。

一个作家怎样形成自己的风格，是一个复杂的问题。作家风格的创造性的完成，有学习修养问题，还有实践问题等。从事创作事业，学习修养与实践结合起来，这一切综合的成就，就形成了独特的风格。我也是如此。我是"五四"以后成长起来的作家，我学的是五四时代的新文学，学的是外国文学，跟人家学习。今天形成我的风格，除这之外，还从各种古典文学、中国文化史、中国历史中吸收了很多东西。这个"杂货摊"，逐渐形成我自己独特的风格。所以一个作家个人风格的形成是多方面的继承，光向外国学习不行。我在这方面是有目的地追求，向外国学习，向古人学习、向今人学习、向人民群众学习，而重点放在继承中国的民族文学传统。

为什么要这样做？这里面牵扯一个美学问题。每一个人欣赏文学都是按照两个标准欣赏的，一个是按照他的理解能力来欣赏，一个是按照他的习惯的审美趣味来欣赏。比如按照能力来说，《李自成》这部小说，小孩子看时爱看打仗，对于宫廷生活的描写翻翻就过去了，可是对知识分子的学者、教授、一些中年以上的人，他对宫廷生活的描写特别感兴趣。这是个理解能力问题。还有按照传统的审美趣味来理解作品，任何民族都是一样的，都是按照本民族传统的习惯。如我听豫剧感到很亲切，听拉二胡、拉三弦、弹琵琶、抓筝，都感到能理解，能接受。弹钢琴也知道好，但到底好在什么地方不清楚。我们听豫剧本嗓子，如听常香玉同志的本嗓子，就感到很习惯，这是传统的审美趣味。我们看中国画，就感到亲切。看西洋画，就隔了一层。这也是民族传统的审美趣味。民族传统的审美趣味与理解能力有关系。我们不懂西洋乐器，如果西洋乐器听多了，再学些音乐知识，也会懂的，但得有个过程。所以一个作家，有意识地为本民族的读者创作本民族风格的作品，这关乎传统的民族审美习惯问题，这一点很重要。应该说是大众化问题，走群众路线问题，也应该说这是一个政治任务问题。

要不要使我们的作品感动更多的读者，教育更多的读者？我们应该有这个任务。连古人都懂得这个任务，何况我们今天呢？相传我国古代诗人白居易写诗，写完就先读给老婆婆听，听懂了才算是任务完成了。他为什么这样做？因为他要感染更多的读者。这是白居易的伟大之处。连古人都懂得这道理，我们现在不懂得这道理是不应该的。一个作家应该争取他的作品在群众中有最广泛的读者，产生最大的积极意义，不然怎么能算是人民的作家？争取最广泛的读者，也有不同的类型。写犯罪小说，读者也多；写色情小说，读者也多。但这不是作者应该做的。我们应用最好的思想、最完整的艺术形式，去征服最多的读者的心，包括老年读者的心、青年男女读者的心，甚至十几岁孩子的心。让他们读了作品，不由得进入作品的艺术世界，愉悦感动，受到启示和教育。这就是作家应有的任务，也是作家应该有的雄心壮志。争取最广泛的读者的途径很多（不包括色情小说、犯罪小说），深入地研究这些途径得出的结果，就是要走民族气派的道路，也就是继承我们民族文学审美趣味的问题。

所以，《李自成》这部小说，在语言上我追求"三顺"，就是看起来顺眼、听起来顺耳、读起来顺口。单从顺耳方面看，小说在中央人民广播电台由朗诵家曹灿连续播讲，文字上不用怎么改编，听众听起来就很舒服，很吸引人，在全国反响很大。这里面是有学问的，简单地说，就是语言的民族化问题。

我们常说创造人民喜闻乐见的形式。什么叫喜闻乐见？也就是气派，就是民族气派、民族风格问题。说到底，就是民族的传统趣味问题。背离了民族传统，就不能叫人民喜闻乐见，只能使人们看起来别扭，产生抵触情绪。这几个问题是一致的。喜闻乐见、民族形式和传统的审美趣味、中国气派、中国传统，不同语气，不同提法，实际上是一个问题。中国现代文学，曾经有几次变化。"五四"以后，是一步一步向大众化发展，向民族化发展。但这个发展，不是均衡的，有些作家向这方面发展，有些作家不向这方面发展，但总的趋势是向这个道路发展。同时，向这个道路发展的作家，也有各自的特点。下面我简单谈谈近几十年文学史的一些重大变化。

近几十年来的中国文学史，一开始是偏向于西洋的。起初"学习"这个阶段，几乎是不可避免的。任何一个民族，纵然她曾经创造了灿烂文化，但当她开始在政治和经济上比较落后时，就难免会有文化上的不自信，有自卑感，甚至有否定民族文化的现象。日本明治维新之后，学习西洋文化，有些就是照抄，因为拿日本的封建文化与西方资本主义文化相比，感到落后得很。我们中国晚清后期到民国初期，民族自卑感在知识分子中相当严重。这是一个方面，另一方面，西洋文化确实比中国封建文化在某些意义上先进。当时，醉心于向西方学习，不是坏事情，应当看到其历史的、积极的一面，这就是向西方寻找救国之道。另外，它的副产品、消极方面就是崇洋媚外。五四时代提出一个调调就是"全盘欧化"，什么都是外国的好，外国的月亮比中国的圆。甚至有人提出要用英文代替中文，从小学开始就学英文。这个主张是钱玄同提出的。大家知道，五四时期倡导新文学的主将有三个人：胡适、钱玄同、陈独秀。当时新文学的主将都提出这个意见，现在听来是多么可笑！这反映出半封建半殖民地的中国知识分子在面对西方资本主义文化冲击时，失去了自信心和自尊心。

我们绝没有想到，事隔六十余年，有一个叫梁厚甫的人住在美国，大概在去年发表文章，提出用英文代替中文。他说，中文没有科学文法，要像新加坡一样都学英文。可见真是无独有偶啊！还有一个提倡无政府主义的吴稚晖，他是国民党的元老，已经死去很多年了。他认为中国的线装书应该全部烧掉，扔到茅坑里。显然，这是很荒谬很可笑的意见。这个意见反映了有的人过分崇拜西洋的情况。五四时期新文学，在形式方面、在表现手法方面，向欧洲学习是不奇怪的，我们的文学语言一时向欧化发展也是不奇怪的。语言方面的欧化现象曾经十分严重，这和当时的所谓"高等华人"的语言习惯有关。我在年轻的时候，有些人英文好，说起话来，一半英文一半中文，就是一句话用中文可以说完，但要先说英文后说中文,听起来很讨厌。这在当时,却十分时兴、时髦,特别是教会学校或喝过洋墨水的人。这种风气代表一个时代,代表一种思潮,反映到新文学里,就是欧化倾向严重。有人说,你在外头这么多年,河南话怎么一点没有变?我说,我青年时常在北京住,正是我学习语言的时候,但我反对撇京腔,我是保守主义者。我的文学语言,从我青年时期写短篇小说开始,一直发展下来,愈加丰富。这是因为河南话是我非常重要的一个语言源泉,河南的大众话是我文学语言的重要矿山。

五四时期,头一个阶段的欧化文学现象严重,几乎成了新的八股文。后来有了反省,到了二十世纪三十年代就提出语言大众化问题。因为人民大众不欢迎欧化文学,而大众是革命的主力军。这就是产生了革命的纵深发展和欧化文学不受大众欢迎的矛盾。这个矛盾不能解决,就产生了大众对文学的要求。采取什么方式来解决呢?就提出了"旧瓶装新酒"的问题。多数人认为旧瓶能够装新酒,所谓"旧瓶",是指旧形式、民间形式,如唱本、民歌、小调等。还有一种提法,认为旧瓶装新酒不是解决问题的办法,好的办法是用新内容去推动新形式的产生。这个讨论虽然意义很大,是对五四欧化文学的一个反省,眼光开始由知识分子读者转向人民大众读者,这个变化意义大;但从讨论的结果,在实践上并没有得到重要的发展。不管是"旧瓶装新酒"还是"新瓶装新酒",碰到创作实践都会出现问题,因为文学创作不是那么简单。到底什么是旧瓶,什么是新瓶,旧瓶是否原封不动还是拿来洗一洗就装新酒？学习民间小调、大鼓书、相声，这都很好，但短篇小说、长篇小说、话剧、电影，怎么用旧瓶去装新酒？可见通过创作实践去解决问题，不是那么简单。当时的讨论并没有真正解决问题。当时瞿秋白等人也曾用民间小调的形式写东西，这些都是实验阶段的产物。

到了二十世纪四十年代前后，这个问题被再度提出来。因为当时已经进入抗战中期，大部分国土沦丧，发动群众抗战是救亡图存的重大方针，这在解放区和游击区早已进行。随着革命形势的发展，在大后方也存在教育群众的问题。讨论中没有新的提法。新的提法来自毛主席，他提出了人民大众喜闻乐见的具有中国作风、中国气派的民族形式，之后引起了关于民族形式的讨论，国统区在重庆展开了论战。

有人提出五四文学形式都不应该用，要从民族文化、从说说唱唱文学寻找新文学源泉，提出这个观点的是向林冰，也就是赵纪彬。我和他是老朋友，那时我们都在三台的东北大学教书。我说："赵公，你那意见，我头可断、血可流，你的意见我决不赞成。"他的意见错在哪里？他提出这个问题是有他的基础的。原来他在通俗读物编刊社工作过，人就怕陷于一点，陷于一点就会像井底之蛙，就看见这一点，眼光受到很大局限。他不是搞文学的，是搞哲学的，他既不理解中国传统的文学史，也不理解"五四"以来的文学情况，所以提出一个新的主张：只能向民间文学学习。可是五四文学有战斗传统，已经做出了很好的成绩，这个传统不能放弃，放弃这个传统是完全错误的。民歌这种东西、说说唱唱这种形式毕竟是初步的。比如词这种文学形式，最早出现于民间，后来经过文人之手加工改造提高，才发展成为文学形式。诗也是出自民间，后来加工提高成五言诗、七言诗。从美学的角度来讲，提高之后，完成艺术构思比萌芽状态的文艺，就美学的完整性来说要高出很多。今天，把这些都放弃了，重新从民间文学里头找新形式，这是大大的倒退，与文学发展的规律是相违背的，对创作实践也是很不利的。另外还有一些讨论，包括郭沫若、茅盾的提法。最后是胡风写书对这次讨论做了总结。

我没有参加这个论战，我忙于写小说，但我有个感觉，都没有抓住要害。这是个文学创作实践问题，讨论的人对这个问题的认识很模糊，常把内容和形式混在一起，片面强调内容决定形式，解决不了问题，形式有相对的独立性。拿旧诗词来说，是否内容一定决定形式呢？许多人用旧体诗这一形式去表现新的内容。我这几年也写旧体诗，而且多写七律。这是因为律诗平仄限制严，对仗也很严，我有意向难处走。有人写诗让我和，我一看平仄不严，我不和。这是何苦呢？人家说，你这老头子写《李自成》就够辛苦了，还去写七律干什么？我写的七律内容积极，感情很强烈，为什么我的内容不决定我的形式呢？我的热烈的新的内容，为什么不决定我的形式呢？所以对创作问题简单化是不行的，用哲学上的"内容决定形式"去硬套文学现象是不行的，世界上的事情具体问题要具体分析。因为七律这种形式很美，对仗工稳，平仄协调，能看出你的真功夫，写成之后，你获得的快感也特别强烈。而随便写一首打油诗,写成之后,你得到的快感就不够。

但当时参加讨论的人,把"内容决定形式"问题看得太简单化了。他们谈问题,一提到民族形式就关联上革命的进步的内容。这不能那么简单,这是不同的范畴。参加讨论的许多人不搞创作,不知文学上有个通例,是先有社会的创作实践,然后理论家把它总结起来才能上升为理论。讨论民族形式时,社会上的创作并没有出来,只仅仅有通俗的读物,还没有足够的土壤、材料来总结,所以谈得也不深。有的人一边谈民族形式,一边写的文章让人家看不懂。胡风的文章就是这样。你既然主张民族形式,先把你的文章写得通通顺顺多好呢。所以民族形式这个问题提出来很有进步意义,但在实践上发挥的作用不是很大。这是一个阶段。

到了1942年延安整风运动之后,毛主席发表了《在延安文艺座谈会上的讲话》,就把普及与提高的关系提出来,并提出"雪中送炭"的说法。不少作家在游击区、在解放区生活,这就给他们提出一个新的任务,如果要实现这个目的,那么如何用通俗易懂的形式把文学送到广大群众中、特别是农民群众和战士面前?赵树理的小说《李有才板话》《小二黑结婚》等就是在这样的历史背景下诞生的,《白毛女》《王贵与李香香》也是这时候诞生的。这些作品都是从各方面吸收民间文学形式。《王贵与李香香》是吸收陕北民歌"信天游"的形式,《白毛女》的音乐是吸收陕北民间音乐的形式并改造成的,《李有才板话》是继承了说评书这种艺术形式。

从这以后到新中国成立,大概连续出现了一些章回体的小说,包括《新儿女英雄传》等。采用章回体算不算民族气派呢?我说算,也不算。算呢,是因为这些作品确实朝这个方向走了。为什么也不算呢?问题没这么简单。今天没有时间详细谈这个问题,希望研究现代文学的老师同学们不妨把新中国成立以前到新中国成立初的章回体小说研究一番,看看所谓的民族气派是否就是这样,是否把民族气派问题简单化了。好像一采用章回体问题就解决了,我看不见得。但这是个重要方向,使大家在探索道路上又往前走了一步。

从"五四"以后,现代文学中还存在很多矛盾现象,就是新的文学形式如白话诗不那么受人欢迎。这是个民族审美习惯问题。直到今天,还有人不喜欢读新诗。新诗有好的地方,也有不好的地方,但前途是向新诗发展的,这个信念不能动摇。最近广州出版了一种专门发表古诗的刊物,向我要诗。我抄首旧体诗给他们寄去,想写封信没有时间,我让别人给我转达意见,但未必能转达清楚。我的意思是说,千万不要给人家感觉旧体诗刊物要与新诗刊物争夺地盘。旧体诗对新诗是个补充,因为现在还有人喜欢看旧体诗。写旧体诗,出个刊物,满足这部分人的要求是可以的,但你不能争夺地盘。新诗毕竟是主流,这是文学革命的方向道路问题。

民族风格、民族气派应该解决一些问题,我们现在还没有真正认真解决。什么时间能解决?不清楚,需要大家努力探索。我写《李自成》不是盲目的。我自己有个特点,喜欢思考问题,有目的地追求和解决问题。从我青年时期写短篇小说开始，就是这样。我在理论上、学问上的收获，一直是与创作结合起来的。我开始写《李自成》是四十七岁，是从1957年反右派斗争之后开始写的。可以说反右派斗争挽救了我的艺术生命，坏事变好事，我从积极方面利用了这个机会。四十七岁不算老，从此开始我把我多年在艺术上思考的问题、在读书上思考的问题、把我多年的创作经验，放到《李自成》的创作实践中来。

我自己在中国气派这个道路上是怎么探索的呢？我的探索跟当时讨论的情况不一样。作家对理论问题的理解途径与理论家不同。作家通过自己的写作实践摸索出一些道理，这是必要的。我常看到有人写的文艺论文，和我们作家写的文艺论文不一样。专门搞理论的文章容易把理论写成干巴巴的原则，然后对几个原则加以阐述。作家的论文则写得很亲切，原因是作家有创作实践，有很多创作的甘苦和经验，谈出的理论常常切合实际。像我自己写的一些书信收在一本书里，这本书是上海文艺出版社出版的，书名叫作《关于长篇历史小说〈李自成〉》。这本书比较重要，它收集了我的信、我的论文，还有茅盾和其他作家给我的信，这是研究学问的第一手材料，通过我给别人的信，特别是我给茅盾的信，阐述我的论点。

今天谈谈我的探索道路，主要是讲我在自己的写作实践中逐步认识的一些问题。起初，我是不认识的。例如，我觉得《李自成》的基调以悲壮为好，但究竟为什么，我自己没有时间做理论上的分析。实践久了，也就知道了。《李自成》

作为历史小说来说，不管写得好不好，我是开创了我自己的道路的。这个道路很重要，特点是中国气派，但是中国气派也不是模仿《三国演义》和《水浒传》。我有句诗"不拜施罗马后尘"。章回体要不要回目？《李自成》出版之前，我自己也抱着游戏态度拟了几十条回目，这些回目对仗工稳。拟了以后，我偷偷给"牛鬼蛇神"朋友透露了出来，他们都说好，但我当时就将拟的回目撕掉，烧了。第一卷、第二卷出版以后，很多读者让我带上回目。还有的读者将拟好的回目寄给我，其中也有我最尊敬的前辈茅盾先生。1975年春天我还在武汉没来北京时，他给我写信，建议我用回目。茅公一时高兴替我拟了许多回目。他坚持让我用，我坚持不用。后来我怕他生气，因为他当时正在发低烧，仍用心写了这些回目。我给他写信说，将来书出版后征求读者的意见，如果大家叫我用回目，我就用回目。就这样回绝茅公了。

我为什么坚持不用回目呢？回目是明朝产生的。明朝中叶，有些章回体小说才出现回目，开始是一句话，后来逐渐出现两句对仗，而且对仗工整，讲究平仄。这是否是进步形式？我认为这不是进步形式。我们今天讲，中国气派是要继承，要发展，要开创，而不是向后看。小说本来很清新、很活泼，忽然题目只有两句对仗工稳的文言句子，就把清新的小说内容和活泼的小说风格整个破坏了。而且两句回目很难概括内容。我是主张笔墨变化、丰富多彩的，两句回目很难表现丰富多彩的内容，特别是这种形式很陈旧。为什么写白话文并不讲平仄，忽然加个题目要讲平仄？这叫不协调、不统一。这和《李自成》里头用诗词不同,用诗词是代古人说话,替古人作诗填词。用回目是作家自己来做,不是代古人。作家自己连电影手法都用到小说中去,有很多创新,在艺术上为什么要用两句回目?那么陈旧,与整个小说风格显得很不协调。回目产生于律诗、律赋的基础上,小说中的律诗是作家替古人写,可以用古文写,但小说是现代白话小说,不是文言文小说,不讲平仄,就不能用回目这种旧形式。

不要回目,"尾巴"怎么办?章回体小说都要在章末写上"要知后事如何,且听下回分解"。既然我不要回目,也就不要尾巴。要回目就得要尾巴。尾巴说来也不是不合理成分。小说这一章写到最后,故意挑起悬念。这悬念往往是人工的,特别是通俗小说的人工气息更浓。本来刺客要杀人、或正要杀人,忽然刀光一闪,他不杀了,来个"要知后事如何,且听下回分解",而观众要考虑刀子落下去,是否被害者还有救。这就是带有人工气息,很不自然。我们今天提倡现实主义道路就不能这样做。《红楼梦》虽然也有回目、有尾巴,但它不依靠这个去吸引人。《红楼梦》没有曲折的情节,它是用细微地写生活来吸引人、感动人的,使你随着人物命运的起落而感情波动。在这一点上,与《水浒传》《三国演义》不一样。《李自成》要从这里探索出道路,强调故事内在的逻辑性,每章有一万五千多字,有四五节,每章字数差不多,给人以均衡感。读者一般不会注意这个问题。只有责任编辑江晓天同志看过第一卷初稿之后,他说:"你在写作方面不愧是老作家。"这些细微的地方他都注意到了。我在每章也留下悬念，这是故事的自然发展，不是故意的。它打动读者的心，非让你看下去不行，是靠故事本身的逻辑性来抓读者的心，用不着"且听下回分解"的旧做法，细心读者自然明白这个道理。因此在《李自成》中，我是两句回目不要，尾巴也不要。

另外，中国古典章回体小说如《三国演义》等，有个弱点就是不善于写生活。到底刘备的生活、关羽的生活、各个人物的日常生活怎么样，读者看了书不知道。魏、蜀、吴三国的风土人情，书中也没有多少。它强调的是写故事、写英雄传奇而不是写生活。《水浒传》虽好些，但写生活的地方不太多。只有宋江杀阎婆惜、官府捉拿宋江、鲁智深拳打镇关西以及武大郎死后对何九叔这个人的描写等，是有生活气息的。除此以外，其他地方没有生活气息了。有些地方也写了生活，那是粗线条的，不是从生活的实际出发的。

我国长篇小说写生活开始于《金瓶梅》。这部小说确实是在写日常生活，用日常生活的语言写生活，这是中国小说史上的大转变。只是因为《金瓶梅》大量描写了男女的性关系，降低了它的艺术价值，因此，在社会上不好广泛流传。到清朝初年写生活的书，就形成了时代风气。明清晚期的短篇小说、话本都在写生活，像《珍珠行》《杜十娘怒沉百宝箱》都是写生活的杰作。到了清朝初年，出现了长篇小说《儒林外史》。这部书真会写生活，写那些醉心于科举的一批人，写范进中举，写严监生之死，写得那么逼真可信。严监生临死时闭不上眼，他的小老婆、儿子守在床前看着他伸出两个指头,就是猜不透是什么意思。还是小老婆说,油灯里的灯芯是两根灯草吧,他点了点头,小老婆挑出一根,他才咽了气。这真是画龙点睛之笔。这里插上一句,河南最近出版了《歧路灯》一书,这本书思想性不是很高,但写生活很真实。

然后出现了《红楼梦》。它不是以故事性强取胜,而是靠写生活的真和写人物的深而获得读者的喜爱,达到美学的高度,成为世界名著。我从中国古典长篇小说中排斥一部分,吸收一部分。就是排斥了章回体形式,排斥了不写生活专写故事,而吸收了章回体小说中写人物、写生活的长处,特别是《红楼梦》《儒林外史》中写生活的地方。我也懂得塑造人物须通过日常生活来创造这个道理,总之一句话,就是"典型环境中的典型人物"。实际上在中国长篇小说当中,早已有着丰富的经验。熟悉文学史的同志明白,这些经验古人最早就在创作实践中运用并发展了,我也在《李自成》的创作中吸收了。

在语言和语言安排方面,我保持了民族气派,我主张语言朴素。你们看宋小说到明话本和《儒林外史》《红楼梦》,这些小说的语言,都是那么干净朴素,不像现在有些人写文章那样雕琢。如《儒林外史》的开头有一章,写王冕的故事。这一章与书的主要情节关系不大,等于写个王冕传。整个文章干净、简练,写得很好。《今古奇观》中有一篇小说叫《卖油郎独占花魁》,写京城中有个最负盛名、最漂亮的妓女,好多京城的阔公子向她求爱,她都拒绝了,有个挑担子卖油的人向她求爱，她答应了，并嫁给了他。这个故事看起来不大合乎情理，但小说写得使你不得不信。小说写得完整、真切、动人，语言朴素干净，是用真正现实主义手法写的小说，真是一篇绝妙小说。所有这些，给我们一个启发，中国传统小说的语言是朴素而非雕琢的，更没有欧化。

　　这些语言遗产怎么继承？我对"五四"以来欧化的语言从来是反对的。对话的末尾加上说话人的名字，还有这句话没说完中间又加上说话人的姓名、下面文字是对话，文章看起来很别扭。还有的作者写对话时，某某说，就占一行，下面的话另起一行。这些欧化的句子、句式不符合我们民族的习惯。从实用上讲，《李自成》在广播电台上广播，大家都听得很顺耳，吸引人。而充满欧化语言的文章要去广播，还要费劲加工，不然人家听不懂。这种欧化的句式，在五四时期有相当普遍的影响。《李自成》第三卷，我用了口述录音的办法，我的助手把录音整理出来，抄干净后我再修改定稿。开始他也写某某说，也另起一行，我就把它勾掉了。但也有例外处，这里我有我的道理，今天不讲。这叫作语言对话的排列次序，我是基本上按照民族传统习惯来排列的，而不是"五四"以后流行的方式来排列的。我继承了传统的民族语言习惯，也有自己的创造性。

　　还有一个关于中国气派的追求，这就是旧诗词的运用问题。中国有的长篇小说里面包括很多旧诗词。《三国演义》是讲了故事后，后人有诗为证，也就是诗与小说本身不是一码事，是后人加上的。这些诗也不是小说的有机组成部分，是可有可无的,删去以后对小说没有什么影响。这是一种办法。我没有接受它,因为它不是小说的有机组成部分。另外有的小说容纳大量诗词,好像用小说表现作者诗词方面的才华,我认为《红楼梦》在这一点上不值得学。如《红楼梦》中开诗会,每一个姑娘,包括媳妇李纨都作诗,只有王熙凤不会。搞《红楼梦》研究的同志说诗写得很有特色,但我认为它不是与故事有关,也不是故事的有机构成,完全可以不要。像书中这样让故事停顿下来,搞了许多诗词在里面,这办法不怎么好。我想,这故事如用电影手法表现出来,不能让画面停下来,一首诗一首诗地出现。戏曲小说有其共同的地方,以人物行动为主,让人物在他的生活场景中活动。如果让人物行动停止,使诗词大量地出现,尽管诗词写得很美,但毕竟不能代替人物的对话和行动。因此,这一点我不学习,当然我也学不好。曹雪芹时代的文人是从小就学写诗的,而我是为写《李自成》逼得我五十岁时才开始学写古诗。

《三国演义》除了后人有诗为证的诗,其他的诗也不像东汉末年的诗。这一点我也不学习。《李自成》中的诗,限于律诗和绝句,基本上是我写的。也有个别诗是我修改的,像刘宗周辞朝,其他的诗词都是我作的。这种创作遵循一个道理:第一要和人物性格、人物精神状态完全一致;第二要完全符合古人作诗的规律,填词完全按着规律填,哪个地方应用仄声、哪个地方应用平声、应用什么韵,诗同样也是这种要求。这事情说起来容易,做起来就不那么容易了。我们在几家报刊上看见一些词,如《西江月》《满江红》等,懂得词的人一看就知道这不是词。作者也注意到三个字、七个字这些简单的东西和押韵，但没有注意平仄要求。特别是我们看到一些写律诗的人，好像每句七个字就是七律诗，五个字就是五律。七律之所以称为律，是格律问题。那是非常严格的，也可能有个别例外，那是不得已的。如《红楼梦》中也有好句子可以不讲平仄。如我替李岩作诗，如果格律不严，有修养的同志就会提出来：李岩是个举人，文武全才，难道李岩作诗这么不合平仄？所以《李自成》中的诗和词，都是严格要求符合古人定的规律。我也喜欢读诗，每天晚上读一两首对仗工稳、平仄合拍的好诗，觉得很美，是一种享受，书一放下就睡着了，包括在"文化大革命"时期也是这样。随时可以睡着，除了通知我第二天要批判我，心中有些不安，引起失眠。但次日开完批斗会，我照常睡觉，照常工作。我是打不倒的性格，比较豁达、坚强。多年来养成习惯，晚上看书常常思考而影响睡觉时，就读一两首诗，琢磨其妙处，再入睡。我从青年时就喜欢读古诗，但从不作诗。倒是新诗写了一些，在河南报刊上发表。

因为从来不作诗，到了写《李自成》时，逼着我非写不行。平常不写诗，韵律不熟怎么办，就把韵书放在桌上，临时抱佛脚。有人说，你的诗写得很好，深刻有感情。《中国青年报》上登了我三首纪念张志新的诗。这是一上午写的，一面写一面流泪。我的诗，平仄对仗都合乎韵律，又有新的感情。关于诗在小说中的运用，我的原则是：传奇小说一到妙处不用散文描写而引诗为证，我不要；诗不合时代特色的，我不要；诗不是小说必需的且破坏小说进展的，我决不要。

小说中的古文更多。因为古人随便写东西、用批语都是文言文。文言文这一套不掌握，就无法写历史小说。包括古人的对话，还有许多文章。这一套本领是历史小说家的基本功。读线装书同样重要，作为历史小说家如果拿到线装书不会读、不会断句，就没法掌握材料。所以我很关心大学文科教育。我常说，去年当代文学会开年会，广州中山大学中文系主任与高年级学生、研究生一起找我座谈。我提议，大学文科恢复大学国文，要把诸子百家学下来。一年级就想训练学生读懂线装书是不可能的，给他们入个门可以，让他们真正懂得欣赏古文。二、三、四年级设专门的古文科，不然你讲六朝文学史，不从作品方面广泛欣赏，就讲空了，光留下概念。不仅讲诗歌，也要讲六朝散文。我还有个落后保守的思想，大学应该开设诗词的作法课。可以作选修课，让懂诗词作法的老师去讲。这有一个好处，现在懂诗词作法的人很少，编辑同志懂得的也不多，人家的诗词不错的地方给人家改错了，改得不合平仄，这就不好。去年常香玉舞台生活五十周年，他们夫妇俩到北京，我赠给她一首诗。后来新华社的电稿发到《光明日报》，错了一个字，平仄也错了，因为发电文的记者不懂得七律是怎么回事，有时记者搞错了，有时编辑搞错了。我们大学文科的学生将来会有不少人从事编辑、记者工作的，就很需要加强古诗词的修养。

还要谈一个问题：走中国气派的道路，外国文学一定要学习，绝不要排斥，特别是新的艺术手法。各种艺术都有其独立的表现手法，也有共同的规律。如《李自成》小说中有的地方画面美，这是吸收了电影艺术的长处。像刘宗敏策马跳入汉水中的情景描写，就是吸收了电影手法。另如，第三卷"慧梅之死"单元，为烘托慧梅的悲剧，写慧梅被迫嫁人了，但她还不知道不幸命运即将降临。有一天，她跟张鼐在小河边相遇，两人默默站立。正是暮春三月，河边桃花纷纷飘落，脚下是绿色的芳草。两人好像要说话，但都说不出口，内心的感情都很激烈，却说不出口。不像今天恋爱中的青年那么大方、大胆，什么话都能说出来。这种情景拍成电影也是很美的。所以我们不但不能排斥外国的艺术手法和技巧，而且要尽可能地吸收过来。但我有一个要求，就是要融入中国的传统中去。中国小说的故事吸引人，故事性强，看了这章还要看下章。外国古代小说也有这种情况，如英国司各德的小说《撒克逊劫后英雄略》，情节也很吸引人。外国长篇小说最早出现在行吟诗人的弹唱中。行吟诗人在中国叫说话人，每讲一段停下来，留下悬念。长篇小说在中国是说书人传下来的，在外国是行吟诗人传下来的。中国和外国的长篇小说，古代的，都有吸引人的地方。欧洲在十九世纪把这个传统放弃了，中国从"五四"以后也把这个传统放弃了。《李自成》是按着这个传统写作的，但又与近几十年的一些章回体小说不同，从语言到布局都不同。我也注意吸收欧洲小说的手法。如写潼关南原大战，除了写思想性外，突破了《三国演义》《水浒传》写战争的方法。因为那种写战争的方法不符合历史事实。哪有战争光是双方大将对垒，搏斗三十回合、五十回合、八十四回合，而士兵却像看足球赛一样，一动也不动？真正的战争主要是士兵参与，是群体的搏斗。平时训练得好，士气高涨，纪律严明，叫进则进，叫退则退，武将有勇有谋、不怕死，武艺好又有指挥才能，率领士兵冲杀上去，这样才能赢得战争的胜利。战争如果像小说那样，是双方武将搏斗，敌方一箭将他射死了，怎么办？将和将也有单独对垒的，但那是偶然的情况，而且是短暂的。所以《李自成》第一卷写战争，我的思想是有目的地破一破《三国演义》写战争的程式，要反映古代战争的真实情况。这个问题我受启发于《战争与和平》，保卫莫斯科大战写得特别好。统帅库图佐夫并不需要上阵，他非常沉着地指挥着。他上了年纪，身体肥胖，而将领率领士兵与法国军队拼死血战，那是很真实的，与《三国演义》截然不同。明朝大将戚继光留下的兵书，讲到训练士兵，说艺高胆大。但打起仗来光这一套用不上。打仗是集体活动，呼之往上拥，这时本领大、不胆怯的，跟着就冲上去了；如果有一人回头观望、胆怯，就会影响整体士气，其胜败主要是由时机和纪律决定的。如果不鸣锣收兵，前面即使有刀山火海、大江大河，士兵照样拼命前进；地上摆着金子银子，士兵也不看一眼。必须有这样的士兵才管用，才能打胜仗。所以他的部队从南方调到北方去，在河南永城练兵，有一次下大雨，他不喊收兵，士兵在雨中淋着，谁也不敢动。我在《李自成》中也写义军练兵。有一次李自成指挥练兵，李双喜等都参加了。前面是积雪，道路坎坎坷坷的，李自成就不下令停，士兵艰难地向前冲去。李双喜认为应当收兵，李自成严厉责备他、打他。他这样做，是为了要适应打仗，打胜仗。我为研究古代战争，特别是明代的战争，读过不少书。有一位解放军高级将领到我家里访问，他说，怎么你连如何打仗、如何造弓箭都懂啊？连骑马也懂！我说，我研究过这些，看过许多书，也骑过马，但不懂得骑术。总之，吸收外国的东西得有个原则，就是把外国的艺术技巧融化进民族传统中去。

美学家朱光潜说："《李自成》根植于民族土壤。"这句话总结得好。我总结了多少年都没有想到，他一句话就给点出来了，非常精辟。外国的良种如何在中国的土壤上生根发芽、开花结果，这都是我通过《李自成》的创作探索出来的。其他小地方也不妨谈一下。

《李自成》中有许多画面比较美。创作这些的基础，有些是我的生活经验，也有古典文学对我的启发。譬如说，尚神仙得到慧梅中毒箭、生命垂危的消息，马上去抢救。他骑上闯王的乌龙驹，由山道飞奔而去，云从马下边飞过。在抗战中我在大别山上骑过马，有"云从马下边飞过"的体会。唐朝人的诗中有两句："山从人面起，云傍马头生。"我把自己的生活经验与古人的诗句描写结合起来，很自然地融化进我的作品中。再举一个例子，高夫人黄昏时立马黄河岸上，风卷大旗在风中飞舞，夕阳照在大旗上。写这个情景时，我马上想到了杜甫的诗句："落日照大旗，马鸣风萧萧。"小说中就出现了对这美丽画面的描写。第二卷有李自成率兵奔赴开封的一幅画面：前头的兵马早已走远了，人看不见了，只看见马鞭子一闪。我自己有此生活体会，加上古典文学作品中有这样的句子，小说中这一情节就自然地出来了。如《西厢记》中十里长亭送别，张生走远了，莺莺还在十里长亭不肯离去，一直望着张生走远，望不见了，忽然看见张生的马鞭子在夕阳中一闪——"四围山色中，一鞭残照里"。我写到此处，想起了这个马鞭子为我的小说创造了美好的意境。如果谈我主要得益于什么使《李自成》的艺术性比较高，就是得益于我读过的古典文学作品。尽管有的书是青少年时期读的，已经淡忘，但长期的熏陶使我的美感、审美习惯渐渐形成了。

此外，《李自成》中有些故事是接连写几个单元，中间隔了几个单元后再继续写，这种结构方法是古今小说中都有的，主要问题是怎么能安排好。中国绘画对虚实的处理也是这个方法，所谓"远山要虚，近山要实"。远山影影绰绰，中间白云隔着，看着断了，但意境不断。中国画的一些艺术手法我也借用在小说中。这与油画、水彩画都不一样。中国画有时奇峰突兀，有时小桥流水，像这些辗转变化也用在小说里。我少年时喜欢学画山水画，在十几岁时曾梦想当画家。家里没人教我，也没有老师教，没有条件学画，后来就不画了。这是个机会问题、环境问题。如果我生长在一个知识分子的家庭中，或者我的老师是画家，那有可能我今天是画家而不是作家了。所以，一个作家的艺术情趣是由多方面的因素形成的，艺术情趣与多方面的艺术熏陶而形成了美学思想。中国古典文学、绘画，特别是山水画等艺术的修养，都运用到了我的小说中。前面说到张鼐与慧梅两个恋人立马小河边,张鼐想着如何能长久守在慧梅身边,这时忽见一只蜜蜂在慧梅头上飞来飞去,心里说,我要是个蜜蜂该多好啊!一只蝴蝶又飞来,绕着慧梅的衣服飞舞,张鼐心想,我要是这个蝴蝶该多好!张鼐看着桃花一片片落下,被马蹄踏碎,心里又想,我要是这片桃花该多好啊,被她的马踏在脚下……像这样细腻的心理描写,我国古人就有了。陶渊明曾写有一首长篇情诗,描绘了青年男女的细腻感情。所以我的得力、我的秘诀,是比较多地吸收了中国古典文学传统的精髓。如果没有这个古典文学的基本功,要写好艺术感染力强的历史小说是不可能的。

再举一个例子,第二卷有个细节写田妃之死。编辑同志看过稿子,认为是创造性的,写得很美,出人意料。田妃是害肺病死的,最后瘦得很厉害,人都变形了。崇祯皇帝很爱她,去她宫中探病时,她总让宫女把帐子关得严严的,不让皇上见她。崇祯让她把帐子拉开,她拒绝了。田妃请求皇上允许她妹妹进宫侍奉。她妹妹长得也很美,希望皇上喜欢她妹妹。崇祯答应了把她妹妹选进宫(明代皇后、妃子不能随便让家人进宫,就是女人也不行,制度很严)。崇祯再次去看田妃时,也看到了她妹妹。崇祯一看她妹妹果然很美,就喜欢上了,没说出来,就掐了一朵花插在田妃妹妹的头上,说:"今后,你妹妹也是咱家的人啦。"表明决定将她妹妹选进宫,田妃立刻让她妹妹跪下谢恩。其后,她答应第二天皇上来时,揭开帐子让他看一眼。皇上走后,妹妹问贵妃娘娘

（也称贵妃娘娘，不能叫她姐姐），皇上那么喜欢你，现在你病了，皇上要看你，为什么你把帐子关得严严的不让看呢？田妃说，你想想，皇上为什么喜欢我，还不是我长得美，我小心谨慎侍奉皇上？皇上没有说出的我已经猜到了。所以皇上让我们一家人享荣华富贵。父亲做了许多事让皇上不高兴，因为皇上喜欢我才没有治他的罪。如果我病重时让他看一眼，我死之后他只想到我最后是那么丑，又瘦又黄，完全不是过去那样，在他心里像一朵花的我就没有了，我们的父亲就要被治罪。现在不要紧了，皇上看上了你，我死了以后皇上把你选进宫来，我们父亲的荣华富贵还能保得住。小说这样去写中国的妃子是很深刻的。但最早的发明者不是我，是中国古典文学。十多年前看书，忘记是《前汉书》还是《后汉书》，写一个娘娘临死时的情况，就不让皇帝看。这个印象就留在我心里，加以创造写进书中。这个情节很打动人心，也说明宫中娘娘的地位并不是那么稳固、那么幸福。

再说一个笑话。李自成从商洛山出来，过了汉水，境遇很艰难。老马夫王长顺为鼓励将士们，在夜里路上休息时给周围人讲故事，说，我们刘总爷打个喷嚏能打死老虎。众人不相信，问为什么？老马夫说，他喝醉酒了，就躺在路边睡觉，老虎过来要吃他，又不晓得是死人还是活人（相传老虎是不吃死人的）。老虎就趴上去闻闻看，胡子插在他的鼻子里，他打了个喷嚏，老虎吓了一大跳，掉在山涧里摔死了。第二天派人下山把老虎抬走了。周围将士哈哈大笑，也不觉困乏了。这个故事有幽默感，最早见于《隋唐嘉话》。到了明末，冯梦龙编了一部《古今谭概》，全是说幽默笑话的，也有这个故事。但这些书很少，不是常见的书。我读了以后记在心上，写到时把它略加变动，变活了，成了我的小说情节。总之，读书多了，古典文学成了我自己的土壤，随时用随时拿来，化作我自己的小说艺术。为什么《李自成》趣味丰富而且是中国趣味？没有别的捷径，只有多读书多学习。我在青少年时期很用功，一生不会打牌、打麻将。少年时代还下象棋，后来不下了。中华人民共和国成立以后，单位同事知道我会下象棋，非找我下不可，有时不好推辞，但一下我很快便输，他们很不过瘾。为什么这样呢？因为我怕耽误时间。我决不为下棋动脑筋，浪费时间，浪费生命。从此以后，同事朋友们再也不找我下棋了。这是一个很小的例子。

最后谈谈中国气派的国际意义。世界各民族的文化，包括文学艺术的发展，各有各的特点。如果大家都跟西方国家学习，跟人家跑，失去我们民族的特点，对发展世界文化不利。只有各民族发挥自己的特长，整个世界文化才能百花齐放。这是个原则问题。要争取中国自己的文学艺术有自己的独到特点，而且要争取许多国家人民的欣赏，以丰富他们的文学趣味。决不能放弃我们中国这朵大而艳丽的花，而只欣赏他人之花。

另外，中国是一个历史悠久的国家。世界上有个通例，凡是落后的民族占领文化先进的民族，结果总是被征服的民族因其文化方面的优势而把征服者的文化同化了。我们应该发扬优秀民族传统，这本身也是爱国主义。不要妄自菲薄，我们确有我们很高明的地方，特别是在文化艺术方面。从这个观点出发，我是走中国化的道路，走中国民族传统的道路，走中国气派的道路。朝这个方向发展下去，时间久了，我相信《李自成》如果能够忠实地翻译成外国文字，它的艺术成就会被外国人所认识。现在日本正在翻译《李自成》第一卷，我不抱多大希望，因为日本的译文质量不高。

小说创作的美学追求
——《李自成》专题五

《李自成》这部小说，从发表到今天，看起来比较受欢迎，不同年龄、不同性别、不同文化水平、不同职业的读者，都喜欢读。从1963年第一卷出版，已近二十年，销路一直很好，最近又修订再版。1977年出版第二卷，也很受欢迎。一般情况，写多卷本长篇小说，写完第二卷，作家才华用完了，就开始走下坡路。目前《李自成》还不是这样，销路还很好。我分析，第一卷出版时，好小说不多；第二卷出版时，正是十年浩劫之后，没有好作品，所以第一、二卷销路都好。到1981年第三卷出版时，全国好书已很多了，刊物也很多，我估计到仍然会好，头版印了十万册，以后可望重印。为什么这部大部头小说这么受欢迎？一个重要原因，与我二十多年来的创作实践中，在美学和艺术上的探索和追求有很大关系。今天我就谈谈我在美学上的追求和探索。

首先，我追求语言上的民族风格。《李自成》第一、二卷经中央人民广播电台全文广播后大受听众欢迎,就与小说语言有关系。人们说,文学家是语言的艺术家,他是通过语言来完成艺术使命的。因此语言这一关过得好不好,关系到作家的成败。我的语言受河南人民群众的影响很大,感谢河南家乡父老培养了我。我从十九岁起开始写小说,都是从河南大众语言中汲取营养。我生在河南,在语言上得天独厚;如果生在南方,就没有这么优越的条件了。河南语言,基本属于普通话语言,可以直接写进作品中;如果是南方方言,就不能直接写进作品,因为许多字写不出来,即使写出来,人们也看不懂。当作家有一个任务,就是促进民族语言的纯洁和统一。

河南话,说出来人们能听得懂,语汇也非常丰富。中原地区是汉民族文化发育的摇篮。中原地区虽然也曾被金、元、清等少数民族入侵占领过,但并没有中断或改变汉民族的悠久文化,而是将少数民族的文化融进了中原地区的汉语言中。因此,河南话也就特别丰富多彩。

还有一个原因,河南人口多,加之地域不同,生活互相影响,这也为作家运用语言写作提供了一个很好的条件。特别是生活语言特别丰富,当然有些语言已经过时,但我作品中写的是过去的生活,把这些语言写到作品中也是很生动的。前几天与我的助手聊天,说起我在北京"一拍屁股就走"这句话,问他懂不懂,他说不懂。他是南方人,所以不懂。我的家乡在邓县农村,过去凳子很少,到谁家或到外边,就坐在地上,走的时候要拍拍裤子上的黄土,所以说

"一拍屁股就走"。这话简单、生动、形象。这个老习惯一直影响到我中年,虽然早已不坐地上了,但离开凳子也要拍拍屁股,已养成了习惯。

为什么我在1938年写的《差半车麦秸》影响很大,1939年、1940年写的《牛全德与红萝卜》等小说影响也大(据说最近河南出版社将重新出版)?主要是语言生动形象。如《差半车麦秸》中说土地好得"一脚踏出油来",这些话都是河南话。评论家说这两篇小说的成功主要在人物的刻画,不准确,主要在于河南大众口语的成功运用,小说有创新,有突破。

"五四"以后,文学语言是知识分子语言加欧化语言。这是当时很普遍的现象,几乎成为新的八股文,严重阻碍了民族语言的发展。于是在二十世纪三十年代提出大众化口号。但在上海讨论大众化语言的人,并没有用大众化语言进行创作的实践,讨论停留在理论上的空对空。这个提倡是积极的、进步的,但在实践上是空的,作用不大。作家比较多地运用群众语言来创作是在1942年延安文艺座谈会之后,很多作家到抗日前线去,到游击区去,跟群众打成一片,向群众学习,产生了一批优秀作品。这些作品的出现,比《差半车麦秸》晚了好几年。

回过头谈谈我的家乡语言。我在年轻时就注意收集、研究家乡的语言,曾在三十年代中和五十年代初,两次收集过南阳、豫西等地的群众口语,做成卡片,起名"南阳语汇"和"中原语汇",以便熟悉、研究和运用。我在1953年甚至曾想编一本"中原语汇词典",编了一部分,因工作量太大和忙于创作,只好放弃。从三十年代初起,我一直把河南语言运用到我的小说中。当时的我是个小青年,现在四十多年过去了,已是古稀老人了,在小说创作中还离不开家乡的语言土壤。我离开家乡几十年,我说的仍然是一口河南话,它是生动、形象、流畅的。流畅从哪里来?这是因为我读了很多现代和古代作品,我也懂得文学语言应该使人一看就懂,而且听到耳中舒服。我们小时候上私塾时读古文,读起来摇头摆脑,拉开腔。为什么要摇头摆脑呢?因为这能发挥文言文的音节美,读起来又流畅又有感情。元明以来的白话文我做过研究,"五四"以来的白话文我也研究过,再把它们与河南的语言结合起来,便产生了我自己作品的语言风格:以河南语言为基调,形成朴素生动而且流畅的语言。这种语言很重要,是我的作品语言的一个重要特色。我不喜欢花哨的语言和过于讲究的语言,我赞成语言的朴素美,这种美读起来越读越有味。陶渊明的诗就是如此。故意雕琢的词句,使人耗去了心血,却显得人工气,不自然,不朴素,也不美。这像人的仪表美,男人的仪表应以朴素、大方为好。如果过分打扮,头发梳得油光光的,苍蝇上去也得拄个拐棍,再戴上个大黑眼镜,上面贴个小商标,我看不美;就是有人说美,这也是很浅的美,不是持久的美。当然,我并不是一概反对戴大太阳镜,这我是从美学的角度来讲的,只是说人的美不在于外表的过度打扮,而要注重气质美、风度美、灵魂美。朴素大方的语言也应如此,尽可能具有民族风格,不要有自造生硬艰涩的词语。我在语言运用方面归纳了三句话：说起来顺口，听起来顺耳，看起来顺眼。在创作中我不断地进行探索与实践，实现我在语言方面的美学追求。

《李自成》中的语言，既要符合人物身份，又要有时代特色。我竭力避免语言现代化。这一点不容易做到。读书不多，就不易辨别是古代词语还是现代词语。只有读书多了，多加琢磨，才知什么年代有哪些词汇。这些说起来容易做起来难，要下功夫。我在《李自成》中是否也用了现代词语？很难免，问题也比较复杂。因为在当时的时代背景下，编辑同志在词语上作了改动，我顾不上一一纠正过来，只能在大的问题上坚持原则，不出大错。《李自成》一书中，不同阶级、不同阶层的人物，在语言上也是有所不同的。知识分子、高级知识分子的语言，与一般老百姓、农民的语言有明显差别。明朝的文官一般都是进士出身，更大的官员百分之九十九是进士出身。明初不是这样，那时朱元璋刚得天下，急于用人，只要有才干就能当官。后来政权建立稳固后，加上科举制度的完善，小孩子从六岁上学就学"之乎者也"，以后考秀才、考举人、考进士都得考文言文。因此明代的官员大多是知识分子，说话都是文气冲天，用河南话说叫作"zhuǎi"，这个字，过去一直不知道是怎么写。说起这，又想起一个字，河南话把挥霍家业叫作"dòng"家业。这个字，我也不会写。几十年见人就问，一直未得到答案，至今不会写。过去做官的满脑子都是文言文，说话也是这样。我考证过，明朝大臣、文人学士的语言，都用文言文。写他们的对话和文章，都要用文言文。这样做起来并不容易。如果读古书不多，只靠用时临时翻翻书，可能会用错。所以要饱读古书才能过小说的语言关。总之，为解决《李自成》的语言问题，我下了大功夫、笨功夫，才使书中的语言既有时代特色又有阶级烙印，像明代的生活。

另外，我们现在遇到激动的事常作白话诗，以抒发自己的感情。古代人有感触也要用诗词来表达。我们现代人写古人，如果不会写古诗、填词，就不好表现。古人写信用文言文，写各种文体都是文言，不懂这一套也是不行的。有朋友说，你既是李自成的"参谋长"，又是崇祯皇帝的"秘书长"。为什么这样说呢？因为李自成用兵打仗，特别是打胜仗，古书上没有写，只好根据我小说的计划、方案来调动李自成的兵马。崇祯帝的诏书、御批等都是我代写的。如第三卷有个单元写崇祯为洪承畴写的祭文。根据小说需要，我必须写这个单元。史学家谢国桢先生是河南人，今年八十一岁了，对明清史料很有研究。我请他帮助查查崇祯写祭文的资料，哪怕有一两句也好，但一句也没查到，我只好替崇祯写祭文。这篇祭文写出后我很满意，符合古文的要求，而且文字铿锵，充满感情，读过的人也认为很美。因为我小时候有读私塾的基础，十几岁就开始用文言文作文章，可以作散文，也可以作骈体文。在第一卷中我曾为李自成写了两句诗，好多人写文章都引用这两句诗。我还在小说中用了些手法，说是大顺灭亡之后，关于李自成的材料都没有了，只留下这两句残诗。很多人还辛辛苦苦到处查诗的来源，但查不到。有人就问我，我说你们不要查了，这两句诗的出处在我的肚子里。我也当了李岩的"秘书"。如李岩在禹王台填的词也是我代笔的，很像古人填的词。从形式上看是古人的词，在思想内容上也很符合李岩当时的思想状况。这是我平生第一次学填词。另外，李岩在投奔闯王的路上写的许多诗，也是我替他写的。还有他给李自成写的一封长信，把他的战略计划提出来向李自成建议。这封信很重要，后来李自成的失败就与战略错误有关。这封信也为李自成的失败埋下了伏笔。这封信没有根据，是我虚构的。因为李岩这个人不是杞县人，也不是举人，究竟有没有这个人现在不清楚。这封信是根据小说主题和人物的需要而创作出来的。汤夫人的诗也是由我代笔，尽管是虚构，但符合当时的文风和社会各方面的条件。历史小说家写的是当时可能发生的事情，汤夫人的诗符合当时大家闺秀的风格，也是按古人的格律写的。我掌握文体的武器较多，这就为小说中的古诗词、散文乃至谜语、民谚等的写作提供了重要条件。它们的娴熟运用加强了小说的民族气派和历史氛围，更能吸引读者、感染读者，增加读者的阅读趣味。

还有个中国气派问题。《李自成》写的是三百年前中国人的生活，我尽可能去再现这种生活。如第一卷写北京灯市，是按明朝情况写的。第二卷写相国寺，大体也是明代的景象。那里打拳卖膏药的说的江湖话，是我在青少年时期看到时记下来的。它虽不一定是明代的，但反映了一定的社会历史特色。小说中要用古代语言去写古人，要用古人可能有的思想去写人物,才能做到"像"。如第三卷写红娘子和李岩结婚,要不要坐花轿?很多人希望不要写坐花轿,甚至还有老前辈也主张不坐花轿,都说红娘子是武将,骑战马结婚多威武。这意见我坚决不采用,我说,中国古代女子把结婚和坐花轿当成同义语,坐花轿是结婚的代名词。如果一个女子结婚时没有坐过花轿,她会认为是终生憾事。红娘子是三百年前的女子,她不能脱离她的时代。她既是武将的身份,又是新嫁娘的身份,要把她写成活生生的古代人物。因此我在第二卷中就写了红娘子在洛阳结婚时坐花轿的情景。当时还有个细节,就是抬花轿的轿夫正走着,前面的轿夫看见地上有一摊牛粪。如果说牛粪,在大喜的日子里显得很不吉利,于是前面轿夫就喊,"脚下一枝花",后面轿夫听懂了,表示知道了,就答,"看花别踩花"。于是绕了过去。这些语言有职业性、时代性、趣味性。像这类语言我们河南有很多。比如说"骡子的屁股把式的脸",这是讲骡子的屁股油光水肥、毛色发亮,就说明把式很会喂牲口。你看,这些话听起来多生动!

下面我用一首诗来概括我对小说艺术的美学追求:

> 我爱史诗彩色多,缤纷世相入网罗。
> 英雄痛洒山河泪,儿女悲吟离乱歌。
> 方看惊涛奔急峡,忽随流水绕芳坡。
> 丹青欲写风光细,不绘清明上汴河。

这首诗包含的内容很多，表现了我在小说创作上的美学追求。前四句写的是，我以长篇小说这种形式作为史诗去表现三百年前的农民战争，把纷纭复杂的社会现象都收进我的作品中。我既写农民英雄争江山保江山的丰功伟绩，又写一般人家在战争中的悲欢离合、妻离子散的生活情景；不仅写了英雄，也写了广大劳动人民，包括中小地主的生活。

第三卷有一个单元专写李自成围攻开封的情况。明朝末年，开封很繁华，号称百万人口，实际上只有几十万人。为什么开封的人这么多？因为开封从金、元到明朝，都没有经过大的战争。朱元璋把他的儿子封在开封为周王。明朝二百七十年，开封一直很繁华。从南方许多省去北京，北京到南方，开封是要道。由封丘过黄河经开封、朱仙镇，到南方几省。这里是水陆要道。但是，崇祯十五年在李自成围困开封期间，黄河决口，洪水淹了开封，逃出来的只有几万人，十分凄惨。从此之后，开封一直没有恢复元气，今天看开封市容破破烂烂，与这次黄河决口淹没开封有密切关系。当时没有被大水淹的只有相国寺，古楼北面、西边一部分城墙。潘杨湖就是明末大水淹后留下的。第三卷有个场面，就写一个贫寒家庭，全家被淹的悲惨情况。写这一章，我自己哭了好几次。我经常为自己书中的人物、情节激动不已，感动落泪。《李自成》既是英雄史诗，也有普通民众的不幸遭遇。

诗的下半首写的是，我有时正写着气吞山河的战争场面，忽然又转到清新秀丽环境中的平静生活。这有两种美感：一种是壮美，一种是优美，互相交错，显得变化多姿。最后两句写的是我用丹青（指绘画的颜色）描写的不是歌舞升平的风俗画，而是为衬托农民战争写的社会风俗画。北宋年间，画家张择端的《清明上河图》，以精细入微的画笔，绘出了繁华的汴梁风光。我的《李自成》，不绘清明上汴河这样的粉饰太平的风光，而是要写出明末阶级矛盾极其尖锐的情况下的普通民众的生活情况及社会风俗。

第四卷写江南，从关外写到江南。第一、二卷写北京、开封、洛阳、湖北、陕西，第三卷写沈阳，第四卷写江南，有一个单元叫"梦江南"，写表面繁华实际上社会矛盾很深的情况。明末，秦淮河两岸都是妓女，到处是水榭楼阁，住着高级妓女，达官贵人在这里赏月赋诗，吃喝玩乐。小说描写这里的情况，也是从侧面来烘托农民战争的。

下面谈谈《李自成》这部小说为什么吸引人。这要从结构上讲。现在看来，这样大部头的小说不多。可以说是头绪多，人物众，事件繁。

先看头绪多。小说写了朝廷与农民起义军这对主要矛盾，也写出了农民起义军内部各式各样的矛盾。李自成的起义军与其他的农民起义军之间既有联合也有斗争。朝廷里矛盾百出，宫廷里矛盾重重，文武百官之间的矛盾，等等。第三卷还写了清朝与明朝的矛盾，写出清兵入关之前三十多年的情景。

人物众。第一、二卷已经写出了很多人，第三、四卷写成后还要增加多少人，现在还没有把握。有的人第一卷露了头,以后消失,最后再出现。比如写慧梅,第一卷写她受箭伤,尚神仙抢救她,以后就不再写,后面才写她的婚姻悲剧。这是小说思想性的需要。李自成建立大顺以后,拆散了原先亲自许诺的慧梅与张鼐的婚姻,但后来为了做交易将慧梅送人做妾。通过这件事,写出了李自成的思想局限性,还没有解放妇女的意识。这个细节也预示了他的失败。书中的大部分人物是贯穿始终的,如尚神仙和老马夫,他们在第一卷就出现,最后一直到第五卷李自成死后十八年,高夫人带领起义军的一支部队最后失败,他二人也在与清兵最后战斗中死去。预计全书五卷写成之后,有性格的人物可能有二百多人。

事件繁。采取什么方法才能使小说条理清楚呢?我采用的是划分单元的方法。这在古代的历史小说中就有痕迹。《三国演义》中三请诸葛亮就可划为一个单元,赤壁之战又可作为一个单元。只是没有明确说明。我把这个方法上升到理论上,把整部作品划分为单元,下面再分章。比如第一卷写李自成被围困在商洛山中的情景,共写了十五章。当时李自成非常困难,重兵压境,内部叛乱,真是矛盾重重。加上将士十之六七身染重病,李自成本人也大病缠身,真是四处起火八下冒烟。小说头绪繁多,一分单元线索就清楚了。以后再印,书前目录单元也将列出来,读者喜欢哪个单元就看哪个单元,便于阅读。单元的划分,一般是四五章一个单元,大的单元七八章,最小的单元只有一章,如"洪承畴出关"。采用划分单元的方法,读起来没有零乱感。形象地说,小说划分单元,就像儿童玩搭积木盖房子一样,头绪清楚,结构不乱。

在结构方面,《李自成》还有个特点,就是大开大阖,有张有弛。从商洛壮歌一下转到救牛金星出狱。写开封的三章是风俗画,把读者带到三百年前的禹王台,我们看到的是相国寺打拳卖膏药的,宋门外的叫花子,整个气氛全变了,也使读者的口味变化。小说有时紧张,有时轻松,有时不紧张处暗含紧张。小说在结构上还注意纵横兼顾。如有一章写过灯节,从伏牛山写到北京,又从开封写到洛阳,各地不同特色,远近呼应。

下面再简单谈一下历史与小说的关系。我认为写历史小说既要深入历史,又要跳出历史。要正确处理历史真实与艺术真实的关系。我还主张历史小说笔墨变化,丰富多彩。张献忠要宴请李自成,而军师要杀李自成,两人酒后谈心,张献忠说:"李哥,将来打下江山,我们俩谁坐?"这个细节,与《三国演义》中青梅煮酒论英雄不同。那是曹操问刘备,刘备不答,而曹操提出天下英雄就是他俩,刘备吓得筷子都掉地上了。而张、李谈话时,李自成回答:"将来谁有德谁坐天下。目前大敌当前,只有团结御敌。万一那时不服,我们排开战场堂堂正正地杀它一场。"这话就突出了李自成的性格。宴请中,张献忠没有杀李自成;之后军师又让八夫人的丫鬟去毒死李自成,也未得逞;最后李自成刚出护城河,张献忠就赶来,路上也几乎要杀李自成。这个情节几起几落,惊心动魄,使人紧张得几乎把心提到嗓子眼。

《李自成》这部书在艺术追求上讲求笔墨变化,丰富多彩。前面举了第三卷中汤夫人的一首诗,这首诗完全是大家闺秀和阔夫人所写的女性诗。为什么写李岩在神垕做的那个梦？写他梦见汤夫人的一首诗，这在艺术上有两个目的，第一要说明李岩和汤夫人感情很深。尽管结婚十年没有生孩子，可是李岩都不愿意纳妾。古时候，如果女人不生孩子，男人必然会纳妾；纵然有了孩子，在地主家庭里，三妻四妾也是很平常的事。何况汤夫人不生孩子，这说明他们夫妻感情是非常好的。原来传说红娘子是个"破鞋"，她把李岩掳去了强嫁给他，后来李岩逃走了。我不能这样写红娘子，而写她是一个非常清白的贫家女子，不得已学艺卖艺，是个被侮辱与被损害的封建社会的底层女性。她卖艺不卖身，被逼无奈才起义的。因此她嫁给李岩，绝不是做妾，而是做明媒正娶的正式夫人。李岩不纳妾，也正是说明红娘子是经高夫人、宋献策为媒嫁给李岩的正式夫人。

我替李岩代写的所有诗都是很豪迈、很慷慨的，而夜梦汤夫人的诗则悲哀、缠绵，两种情调不同的诗放在同一章里，就把壮美与优美混合在一起了。壮美和优美，或者刚和柔，在小说中究竟以哪一种为主呢？还是以壮美为主。古人填词有两种不同的风格，一种叫豪迈，一种叫婉约。一种是"大江东去，浪淘尽，千古风流人物"，一种是"杨柳岸，晓风残月"。前者风格豪迈，后者风格婉约。辛稼轩的词主要基调是豪迈，和他同时代的李清照的词主要基调是婉约，包括悲哀缠绵。李清照的词带有许多感伤意味，如"帘卷西风，人比黄花瘦"，这样的词不能说是豪迈乐观的，"冷冷清清，凄凄惨惨戚戚"则是悲哀的。这些情调在艺术上概括起来叫婉约。

《李自成》中"婉约"当然不是主调,只是小插曲。在个别地方用它,表面上看比较阴沉,令人悲哀,而实际骨子里是壮美。第二卷写慧梅中毒箭,眼看要死了,张鼐去看她,她几乎说不出话来。尽管这在表面上调子低沉,而内心却很悲壮。这样的例子在《李自成》中是很多的。完全消沉、悲哀的调子,至少在描写农民起义时、农民战争中不采用它。这叫作缠绵中有豪迈感情,优美中看出壮美。这是一个复杂的艺术表现,在金戈铁马的战斗场面时,忽然来一段插曲,或者笔锋一转,把紧张激烈的气氛破一破,出现另一种宁静的情景。例如,《李自成》第一卷中描写的潼关南原大战的战斗场面是很激烈的,小说随时把笔墨转到高夫人立马高岗的描写上去,她的周围有一些女兵和孩儿兵,写她们的心情激动,观望战局。这就使战争中不完全是金戈铁马,其中还有一个静的场面。而看来是静的场面,实则心内波涛汹涌,并不怎么静。这样的描写使整个一章笔墨富于变化,并牵动读者的感情跟着变化。为什么看大部头的《李自成》不感到枯燥乏味?其中一个原因就是通过美学探索来吸引读者,这就是艺术魅力。

前面我曾讲过《李自成》的现实主义和浪漫主义方法的运用问题。《李自成》的基调是现实主义的,特别是人物描写深入灵魂深处。有人对《李自成》理解不够,认为李自成的形象太高了,像个共产党员。甚至有人画漫画:李自成正在读马列的书。还有人问李自成在哪里过支部生活?我曾经在中国社会科学院讲了一个题目,后来又在武汉师范学院讲了一次,讲的题目是《李自成为什么会失败》,讲稿在香港《文汇报》连载。

　　李自成这一性格的塑造过程中,是运用了唯物辩证法和历史唯物主义的。李自成形象高不高?当然高。对李自成的品质,地主阶级的史料曾经有过记载。当他活着时,朝廷就认为张献忠不可怕,可怕的是李自成。张献忠每到一处,杀人很多,不得人心。李自成每到一处,开仓放赈,老百姓欢迎,很得民心。从个人品质说,他有几个长处。一是不贪女色,洁身自好。他原有一妾邢夫人,后来与武将高捷一起逃走。李自成的妻子高夫人并不漂亮,不像小说写的那样。李自成不好色,更不会到什么地方奸污妇女。张献忠却有九个姨太太,在谷城姓丁的那个是第八夫人。罗汝才更是每到一处都是姬妾成群,花天酒地。二是不爱财,有钱归部队共用。吃饭不讲究,粗茶淡饭,与士卒同甘共苦。三是作风比较民主。开会时李自成很少发言,听大家发言后"择其善者而从之"。四是有雄才大略,有明确的政治目的,不同于一般"流贼"。这些美德大多是敌人给他宣传的,后来一直写在明史上。既然敌人说他这么好,作为一个当代作家何必往他脸上抹灰呢?有人认为起义英雄一定是脾气暴躁,动不动开口骂人、动手打人,李自成也不例外。这种想法并没有根据。李自成跟张献忠是不同类型的人,张献忠带有农村流氓无产者的性格,一直未摆脱这种习气。罗汝才也是如此。张献忠既有光辉的地方,人又非常聪明,但流氓习气始终不改,影响他的政治路线和军事路线。张献忠、罗汝才大体属于这一类型，但表现方面不同。李自成则与他们不同，作为农民起义的领袖，他的个人毛病很少。李自成有明确的政治目的，不贪财不好色，爱惜士卒，喜欢读书，在困难阶段也不忘读书，甚至整夜不眠，图画大事。地主阶级的书上给他写的性格品质既然如此，我就不能故意给他脸上抹灰，写他有很大缺点。所以小说必须把李自成写好，这也是应该的。几百年来的传说、说书、戏曲，歪曲了李自成的形象。我们应该实事求是地正面塑造他的形象。有的人之所以对李自成的塑造有异议，我想主要出自以下原因：

第一个原因，李自成毕竟是封建时代的人，他的头脑中带有相当深的封建正统思想，多少年来人们有一种误解，认为农民造反是反封建。我认为，农民起义有部分是反封建的，他们反抗当时存在的封建政权，但本质上不是反封建的。因为当时封建的经济基础还没有发展到变革阶段，仍是小农经济统治着中国。因此李自成是农民起义中有封建正统思想的人，这表现在他在夺取政权时要建立一个新的封建帝国，实际也确实建立了大顺朝，但很快灭亡了。他不可能有近代民主思想，不可能是大总统、主席，而只能当皇帝。历史上的农民起义历来如此，不可能超越历史发展的规律。但多少年来，有些人甚至是知名史学家，从唯心史观出发，认为农民起义建立的政权必然是革命的政权，领袖不会当皇帝。实际上，元末农民起义领袖朱元璋就当了皇帝。中华人民共和国成立多少年了，会道门头子还想当皇帝。武昌附近有个地方叫五里界，破获了一个地下反革命组织，其头子秘密在农村当皇帝，封这个是皇后、那个是妃子。我们不能低估封建思想对人们思想行为的影响力量。李自成是三百年前中国封建社会的人，他率众起义反对腐朽的政权是进步的，但他又相信天命，按照他的战略计划要建立一个新的封建王朝，他不可能没有做皇帝的梦想。他与张献忠、罗汝才等人有明显不同，一开始就竭力摆脱流氓无产者的弱点。

第二个原因，一切人物性格特点的发展变化和成长都不能离开客观条件。在《李自成》第一卷和第二卷前半部中，李自城的遭遇可以说是艰苦备尝，他常常在濒临毁灭的边缘。在这种情况下，必须把他自己的全部优点和才干发挥出来，苦心经营，才能转危为安。如果一步走错，弱点表现得太多，他早就被消灭了。第一卷和第二卷前半部分正是他充分发挥自己所有优点的阶段。正因如此，他才能在惊涛骇浪中继续前进，不至于沉沦，而且有大发展。可是在起义军进入河南及至攻破洛阳以后，李自成的弱点就已经有所暴露，而攻破洛阳是明末农民战争史上的一个分水岭，前后变化很大。《李自成》第三卷中，李自成已逐渐地掌握了战争的主动权，有几十万人马，进行了一次又一次大规模的战役，消灭了大量官军，这时候条件变了，他的弱点就暴露得更多了。农民革命有一个规律，包括无产阶级领导下的农民革命战争，也未能完全摆脱这个规律。因为我们国家在新中国成立前是一个半封建社会，人口主要是农业人口，尽管农民革命战争是由无产阶级领导的，但农民身上的封建包袱太沉重了，所以农民革命战争的规律在今天还部分地适用。刚起义时,(在历史上)领袖和部下、人民关系密切,可以吃苦在先,至少与士卒同甘共苦,起义以后就逐渐发生变化。拿陈涉起义来说,起义前有一个贫苦农民和他在一起给人家种庄稼,等他起义之后称王了,这个老伙伴来找他,开始陈涉待他还好,后来这个老伙伴常讲他的出身、怎样给人家做活,也一定讲了他一些没出息的很可笑的事情,于是陈涉感到没面子了,就把老伙伴给杀掉了。可见陈涉起义以后所发生的变化是很大的。再如,起义前的朱元璋原是一个小和尚,生活所迫跑出去当兵。十五年之后当了皇帝。地位变了,猜疑多端,大杀功臣,可怕得很。大臣上朝只知有去,不知有归,故上朝前先与家人诀别。当时的刑法也严苛得很,杀一人要株连很多人。朱元璋在历史上是有贡献的,赶走了元帝国,完成了统一中国的大业;但是另一方面,却是一个最残暴的皇帝,这种变化在他起义前是很难想象的。

李自成也在变,这个变化从第二卷开始就写了。李自成打下洛阳后,在庆功会上,有人提出把洛阳作为建都之地,在这里正式称王,有人认为太早。他就从会议室到后院找高夫人,他走进后院时,迎面碰见喝得醉醺醺的老马夫王长顺,老马夫问他:"闯王,听说你要在洛阳正式称王,建号立业,可有这事吗?"李自成反问一句:"你看这好不好?"王长顺充满激情地说:"我跟随闯王你十来年,我流过血,带过多处伤,我天天巴不得你打下天下,建功立业。可是我心里又担心,不想让你称王太早。"李自成问他是什么意思。他说:"我平时称你闯王,急时喊你名字,你也不恼,想见就见。等你称王之后,就不那么方便了。俗话说'侯门深似海',何况你以后正式登极了,当皇帝了,我想再见你就见不到了。纵然隔些日子,一年半载,把我叫来了,我也只能三跪九叩,不敢抬头。"这里埋下了李自成的转变。第三卷写了李自成在襄阳建立大顺朝,正式称号,定为"奉天倡义文武大元帅"。"奉天"是按上天旨意行事,"文武"是从《尚书》常歌颂帝尧"乃圣乃神,乃武乃文"的颂词中来的,意思是说既有文治又有武功。这个封号体现了他的思想的变化。第三卷写了在许多时候、许多人想见都见不到他,包括王长顺有重要事情、关乎全军命运的事情向他报告,也见不到他。好像筑起一堵墙,把他和部下群众隔绝开了。拿现在的情况说,和日寇、蒋介石打仗时,同志之间、上下级之间叫老张老李,同吃同住;新中国成立后当了县委书记、地委书记,你再找他,他在开会议事或忙工作,见到就不那么容易了。见到后再叫他老张老李,他就不那么高兴了。等他变成了省委书记、省长、部长、副部长,就更不易见到了。无形中用篱笆、土墙、砖墙、水泥钢筋墙把自己同人民隔开了。当领导的人接近不了群众、士兵、下层干部,他所想的问题就和现实格格不入,不管是否合乎客观实际,他说话就是算数。三百年前的封建社会,李自成更不可能逃脱这个命运。从前三卷便可以看出来,他也在受蒙蔽,不容易看到真实情况了。结果老马夫王长顺见他很困难,误了大事。所以以客观条件看人物的变化,是比较合乎历史唯物主义和辩证法的。《李自成》写出了中国农民战争中领导人变化的规律。

第一卷出版后，尽管受到全国读者欢迎，受到好评，但有人写文章说《李自成》是"大毒草"，一直到第二卷出来时还有人攻击它是"大毒草"。这样的人也是小小的悲剧。在过去年代，我也有顾虑，不敢多写李自成的大变化，即使是"轻描淡写"，还有人认为我侮辱了农民起义领袖的形象。李自成比张献忠难写得多，了解认识李自成也比张献忠困难多了，要从大处着眼来看李自成这个人物。

小说写崇祯皇帝也真正写到了深处。第一卷出版后，就有人写文章批判我歌颂了地主阶级的总头子。但崇祯的形象得到读者的普遍肯定，其原因就是崇祯皇帝写得较深，比较真实，所以读者喜欢。这除了材料准备得多——这里暂且不谈——还有更深层次的原因，可能引起读者的共鸣。崇祯不是一般的亡国皇帝。一般的亡国之君往往不上朝，昏庸、荒唐、挥霍。而崇祯完全不是这种人，他精明强干，早起晚睡，苦心处理朝政，极力挽救岌岌可危的大明命运。他也不是好色之徒，虽然有三宫六院（这是封建制度规定的），但是他和周皇后的感情一直很好。所以比较起来他不贪色，不昏庸，不糊涂。他是十七岁登极当皇帝的，年纪轻轻就亡国上吊死了。因此，崇祯皇帝死之后直到民国年间，有很多人同情他。这样的皇帝，小说要写到他的灵魂深处，处处写他的灵魂深处，用各种笔墨深入灵魂深处，这是现实主义手法的运用。在《李自成》中大家印象较深的是崇祯皇帝和宫廷生活，而这一部分有创造性。不但本国历史小说，就是外国历史小说这样详细写宫廷生活的，恐怕都很少。写皇后、妃子、太监、宫女构成一个圈子，以皇帝为中心，写他们的日常生活和心理活动，恐怕外国的小说都没有这样细致的描写。我为写好《李自成》下了大功夫。我在艺术上下的苦心，是什么东西推动的呢？是现实主义道路。

《李自成》中有很多细小的地方，读者也许一读而过，没有仔细考虑现实主义手法的运用问题。例如，李自成在潼关南原大战惨败之后，全军覆灭，与妻女分开，他只带十八个人突围出来。这天夜里在一个树林子里歇息，所有的战马都不敢拴在树上，而是拴在胳膊上。因为马拴在树上，敌人来了来不及解缰绳；拴在胳膊上，敌人来了，马一动，就能把人惊醒。这一天乡勇来偷袭他们，李自成的马正在吃草，忽然一惊，李自成被缰绳带醒了，他大喊一声，大家都醒了。这时敌人已经很近了，李自成马上决定向东南方向跑。为什么不往西北或其他别的方向跑呢？这是因为敌人从西北来，惊起西北角的鸟向东南飞，李自成很有经验，一听见鸟叫声是从西北而来，知道东南空虚，因此下令向东南跑去，果然冲出去了。这段描写是从生活出发的。

下面再谈谈浪漫主义。《李自成》中用了很多浪漫主义手法，可以说每个单元都有。其中有诗情画意的描写，惊险的故事情节，热烈的感情，也有悲哀缠绵的感情等，都属于浪漫主义手法。

我对浪漫主义的态度是欣赏的，并竭力使浪漫主义为现实主义服务。我在1961年第一卷稿子整理出来后，写了一组七言绝句，其中有一首专写我对浪漫主义的态度，有诗为证：

浪漫精神是耶非，梦乘彩笔九霄飞。
云霞绮丽兼奇伟，信手采来补我衣。

　　这首诗表明我对浪漫主义是喜爱的。我的性格是想象比较丰富，带有浪漫精神，且有耿直豪爽的特点。因此我绝不排斥浪漫主义手法，尽可能地以浪漫主义补充现实主义，达到我的艺术追求和小说效果。

　　例如，第一卷写卢象升阵亡的情节，完全采用现实主义的手法，这一部分材料比较真实，阵亡后的描写则采用了浪漫主义的手法。卢象升骑的马是五明骥，他战死后，清兵总想骑这匹名马，可是每当清兵走近，五明骥就乱踢乱跳，使清兵不能近身。后来清兵逼紧了，五明骥纵身一跳，落入河中，清兵放箭把它射死。通过这匹骏马，我要歌颂的是卢象升为国捐躯的爱国主义精神。因此我就把马刻画得很人性化。过了一两天，很多人到战场寻找卢象升的尸首，只见旷野里到处是死尸，夜色苍茫，向何处去找呢？正在这时，听见一匹马在悲哀地嘶鸣。人们向着马叫声的方向跑去，一看是一匹白马，就是千里雪。它见人就跑，跑一跑，停一停，再叫几声，把找的人引到卢象升的尸首旁，它便不再跑了。人们看到卢象升尸体周围堆了一些尸体，卢象升的一个很忠实的副官身上中了很多箭，趴在卢象升的身上，卢象升倒下去后他就用自己的身体挡住卢的身体。千里雪真是神马，居然两三天不逃走，在旷野里等人们来找卢象升的尸体。这种写法是借用了民间传说，这样写，当然很有感情。这是诗的写法，而不是散文的写法，有强烈的感情色彩，更加重了卢象升之死的悲剧气氛。

第三卷，特别是下册，"慧梅之死"等故事情节使不少读者感动落泪。为什么会有这样的效果？这是因为作家在关键时候有意识地运用了浪漫主义手法，以浪漫主义补充现实主义，达到了强烈的感情、强烈的悲剧色彩。书中故事情节惊险的地方很多，如第二卷中袁宗第准备活捉周山，就用了惊险的写法。周山企图勾引袁宗第投降，袁宗第和李自成一商量，答应假降，以趁机活捉周山。于是袁宗第约定和周山在河滩见面，周山做了准备，而袁宗第故意单枪匹马走去会面，带的亲兵离得远远的。因为如果带亲兵多了，周山有防备戒心。一个人去虽很危险，这正是为了歌颂袁宗第的武艺高、有力气才这样写的。当二人正在喝鸡血酒时，袁宗第看见周山手下亲兵端酒杯时手在打颤，就知道有鬼，趁机迅疾地一把把周山从马上抓过来，按在自己的马鞍上回头就走，周山手下的人扑过来乱杀乱砍救人，已无济于事。像这样的手法，小说用得不少。强烈的感情用得更多，像田妃的孩子五皇子之死，就带有强烈的感情，增加了宫廷生活的悲剧色彩。我的信念是，小说要打动读者必先感动自己。否则小说怎能打动读者？！

过去我耽误的时间太多了，现在年纪大了，为了完成《李自成》，小说中部分单元我采用口述录音的办法。在凌晨三点钟左右我开始口述录音，在录音中常常情不自禁地被自己虚构的情节感动得哭了，不得不停下来，等心情平复后再继续工作。有些小说情节和别人谈起，比如慧梅之死、五卷结尾的高夫人等将士自焚，我一谈起来就哭，听者也跟着哽咽落泪。人物、情节都是自己创造的，自己进入了角色，自己不感动很难打动别人。当然，小说有各种各样的，有的虽不给人以强烈的感情，但写得很深刻，也会触动人的思想和灵魂，起到积极的作用。但《李自成》是以现实主义和浪漫主义混合而成，以现实主义为基调，我又是个感情丰富的性情中人，所以有时候为小说需要，就有意识地描写一些激情的场面。当我构思激情场面、塑造人物时，就难免一面工作一面落泪，甚至失声痛哭。我再念一首诗说明：

音容想象溶彼我，细节推敲入鬼神。
激动胸怀先自哭，忽来浅笑挂双唇。

这首诗是1961年第一卷稿子整理出来后写的，说的是创作的甘苦。如无创作或创作不深入，就不会体验"先自哭"，也很难想象此时的心情。作为一个作家要写好小说，非达到这个境界不可。

《李自成》这部书还未完成，写出的三卷大约有两百三十万字，第四、五卷有多长还不知道，可能有百十万。任重道远，如同长征，一步一步走吧，每走一步都很艰辛，得翻越一些难关和大山。可以说，书中没有一个细节是别的书上有的，都是虚构的，顶多是别的书上有这个事情，我加以改造移植过来。因为写小说必须虚构，而虚构必须符合当时的历史条件，不然就不是现实主义，也不能令人信服。这样得看很多书，得研究很多问题，得揣摩小说里不同人物的心情和精神状态。有的人物出现的时间很短，你要写出他的灵魂深处确实难啊！而往前一看，四、五卷还有许多艺术难题需要我去解决，许多困难需要我去克服。不能掉以轻心呐！全国读者包括海外读者都在期待我把书写完、写好。我对广大读者是感激的。即使在我倒霉的时候，读者也没有忘记我，给我以支持。1963年第一卷书出版后，报纸、刊物没有一篇介绍文章，也没有一篇评论。原因是我是"摘帽右派"。如果小说有毛病的话，棒子马上打来，进行批判，说你放毒。幸而抓不到《李自成》的大毛病，人们只觉得书好，一抓起书就放不下来，也很受感动。不仅仅是普通读者如此，也包括党的高层领导同志。比如中共中央中南局书记陶铸看过书，说写得好，还介绍给湖北省委书记王任重看。艺术本身带有两条腿，尽管报刊不介绍不宣传，它自然在人群里头行走，越走道路越宽，无人能阻挡。这就是古书说的"桃李不言，下自成蹊"。《李自成》是经过群众的考验，经过了时代的考验，而走到今天。

　　前不久我在广东顺德做了一场报告，听众都是文化工作者和中学语文教师，是附近几个县集合起来的。据说听的人有人掉了泪。在"左"的年代，特别是我被错划"右派"后，那日子真不容易呀。不但《李自成》写作计划不能上报，而且绝不能泄露，还必须秘密地写；书完成了能不能出版，我没有怎么想过，只希望死后能出版，为中国文学做出自己的贡献。从这一点看，我起码是个爱国主义者，更何况是懂得马列主义的爱国主义者！当时我就是这么想的。但是没有想到，在难得的历史机遇下，1963年《李自成》第一卷出版了。1977年的时候，美国作家安格尔和聂华苓夫妇来北京访问我。安格尔不懂中文，他了解的《李自成》是他夫人聂华苓给他说的。他向我提出一个问题：你的《李自成》中写潼关南原大战全军覆没，李自成没有倒下去，继续惨淡经营，恢复革命的高潮，这和你1957年的命运是不是一致的？是不是写的自己？我说："你看对了一半，还有一半没看对。我写《李自成》全军覆没之后决不倒下去、不灰心，惨淡经营，重新掀起革命的高潮，这是有我自己的用意的。创作时我一面写一面哭，但这绝不仅是代表我自己的命运，而是有些人经过挫折后，不屈不挠，继续努力，可以用李自成代表这些人的命运。我所知道的许多老知识分子，'文化大革命'期间经不起冲击，曾想过自杀，后来看了《李自成》第一卷，转变了想法，他们后来给我写信这样说。"我说了这些，安格尔说："对了，所有世界上比较杰出的作品，都代表广大人民的感情，不光代表作家。"《李自成》这部书是经过考验了。在"文化大革命"期间，一边要打倒它，一边私下传阅，甚至还有手抄本流传。读者来信说："因为买不到书，他们轮流抄写，把第一卷抄完了。大家排队看。"这是对我最大的安慰和鼓励。为写《李自成》第二卷，在"文化大革命"中我需要去省图书馆借阅很多资料。负责借我资料的管理员，不敢跟我说话，我说我来借书，她头一低跑了，去找馆长，问借不借书给姚雪垠。管事的人说："借！你只管借。"你看，当时大家都成了惊弓之鸟啊！但是在这种情况下，图书馆的同志还担着风险支持我、帮助我。我对图书馆的同志一直是感激的。当然，现在这种命运一去不复返了。

在写《李自成》时，同志们问我，正式准备是在什么时候？这话很难说。为什么很难说呢？我从青年起，从几个方面用功。比如中国历史，我曾说过，我在二十岁左右不是梦想当个作家，而是梦想当个马克思主义的史学家。这个梦想后来破灭了，因为我没有时间读书搞研究，我要"爬格子"，要吃饭。今天常有人说我是个史学家，我说我顶多算半个史学家吧。我对历史学确实用过功，对中国历史用过功，老了依然兴趣不减。主要是对一些历史问题，有我自己的见解，有自己的看法，我决不盲从，决不迷信，决不跟风跑，这一点已逐渐证明了。比如，过去史学界有一个主流说法：农民起义成功后建立的政权一定是革命政权，我的观点很明确："农民起义建立的政权必然是封建政权。"具体意见就不谈了。还包括第一卷的《再版前言》，我提出了许多与众不同的论点，这在当时史学界是很新鲜的。今年春天我发表对《甲申三百年祭》的评论，这些意见也是过去没有人敢这么评论的。我是河南人的脾气，邓县人的脾气——倔强、"认死理"。但是按客观规律办事，按科学规律办事，用科学的证据来说话。从这点看，我是半个史学家。这是第一点。

第二点，我从青年时期起不只是搞新文学，对于中国古代文学也下过功夫，这对我后来写《李自成》非常有用。假如我古典文学底子不好，《李自成》是没法写的，对话没法写，里面的诗词、诏书、书信没法写，宫廷生活也没法写。即使写了，也很难真实地再现历史生活。这些学问，不是半路出家可以随便掌握的。为什么新中国成立后培养了许许多多文科大学生，包括文学史专业，让他们欣赏古典文学是可以的，然而提起笔来写诗填词写古文，包括骈体文等，恐怕很困难？所以说，许多事情不是临时准备能办到的。特别是《李自成》这么大的工程。要问我什么时候开始准备的，远的说，我从青少年起就开始准备了。有目的地准备那是以后的事情了。我希望同学们和年轻的教师们抓紧青年时代，把基础打好，做学问，出成果，不要临时抱佛脚。当时谁也没想到1957年暴风雨般的批斗之后，我会在宿舍里悄悄开始写《李自成》，而且在短短几个月的下放劳动改造之前，写出了四十多万字的第一卷稿子。这怎么能想象呢？"反右"以后，有的人自杀了，有的人妻离子散了，有的人一辈子灰心、倒下去了，而我不但没有灰心，而且在不能借书、被孤立的情况下，经过几个月的奋发努力，很快把第一卷草稿写出来了。如果我对历史不熟悉，对中国古典文学不熟悉，对历史唯物主义没用过功，没有多年的创作实践，突然去写《李自成》，一定写不出来，即使写出来了也不成样子。回顾几十年的道路，我也走了些冤枉路，走了些曲折路，甚至走了些错误路，但基本上道路是正确的，是有收获的。对浪漫主义和现实主义，我跟二十世纪三十年代的许多人看法不一样。新中国成立三十年来，现实主义被干扰，被歪曲，写中心，演中心，只歌颂好的，不写缺点，图解政策等，都是对现实主义道路的歪曲。反面人物简单写几笔。对浪漫主义同样歪曲得很厉害。而我在这一方面的艺术追求突破了新中国成立以来的那些教条主义、条条框框，不按领导的想法办事，大胆写。当然也有不太大胆的，怕再挨棒子。在开始动笔写《李自成》时没想到能在活着时出版，还比较大胆；后来决定第一卷要出版，反而害怕了。书出来后别人挑毛病，上纲上线。我们国家过去在"左"的影响下，是没毛病挑毛病，挑毛病毁掉了多少人才呀！甚至说，毁掉了多少天才呀！希望今后不会再有了。打倒"四人帮"以后，邓小平副主席重新主持中央工作，派中宣部长来看我，肯定我的成绩和贡献，问我有什么困难，中央给我解决。当时我一时激动，一下子谈到三十年来许多文艺方面的教条主义和"左"倾思想。我的结论是，"四人帮"不是从天上掉下来的，我们从新中国成立初起就有教条主义，就有"左"倾思想，那个"左"字是带引号的，是不按马列主义方法来领导文艺。我在作家里比较来说是有多方面修养的，如果新中国成立后不是这么多条条框框、教条主义，我能写我自己想要写的东西，我能给人民做出来多少事情啊！今天我再次提到这一点，心中还是怀着痛苦的。新中国成立时，我三十九岁，从教育岗位开始回到创作岗位是四十一岁，年富力强，一些好的计划落空了，正在写的《白杨树》夭折了，以致多年没做出什么成绩。被划了"右派"，没有了条条框框，反而写出了《李自成》第一卷。还有《长夜》，我向你们推荐，这是写河南土匪生活的，恐怕五四新文学运动到现在是唯一一部正面写土匪生活的长篇。像这样朴素的现实主义的作品是在二十世纪四十年代写的，最近要重版。所以问我《李自成》是从什么时候准备的，我说我从写短篇小说起，从《差半车麦秸》《牛全德与红萝卜》《春暖花开的时候》到《长夜》等，都是练笔，都是准备，都是准备艺术技巧。如果临时练笔，我的艺术手法的运用不会这么娴熟。这一点非常重要。割断我前期那段历史，《李自成》就没法理解。艺术从哪里来的，它是从我青年时代的作品里来的。我发表《差半车麦秸》时才二十八岁，开始发表《春暖花开的时候》时是二十九岁，开始写出《牛全德与红萝卜》时是三十一岁，写出《长夜》是三十五六岁，几十年来的创作道路都叫准备，甘苦备尝。到中年以后，我把所有的准备集结到一部书上——《李自成》。原来准备结集三部书：《李自成》《天京悲剧》《大江流日夜》，如果不是"运动"，这些计划都完成了。现在只希望在我活着时写完《李自成》。如果到时还不死，再写完《天京悲剧》。考虑到我们今天的条件之好，医疗条件之好，人民的关怀，党的照顾，我可能长寿。继续努力实现我的追求和梦想。最后用一首诗结束这个讲话：

不同流派同千载，白发宁甘输众贤。
三百年前悲壮史，豪情和泪著新篇。

由《李自成》大悲剧说开去
——《李自成》专题六

一

有一句古话：天下没有不散的筵席。好像《红楼梦》里也用了这句话。尽管在这短暂的时间里我做了几场讲座，与大家有了接触，有了感情，可是终究要结束了。今天是最后一讲。这一讲以讲小说的悲剧为主，探讨它的原因，谈谈小说中的一些悲剧细节，所以也没有搞要点，慢慢说吧。

这次讲的主题围绕着《李自成》是大悲剧来谈，可以说，它是《李自成》主题思想问题的总结，也是《李自成》从第三卷、第四卷到第五卷故事发展的主要线索。对于这个问题，我想把历史分析和小说情节合在一起来讲，遇到需要我分析历史的时候，我就加以分析，或者加以叙述，但有很多部分是小说情节，不能作为历史来看。因为《李自成》这部书是文学作品，是通过艺术反映历史，和一般历史书的性质是不同的。

《李自成》是一部篇幅很长的长篇小说。新出版的第三卷分上、中、下三册,共九十六万多字,加上第一卷和第二卷,共约二百三十万字。下边还有第四卷和第五卷,五卷有三百五十万字左右。作为一部小说来说,过去还没有这么长的,我对它艺术追求又高,所以创作中遇到的难题特别多,工作任务也特别繁重。

我已经为《李自成》工作了多年,从1957年动笔写到现在已有二十四年,前面的路还很遥远,全书才完成了三分之二!我好像一匹老马,拉着载重的马车,太阳已经西下了,还得艰难地向前赶路,不敢歇息。我在北京住家,生活很像隐居。一般会议我不参加或极少参加,平时很少出去会朋友、看同志,将绝大部分的时间和精力都投入这部书的创作上。第四卷和第五卷现在正在口述录音,力争在1985年全部完成出版。我今天所谈的重点放在四、五两卷,第五卷更重,要牵涉到一些历史问题。对于这些问题,因为时间关系,我不能全部解释清楚,只能大体上谈一谈。

为什么写《李自成》?《李自成》这部书有什么意义?这两个问题包括的方面很多,我主要谈谈小说的主题思想。

写《李自成》这部小说,是想通过明朝末年的这次农民战争反映历史事件的本质和规律,再现历史生活的原貌;不仅是要写农民战争,还要写以李自成为代表的农民起义武装力量同以崇祯为代表的明朝封建统治势力之间的生死斗争。现在我可以告诉大家:为什么第一卷一开始不是从李自成方面写起,而是从清兵入关进入北京附近、北京城戒严写起。

我在开始写作时统观历史发展全局，考虑矛盾斗争性质的变化，要求在大的结构上首尾照应。小说写到第五卷后半部，崇祯亡国，李自成在山海关战败，清兵进入北京，明朝的残余势力和农民起义力量之间的矛盾下降为从属的地位，甚至最后联合抗清，而以清朝为代表的满族武装力量和汉族的矛盾上升为主要矛盾。所以我决定这部长篇小说从满族武装力量侵袭北京周围写起，经过历史的曲折进程，最后以满族统治中国的全部领土为终结，做到首尾照应，结构完整。

这部小说的主要悲剧英雄是李自成，但是也写到张献忠的悲剧，也写到崇祯皇帝的悲剧，还写了其他许多大大小小的悲剧人物。崇祯皇帝算不算悲剧人物，这个问题在理论上可能有争议，但我是这么看的：崇祯皇帝和历代亡国之君不一样，因为不一样，所以明末清初有许多人是称赞他的，而更多的人是同情他的，连他的敌人李自成进攻北京之前发布的檄文中对他也没有完全否定，有一句话是"君非甚暗"。明朝亡国以后，人们在两百多年中，不仅地主阶级的读书人，也包括农民在内，很多人对于崇祯皇帝的亡国怀着同情心。当然农民缺乏文化，是受戏曲的影响；可是为什么地主阶级中稍有知识的人和一般民众都同情亡国的崇祯皇帝？除反映在清朝统治下汉族人民的民族感情之外，在他本人身上还有些什么原因？

我认为历史上同样是亡国之君，情况千差万别。历史上许多亡国之君，有的因为昏庸糊涂，荒淫无耻，不理朝政，亡国了；有的因为年幼无知，奸臣当道，亡国了。崇祯皇帝比较起许多亡国之君,他不昏庸,不荒淫,不糊涂。他十七岁登极,一登极就把当时把持朝政的大太监魏忠贤杀掉了,把他哥哥天启皇帝的乳母——跟魏忠贤狼狈为奸的客氏处死了。当时魏忠贤的党羽布满朝野,他该杀的杀,该贬的贬,该放逐的放逐。他一天到晚起五更爬黄昏勤于政事,总想当一个中兴之主、英明皇帝,而结果城破国亡,自缢煤山。所以这个人就他这个阶级来说,确是个人才。但是事物的发展往往不以个人的意志为转移,整个历史形势造成了明朝非亡不可。我常想,明末假如不是他当皇帝,而是像万历、天启这样的人当皇帝,恐怕支撑不了十七年,可能早就亡国了,因此他也是个悲剧人物。但是大悲剧的主要扮演者是李自成。

二

李自成于崇祯十三年冬天自鄂西进入河南,人马很快发展壮大,十四年正月攻克洛阳,杀了福王,使明末打了十几年的农民战争起了转折性变化。从这以后,就变为主要是以李自成为领导的农民武装力量,由劣势居于优势,掌握了战场上的主动权,而明朝的力量逐步趋向崩溃。从崇祯十四年正月占领洛阳,到崇祯十五年九月开封被大水淹没为止,李自成不再流动作战,而是以河南为舞台,一次一次大规模地消灭了明朝的重兵。最大的一次胜利是朱仙镇之战,一仗击溃了明朝十七万人马,获得了一次空前的胜利。在这一年多的时间里,杀死了明朝两个总督(明朝的总督管几个省的兵力），在河南襄城县杀死总督汪乔年，在项城县杀死另一个总督傅宗龙。三次大规模进攻开封战役，虽然不顺利，但是人马天天壮大，相传有五十万人马，我们打个五折计算，至少有二十五万能作战的部队，加上非作战人员大概五十万。外号"曹操"的罗汝才，也有略少于他的人马，跟他联合，奉他为主。两家合起来号称百万人马。这样的局面不能说不算大。小说第三卷就是写这个发展。可是在胜利发展的过程中，李自成的失败因素也逐渐滋长起来。

李自成因为第一次、第二次打开封都是强攻，没有打开城门，将士伤亡很大，所以到了第三次围攻开封的时候，采取了围而不攻的办法，长时间把开封城包围起来，最后不攻自破。明朝官军十七万人马来救开封，到了朱仙镇，李自成集中兵力消灭了这十七万人马，用现在的军事词汇叫作"围城打援"。开封被围困了将近半年，城里人大批饿死，惨极了，一颗人头卖七钱银子，人吃人！最后官军乘黄河洪水季节，从封丘坐船过河，在开封西北掘开了黄河南岸河堤，大水淹没了开封城，几十万人口的开封最后活下来的只有几万人，整个开封淹毁了。如今我们看开封破破烂烂，与崇祯十五年九月十六日水淹开封有很大关系。我这次到开封看了相国寺，相国寺的大雄宝殿、八角琉璃殿都被埋在地下一米多深。八角琉璃殿这次整修抬高了一米六，主要是那次黄河洪水把它淤起来的。清朝黄河也淹过开封，但不像那次严重。李自成进攻开封的目的是想在占领开封之后，建立临时中央政府，号召天下，然后第二步夺取明朝整个江山。开封淹毁了，占领开封的计划不能实现，就到了襄阳，把襄阳改为襄京，建立新顺政权，李自成暂称新顺王。他开始建立了比较完整的文武官制，并且到处设官守土。在进北京之前，他几乎占领了半个中国：往南占领了湖南西北部和湖北，也就是西起常德府境内、东至黄冈一带；往西到了现在青海的东部，占领了西宁；往东到了山东境内和苏北一部分地方；加上整个河南、整个陕西。当时的陕西包括现在的宁夏、甘肃和青海一部分。

李自成于崇祯十六年十月间，没有打仗进入了西安。决定以西安作为首都，改名长安，不以北京作为首都。在西安临时以明朝的秦王宫为皇宫。于是大封功臣，公侯伯子男都封了，大行赏赐。这年十一月间他回米脂县祭祖。李过率万余人马先行，修道路，架桥梁，在米脂县修行宫，很是壮观。李自成失败后，当地人民把它改为庙而没被清兵毁掉，才完好地保存下来。李自成回到米脂重修祖坟后，留下几百户人家看守坟地，然后对乡亲父老们说，愿做官的跟我去，不愿做官的留在家乡，我给你们银子。这件事情说明，李自成已经被胜利冲昏了头脑。据说只有田见秀头脑清醒。同乡去找他，说田大总兵，你给我们官做吧。田见秀给他们银子说，赶快走吧，天下没有定着哩。说明他就想到以后可能会遭到挫折。

李自成大宴乡亲父老三天，封官赏银，俨然大功已成。这年十二月间，人马开始从韩城过黄河奔向北京。正月间，北伐主力军由他和刘宗敏率领，全部进入山西境内。除宁武一战外，沿路迎降，遂于三月十九日破了北京。经过四十天的光景，在山海关被清兵和吴三桂打败。从此节节败退，一蹶不振。第二年五月间，李自成随身的部队溃散，他一个人逃到通山县九宫山下一个叫牛脊岭的地方，被当地一个叫程九伯的乡勇杀死。

李自成起义后，历经千辛万苦，没被明军打垮消灭，到崇祯十三年十月他从鄂西进入河南的时候还不过一千人马，在短短几个月内就发展到二三十万人马，破了洛阳，扭转了明末的农民战争局面，完全掌握了军事上的主动权，而且继续一个胜利接一个胜利，直到临时建都长安，几个月后破了北京，明朝灭亡，崇祯自缢身亡。既然形势这么好，达到胜利的顶峰，为什么进入北京后失败得那么快？

三

有人说，李自成进入北京以后部队腐化了，所以在山海关打了败仗，以后节节败退。能不能这样下结论？我认为，李自成的部队进入北京后，确有一定程度的腐化现象，但不是失败的根本原因。因为，首先，李自成的部队进入北京的大约只有六万人，部分人马没有进北京，纵然进京的部队腐化了，为什么全军不能全力继续作战，转败为胜，或者多支撑几年？可见李自成败亡的根本原因，不是部队腐化问题，至少腐化不是重要因素。其次，在山海关作战的时候，尽管清兵与吴三桂联合作战，大顺军士气依然很高，战斗得非常顽强，双方死伤很多。如果李自成的部队已经腐化了，不太可能出现上面的情况，以此看来这个说法不合实际。

第二个说法，刘宗敏进北京以后，到处抓人要钱，不给钱就严刑拷打，有人认为大顺军失败的原因在于刘宗敏严刑追赃，失去人心。这是不是个原因？我说，这是部分原因，但不是主要原因，也不能由刘宗敏负主要责任。大顺军从崇祯十三年冬天进入河南，提出了口号："三年免征""随闯王，不纳粮"。"三年免征"，就是义军占领的地方，三年内不征粮；"随闯王，不纳粮"，就是跟随着闯王造反，不向官府纳粮。那么，我们要想一想：李自成的部队后来发展很快，几十万的部队给养从哪里来？军费政费依靠什么？打开洛阳，从福王府得到大批粮食和钱财，除了开仓放赈一部分，不能依靠这些供养几十万人马，特别是在粮食方面的供给。因此，虽说是"随闯王，不纳粮""三年免征"，实际上，大军的给养和他建立政权以后的开支，仍然出在老百姓身上。当然出法有所不同。有一个一贯行之有效的方法，这就是打击贪官污吏。每到一个地方抓住贪官，或抓住有钱的劣绅，抄家要款项。是不是一般的中小地主也要受到连累？我想这是不可避免的。李自成没有建立牢固的地方政权，也没有来得及恢复生产，几年中就是靠这种办法维持大军。进入北京后还是照旧实行这种办法，对明朝六品以上的官员一律追赃。原定对清官不追赃，实际做起来就过了线。这是大顺军的财政收入的一贯政策，早期是基本合理的，后期基本是有害的。进入北京后仍然执行这一政策，便欠缺策略性考虑，很不妥当。但这不是刘宗敏一个人的过错，他是执行大顺军中的政策。为什么由他来执行？因为这个人执法严厉，办事雷厉风行，在大顺军中的威望很高，仅仅低于李自成一个人，得到李自成的充分信任。追赃中所得到的银子没有进到他自己的腰包，而是作为大顺朝的国库收入，在山海关大战之前由罗戴恩将军押运到西安。有些历史著作认为刘宗敏坏极了，他要对严刑追赃负大的责任。这是没有认真研究历史资料。

责备刘宗敏的第二件事，是认为刘宗敏不该把陈圆圆要去，因此激怒了吴三桂叛变降清。这又是在史料上没有作详细认真考察的结果。这个观点首先从道理上就说不通，其次对文献资料是缺乏研究的。古人对妻子非常看重，你要是把他的妻子夺去，古人认为是莫大的耻辱，这绝不行；你要是把他的妾夺去，一般没有关系，因为妾是买来的，与妻根本不同，还可以将妾送朋友。封建社会规矩，古人说：爱妾可以换马。我们年纪大一点的人都知道，如果丈夫死了，妻要守寡的，妾不用守寡，随时可以转卖给别人。吴三桂少年得志，性格倜傥，喜欢结交，挥金如土。假若刘宗敏要去陈圆圆确有其事，他会趁机同刘宗敏交个朋友，把爱妾送给刘宗敏。因为他的父母还住在北京，不会为一个妾而牺牲父母和一家几十口人的性命，也不会为一个妾就投降胡人（那时候称满族为"胡人"）。陈圆圆是一个江南苏州的妓女，崇祯十五年春天被田贵妃的父亲买来，大概于崇祯十六年五月间被带到了北京。这一年的秋天（也许早一点）田贵妃的父亲病死了。吴三桂听说后，就让他住在北京的父亲把陈圆圆买来送到宁远（吴当时是镇守宁远的总兵官）。等到刘宗敏破北京，陈圆圆到宁远已经在半年以上了。这史料见于《国榷》，是出自吴襄之口，没有传奇色彩，故流传不广。我相信这一史料。从大顺政权方面说，吴三桂的政治态度是一个极其重要的问题。大顺军进北京这一天，吴三桂到了永平，以后短期驻军永平和玉田，是降或不降，举棋不定，最后下决心与李自成为敌，退兵山海关。由于吴三桂对北京的威胁很大，迫使李自成一再推迟登极日期。到最后关头，李自成为要同吴三桂取得妥协，竟然同意将崇祯的太子交给吴三桂。假若吴三桂的反大顺而降清是为了陈圆圆，大顺政权将陈圆圆送给吴三桂不就好了？难道一个妓女比崇祯的太子的政治价值更高吗？难道李自成和刘宗敏等人宁肯冒战败的极大风险而不肯放走一个女子吗？

有人说，李自成最后失败是因为杀了李岩，他不应该杀掉这个人才，杀了李岩以后河南的局面就不可收拾了。这更缺乏历史根据。近四十年来，李岩和红娘子的故事传得简直是家喻户晓，但有没有这两个人呢？可以说没有红娘子这个人，这是铁板钉钉的。有人可能会问：既然没有红娘子这个人，《李自成》中为什么写得这样生动呢？我写的是小说，我塑造的是艺术形象，我把她写得有血有肉，美貌又才艺双全，来抒发我的思想感情。有没有李信这个人？疑问很多。起码可以肯定：（一）他不是杞县人；（二）他不是举人；（三）他不是李精白的儿子；（四）他在大顺军中的地位并不重要。首先，第一个问题：清朝早期的《杞县志》否认有这个人，杞县属开封管辖,《开封府志》也否认有这个人。这怎么解释？也许修志书的人不愿意把他留在志书上，那么看看当时当地人怎么说？杞县的邻县睢州有一个人名叫郑廉，他十几岁时也被李自成的部队掳去过，后来又放回来了，他到中年的时候写了一部专记明朝天启六年到清朝顺治二年的河南民变的书——《豫变纪略》。他在书中否认曾经有李信这个人。他的理由是：他的家距杞县只有一百多里，他的亲戚故旧在杞县的很多，从来没有人知道杞县有个李信改名李岩的。他在李自成的部队中也没有听说有个李将军是杞县人。他还说，当时杞县并没有哪一个举人是姓李的，只有一个叫刘诏的举人。他还说，杞县只有一个宋知县，崇祯四年就调走了，野史说崇祯十三年破杞县杀宋知县，根本没这回事。我们再查一查《杞县志》，其中明末特别是崇祯年间的大事记中，根本没有红娘子破杞县救李岩这件事情。崇祯十二年杞县境内不但没有红娘子起义，连别的农民军也没有进攻过杞县。崇祯十三年、十四年，杞县境内没有来过农民军。可见杞县当时并没有被任何农民军攻破城，更不必说红娘子了。查遍当时开封府的府志和开封各县县志，都没有红娘子的影子。就是说，红娘子曾经准备攻开封、又曾破杞县救李信，是根本没有影子的事。所以，红娘子是传说中的人物，李岩不是杞县人。其次，李岩不是举人。当时每一科乡试有一个"题名录"，全省各府州、县，凡是考中的举人，名字都在上面；而明末的每科乡试"题名录"都没有李信这个人。最后，说他是李精白的儿子，而李精白是兵部尚书。其实李精白根本不是河南人，而是安徽阜阳人。阜阳在明清时叫颍州，李精白是安徽颍州城内东门里边人。他也没有做过兵部尚书而是做过山东巡抚，挂的中央官衔是都察院右佥都御史，老百姓把他家称为"都堂李家"。他有两个儿子，小儿子名鹤孙，早年病死了；大儿子原名麟孙，改名李栩，曾经组织地主武装跟农民军作战，崇祯十五年九月间在颍州城东北王老集被袁时中骗去赴宴杀掉了。李精白并没有一个儿子名叫李信，改名李岩。所以许多野史和《明史》说李信改名李岩，在李自成军中多么重要，全是捕风捉影之谈。

那么有没有一个人叫李信，或者叫李岩？可能有，情况不清楚，不能完全否定有这个人。作为历史科学，有多少证据说多少话，一切结论和论断都应该从证据出发。这也是历史唯物主义的一个基本要求，不能随意推测，妄下结论。所以有人认为杀李岩成为闯王很快失败的原因，是站不住脚的。连有没有李信这个人尚且搞不清楚，如何能说杀了他会影响大顺国的存亡？何况李自成在山海关战败后，各地地主武装到处反对他，河南已经到处叛变。假定确有一个人本领很大，给他两万精兵到河南去，他能不能收拾局面？绝不可能，因为当时的作战条件与过去已有很大不同，如果全省的地主武装组织都反对李自成，兵力很强大，两万人马到河南不可能扭转局面。以武器来说，敌我双方差不多，都是弓箭刀矛，加上少量火炮。而小规模作战，以弓箭刀矛为主。在当时双方装备差不多的条件下，两万人马进入河南，势必淹没在地主武装的汪洋大海之中。何况，清兵很快就进入河南，这位"李岩"去河南更不可能起大作用。

上面这些说法都推翻了，那么李自成到底为什么会失败得那么快？这是李自成大悲剧的根源所在，必须以历史事实为依据来解释这个问题。

四

崇祯十三年冬，李自成由鄂西进入河南后，发展那么快，到处都有老百姓响应他，把他看成救星一样。这是因为，在以前他几次几乎被消灭了，处于非常艰苦卓绝的环境中的时候，他和人民群众的关系可以说是血肉相连的关系，和他的部下将士的关系也是非常亲密的。这一点，即使反对李自成的人，包括当时明朝朝廷的人都有共同印象。他的长处非常突出，不贪色，不爱财，《明史》说"自成不好酒色，脱粟粗粝，与其下共甘苦"，这些长处是很难得的。除此以外，他好读书，深谋远虑。明清之际的士大夫们说他"经夜不眠，图画大事"。他还有一个长处：在召开会议的时候，自己很少发言，让别人先说，等到讲完以后，他"择其善者而从之"。他作为三百年以前的历史人物，应当说是具有光辉的品质吧！有人问我，为什么把李自成写得那么高，好像共产党员一样；还有人嘲笑我，"李自成在哪个支部过组织生活呀"？其实，当时反对他的人都肯定他有这么多长处，我们作为一个无产阶级的作家为什么要骂他，甚至诬蔑诋毁他呢？人们有这样的看法和说法，都是因为不了解历史的本来面貌而造成的误解。

那么有人会说,既然这么好,那他为什么失败得那么快呢？这正是我们要研究的历史规律。一个革命运动的领导人,他的品质好,不能够保证他不失败。一个运动的成败,有它内在的规律。规律是由各种复杂的因素形成的,个人的品质只是因素之一。成功有成功的规律,失败有失败的规律,个人的品质起一定作用,不起最后决定性作用。譬如说,孙中山的品质非常好,很光辉,可是辛亥革命失败了。辛亥革命后他继续领导革命,都没有成功。可见优越的个人品质,不是成功的最终的决定条件。一次革命运动（或战争）的成败取决于许多因素,最主要的是敌对双方综合力量的强弱对比,斗争过程中的战略战术。其中最明显的成败因素是：革命派的政治路线和战略符合当时客观的形势需要,就会使革命发展、壮大、成功；若违背了客观形势需要,就会失败,还可能导致彻底失败。历史进程的因果关系常常是非常复杂的,我们现在简单谈一下李自成所犯的战略性错误。

崇祯十六年五月间,李自成在襄阳建立临时中央政权,讨论夺取全国政权的下一步用兵方略。有人建议从襄阳顺流东下,占领南京,以南京作为根据地,然后北伐。这个意见他不同意,认为太缓慢了。第二个提议,从襄阳出兵,穿过河南,过黄河直取北京。他也不同意,认为失之太急。他不同意是有道理的,因为当时明朝大将孙传庭统率的部队驻扎在陕西关中地区,如果进攻北京不能迅速取胜,就容易被孙传庭拦腰截断或从背后打他,使他进退失据,所以渡黄河直取北京是步险棋。第三个建议是从襄阳出兵,攻占西安。关中地势险要，而陕西是李自成的故乡，可以立为根本，然后从西安渡黄河，入山西，攻北京，比较稳妥。李自成同意了这一战略。这一年十月间李自成进入西安，第二年正月进入山西，主力部队出大同，经阳和、宣化，入居庸关，于三月十九日占领了北京。有些历史研究者认为这是伟大的战略，我看不见得。

当时首要的大事是建立和巩固各地州县政权，恢复生产，一则要有可靠的根据地，二则要满足人民乱久思治的迫切愿望。这是第一步，必须赶快做好。第二步，可以派部队过黄河占领太原，同时派部队到山东截断运河。等山西、山东的局面稍稍稳定，然后进取北京。其实，只要截断运河，北京就会变成死城。因为明朝北京的粮食主要是靠大运河从南方运去的，如在山东截断大运河，绝了粮道，北京就很难维持。靠海道运粮，风浪大，容易翻船，只能解决一小部分粮食来源。应该用两年的时间把已占领的山东、河南、湖北等省份都安定下来，做巩固政权的工作，叫老百姓喘口气，恢复生产，让他们知道新朝廷跟他们的愿望是一致的，这样必然得到老百姓的拥护。如果这样做，纵然山海关打了败仗，各地也不会到处叛乱，还可以组织力量反攻。但是李自成没有这样做，而是一个战争接一个战争。老百姓在战乱中苦熬了十几年，仍没有恢复生产休养生息的机会。李自成不仅不重视恢复百姓的生产，而且大军的给养还要从老百姓身上出。这样他就由刚进入河南时所采取的一些符合民心的措施，走向了反面，丧失了民心。

过去有些写历史著作的同志，害怕说李自成因丧失民心而失败，因为那样议论农民革命英雄必然会挨棍子，被划为"右派"。但历史是一门科学，要科学地总结历史经验，不然就无法想象：为什么山海关一战失败了，河南是他活动最久的地方，却到处发生叛变？真是兵败如山倒！更不能想象：当他初到河南，对明朝统治者作战的时候，老百姓到处响应，应者如云，而当他跟清朝作战的时候，还有民族矛盾这样一个更有利的条件，为什么不能号召汉族广大人民群众跟"胡人"作战呢？症结就在于民心向背。民心背离，这是李自成失败的根本原因。

在这个根本原因之下，李自成在战略方针上还有一个错误，就是李自成进北京带的人马太少。许多书上，包括明清正史《明史》和《清史稿》都说李自成到北京带领二十万人马。实际上没有这么多，也就七八万人马，也许不到八万。因为过黄河进军北京号称五十万人马，古人谈兵力都要夸大一倍，我们给打个折扣，算三十万人马。到临汾兵分两路：一路由大将刘芳亮率领，走晋南，过太行，从沁阳到安阳，由安阳北上，进攻保定，这是偏师，不是正师，这么一条线沿路过去总得有十万八万人马，沿途还要分散一些兵力；然后主力部队从临汾到太原。到太原后又分兵两路：少数的一支出娘子关，往保定跟刘芳亮会师；主力部队从太原北上，走忻州，出雁门关，到大同，由大同走阳和、宣化，进入居庸关，到了北京。沿路都要分散一些兵力。进到北京城下有七八万人，兵力是太少了。

李自成所领导的农民战争，经过十六个年头，到进入北京的时候，看来是达到了胜利的顶峰，而实际上已潜伏下了重重危机，到了成败存亡的关头。他没有可靠的根据地，不像刘邦有汉中和关中以及陕洛作为后方，朱元璋有南京周围和江西、浙江一带地方作为依靠。没有可靠的根据地，支持战争所必需的财赋和兵源就极不可靠。立国基础的土地和人民，都是空的。他攻占北京是军事胜利吗？实际是远离大后方陕西，孤军深入，更深刻的说法是"悬军"深入。刘芳亮率领的偏师虽在保定，却不能对山海关决战有所帮助。看来李自成虽然在十几年中不断打仗，却不明白当时的天下大势，不完全明白崇祯为什么在军事上失败，而他为什么胜利。特别严重的是，他不明白到北京以后，所面对的是一种新的军事形势，他没料到会在远离后方的不利形势下被迫以孤军进行决战。而且面对的是强大的清兵和吴三桂的联军。这一点他完全没有料到。他开始明白了这是一生事业的胜败存亡关头，然而形势迫使他不能不走向陷阱，走向失败。等他亲自率领六万人马往山海关去时，一切都晚了。

五

崇祯十三年以后，李自成不断取得胜利，终于进了北京，但不应该认为他的兵力绝对强大。因为崇祯皇帝自始至终都陷在对外和对内两面作战、无休止地消耗国力的困局，从全局观察，他所处的军事形势十分不利。这种形势给李自成营造了胜利的机会。单就关内局势看，各地农民起义、各家农民起义，尽管各自为谋，却在客观上起了互相呼应和互相支持的作用。所以李自成后期的胜利只能说明兵力相对强大，即在对崇祯作战的局部战场容易集中优势兵力。等到他占领了广大土地，又进了北京，兵力分散各地，面对清兵和吴三桂关宁精兵的联合大军，他的优势就不再有了。

李自成似乎不曾十分重视新兴的满洲力量，也没有料到他到了北京后必然要面对这支力量，并要同这支力量在不利的时间和不利的地方决战。现在我们简单地谈一谈满洲和吴三桂这两支敌对力量。

满族从努尔哈赤开始脱离了明朝的羁縻，以十三甲起事，成为明朝边患。到了他的儿子皇太极，历史上称为清太宗，三十多年间力量扩充得很大。对于这支力量应该怎样看？我是肯定他们的功劳的，特别是清太宗的功劳。努尔哈赤，尤其是清太宗，从明朝方面说他们是生死敌人；从中华民族的整体利益说，他们是杰出的英雄人物。到了清太宗这一代，完全把东北各部落统一起来，也将蒙古各部落统一起来，使满族由游牧为主的民族变为农耕为主的民族，由奴隶社会的末期进入封建社会，向汉族学习生产和文化，大大地推动了我国东北地区的发展。

明朝的版图虽然远达黑龙江以北、乌苏里江以东，但是那里的社会组织仍然是很分散的部落形式，这就导致了政治统治的不稳定。努尔哈赤初期，东北以女真族为主的各少数民族分散为一个一个小部落，一城一寨都称为"国"，互相纷争，非常落后。蒙古也是分散为一个一个部落，没有统一。从努尔哈赤开始就逐渐用武力统一东北，到清太宗皇太极时期把蒙古和东北各部落的势力统一到一起。在长城以外，北到外兴安岭，西到新疆、宁夏边境一带，全部统一了起来。从中华民族的整体利益来看，他们是为中华民族做出了重要贡献的历史英雄。

满族是女真族的后裔。金朝是女真族建立的国家，清太宗很想恢复金朝盛世的局面，即想往南打到淮河流域，越过黄河，而在北京建都。他叫文臣把《金史》的《太宗本纪》翻译成满文，让满族贵族阅读。这个人很有本领，清朝入关前的开国规模是在他的手中建立起来的。他于崇祯十六年八月十九日突然病死了，死时只有五十几岁。他死了以后，多尔衮等亲王把他六岁的小儿子福临（即顺治皇帝）扶上了皇位。当时满族皇族中也经过激烈斗争。这里不用细谈了。顺治的母亲就是《李自成》第三卷中写的那个长得很漂亮的、给洪承畴送人参汤的满族贵妇人。当时摄政的并非多尔衮一人，可是精明强悍的多尔衮很快地排斥了别的亲王，把政权掌握在自己手里。多尔衮像他父亲一样也很了不起，十几岁带兵越过长城，进入河北境内，打到山东，二十九岁做了摄政王。他掌握政权以后，完全按照皇太极当时的战略，一心要进入长城，夺取北京。关于虎视眈眈的清朝情况，李自成如在梦中一样毫无警觉。对于李自成的这种状况我只有一个解释：被胜利冲昏了头脑。大概李自成认为清朝这股力量可以欺负明朝，但不敢碰他李自成，所以他没有估计到这个真正的强敌会打进关来，带给他毁灭。

对待局势的变化，清朝方面很有准备，而大顺方面毫无防范。李自成在进军北京的战略上犯下的错误，就是没有考虑到清兵可能入关，所以他带的人马不多。假若李自成有二十万精锐部队到北京，吴三桂可能不会叛降清朝。纵然战争不可避免，李自成有将近二十万人马投入决战，在山海关不会战败。主要的山海关不战败，就不会放弃北京。北京是一个历史形成的政治城市，从辽到金、元、明都是以北京为首都。老百姓看北京到谁手里，谁就准得天下。轻易把北京丢掉了，老百姓认为你根本没有资格坐皇位，所以促成了各州、县纷纷叛变。李自成就没有把这复杂的环境和历史条件分析进去，只带了不多人马到北京，而没有稳固的后方，也没有后援部队。这是战略上的一个很大失策。

吴三桂这支部队，称为关宁兵，有几万人，驻守宁远。他同沈阳的清政权既是作战的对手，又有复杂的社会联系。吴三桂的家，我称之为"关外武将世家"。他的父亲吴襄是总兵官，他自己也年纪轻轻的当了总兵官。他家的亲戚、朋友、同事，大多数是关外武将，特别是他的舅父祖大寿是很有名望的总兵官。祖大寿的兄弟祖大乐、祖大弼都是总兵官。总兵官是武一品，称为大帅。所以我把这个家族叫作"关外武将世家"。在洪承畴被清兵俘虏投降以后，祖大寿在锦州投降，大批将领跟着投降。吴三桂的亲舅舅祖大寿投降时，他的舅母左夫人仍住在吴三桂的宁远城里，可见其社会关系复杂得很。清太宗皇太极曾命很多已经降清的文臣武将给吴三桂写信劝降，包括祖大寿、祖家兄弟和吴三桂父亲吴襄曾经的同僚，以及与吴家有各种关系的人。清太宗皇太极两次给吴三桂写信劝降。北京一度谣传吴三桂要投降清方，吴三桂为释崇祯之疑，让他的父母和一部分家人移居北京城内。所以崇祯亡国之后，吴三桂投降清朝，反对大顺，并不奇怪。倘若我们从吴三桂所代表的这一"关外武将世家"的社会关系、经济（财产）情况，清方从皇太极以来所执行的颇为有效的招降政策，以及当时的军事形势、阶级斗争特点，李自成和大顺军在北京暴露的弱点，等等，许多方面作综合考察，便不难明白吴三桂降清的真正原因，而不会再相信是为了一个陈圆圆。

关于吴三桂降清的详细原因和经过，留待讲山海关大战时再讲，我在这里不多谈了。总之，吴三桂由于种种原因，于崇祯十七年二月奉到崇祯的诏书后不能火速去救北京，耽误了时间，等他从山海关到了玉田县，北京已经破了，他就停兵在永平和玉田一带开始准备他自己的出路。他起初对李自成采取缓兵之计，不说拒绝投降。等他知道清兵将要出动，决定要进入长城后，就断然表示不向李自成投降，要报"君父之仇"。这时李自成的悲剧也就快开始了。这里我暂不谈李自成的悲剧，先谈崇祯皇帝的悲剧。

六

崇祯皇帝，我是作为一个悲剧人物来写的，他主观上总想做明朝的中兴之主，想留名千古，而结果亡国亡得很惨。崇祯皇帝有种种必然失败的因素构成亡国的条件，这已在小说的前几卷里逐渐写出来了。他苦苦挣扎，终究不可能挽回他的历史命运，因此酿成了悲剧。但是如果有些方面他不那样做，也许他的江山还可以多维持些年。但事物是非常复杂的，正是因为他的许多行动、许多决策是错误的，也包括他性格上的一些缺陷，如不听别人劝告、刚愎自用、多疑、独断、残暴，等等，加速了他的悲剧进程。关于这些，我今天就不作详细分析了。以上是偏重在历史方面讲的，下面谈一谈我怎样根据历史的进程来写崇祯皇帝的悲剧，然后再接着谈李自成的悲剧。

先谈崇祯皇帝。当大顺军到昌平的时候，崇祯还假装镇静，在中左门召见考选官员。关于如何"安人心，戢狡谋，用兵足饷"等问题，这些官员们回答得非常不着边际。正在这个时候，忽然有个太监在御案上放了一个小封子。他打开一看，马上面如土色，话也没说，起身回宫了。进士们怕他还要问话，不敢离开。过了好久，太监传旨说："皇上已经不再问话了，你们就退出去吧。"怎么回事呢？原来刚才崇祯接到密报：李自成已过居庸关，到达昌平了。

北京当时还有几万部队，崇祯就出动这几万部队在昌平和北京之间的沙河布阵，抵挡大顺军。率领部队的是襄城伯李国桢，是一个公子哥儿。看见大顺军来到，李国桢的部队不战自溃，所有大炮都丢了。大顺军又得了许多大炮，没经过战斗就到了北京城下。守城的太监们要为自己留条后路，在大炮中只装火药，不装炮弹，守城的人很少，平均两个城垛有一个太监或一个老百姓。崇祯的国库空了，无钱守城，大概每天每人只发两个烧饼，吃不饱，有怨言。李自成派一个投降的监军太监名叫杜勋的，进城去见崇祯皇帝，劝崇祯皇帝让位。但是杜勋到了崇祯面前，不敢说叫他完全让位，提出让他跟李自成平分江山。崇祯当时很恼火，把椅子踢倒了，但是没有杀这个太监。按说应该杀掉，因为太监不管多么重要，都是皇帝的家奴，但是他没杀。崇祯平时杀大臣毫不姑息，包括首辅大臣也处死过两个，对于总督、巡抚、总兵杀的就更多了。到现在连个太监都不能杀，可见他知道北京已经守不住了。这个太监又出城了，到城头上他还跟守城的太监说："我们不用怕。李王得了天下，仍然有我们的富贵在！"崇祯一向依靠太监，杜勋也是他重用的人，但最后得到了这样的结果。

当李自成开始过黄河向北京进军的时候，崇祯皇帝采取了几个紧急的救亡措施：第一个是大封武将。吴三桂在这个时候被封为平西伯，南方的左良玉、刘良佐、黄得功、刘泽清、高杰都加官晋爵，而左良玉晋升为侯爵。第二个是派太监监军，沿着大同、居庸关一线，派出亲信太监监军。杜勋正是在大同监军的太监，首先投降了大顺军。第三个是派大学士李建泰前往山西督师。李临走的时候，崇祯亲自率领太子和两个皇子永王、定王在午门楼上为李饯行。结果李建泰走到保定时听说李自成已经过了黄河，进兵北京，不敢前进了，后来在保定投降了大顺军。第四个紧急措施是崇祯下罪己诏，下了两次。

群臣还就两个重大对策在二月份进行了激烈争论，一是崇祯是否可以逃往南京，二是是否可以赶快调吴三桂救援北京。在崇祯的存亡关头，由于朝廷纷争，既否决了南逃之议，又耽误了调吴之策，这对于崇祯的亡国的结局造成了无可挽回的影响。

当时朝廷上有一部分大臣建议崇祯离开北京到南京去。明朝当时有两个京城：最早朱洪武建都南京，朱洪武死后他的孙子建文帝在南京做了四年皇帝，被燕王朱棣也就是明成祖篡位。到永乐十八年的时候，北京城建成了，明成祖迁都北京。从此明朝始终就有两个京城。南京作为"留都"，也有六部衙门、都察院、国子监等机构和中央官员，不过真正掌权的官员是在北京。这时候有一些大臣建议崇祯到南京去。他起初也很动摇，想到南京去。可是有的大臣反对，以路途不安全为由，认为不能离开北京。建议他逃往南京的大臣们看到这种情形，又建议护送太子先到南京去，意思是如果北京被李自成攻破，太子在南京还可以继承明朝皇统，不致亡国。结果又有人反对，他也不同意，只好全家留在北京。他抱着"国君死社稷"的思想，等着将来自尽了事。而反对他到南京去的那些臣工，在李自成进北京后却首先投降了。

就军事形势说，崇祯当时逃往南京虽然有许多困难，但是可以走通的。崇祯也曾经下令做准备，结果又取消了。为什么说可以走通呢？因为大顺军的主力部队是往太原走，如果从山东南下，崇祯是可以逃得及的。尽管也有李自成的部队进入山东，但人数很少，其中有些是新降大顺的明朝将领。崇祯所经之处，必然会有许多人怀着各种目的起而勤王。刘泽清可以勤王，甚至新投降大顺的董学礼也可以"反正"。在封建时代，勤王不仅是忠君的美德，而且是名正言顺的政治投机。一旦崇祯到了现在的江苏境内，驻扎在淮阴的明朝军队就可以迎接他。如果崇祯事先迅速下密诏通知南方，像史可法、高杰这些人会带着大军迅速北上来迎接他。我们在分析这个问题时，第一，不能把李自成的兵力估计过大；第二，不能忽略封建社会各阶级在"国变"时常常出现的复杂的思想动态；第三，不要忽略驻扎在长江以北的武将们或者为着"君臣大义"或者为着争取建立功勋，会争先恐后地出兵"迎驾"。

崇祯还有第二条南逃之路可走，就是从天津入海，绕过山东，在海州或别的地方登陆，虽然有风浪危险，但并非绝不可行。

南方基本上是完整的。倘若崇祯逃到南京，战争的发展必有很大曲折。也许清兵在华北同大顺军交战，而明军在淮北也同大顺军交战。种种变化，我不用推测了。

崇祯的真实思想是愿意逃走的。关于当时他的处境和复杂心理，将在小说中表现出来，今天不用详谈。北京内城将破的时候,他很想逃走,但是没有机会了。他有个妹夫是驸马,叫巩永固,舅家表哥叫刘文炳,封新乐侯。崇祯把巩永固和刘文炳召进宫,对他们说:"我现在准备御驾亲征,你们可以把家丁点起来,随我一起亲征。"我们不要从字面上理解"御驾亲征"的含义,古代"御驾亲征"有两种意义,一种是确实到前方指挥部队,一种是逃走也叫"御驾亲征"。驸马巩永固一听就哭了,说:"皇上早该走没有走。我们祖宗的家法,皇亲驸马不能私养家丁。我纵然有家丁,人数也很少,现在京城到处都是流贼,如何能保护御驾逃得出去呢!"他们相对哭了一阵,没有办法。可见如果有逃出北京的机会,他不是不想逃,只是在一个多月前由于一部分言官阻止,将他逃走的机会耽误了。

关于崇祯此后的精神状态和失常行为,以及如何逼周后自尽,如何送太子和永王、定王出宫,如何在宫中杀人,包括砍伤他的长女长平公主,砍死他的小女儿昭仁公主,以及如何同太监王承恩吊死在煤山脚下的槐树枝上,等等故事细节,都将在小说中表现出来。我今天着重讲造成他的悲剧的各种历史条件(包括他的性格和作风),所以尽量省略了故事细节。为写出崇祯皇帝的悲惨结局,我在这里谈一点小说细节。

崇祯回宫后,据说太监敲起了钟,只有在最紧急的情况下皇宫才敲钟,是要把文武百官紧急召集起来,商量国家大事。但没有一个人来。崇祯叫人把酒拿来,让一个叫王承恩的秉笔太监,在他的对面坐下,这样已经很反常了。太监的官职不管有多大,地位有多高,毕竟是奴才,在皇上面前是不能坐下的,更不敢坐在一张桌子上。王承恩坐在皇上对面喝着酒,皇上用手指蘸点酒,在桌子上写了一行字:"文臣皆可杀。"这都是野史说的,可靠不可靠呢?我觉得是可靠的,我将在小说里写出。因为旁边还有倒酒、伺候的人,可能是旁边的太监看到这一行字了。因为他临死前也不能改变专断、怀疑、粗暴的作风,从不责备自己,总觉得所有的文臣都不听他的话,都有门户之见,现代话叫派性。一天到晚的派性斗争,你要我的命,我要你的命,误了国家大事,一直到亡国。从这样考虑,他写了"文臣皆可杀",是很正常的。

喝了酒以后,趁着酒兴,他到了坤宁宫,对皇后说,大势已去了,你赶快想办法吧!这是叫皇后自尽。皇后大哭,说:嫁你十八年,不敢在你面前说一句话,才有今天。这是什么意思呢?皇后曾劝他逃走,说过一句话:我们南面还有一个家(指南京)。他将眼睛一瞪,皇后不敢说话了。崇祯严守明朝祖训,不允许后妃干政,过问国家事情。他的嫂嫂,天启的皇后曾经也过问过向南方走的事情,他马上派太监追问这话是从哪里来的。天启皇后不敢说信息来源,对太监说,请你告诉皇上不要再问了,再追问下去,我就只好死了。

这个时候,崇祯把他的三个儿子,就是太子、永王、定王都叫来了,太子还穿着太子的衣服。崇祯说,到什么时候了,你还穿着这衣服,赶快换旧衣服。宫女们赶快去找旧衣服，不是太子专门穿的样式。太子穿衣时，宫女系扣子慢了，他就亲自去系扣子。他告诉太子说，今天晚上你还是太子，明天就是庶民百姓了。你看到老头子称大爷，看到中年人称伯伯、称叔叔。长大以后，如果有办法，就恢复大明江山，替父母报仇；没有办法，就隐名改姓，不要再出来。然后立刻派太监送太子出宫逃走。皇后抱着太子不放，痛哭，才勉强把太子送走。然后把永王、定王，就是田妃生的两个孩子也送走了。逼着娘娘赶快自尽，娘娘只好回寝宫去了。她让宫女把衣服缝好，害怕死了以后尸首暴露出来，交代后上吊自尽。以后管家婆——主要宫女跪在皇上面前，启奏皇上，娘娘已经领旨了。他才走开，去杀袁妃，杀后没看尸首就走了。之前，田妃已经病死了。崇祯又杀了几个宫女，因为这几个宫女曾和他同居过，都还没有封妃，不能留下来受"逆贼"侮辱。他又去乾清宫旁边的明殿，把他六岁的女儿杀了。之后，又去杀他的大女儿，十六岁，叫长平公主。崇祯一到，长平公主跪着迎接他，说是孩儿无罪。崇祯咬牙一剑砍下，砍断了膀子，公主倒在地上。又举剑时，胳膊颤抖得抬不起剑，这才走了。

处理完这些事，他和王承恩骑马奔到景山，就是煤山，也叫万岁山、万寿山。当时煤山树木很多，养有许多鹿，还有许多白鹤乱跑。于是把马丢下，登上煤山高处，这时靴子丢掉一只也不顾了，看到南城外有几处火光，他想这是驸马巩永固和新乐侯放火自焚为他殉葬，脸上露出一丝微笑。然后下了山，在山脚下的一棵老槐树下，上吊死了。王承恩等看皇上死了，给皇上磕了三个头，在旁边的一棵树上也吊死了。第二天早上，李自成进宫，找不到崇祯的尸首，下命令，谁要窝藏崇祯皇帝，全家问斩。后来有人发现，崇祯的一匹白马在煤山下边吃草。从这个线索找到了他和王承恩的尸首。据说，崇祯的衣服上写了两行字："朕无德无能，不能承继祖宗江山；以发覆面，无面目见祖宗于地下。贼来，宁碎朕尸，勿伤百姓一人。"这两行字真假不知道。他会不会这样写？我认为他会这样写的。崇祯皇帝这个人是死要名誉的，一心想着他死后，要在历史上称他是"英明君主"。尽管他在苛捐杂税各方面加重了老百姓的负担，民怨沸腾，但他这种爱惜名誉的思想至死不变。因此，他死前已经考虑过了留下什么遗嘱，那就是李自成进城后不要伤害百姓。也许他明知道他说话已没人听，却认为自己作为一代英明之主应当留下这句话。这种精神状态在小说中可以挖得很深。他这个家族，后来三个儿子都死了，大女儿当时被崇祯砍伤后没有死，过了两三年也死了。这也是崇祯皇帝家族最后的悲惨命运！

七

崇祯十七年三月十九日天明时候，北京内城的各门都由守城的太监头目和官员们自己打开了。首先进城的大顺军沿街传达刘宗敏的安民晓谕，命百姓在门额上贴上"顺"字，便不杀人。百姓起初关门闭户，随后将大门打开，用黄纸或红纸写一"顺"字，贴于门额，有的还写着"永昌皇帝万岁"字样贴在门上，有的在门口摆设香案，有的在帽子上贴一"顺"字以便在街上行走。半晌时候，刘宗敏率领大约一千骑兵从正阳门进城，队伍整肃。正午时候，李自成在牛金星、宋献策等一班文臣陪同下由德胜门进城。最有地位的太监王德化、曹化淳率领一群大太监在德胜门恭迎。围攻北京的两天，李自成本来驻在阜成门外，为什么绕道从德胜门进城呢？这是因为，李自成不是在战斗中杀进城，而是和平进城，因此，他应该从什么方向和什么时辰入城，都得由宋献策按照五行迷信的道理择定，以求趋吉避凶。有的书上说他首先从西直门进城，忽然迎面来了一道黑气，宋献策认为不吉利，临时改由德胜门入城。我认为从德胜门入城是事先决定的，上述说法不可信。如果是原来择定从西直门入城，为什么王德化、曹化淳等不在西直门恭迎？

李自成进皇城时没走西长安门，而是绕了一段路从大明门进。这是因为，大明门是正门，他是皇帝身份，当然应该从正门进来。许多书上说他到了承天门（清代改名天安门）前，弯弓搭箭，祝祷说，倘若我有天下，就一箭射中"天"字。结果射中了一半，射在下方。宋献策、牛金星赶快为他圆场，说了句，虽然射了一半，也有一半江山！这话不合理。因为当时李自成肯定自己要一统天下，绝不会想到他有半个江山。而宋、牛二人也绝不敢当着他的面说他只有一半天下。那么为什么要射这一箭？依我看，如果他确实射过一箭，射这一箭的目的，是以胜利者皇帝身份，在进入被灭亡的朝廷皇宫前,要驱除邪气。

在李自成进城之前,已经有一队将士为他清宫,就是现在所说的安全搜查。他按照预定计划,住进武英殿。为什么不住进乾清宫?因为,第一,乾清宫是明朝亡国之君所住的宫院,是个不吉利的地方;第二,他只是在北京的皇宫中暂时驻跸,并不把北京的皇宫看作他自己的皇宫。他已经决定在西安建都,将西安改名长安。因为李自成失败太快,来不及将北京改名。如果来得及,很可能将北京改名幽州。何以知之?三月十五日北京收到刘宗敏的一道檄文,上边写明:"十八日幽州会同馆",可知大顺方面已经决定将北京改名为幽州了。当李自成驻在北京期间,北京被称为"行在",表示是暂时驻跸之地。由于轻视了北京在全国人民心目中的重要价值,不打算久驻,也促成了战略和政治措施的错误。

李自成到北京以后,最关心的大事有以下几项:(一)赶快筹备登极大典。从本年正月初一日起,李自成已改年号为永昌元年,易服色,颁布避讳的字,重定官制,如今只剩下正式登极了。所以到北京后就在百官中公布了《大顺礼制》和新的官制,择定四月初六登极(日期改动几次),每日由鸿胪寺领导百官演礼。(二)拷掠明臣追赃。(三)招降吴三桂。(四)对南方明朝武将招降。关于登极问题,新降明臣最为积极,不断上表劝进。但是由于对吴三桂的招降遇到波折,登极的事不得不一再推迟。吴三桂原来持观望态度,后来忽然回兵山海关,拒绝投降。关于吴三桂的态度变化和接着而来的山海关大战,我将在另一专题中去讲,这里只大概谈一下。

吴三桂屯兵永平一带，已经是进退失据。崇祯已死，大军粮饷没法解决，这种情况使他不能不持观望态度。等到他摸清楚李自成来北京的人马只有数万，也没有后继部队，又知道李自成在北京拷掠追赃甚急，失去人心（特别是官绅富户的拥护），可能也得到清兵准备南来的消息，他的反李自成的主意就基本拿定了。恰恰他得到误传，说他的父亲吴襄也被拷掠，于是他的态度就完全确定了。但是他知道他的兵力不能打败李自成，所以他继续采取缓兵之计，一面向清方求援借兵，一面按照多尔衮的指示，将李自成向山海关引诱，使大顺军陷入圈套。

清朝方面，得到李自成破了北京的确报后，就调集人马，打算从以往的蓟州、昌平一带进入长城。多尔衮在路上得到吴三桂的第二次请兵信，就改道直向山海关进军，把大部队和火炮留在后面，轻装前进。四月十九日，大顺军到达山海关西边，次日开战，战场在石河西岸，距山海关数里远。大顺军的兵力稍多于吴三桂的关宁兵，但是关宁兵是以逸待劳，有山海卫城作倚靠，城中百姓也参加助战。这一天战斗激烈，不分胜负，打了半日，至晚收兵。

关于山海关之战，清初人记述的资料中有三点错误至今仍有影响，常被学术界引用，在此顺便说明一下。第一，有的记载上说大战在一片石进行，这是不明地理的错误。长城在东端尽头处由北向南转，在山与海之间建山海卫城，城的东门就是山海关。一片石就是九门口，在山海关东北三十里处。开战的当天，有唐通的部队一百多人从一片石出去，大概是刺探性质，经过一片石边时被清兵消灭，此后在这里没有发生过战斗。第二，说大顺军投入大战的是二十万人，实际出北京的是六七万人。以六万人说，不能不在永平留下一部分，所以投入战斗的是五万多人。第三，说大顺军将吴三桂包围起来，吴三桂突围出山海关去见多尔衮，实际绝无此事。不仅李自成没兵力包围吴三桂，地理形势也是不可能的。吴三桂的布阵面向石河滩，战斗在石河滩和石河西岸进行。吴军的背后是山海卫城的西罗城。山海卫城北边有一座北翼城，南边有一座南翼城，而南翼城南边是宁海城，接着是海边，名叫老龙头。吴军据有这样的地势，大顺军纵然再多许多，如何能够包围？在第一天大战的激烈进行中，曾有大顺军数百人奔到西罗城旁边，被守城部队消灭。第二天大战的时候，北翼城中有人起义，迎接大顺军少数人进去，但又迅速被消灭了。将来专讲山海关大战的题目时，我将要讲得具体一些，还要绘出一份草图。

当天晚上，清兵到了山海卫城东的欢喜岭，多尔衮驻兵威远堡。吴三桂率领几个亲信将领和几个城中士绅去见多尔衮，向清朝投降，商量第二天如何协同作战。当晚吴三桂剃发，众将士来不及剃发，次日臂缠白布为记号与清兵一起作战。

当夜大约有两万清朝骑兵进入山海卫城中。既然唐通的少数人马在一片石外遇到清兵，当然会很迅速地报告李自成。李自成已经知道清兵来到，却不能从战场退走。大概他以为只有少数清兵来到,希望第二天同吴三桂进行决战,不等清兵大部队来到就获得大捷。这是不明敌情,希望侥幸成功。所以李自成在山海关同敌人进行决战,不仅是犯了孤军深入的错误,而且犯了孤注一掷的错误。

第二天上午双方继续进行大战,主战场仍然在石河滩上,大概由于知道清兵来到,李自成为防备陷于包围,从北山到海边都部署兵力。这样布阵是错误的,将本来不足的兵力分散太宽,没有纵深部署兵力,更没有保留充分的预备部队。大战进行了一半,忽然刮起大风,飞沙走石,沙尘遮天蔽日,使战斗暂时停下。大风过后,重新厮杀,满洲骑兵突然出现,投入战斗。李自成的身边已无兵力投入战斗,明白战局已经不可挽回,只好策马向永平退走,并下令退兵。当时指挥大战的是刘宗敏,他已经负了重伤。在混战中,撤退的命令不容易很快下达到下面,将士们接不到命令,只好继续死战不退。据说有七座营垒都被清兵和关宁兵攻破。大顺军在退出战场后又被追杀了二十里,死伤十分惨重。

李自成在永平府停留了两天。看来清兵和吴三桂的关宁兵也损失不小,需要补充整顿,所以没有一直追到永平。起初,吴三桂施了个缓兵之计,即提出条件,要李自成将太子归还给他。这时,李自成派人去山海关见他,答应将太子给他,要求停止战斗。按逻辑推想,李自成的信中必然以民族大义激劝吴三桂,要他共同反满。但史料缺乏,小说中将写出这一内幕。吴三桂已经投降清朝,受封为平西王,不敢也不能有所作为了。只好死心塌地效忠清朝,与李自成作对。

于是，李自成将吴三桂的父亲吴襄杀死在永平西乡范家庄，把崇祯的三个儿子——太子、永王、定王和明朝宗室秦王、晋王给点银子放走，让他们各自逃命。

李自成带着残余人马奔回北京。大臣们"劝进"，李自成开始感到犹豫，说："事情很紧，哪有工夫顾到这事！"刘宗敏考虑人心离散，厉声说："若是不登极，就是想回到关中也不可得！"四月二十七日，李自成在武英殿登极，牛金星代行郊天礼。二十八日五更，李自成逃离北京。五月初三日到了定州，被吴三桂的人马追上。谷可成指挥大顺军还兵拒敌，战败阵亡。初四日，李自成亲自督战，中了箭伤，伤势颇重，卧在民舍。百姓怨恨，携妻子逃走，夜间自焚庐舍，火光通天。大顺军一夕数惊，几次移营，只好赶快从固关退入山西。

山西、河北、山东、畿辅各地，听说李自成在山海关大败，丢掉北京，纷纷叛乱，使李自成在各地草草建立的地方政权迅速瓦解。李自成想守山西，已不可能，不得已从临汾渡过黄河，退到韩城，企图确保陕西。清兵（包括吴三桂）经过休整，分两路攻陕西。南路攻潼关，北路攻榆林，攻榆林的大军分一支南下攻延安。李自成偕刘宗敏守潼关，无力出击，完全被动。知道延安失守，李自成赶快将守潼关的人马撤退到长安。几天后放弃长安，走蓝田山路，经商州逃往河南，又从河南邓州到襄阳。妇女老弱在蓝田到商州的路上遇着雨雪，死亡很多。在襄阳立不住脚，逃往武昌，又从武昌往九江逃。一路受清兵追赶，发生过多次规模不大的战斗，总吃败仗。牛金星父子在离开襄阳后就逃走了，下落不明。刘宗敏和宋献策在武昌一带被俘，刘宗敏被清兵用弓弦勒死。随后，李自成的叔父、妃子也都被俘。他知道往九江去不行，折回头往湖南逃，被清兵打散随行将士，独人独骑逃到九宫山，在一个叫牛脊岭的地方被乡勇程九伯杀死——从身上找到皇帝玉玺，才知道他是大顺皇帝李自成。

总之，李自成到后来既没有土地，也没有人民，被杀时身边连一个卫士也没有，大概战马也没有了。这是他进北京以后一年多的事情。这是他的大悲剧。但他不愧是中国历史上杰出的农民起义英雄！然而小说到此并未结束。

八

下面再说高夫人和李自成余部的悲剧。高夫人离开西安时同李自成分了路。李自成因为是仓促退出西安，而榆林、宁夏、固原、兰州、汉中的部队都没法集中，就由李过和高一功集合并率领这些部队，有二十多万人马。高夫人就在其中。这支部队由川陕边境退到湘鄂交界地方驻扎下来。南明要招抚这支部队，经过谈判，决定投降南明，共同抗清。双方有一个口头协议：部队改称忠贞营，李自成称先皇帝，高夫人称太后。南明大臣见高夫人还要行跪拜大礼。李过是李自成的亲侄子，是李家的后代，是皇统。投降南明，取消大顺朝国号，只有高夫人才能决定此事。到这时候高夫人的名字才出现在史书上。之前小说中的高夫人的故事，如潼关南原大战、夫妻会师等，都是虚构的。几年之后，李过病死在广西，高一功在一次战斗中阵亡了，余部退到鄂西的兴山一带。当时在兴山一带有许多部队，称夔东十三家。李来亨是李过的养子，李家的后代，因高夫人在他那里，高夫人的威望很高，所以李来亨被奉为这十三家的盟主。康熙二年，逃到缅甸的南明永历皇帝被吴三桂捉到昆明杀掉了。清朝集中兵力围攻夔东十三家。这十三家有的投降了，有的被消灭了。郝摇旗、袁宗第、刘体纯等也辗转到了鄂西的兴山一带，继续抗清。他们经过长时间顽强战斗，才被消灭。清兵进攻李来亨驻守的茅麓山，高夫人和李来亨拼死抵抗，茅麓山被攻下，高夫人自焚牺牲。

　　小说五卷的尾声就是在茅麓山被攻下这一章结束的。这一章不能多谈，一谈我就哭，家人和朋友也跟着哭。这一章尾声的故事情节完全是虚构的。我只简单提一个事情，高夫人是怎样的下落？有人说，高夫人在湖南善终了。我不相信，所以就塑造高夫人最后自焚牺牲了。高夫人在茅麓山自焚，是有历史根据的。清兵进攻茅麓山，经过一番激烈战斗，山寨最终被清兵攻破，李来亨的将士们被冲散了，各自为战，拼命杀敌。李来亨带着剩下的人往宫院附近退走。这时高夫人率领男女亲兵也退过来，在宫院外抵抗清兵。李来亨跑来，跪在高夫人面前说：奶奶，你现在赶快逃啊！我们同清兵决一死战，保护你！高夫人斥责李来亨，坚决不走。清兵最后攻破了寨墙。太后高夫人、忠王妃慧英（李双喜的遗孀）、老马夫、尚神仙和众亲兵退上鼓楼，许多女兵退走不及，战死在院子里。这时，后宫、寨子、房上、房下到处都是男女将士，拼死作战。鼓楼上的钟声一直不停地响着，因为过去传下旨来，只要钟声不停，各地将士不得放下武器。清兵冲进鼓楼，高夫人下令放火，在浓烟和烈火中，男女将士继续放箭射杀清兵。李来亨看见宫院起火，也下令放火，一边放火，一边向外射箭，一边大声呐喊。两个宫院的火光与烟雾混合在一起，升腾到天空，钟声、呐喊声、怒骂声长久不息。高夫人、慧英、李来亨、尚神仙、老马夫和众将士、众女兵，都在熊熊的烈火中壮烈牺牲。这时候，高夫人已领导李自成的余部坚持抗清十八年！

总的来说，《李自成》是一个大悲剧，大悲剧套着小悲剧，大人物的悲剧套着小人物的悲剧，全书五卷从开始到结尾充满着悲剧气氛。最大的两个悲剧人物，一个是李自成，一个是崇祯皇帝，当然李自成的悲剧是主要的。通过全书，在思想上要使读者思考：李自成到底为什么会失败？崇祯皇帝为什么会亡国？从他们身上，后人应该吸取什么历史经验教训？

这是我讲的最后一课。要谈的问题还有很多，以后有机会再谈。

我走过的学习道路

各位老师、各位同学、全体同志：

我今天谈一谈我在学习上走过的漫长道路，没有来得及做准备，算是临时向母校作口头汇报吧。

一

五十年前，我在河南大学预科读了两年书。由于闹学潮，第一年暑假被国民党逮捕，后来释放；第二年暑期被挂牌开除，罪名是"思想错误，言行荒谬"。听说又要逮捕我，我当天逃往北平，从此走上了创作道路。虽然我被这个学校开除了，却常常怀念这个学校，至今仍看作我的母校。假若1929年我不曾进这个学校读书，不知道我这一辈子会走什么道路，大概可以说绝不是今天的道路。

我上学的日子很少，除读过三年小学、不到一学期的初中。少年时代，常在失学之中。1929年春天，我毫无出路，从家乡来到开封。因为没有钱，生活很苦。这年夏天，在河大读书的同乡学生替我造了一张初中毕业的假文凭，我考上了河大预科。这个过程并不重要，重要的是进入了这所学校。进河大预科读书是我一生的第一个关键期。它决定了我这一生的道路。

1927年大革命失败以后，中国共产党除在农村开展武装斗争以外，同时在大中城市不断地组织罢工，发动学潮，领导各种革命斗争。那时候有的青年苦闷彷徨，有的埋头读书，但有的就踏着革命志士的血迹奋斗。正是在河南大学这个地方，我接受了地下党的领导，做了一些工作，尤其是参与开封的学潮。虽然这些在大中城市的活动是在王明路线下进行的，给党在"白区"的力量和工作带来的损失很大，但是另一方面却给很多青年以革命的政治锻炼和思想教育。二十世纪三十年代的大批青年知识分子就是在这种情况下开始参加革命的政治斗争或投身进步的文化阵营，其中就产生了一批作家。

当时我正是一个可塑性极强的小青年，我永远不能忘记进入河大预科后中国共产党的地下活动给我的启蒙教育。倘若没有这一思想教育，我不会走后来几十年的生活和工作道路，不会成为一个作家。纵然走文学创作道路，也不会成为像我今天这样的始终愿意跟着中国共产党走的作家。当时在河大预科和本科的同学中搞文学的不少，有的常在校刊上发表诗、词、骈体文、散文（桐城派古文）作品，有的甚至自费出版过一两本新诗集，而这些有才华的同学们所缺少的是进步的思想和革命的人格锻炼,世界观始终是落后的,甚至是反动的,后来必然的归宿是跟着国民党走,在滚滚向前的历史洪流中销声匿迹了。我这一生的成就很小,但是论起这一点微不足道的成就,我不能忘记在河大预科两年的学生生活。这是我一生道路开始的地方,是地下党给我强烈的思想教育的地方。

二

当时的马克思主义学说还处在普及工作阶段,有些书是从外国翻译过来的,也有中国人自己写的。这些翻译过来的书,有的翻译得并不好,字句很生硬,加上我自己的常识很少,读这些书很吃力。可是我的求知欲强,只要当时在开封能买到的这类书,我都要买来阅读。若一次看不很懂,就再读一遍。例如陈豹隐翻译的河上肇的《经济学大纲》,我硬是啃了两遍。当然,有些书实在啃不动,如不记得什么人翻译的《哲学之贫困》,我啃了啃,不懂,只好放下。这是我接触马克思主义基本理论的开始,而且得到了益处,开了心窍。以后继续留意这方面的知识,对我这一生在创作上的发展影响很大。作家要不要重视理论修养和学问修养,大概不会有人从道理上反对,但是在实际上确有重视与不重视之分。当作家达到了一定水平的时候,再向前进,要求提高,差别就显然了。我这一生,在理论上和学问上始终水平不高,我常常引为憾事。但是仅仅由于我在这方面尚能注意,使我在创作上的一些探索和前进得到了很大帮助。凡事开始很重要，而我是在河南大学的校园中开始从这方面起步的。

为说明作家学习马克思主义基础理论的重要性（当然文艺理论也很重要），我再多谈几句自己的亲身体会。同志们读过《李自成》的很多，我不妨拿这部小说做个例子。

《李自成》这部小说所处理的历史问题和事件相当复杂，包括民族的关系、阶级的关系、阶层的关系，统治阶级内部的关系，农民起义各武装集团之间的关系，以及对于错综复杂的历史现象如何认识，对于历史事变的规律如何认识，人物性格的复杂性如何把握等，都需要作家有一定的理论修养。尤其是，如果没有历史唯物主义的思想武器，这部长篇历史小说是写不好的。如果一个历史小说家只知跟着别人的道路走，别的历史学家怎样评论和解释这一段历史，而我们自己没有能力分辨是非，照着他们说的写，肯定也是写不好的，甚至会写得很错误。尤其是写历史的规律问题，要相信马克思主义的历史科学，少相信不科学的名人和"权威"！

我认为，作为一个够水平的历史小说家，他的作品必须既有较高的艺术性，又有较高的思想性。历史小说的思想性，主要表现在作者对历史问题的看法上，特别是对复杂的历史问题的见解上。怎样才能认为他的见解是好的，或者叫作精辟的，就在于他能不能够熟练地运用马克思主义的哲学武器分析历史，得出深刻的、新鲜的、独创性的见解。我在这方面没有学习好，但我知道这对一个历史小说家是多么重要。而难忘的是,我开始接触马克思主义的基础知识,就是在这个学校。

我在《新文学史料》(季刊)上发表我的回忆录,总题目叫作《学习追求五十年》。这五十年是从哪里算起呢?是从1929年。我打算把这部回忆录写到1979年,以后另外再写。回忆录的第一章就是写在河南大学的学习生活,而且是带着感情来写的。为什么从我进入河南大学预科写起?因为这是我真正学习的开始,一生道路的开始。

三

回顾五十年的学习道路,从作家的特殊职业讲,不能说我没有自己的可取经验。首先的一条经验正如我在前面讲过的,是要学习马克思主义。不管是哪一门学科,尤其是文科,我认为要重视学习马克思主义这一武器,特别是马克思主义的哲学武器——辩证唯物主义和历史唯物主义。这一个意见我反复在别的地方讲过。今年二月十七日《浙江日报》的"治学经验一夕谈"专栏上发表了我的一篇题名《我的粗浅经验》的文章,首先谈的也是这个问题。当前青年人中出现了一种值得注意的思想倾向,就是一些人对马克思主义持怀疑态度。我认为对马克思主义的基本原理不能有任何怀疑。这是我积累半个世纪以上的实践经验之谈。马克思主义可以随着时代的发展而发展,但它的基本原理没有动摇。许多事实告诉我们:掌握了马克思主义的哲学武器,你就会在治学上如虎添翼。拿历史科学来说，包括各种各样的政治史、经济史、思想史，以及文学史，古人总结了四条，首先是唐朝的刘知幾总结了三条，叫作史才、史学、史识，清朝章学诚增加了一条——史德。这四条都很重要，但是我现在只谈史识。一个人只是读书多，积累很多资料，能不能成为一个真正的历史学家？不一定。这要看你对历史事件的分析能力，你的见解是不是比别人的见解更科学、更接近真理。如果能研究某一历史运动的现象和本质，解剖其深刻的运动规律，真正使无产阶级从历史事变中总结出经验教训，这才是真正的史识。而达到这种史识，只有掌握了马克思主义哲学才有办法。

关于史德问题，我也不妨说几句我的看法。我们从事历史研究和著述，抱着对社会主义祖国和人民负责的态度就是史德。更具体一点说，我们的历史著作必须以其科学、严肃及正确的历史知识告诉读者，为人民大众负责，为教育后代负责，为推动我们的国家不断提高科学文化、建设精神文明负责。对史学家的这一切要求，其中有一个根本问题就是历史著作家的立场和方法，所以任何人如果忽略对马克思主义、毛泽东思想的学习都是不行的。不仅对待历史科学应该如此，对待其他社会科学部门，包括文艺研究和评论，莫不应该如此。不同的社会科学有不同的具体要求，但是有一个共同的要求是学习马克思主义和毛泽东思想。

四

关于学习和奋斗的目的,我也想向同志们汇报我的看法和经验。

我们为什么苦心学习,终生为一种追求而奋斗?对这个问题自然会有各种各样的想法,如有人认为学习好了有前途,学习不好没有前途。这种想法我们不完全排斥。每个人总要考虑自己的前途,如果这种考虑跟国家的利益、人民的利益联系起来就值得肯定。纵然有人学习的目的只是为个人前途,但是只要他爱国家,不反对社会主义,他就会以其学习的成绩为祖国的建设事业、为祖国和人民利益服务。这种为个人前途而学习的想法也有合理的因素,所以对这种思想要做具体分析,不能一概排斥。问题是要有更高的要求,要做到更自觉地为祖国的社会主义事业服务,不能光为自己考虑。我们应该时时刻刻记住:对于我们的国家、民族的前途,社会的前途,我们有神圣的责任,即古人所说的"国家兴亡,匹夫有责"。我们的学习和工作是以肩负起这个大责任为崇高使命,而为个人争一个较好的出路则居于从属地位。在摆好二者的关系时,尽可能使大道理同小道理统一起来,使大道理管着小道理。

二十世纪三十年代大批进步青年走上文坛都是和反帝、反封建、反国民党统治的政治斗争相联系的。文化和文艺的斗争是中国共产党所领导的革命斗争战线的重要组成部分,进步作家群总是或直接或间接地在中国共产党的组织领导或思想影响下从事创作活动和理论斗争的。我自己也是在这种情况下走上文坛的。尽管我自己没有大的成就,但是我认为这一段历史经验非常重要。如果我不走这条道路,而是把个人成名成家和赚稿费放在第一位,我这一生的文学事业必然毫无出息,我这个人大概早就完了。

再拿1957年我在被批斗后开始写《李自成》这件事来说,也有可取的一点经验。我不是说你们将来也可能被批斗,要学习我挨批斗之后的经验,而是说我在逆境中抱什么人生态度,坚持什么生活道路,这一点经验比较可取。当时我被错划为"右派",在被批斗之后,我常想:尽管我被划为"右派",但是我既然生活在这个时代,我就决不做历史的旁观者,而要做历史的参加者和推动者,我要尽我所能为我们国家的文化和文学事业贡献自己的力量。很难想象被错划为"反党反社会主义"的"右派"之后,我暗中开始创作《李自成》第一卷的艰难处境。我没有灰心,面对困难没有后退,没有忘记我对于我们的国家、民族和人民依然负有一定的责任。如果当时我只是上眼皮看着下眼皮,就不会进行这样长期艰苦的"长征"了。

总之,我认为我们的努力,不只限于为自己谋求一个较好的前途,而是要站得高一点,不要忘记我们对祖国的进步、历史的发展负有不可逃避的责任。譬如说同学们学师范,将来走上教育岗位,为人师表,为国家造就人才,推进"四化",做出成绩,这就是我们肩负的历史责任。当然你们自己也会得到人民的报答。祖国的前途同个人的前途是不能分开的。我常说我们中国的落后情况有各种各样，例如封建性的东西很多，官僚主义相当严重等，成为"四化"的障碍。如果教育发达了，各个公社、大队都有大批的初中毕业生、高中毕业生、大学毕业生，还有专门人才，民智大开，科学文化水平大大提高，这样整个社会面貌就大变了，封建性的东西就吃不开了。

五

有了端正的学习目的，接着就可以谈谈我们的学习态度了。

任何人想要有所成就，不管是治学还是从事创作，学习的态度一定要严肃认真，绝不能马马虎虎，更不能追求虚名。满足虚名，哗众取宠，欺世盗名，是我们的大忌。但这一点说一说容易，做起来并非易事。长期抱严肃态度，决心做实干家，耐得寂寞，确实很难。但这种态度必须养成。

我平生不随便迷信权威或权威著作。我看到如果有谁的著作论证确实、论点科学，纵有小疵，我也点头佩服，并不管此人是不是无名之辈。如果文章的论据经不起推敲，随心论断，治学的态度缺少严肃精神，纵然是名人和权威也不能使我违心苟同，更不会使我违心吹捧。当我还是二三十岁的青年时，我基本上就养成了这种态度，如今已经几十年了。这种态度当然有许多毛病，但是肯独立思考，敢于对权威说法提出不同见解，据理力争，我认为这一点是主要的。假若将来盖棺论定，倘若后人承认我是一个较有独创性的作家，大概与我的这种性格相当有关系。在学术问题上，谁都会出毛病，犯错误。但是有的人是在严肃态度中犯错误，有的人压根就缺乏严肃态度。我们要避免像后者犯态度不严肃的错误。

对中国古典名著，我是推崇的，也学到不少东西。我继承古典的东西比较多，我想读过《李自成》的人都不会不承认吧？但是推崇不等于迷信。对古典名著抱迷信态度，就不能正确地评价古典名著，就不能批判地学习。我反对厚古薄今的态度。我们既要重视古典名著已经达到的光辉成就，也必须分析，看出来伟大的古典作家都跳不出当时的历史局限。我们应该敢于指出，我们确实在某些地方达不到古人的成就，但是在有些地方，我们也可以达到甚至超越古人的成就。研究学问，评论作品，要能够既不迷信今人，也不迷信古人，敢于实事求是地分析问题，独立思考。一味迷信权威，迷信古人，欧洲文化不会从中世纪演化出文艺复兴和近代文化，中国文化不会在孔孟之道的残墟中出现"五四"的新文化。

六

最后一点经验，是提倡艰苦努力，不要存在任何走捷径思想。我接到许多信，包括初中的孩子也给我写信，说："姚爷爷,我想当个大作家,你看有什么办法?"还有的孩子更天真,说:"我长这么大,第一次写信就是给你写信。想问问爷爷,我长大了能成为作家吗?"这确实没有办法回答,因为没有捷径。连我搞了几十年还不配成为大作家,如何有窍门使别人成为大作家?我的孩子也不是作家,如果有捷径可循,我的孩子都变成作家了。只有刻苦努力学习,才有前途。关于这一点我过去也浪费掉很多时间,主要原因是生活不安定。尤其是新中国成立以前,生活很不安定。我也有浪漫主义性格,往往空想多,不切实际,但是基本上我还是用功的人。年轻时候,夏天的晚上,家人坐在小院里乘凉,我坐在小屋里的灯光下看书。不管家人怎么招呼我,我都不到院子里乘凉。冬天的夜晚没有火烤,也没有大衣,我披个被子在灯光下用心读书。包括在"文化大革命"中的陪斗、低头、弯腰,腰都弯疼了,但是只要让我回到家里,该看书还是看书,该思考问题还是思考问题。所以我得出四句话作为我的座右铭:"加强责任感。打破条件论。下苦功。抓今天。"我们只有感到自己对社会、对人民有责任,我们的努力才有信心,才能吃苦。责任心越强,越有勇气克服困难,所以要"加强责任感"。"打破条件论",就是说条件好当然要学习和工作,条件不好也要学习和工作,完全依靠好条件不行。譬如我现在条件好了,如果在五十年代、六十年代条件很艰难的情况下不抓紧工作,现在条件好了再努力也晚了。在我们国家,要特别重视"打破条件论"。"下苦功",这一点任何时候都要强调。我不是有较多才华的人,我常说我是中等之才。即便是真有天才的人，如果不用功，他的好天赋也是白搭。所以为了做到这一点，我没有什么嗜好，我不会玩扑克，不会打麻将，不会下围棋，象棋在青少年时期偶尔下一下，到了中年就不下了。有人知道我会下象棋，把棋盘送到我跟前邀请我下，倘若推托不了，我就赶快输给对方，决不为这件事来耗费我的生命。有所不争才能有所争，有放弃才能有所得。"抓今天"这三个字，虽然都知道我说得对，但真正严格实行起来并不容易。我们常常看到有的人提出一个计划，迟迟不实行，说，今年已经过去半年啦，从明年元月一号我再开始吧，或者说这个月已经过去半个月了，从下月一号开始，或者说从下星期日开始。由于不能抓今日，他们纵然有好计划，最后都成了泡影。所以要切切实实地"抓今天"。未来是一个一个今天积累起来的，没有今天就不会有明天，所以必须"抓今天"。这是我要讲的最后一点经验。

以上是我的汇报，希望大家提意见，给我指正。祝校友们好！

刘宣据姚雪垠在河南师范大学师生大会上的演讲录音整理，原载《河南师范大学学报》1982年第5期，收录本书时有修订

作家必备的修养

事前没有做准备,今天就带一个脑筋和一张嘴来跟大家见面。

如何培养大作家,这个题目很难说。这个题目很大,我也不完全同意,要看怎么说。别人有可能会问:"你自己都不是大作家,你还讲如何培养大作家?"但这个问题本身很重要,多少年来,我们对这个问题不敢说,不敢强调。一强调就感觉普及是第一,普及是需要,在今天需要,将来还需要。但代表一个国家、一个民族的水平,是靠什么呢?在科学上靠的是尖端的发明,没有尖端的发明就不能代表国家的水平。在文学上,就看你有没有光辉的作品。我们想想,中国的诗歌大家都推崇唐代诗歌,如果唐代这一代除去了几个人,这几个人不产生,或者死得早,像李白、杜甫、王维、白居易、李商隐等,唐代就不能达到这样高的诗歌水平。我们说宋代词的水平比较高,如果宋代文学史写到词这一部分,没有李清照、苏东坡、辛稼轩这些人,就不能够在历史上大书特书。所以普及的作品是重要的，但普及的作品还要提高。提高可以代表一个历史时代的水平，也可以代表国家的水平。假如我们今天有几部作品拿到国际上去，使国际感到震动，这就是中国水平。不然，说得再多，出版的东西再多，它都不代表这个水平。

也有一种意见，中国是一个十亿人口的大国，作品首先要被中国人民所承认、所肯定，国际承认不承认都可以。这个道理我是很赞成的。可是从另一方面说，我们的乒乓球、我们的排球如果是在中国打的，大家都拍手叫好，全程鼓掌，但达不到国际水平，不被外国所承认和佩服，好不好呢？我看不好。这是一个民族心理，是爱国主义的表现。所以希望我们不仅能产生好作品，而且要产生光辉作品，或者产生伟大的作品。我们再想想，如果从"五四"到今天这六十多年间，有三十部长篇小说都达到高标准，今天我们读的书就丰富多了。可是二十世纪二十年代、三十年代以来，能够留下来、承载记忆的长篇小说很少，图书馆里可供阅览的优秀长篇作品不是那么多。所以说这个问题是确有意义的。我一到这里，辽宁省的同志就跟我谈这个问题，我到的那天晚上，省委宣传部的负责同志到旅馆里来看我，也是谈文学界的情况。我说，这个问题提得好。因为辽宁人才济济，发表的、出版的著作也很多，如何再提高一步、提高两步，目前有这个条件提出来。那么有没有条件争取产生很精彩的作品？我认为也有条件，但是时间要等一等，就像上楼得一个楼梯一个楼梯走上去，先求得达到高标准，然后是更高的标准。今天，我想从高标准的要求来谈这个问题。

前头说的话跟序言一样，是我的序言。什么叫高标准？怎么才是高标准？一部书写出来、出版以后，能够打动很多读者的心灵，这个条件必须要有。看了以后，觉得这一本书够出版的条件，但不是发光的，不很感动人，这个条件就不够了。或者故事可以感动人，但它表现的思想深度不够，人物性格的深度不够，行不行呢？也不行。我们检查一下中国的古典名著，《红楼梦》为什么那么感动人？说良心话，中国古典名著有许多我是不想读的，《封神演义》我不读，甚至《西游记》我都很少读，也没有读完。作为反映人的精神状态、社会背景的古典名著，《西游记》是不深的。青少年看着很热闹，很喜欢，但像我们年纪大的人，要思考一些人生问题，思考的问题越多，读着越不过瘾，因为不深。《水浒传》有个别地方深，很多地方是不深的，只是热闹。《红楼梦》我为什么喜欢读呢？深。我有许多地方是从《红楼梦》得到启发，学习《红楼梦》的。前两天在一次报告中提过这个问题，我今天再举一个例子。《李自成》第二卷写的这个周后，周后是我在读《红楼梦》王夫人时受到的启发。红学家是不喜欢王夫人的，骂王夫人。但作为文学典型，王夫人写得真好。作为大家庭的一个主妇，平常看着很正派，我们设身处地想，作为一个封建式的大家庭主妇，不能像王熙凤一样，而只能像王夫人这样，是大大方方的，但在某个关键时候露出了阶级的本质。特别是对金钏人身的态度，露出了她的本质。如果平常丑化王夫人，绝不是的，平时的日常生活都写她的阴险毒辣，不行，那不是大家闺秀所产生的阔太太。所以王夫人写得好。她就给我一个启发，就是周后应该怎么写。周后在皇后这个类型里面是很正派的，她没有什么矛盾，她也很少争风吃醋。她跟田妃有这个争风吃醋的矛盾，但田妃受贬的时候，贬到启祥宫了，她还设法救田妃。尽管有复杂的因素，但是毕竟她救了田妃，她并没有落井下石。可是她代表皇后这个地位，因此为她过生日的时候，和尚为她无奈自焚，她是明晓得但受之无愧。宫女们为她刺血写经，她受之无愧。她去钟萃宫看太子的时候看到一个小太监跟太子摔跤，压到太子身上，她马上恼火了，这是储君，将来的皇帝，怎么一个奴才敢压到主子身上！结果这个奴才几次要被她处死，后来这个奴才自杀了。这些地方都代表阶级的本质，但这个阶级本质的表现不是个人要怎么做，而是当时的社会制度、阶级的根源使然。这种写法是受《红楼梦》的启发。当然，我也根据自己所了解的历史资料来研究周后这个人，这是个悲剧。后来写到第五卷她自杀的时候，就写出了她的悲剧的最后结局。这都已经录过音了，我的助手在整理。李自成打进了北京外城，第二天早晨就要进入内城，这时崇祯皇帝逼着她自杀了。这个情节写得激动人心，我不管她是地主婆子还是皇帝老婆，但她毕竟是个人，要写出她的复杂感情。

我学习了许多古典小说，包括外国的、中国的，也包括中国古典的其他文学，从各方面来学习。因此在《李自成》这部小说里，有许多人物是感动人的，有许多细节是感动人的。我常常谈到我写《李自成》的时候哭了，不仅仅是自己哭，而且我常常跟别人谈一些故事情节时，我哭，听的人也哭。小说家的作品必须先感动自己，才能够感动读者。可惜多少年来，过于偏重政治思想性而不强调感动人的艺术，这使我们吃亏了。

为什么今天我们的小说翻译到欧美去不怎么受欢迎？这有两方面的原因。一方面在资本主义国家里，他们的读者不需要我们的革命题材。不能因为欧美读者与我们的思想观念不同，就不按我们的社会生活来写。另外一个原因我们自己要负一定责任，小说政治气息过强而艺术条件不是很讲究。如果我们重视艺术条件，情况就会不一样，无产阶级文艺也应该有高的艺术性。我们有权利也有可能集成人类文化最优秀的部分，为什么不可以呢？总之一句话，小说写得必须感动人，必须有深度，有思想的深度，有沁入灵魂深处的深度。经过二十世纪五十年代到六十年代到十年内乱，读者的口味已被破坏了。你真正写得像古典小说那么细致、那么深入，他们不完全能够理解和接受。包括我们的艺术欣赏，你想想那个时候的样板戏多简单，却多么辉煌，只要写到工人，只要写到两万五千里长征的红军，那个时候大批人战死饿死，仍写到红军服装整整齐齐，满面红光。好像工人不胖胖大大就不是工人，工人动作不是这么整齐一致就不是工人了。古典的美学传统、美学教育全部丢掉了。今天我们的作品为什么不那么感动人呢？一个原因就是粗，不仅是文字上的粗，写到人的灵魂深处、性格方面都不够细。人的性格多复杂呀,因为粗浅,不能细致反映,所以难以感动人。

最近河南省委的一位负责同志到家里看我,谈到电影,夫妻俩都是河南省委的领导。这位夫人很有文采,她说:"姚老,电影上的姑娘谁救她的命帮助她的时候,一时感激,哗地一下子扑到这个男人身上了,我们当姑娘的时候参加了革命,我们什么时候扑到男人身上了?没有嘛。动不动就是青年姑娘拉着男人的手往山上跑,我们谁拉过人家的手呀?没有嘛。那个时候谁在我们最困难的时候救了我们,我们就是哭,没有扑到人家身上。"她说的是实情。一些电影把人的复杂情况、历史条件、时代特点都简单化了。我们能不能够达到一个高的水平,就是看我们写人物能不能够进一步,写事件能不能够更进一步。

我现在不好谈辽宁的作品,因为我没有看。我在家里有时候看看电视、看看电影,有的看了以后直摇头,因为这个生活反映的不是现实生活。有时候看看长篇小说。有一部相当有名的长篇小说,写蒋介石在1938年大武汉沦陷以前,夏天,空袭警报来了以后,他穿着大元帅服,挂着指挥刀,穿着大皮靴到陈布雷办公室里。为什么这样穿呢?武汉夏天热极了,中国三大"火炉"之一,八月间最热了。作者说是为了进防空洞的时候好让别人知道是蒋介石来了,好给他敬礼。我就说你完全歪曲了。第一,蒋介石平时就是穿个衬衣,别人也会敬礼,不需要他穿着大元帅服。那个时候在电影院的银幕上一出现蒋介石的镜头,全体观众哗地都站起来,你不站起来不行,那个时候是学习德国法西斯呢。第二，蒋介石进的防空洞不是老百姓能进的，能够进入防空洞都是高级幕僚和高级将领，谁看见都得敬礼。我说，这一段历史的气氛、背景你完全不了解。

这里说到电视剧。剧中李清照的家里竟有穿衣镜，玻璃是从明朝末年才传到中国来的，宋朝没有穿衣镜，到明朝末年的时候镜子还都是铜镜。这就是违背生活、曲解生活、捏造生活，甚至不要说内容、思想深度了，连普通常识都没有。

我也看过一本大家比较重视的小说，一个国民党的将军领着另外一个将领到他家里去，这个将军就是四川军阀刘永辉。刘永辉的太太给这个朋友倒杯茶，说："这是好茶，这是西藏出的铁观音。"作者都不知道铁观音是福建出的而不是西藏出的，西藏不出茶叶，是我们内地的茶叶运到西藏去的。还有客人一端起茶杯，打开盖子，用嘴一吹，说："香！"作者都不晓得泡茶如果茶叶漂得高是温水，若是开水，一吹茶叶很快就落下去了。只因温水半开不开，放得久了，茶叶就会漂起来。另外，头遍茶是不怎么香的，好茶叶第二遍才是香的。我说："这些普通的生活常识你就欠缺。"写小说编剧本必须真正懂得生活，真正懂得人，懂得历史的和现实中的人。

现在出版的一些书错误百出，不能看，但竟然能够通过编辑就出版了，说明这一系列的问题都值得我们注意。比如我看了一个非常有才华的女作家写的书，我看了一章给她提了几十条意见，其中有两条意见你们想一想。有一条是写大年初一鸡子已经叫鸣了，新月刚从东边落下去了。我说："初一初二是没有新月的。有几句口诀：初一初二不见面，初三初四一条线，初五初六镰刀月，初七初八梳子月。从东方出来，这是夏天二十几号的月亮，所以不能说从东面落下去了。既没有新月，新月也不会从东面落下去。"这些例子举不胜举，我现在不多谈。我们现在的一些文学作品按照出版的标准，连生活的常识都违背、缺乏，更不要说深了。甚至很细微的生活常识，比如说有个小说里写"已经酉时整，夜色已经很深了"，酉时指的是下午六点钟，北京的天气，太阳还很高，到七八点钟才落下去。为什么刚刚酉时整，夜色就很深了？为什么能这样说呢？因为缺乏常识。还有的小说写到赛金花一个情节：袁世凯到天津，荣禄迎接他，开盛大的舞会，赛金花穿袒胸露背的衣服参加舞会，跳完以后袁世凯坐下休息，赛金花趴到他的面前，赛金花的乳房压在袁世凯的手背上。前清末年，荣禄是总理大臣，是最顽固的一个保守力量，他怎么能开跳舞会呢？这可能吗？赛金花是中国女人，衣服袒胸露背她肯穿吗？何况是前清末年。而且当时女人都是小脚，怎么可能穿着舞鞋去跳舞？诸如此类，不胜枚举。所以我们今天要检查我们出版的作品，一部分确实很好，我们应该肯定，而且拍手叫好，但有很多是连生活常识都没有的。所以这个问题还有许多地方需要从头学习解决。另外一种情况，有很多文章写得很漂亮，很流畅，但是它的文字你仔细一推敲，轻飘飘的；再仔细一推敲，修辞上有毛病，甚至语法上有毛病。可是，作家、文学家应该是语言艺术家，是不是文字写得很流畅、轻飘飘的就是语言艺术？我想不是的。修辞不准确，甚至文法有毛病算不算？不算。我们有许多历史的经验，今天不多谈，关于语言艺术再找时间谈吧。

今天，首先不要觉得我们已经出版书了，已经发表许多作品了，仅仅满足于这个不行。所以对辽宁省的同志提出来的"如何培养大作家，产生不朽作品"这个问题，我举双手赞成。我也知道有困难，但路是人走出来的。那么有没有可能在近若干年后产生光辉作品甚至不朽的作品？我们有这个条件。为什么这个条件有呢？这倒不是郎平她们女排已经给我们做出了榜样，这是两个不同的道路，文学比打排球要复杂多了。但有共同的道理，这个共同的道理对我们有鼓励，有启发。为什么我常常对中国文学充满了信心，我不仅对中国人谈，对外国人也谈，中国文学将来可以在世界上光辉夺目。但我们的路子要走对，今后少走弯路，按照革命现实主义这个道路，"为人生的文学"这个道路，不走邪门歪道。对于外国的东西要分辨，正确的东西我们吸收，不正确的东西要排斥，不能认为外国的都是好的。最近两年又有一个毛病，有的人认为"外国的月亮比中国的圆"，那不见得。

我们期望中国产生伟大作品，伟大的作家，要有几个条件。第一，我们中国所提倡的道路是"为人生"的道路，它和推动人类进步的文化有密切的联系，而不是代表一种腐朽的文化思想。比如外国受资本主义影响，许多大作家就要在他的作品里加点煽情的东西。1979 年，我随中国作家代表团访问日本，和一个非常著名的日本作家夫妇见面，他的夫人很会说话，她问我一个问题："你们中国作家为什么不敢写爱情？"我说："自古以来我们中国作家都写爱情，《诗经》里面一大部分诗是写爱情的，而且很有名。我国最著名的小说《红楼梦》是写爱情的。"她说："我说的不是这个爱情。"我说："我明白了，你说的爱情是煽情。"她说："是的。"我说："我们中国文学是拿道德、精神来教育观众，来教育读者。我认为写那种煽情的东西不能够提高对读者或电影观众的思想感情教育，所以我们不写。"她说："难道你们都不想？"我说："我们想的事情很多，未必想的就应该拿来教育读者。这是两回事情。"她为什么会问这个问题呢？日本的作家，包括大作家都是找些窍门来争取读者，一种是加上煽情的东西，一种是推理小说。而我们认真严肃地对待作品，深入现实中、深入历史中，去仔细推敲艺术。因为社会制度不同，资本主义国家的作家很难，因为作家要一本一本地接连出书才能维持良好的生活。访问日本时，曾经有一批新闻记者围着我，他们说："姚先生，我们提个问题，你能回答吗？"我说："当然可以回答了。"他们说："你到日本也拜访了一批有名的作家，他们请你吃饭了吗？你对日本的作家生活有什么感想？"我哈哈大笑，说："社会制度不同，人生观不同，各有各的生活道路。我们中国广大的人民群众今天还贫困，我们当个人民的作家，不应该太脱离人民了。但我们优越的条件你们没有，我们生了病可以随时去医院，不需要花钱，你有没有这个条件？"他说："没有。"我说："现在国家给我配有两个助手，你们哪一个作家有这个钱来聘请两个秘书？你们的作家常常有小汽车，我不需要，我们辛辛苦苦为人民写东西，我开会的时候自然会派车来接我。因此，我们比你们优越。"当然我要吹牛啊，因为我们还有许多作家确实写作条件很差，生活也困难，但是我要代表中国作家说话，当然要说得理直气壮。我们中国作家与外国作家的写作目的不同，追求不同，因此今天我们中国文学走的道路和我们对物质生活的看法有密切联系。我们不是一味地追求金钱，我们却能写出好作品。外国作家也写中国历史小说，很多没有翻译过来，我相信他们跟我们不能相比。因为道路不一样。所以为什么中国可以产生伟大作品呢？就是因为我们的文学道路是正确的。短时间内国际上不理解我们，这有各种原因，传统的、历史的。外国研究中国文学，首先是古典文学，二十世纪二十年代、三十年代研究得少了，五十年代到今天研究得更少，所以他们不理解，文字障碍和政治偏见联系到一起了。但迟早中国文学必然会达到美洲、欧洲水平，达到世界水平。而且外国的风气也不是不变的，也许再过若干年，外国的风气变了，回过头来再看中国文学，才发现中国文学的光辉。我们中国的文学道路是健康的，虽然大家的生活暂时苦一点，但是不至于天天为吃饭而写稿子。这是第一个条件，我们完全可以写出伟大作品。

第二个条件与第一个条件相联系，我们必须严肃对待中国文学遗产。可惜在这方面有很多作家还不够重视或者只重视一部分。文学的表现手法，就艺术这一部分，三千多年来前人积累了许许多多的经验，我们确实有很多利用不完的好经验。这方面外国不可能有。我曾经跟别人说过，但人家感到很奇怪，我说《李自成》受到屈原《离骚》的影响很大。我现在提出来，恐怕你们也感到很奇怪。为什么会受到《离骚》的影响？因为《离骚》这首诗我青年时期特别喜欢读，对我影响很大。这首长诗大概是五百来句，变化丰富，忽然拉到现实里头了，又忽然"上天"了，"上天"的时候天门不开又含着痛苦下来了。我写《李自成》有几句概括性的话，其中有两句在说变化丰富，即"笔墨变化，色彩丰富"。同样在一个单元里变化很多，甚至在一章里变化也很多，所以趣味总在变。李自成到谷城去会见张献忠，就单写那天晚上会见张献忠这一章的变化就很多。军师徐以显要害死李自成，这是一个情节。丁夫人幼稚善良，徐让她害死李自成，她不肯，但她想到她的儿子将来继承张献忠的王位，她又矛盾害怕，写她恐惧心理的变化。张献忠、李自成在楼上谈话那一段，写两个英雄在谈话中的不同。张献忠问："将来打败明朝以后，我们两个争江山，怎么办？"李自成完全不回避："那时如果天下老百姓众望所归，我就不坐江山了，部下各为其主，我们两个堂堂正正，不搞阴谋诡计，杀个胜败分明。"显示出他们二人性格完全不同，种种变化都写出来了。一章里面写许多变化，层次、复杂性都出来了。我一个朋友发表了文章，哪个刊物我不记得了，他将刊物的重印本寄给我，他提到《李自成》中的散文式描写，他说，"有一段写李自成骑兵，一群马像狂风一样吹过去了，后面留下了一道黄尘，一串月色"，他很称赞这些句子。像这样的句子在《李自成》中很多地方都有，是受古典文学的影响。不止这个地方，别人不注意的地方我都指出来了。第二卷写李自成的部队从洛阳出发，部队从白马寺往东去，这个时候，在晓色曚昽中看不到人马了，但是在太阳光下看见马身上有个战士把马鞭子一挥，才发现最后的战士也已经远去了。这些例子都是我"偷"来的。《西厢记》写了长亭送别，张生已经走了，崔莺莺还不肯离开长亭。这是秋天的黄昏之下，已经看不见人了，但是"禾黍秋风听马嘶""四围山色中，一鞭残照里"。我再举一个例子，第一卷高夫人跟李自成因为潼关南原大战分开了，高夫人到玉溪，只有一两百个骑兵跟着。后来她到一处黄河渡口，人很少，大旗往河岸上一插，人坐下了。高夫人自己带着几个女亲兵，登上黄河堤上，望着黄河已经结冰了。这个时候已夕阳西下，刮着西风，战马萧萧长鸣。这样的景色描写是从哪儿来的呢？来自我对现实生活的体验。另外，我写到这一段忽然想到杜甫的诗"落日照大旗，马鸣风萧萧"，这么雄壮的意境就出现在我的心里了。我随便举几个例子，实际上中国古典的散文、小说、戏曲、诗歌都成了我小说创作中的丰富营养。所以我不同意"《李自成》是西洋小说加上中国传统章回小说的技巧"这一说法。我倒是同意朱光潜的一句话，"植根于民族土壤"。民族土壤包括的非常广泛，如包括对封建社会人情的理解。《李自成》中写到许多士大夫心理的状况，大家认为写得比较深，这是我对民族化的理解。

总之，中国有三千多年的文学史，还有两三千年的封建社会史、封建的人生经验，都为我们今天新文学创作提供了有利的条件，这跟历史文化短的国家是大不一样的。《李自成》中许多细节是历史上出现的，有的是汉朝的，有的是唐朝的，有的是宋朝的，都可以拿过来为我所用，这一点外国作家很难得到。外国只有很少数的国家拥有悠久的历史，日本不行，苏联也不行。蒙古军队打到俄国的时候，俄国还没有形成统一国家，英国在十二世纪也没有统一起来，只有中国的土地、土壤深厚极了，而且人口众多，社会包罗万象。许多人喜欢第一卷李自成起义这个细节，这个细节只有中国能产生。中国社会是丰富的，不但历史丰富，文学史、经济史、政治史、军事史都很丰富，我们生活的历史也是丰富极了。看了《李自成》第三卷田妃的死，很多人很感动。我青年时候读书，书上说西汉有一个妃子卧床，皇帝要看她，她坚决不见。我把这个一变，有些移到田妃身上。这说明无限丰富的现实生活和历史生活，可以供我们一个有出息的作家、有修养的作家顺手采来作为创作的资料。而许多国家没有这一点，中国作家是幸运的，得天独厚的。我们国家目前还暂时落后，人民生活有困难，但作家不需要靠卖文章来维持生活。而且今天的青年人创作，国家给予鼓励，生活上有基本保障。我们那个时候"爬"文坛苦得很，今天的青年人不能想象。创作条件好，路子又对，发挥你的才能，确实英雄有用武之地。另外，只要你写出好作品，就有地方发表。不仅如此，今天外国的古典文学、今天的文学，只要是好的，都可以吸收过来，为我所用，而过去就没有这些条件。

我们比曹雪芹幸福多了。曹雪芹那个时候不能看外国文学，他的生活条件也不如我们。曹雪芹条件不好尚能写出《红楼梦》，我们的条件比他好得多啊！

上面谈的这些条件，都说明我们今天完全有可能产生杰出的作家、产生伟大的作品。那么怎么能证明我们产生杰出作家、伟大作品的可能性呢？刚才分析了几条，有国家的社会主义制度，有健康的文学道路，有丰富的文学史遗产供我们借鉴，有丰富的现实生活和广大人民群众的生活积累可供我们取材。但是将可能性变为现实，还有一些必要条件，不是那么简单的。我自己常常思考这个问题，总结了一些古代的历史经验和今天的现实经验，也有一些外国的经验。我认为要成为一个杰出的作家，本身应该具备以下三个条件。

首先是思想家。思想平庸者不可能成为伟大作家。在古代作家生活的那个时代，他们的思想一定有光辉的一面。我们不仅要看到《红楼梦》的作者、《儒林外史》的作者有很大的时代局限性，同时也要看到他们身上光辉的一面。《红楼梦》作者的思想我们现在给他拔高了，本来他可能没有这个思想。除去拔高的那一部分，他的思想在当时可能是很光辉的。吴敬梓也有这一点，他对科举制度是批判的，而科举制度确实对我们的历史发展产生了很大的阻碍作用。在明朝就有人不同意，提出批判，到清朝批判得更多了。但是把它作为文学艺术的主题，形象化地写出人物来批判科举制度，吴敬梓在这方面做出了光辉的贡献。我们看一个作家，不是看他与今天比起来如不如我们，而是看他与当时的人比有什么进步的地方。这是必须要有的认识和思想性。今天有许多小说，我觉得不能算是有思想性，或者说思想性不算太高。比如说土改的时候都拥护阶级斗争、拥护土地革命，这种思想正确不正确呢？正确，完全正确。但所有作家都停留在这个水平不行，因为在那个时代作家受到历史条件的限制，有的问题不能看得更深。从互助组开始到高级社出现，你写这段历史，这个思想正确不正确呢？正确。但是不是完成更深层的思想家的任务了呢？不见得。你要看得比别人更深、写得更深才行。对历史也是如此，历史题材、具体的历史问题，你看得比别人早，你能发现别人没有发现的历史本质或历史运动的规律，用小说形象地表现出来，利用历史的规律来教育人民、教育后代，这才叫思想性。

优秀的作家、大作家必须是一个思想家，这个思想家不一定是搞哲学的或者搞理论方面的，而是通过他的小说艺术展现他思想的光辉和敏锐。我们多少年来写反面人物都是一个模子，反面人物都是天生的坏人；写富农、地主的子女也一样，都是很不可靠的，都是很落后的，都是带有反动剥削阶级思想的；写中农都是可以积极也可以落后的。这算不算带有高的思想性呢？我看不是。今天文学上已经证明不是的，有时候我说可能有错误，带有形而上学。人是很复杂的，人的性格、心理都非常复杂。阶级划分在政治运动中是需要的，有现实的需要，但是作为文学来说，没有那么机械。大量现实题材的作品在这方面都是犯了一种通常的"时代病"。就是历史小说也有这个情况，比如写农民起义，写农民如何受剥削、受压迫、民不聊生，所以起义了。这样写有没有道理呢？有道理。算不算很有思想性呢？不见得。这是谁都知道的事情，你不写小说人家也知道，哪里有压迫，哪里就有反抗，所有人都知道。要发现一些成败的规律，它的复杂性，不但要科学地解释历史，而且知道今后的人类的活动，这叫思想性。

第二点是艺术家。作家应该是语言艺术家，如果艺术方面没有光彩，只有思想深度，那有何用？必须将我们的思想、我们的见解通过完整的、新鲜的艺术来表现。作为一个文学艺术家不容易，我们要考虑到在人类文学上，这是从整体来说，如果只跟在别人的后面走，就不是很有出息的文学家。现在如果写一部长篇小说，从形式方面利用中国古典文学的章回体，行不行？不行。为什么不行？有它的道理。我们对古典文学既要吸收又要批判，要舍弃一部分。章回体的形式在今天是落后的，它是从旧体诗、对联演变出来的。对联兴于明朝，明朝初年的对联还不是对仗句子，后来发展起来了。两个十个字、八个字、七个字互相对称，平仄要对，字面要对，这种对联到章回体小说里成了两句。经过五四新文学革命，如果今天还用这些东西，你想想是落后的还是前进的？那样的话，五四新文学革命不是不彻底了吗？我们今天注重口语的文学形式，所以不能再用这种旧形式。而且要凑两句来概括一章内容也很不合理，非要卖个关子，来个"欲知后事如何，且听下回分解"，结构很松，凑不上去。所以我们对于古典文学，在形式上要批判地接受，内容上也要批判地接受。

我年轻的时候就喜欢古典文学,我一生受古典文学的好处很多。《李自成》已经出了三卷,其中的古文、诗词、对联、散文、皇帝诏书、祭文、骈文等一般都是我自己写的,书上原来只有两三个地方,其中有一个地方还是我修改的。一般都是根据情节需要,我随手写出来,这说明我对古典文学的学习是下了功夫的。为写《李自成》,我自己不能不动手来写,是不得已而为之。比如第三卷崇祯写祭文,我何尝不想省点力气呢?但找不到祭文,这个内容很重要,我就跟一个搞资料的老先生说:"你能不能找到祭文,找到几句也可以,我根据这几句就可以给它补成一篇。"过些日子他回信说,连一句也找不到。既然找不到,我就只好替崇祯皇帝写个祭文,而且还要写得很有感情。像李岩的诗、词,汤夫人的绝命诗等,都是我根据情节的需要代写的。正因为我对古典文学下过功夫,所以我知道哪些可以吸收,哪些不应该吸收,这叫批判地接受。我们对古典的文学,包括中国的、外国的,既要尊重、学习,也不要迷信,人类是不断进化的。为什么说今天超不过古人?我看有许多事情可以超过古人,问题是我们做不做。现在人们常常惊叹殷商的青铜器做得那么好,我们今天做不到。是不是我们今天真正做不到?不是的。因为当时的国家很小,奴隶主集中奴隶的聪明才智来制作。现在时代不同了,工艺家去做这些东西会比古人做得还要好。我们欣赏瓷器,说宋瓷怎么好,明瓷怎么好,现在不如过去。现在办了许多美术学院,里面有瓷器专业,他们在造型、绘画方面超过古人。那为什么还要推崇宋瓷、明瓷呢？这是一个文献问题。当然明清有些颜料是从周边进口的，我们今天涂上当时的颜料照样好。不是今天赶不上古人，而是今天有充分的条件可以赶上古人，古人永远赶不上今人。我们现在卫星上天，开发高层空间的领域，古人怎么可能想象到呢？这个观念一定要打破，不仅是我们作家要打破，研究家、评论家也要打破。有些研究古典文学的人不看当代文学，他的眼睛只盯着古代文学，只盯着《水浒传》《红楼梦》，感觉好像不可企及。有些东西，古人当时知道的已经失传，我们现在不清楚，但是可以研究得到。一定要树立这个雄心壮志，充分利用今天的优势条件，既做个思想家，也做个伟大的艺术家。

《红楼梦》中有许多艺术细节很打动我，有些别人不感动的，我感动。例如，贾政打贾宝玉，打得很厉害，王夫人跑来救驾，说，你要把他打死，就把我也打死吧！随后老奶奶也出来了。这个细节符合人与人的关系，但这种细节我们难道写不出来吗？肯定可以写得出来。我们尊重古人、学习古人，但是不要迷信古人，我们可以达到古人的水平，甚至可以超过。我们不但可以超过中国古代的文学，也可以超过西洋文学。为什么一些人对中国当代文学一味排斥、瞧不起，只看得见古人？这个问题在刘勰的《文心雕龙》中已经说出来了：迎面相对的人，你跟他是同时代的，你并不晓得他是天才，一说成古人，就感觉是伟大的天才。这是一种不正常的心理，所以对待这个问题我们应该怎样看？树雄心、立壮志，在艺术上高标准、严要求。

别人赞成也好，不赞成也好，但你自己要佩服、有信心。你即使不佩服也没关系，只要广大人民群众喜欢，将来就会流传下去，后人喜欢。作为一个作家，要从这里着眼。从这个地方说，我很不同意把名声看得太重，当然我年轻的时候也犯这个毛病，出一本书、发表一篇文章，希望别人捧场，受到批评就睡不着觉。作为一个作家，要看破这个问题。一个真正的作家、一部真正的好作品，不是靠捧起来的，也是骂不倒的。有哪些作品是捧不起来的？有一次丁玲同志到我家里（编者注：两家住在一个公寓大楼里，经常来往），我们谈论这个问题。她说："作品可以捧起来，可是几年就过去了，毕竟经不起群众和历史的考验。"我有一首诗，其中有两句"经多实践思方壮，看破浮名意自平"，意思是说，人生经验多了，实践多了，文思不是消沉下去，而是更壮实了，更有信心了；浮名都看破了，心情也就更平静了，就能更好地追求高标准的艺术。这个道理很简单，但是很多人看不破。我常想：一个老头子蛮可以少开那么多会，为什么有会都要去参加，不抓紧时间写文章？因为他怕人家忘记他。这些事情我在中年以后看穿了，读者不看你发表文章的名字，也不看你的名字发在前头还是后头，而是看作品。将来文学史上也不会看姚雪垠参加什么活动，担任什么职务，而是看姚雪垠留下什么作品，对作品进行评价。只有看破浮名，在艺术上才能追求高标准，不断有追求。

我还有两句经验：耐得寂寞，勤学苦练。我把这句话写给朋友，人家不理解。后来我加了两句注释：耐得寂寞，方能不寂寞；耐不得寂寞，偏偏寂寞。这是辩证的。如果你耐得寂寞，方能不寂寞。你真正完成了你的使命，以后读者会忘不下你，会关注着你，所以你就不会寂寞。而耐不得寂寞，今天出个风头，明天发个消息，将来文学史上终会忘下你，群众会忘下你。你纵然活着，大家不关心你，所以你偏偏寂寞。这就是说，我们的眼光要看高，看得远，胸怀要宽广一些。一位作家写作不仅是为我们中国的文学事业，也是为人类的文学事业。我们要有高标准的追求：我们塑造一个典型形象，或者写出一种生活，我们可以想到这是中国古代文学上没有的，这种典型形象世界文学上是没有的。这是我们对国家的贡献，是对我们中华民族的贡献。

青年人多有狂妄气，狂妄气有好处也有坏处。如果有一些狂妄思想，你能苦干，路子又对，那这种狂妄能推动你的进步，取得更大的成绩。问题是你光狂妄而不努力，就不行。所以我说耐得寂寞，勤学苦练，一定要苦练。

那么，高标准是从哪里来的？首先要养成对艺术的深厚修养，有的人急于求成，写小说只注意眼下发表的小说，别的不怎么管。这能不能使你的小说艺术修养达到高标准？不一定，有时候会吃亏。许多事情是联系在一起的，我们说梅兰芳，他除了演戏这一专门的艺术外，他还学画画、学写字，还学作旧体诗，他从多方面吸收营养，提高他的艺术修养，而成为京剧大家。如果写小说，只看今天发表的小说，忽视古代的小说，不行。应该从多方面丰富和提高你的艺术修养才行，所以不要把艺术修养看得太简单、太容易了。现在许多有名的小说，你如果认真推敲它的文字，文字都没有过关。为什么现在有人提出"如今的作家不如三十年代的作家"？有一个年轻作家说："我就喜欢沈从文。"这是什么原因呢？原因很复杂。二十世纪二十年代、三十年代的一些成功的作家，像鲁迅、茅盾、沈从文、朱自清等，其他方面我不谈，文字功力比我们今天很多人要深厚得多。他们的文章，文字简洁准确，修辞文法更不用提了。这一点我们往往达不到。文字功力是构成文学之美的一个重要成分。这就是为什么现在有的人愿意看三十年代作家的作品，不喜欢看今天的作家写的东西。今天的作家有优点，也有缺点。但是话说回来，三十年代也不是个个都是好的，也有许多作家的文字不好。只不过这些作品现在不流行了，看不见了。

作家想达到艺术上炉火纯青的高境界确实不容易，而艺术上能够达到文字的干净、铿锵、形象化，不是个简单的问题，这是需要终生奋斗的问题。我现在七十多岁了，从事文字工作好几十年了。我现在去外地开会或参加活动，都要带着《新华词典》，厚厚的一本。在家里还有好几种字典，像《康熙字典》《辞海》《辞源》等，每天都伴随我，随时查用。这是因为要掌握好中国文字并不那么容易。我在写作中一遇到有疑问的词汇，就查字典，一查可能发现另外一个词汇更准确，或者说声音更好听，我就换一个。我还带一本《诗韵集成》，为什么要带它呢？我在题诗的时候，平仄要准确，韵脚要准确。有人说现在许多报刊上写的旧体诗不讲究这些，我说："别人不讲究，我不讲究于心不安。"我们中国的文字丰富极了，但是要纯熟地运用就需要终生努力。

第三点，要是学问家。新中国成立以后，培养出来的一大批作家对新中国建设的这段历史贡献大得很，但是我们要从两面看问题，也要看不足的一面，现在大家已经认识到了。我们强调投入新生活，强调参加群众斗争，都对，没有生活就写不出作品，却偏偏忽略了一样：多读书。1956年刘少奇同志谈了一段话：作家要学问渊博，而且要掌握一门外国语。至少作家要有学问，没有学问，怎么能当一个大作家、一个好作家呢？你的知识面没超过别人，别人所理解的问题你还是外行，这怎么行？除了理论知识还要有丰富的书本知识。我们现在大概已看出来，许多作家由于学问基础不雄厚，再想提高就不容易了，这就限制了他的发展。有的人说现在没有东西可写了，没有东西写，你可以写现代的、近代的、古代的，都可以写啊，但是他写不出来。为什么写不出来呢？他过去不重视，缺乏这些学问。

去年冬天我在武汉，吃饭的时候我自己坐一个桌，旁边一桌是个老太婆，老太婆一听别人喊我姚老，就引起了她的注意。她看看我的相貌，问我："你是不是姚雪垠？"我说是的，我们两人就谈起来了。她提出："为什么你们作家写工农兵很多，就是不写知识分子？"我说："不是不写，我们也写知识分子，但是没有引起社会重视，你说应该怎么写？"她说："至少应该写两代知识分子，才能看出知识分子的贡献和命运。"我说："为什么要写两代知识分子呢？"她说:"我父亲是清末秀才,以后没有科举制度了,他就到北平学法政,一辈子从事法政教学和法律工作,就培养我们第二代。我是一个女孩子,上教会学校,后来进圣约翰大学,在大学里参加了地下党,新中国成立以后就走这条道路。我管了几个研究所,研究所的老科学家们确实代表中国的知识分子。"接着她又举了两个例子。我当时深有感触,如果我写两代知识分子的话,对民间老的知识分子我有把握,我接触很多。虽然不能写科学家,但是我可以写历史学家和老教授。可惜我老了,没时间写了。为什么现在的年轻一代作家不能写呢?因为他们想深入了解老一代知识分子的精神状态和学问特点,有困难,这个坎不过去。所以我们作为一个作家,本身也应该是一个学问家。《红楼梦》的作者曹雪芹,他虽然没有别的小说著作,但是可以从小说中看出他学问的渊博。托尔斯泰、鲁迅、茅盾的学问都很渊博。今天我们回想"五四"以来留存下来的作家,像闻一多写诗、朱自清写散文、沈从文写小说,他们的学问基础都非常雄厚。如果我们今天不走这条道路,不在学问积累上下功夫,想当大作家恐怕不行,根基太浅了。强调参加斗争、参加生活,这是第一的,但不能因为这些而忽略了作为一个作家还应该是学问家。忽略这一点不行。

总之,作为一个作家应该满足三个条件:一是思想家,二是艺术家,三是学问家。有这三个基本方面,再加上不懈努力,看破浮名,埋头苦干。只有这样,才能成为优秀作家和大作家。只图获奖,固然重要,但是题外之事。诺贝尔文学奖，托尔斯泰没得，契诃夫没得，高尔基没得，但他们的作品是不朽的。那么多得诺贝尔文学奖的人，今天安在哉？被人记得的很少。这是我今天所谈的一些不成熟意见，供大家参考。

《李自成》一共是五卷，当时五卷确定的时候，没有想到命运不能掌握在自己手里，所以中间耽误很久。但是，我在老作家中是幸运的。"文化大革命"一开始，毛主席就提出保护我，他老人家看过《李自成》第一卷。"文化大革命"期间，"四人帮"搞得乌烟瘴气的时候，我还在写，但是受极"左"思潮严重干扰，写作很困难。于是我给毛主席写信，请求他帮助。毛主席很快批示，支持我，给我提供条件让我把书写完。去年已经出版了三卷，全书准备写五卷，有三百多万字。我给毛主席写信提过这个计划，这封信有可能发表，大家可以见到，可以鼓励大家，提高士气。《李自成》为什么要写那么长？我想，中国是一个伟大的国家，有三千多年的文学史，同时又是社会主义国家。因此，古人办不到的事情、外国人办不到的事情，今天的中国作家应该办到，可以办到。所以这部小说从气魄、内容方面要争取超过古人，超过外国人。这是我给毛主席信中的一段话。

现在《李自成》还有四、五两卷，第五卷正在写。为什么不能早点写完呢？因为我过去的作品还要重新出版，还要校对，有些地方还要修改，都要占去不少时间。从第三卷开始我采用录音办法写作。每章、每个单元按照事先准备的录音提纲，像讲故事一样进行录音，录完以后由助手将录音变成文字，我再对稿子进行修改定稿，这样可以节省不少时间。所以平时在家里，我每天凌晨两三点钟起来，先泡杯浓茶，再对着录音机口述录音。我每天用在写小说上的时间并不很多。我需要学习各方面的知识，包括国际上的各种问题，我都关心，每天看文献资料占去大量时间。估计到1985年，第四卷、第五卷都可以录完音，整理出稿子。到1987年准备再花两年时间将全书从头到尾修改一遍，才算是最后定稿。从1957年动笔到1987年，为这部书整整用了三十年时间。为了延缓衰老，争取多写几年，我每天早晨坚持在写作两三个小时后，到五六点钟出去慢跑，锻炼身体。完成《李自成》之后，我跟着写《天京悲剧》，以后若有时间还要写辛亥革命。如果我活到八十多岁、九十岁躺在病床上快要死去，我考虑的不是我曾经给中国人民贡献了什么东西，而是感到可惜呀，还有很多好的计划没有完成，来不及了。

李夏茹根据姚雪垠1982年7月28日在沈阳演讲的录音整理，

姚海天、刘涛审核

漫谈我的文学道路

今天我跟大家谈谈,主要是总结几点我的经验。大家听了以后也只是供参考,因为每个人情况不一样。也许不能供大家参考,也没关系。听一听我的路是怎么走的,我有一些什么意见。

首先要说明一下,我上学很少,是自学出身。现在有个词汇叫自学成才,我还谈不上成才,所以叫自学出身。小学我只读了三年,初中不到半个学期。我从幼年到少年,常在失学中。还有两次很短的时间去当兵。当时苦闷极了。为寻找出路,我十九岁从邓县来到省城开封,当时连饭都吃不上,生活非常艰难。我没有初中文凭,别人给我一张假文凭,利用三四个月时间拼命补习功课,考上了河南大学法学预科。上了一年学,因参加地下党领导的政治活动,以"共产党嫌疑"的罪名被国民党抓去了,没有查到什么证据,关了几天被保出来了。又上了一年学,到第二年暑假以"思想错误,言行荒谬"为由,被学校挂牌开除。开除的这一天,别人告诉我,国民党还要抓我,让我赶快逃走。我向同学借了十一块大洋,当天就乘火车逃到北平,从此我再也没有上过学,以后几十年的人生道路就从这里开始了。

现在有"社会青年",那个时候没这个词,热爱文学的青年叫"文学青年"。我当时也没打算走文学道路,就想当一个历史学家,而且是马克思主义的历史学家。为什么那么想呢?因为我对历史的兴趣很大,当时我二十一岁,有很狂妄的想法,不知道天高地厚,希望通过十几年的努力,成为一个马克思主义的史学家。我们这一批二十世纪三十年代成长起来的青年人,受共产党的政治影响非常大,以各种方式跟着共产党走,不与国民党同流合污。我做历史学家的梦想,当时不可能实现。为什么呢?因为必须有几个条件,第一个就是生活要有保障,谁给你钱?吃饭都成问题,怎么能安心读书?为了维持生活,就要靠自我奋斗,就要靠不断地写文章,投稿子,文章发表多了,就走上了文学道路,后来就变成了青年作家,但当作家并不是我原来的梦想。关键问题是,要当一个什么样的作家,这有个道路问题。

当一个作家,有各种各样的作家。有的走上资产阶级的道路、买办资产阶级的道路或向封建妥协的道路,还有的走上进步的道路。拿三十年代来说,有一种道路是向封建妥协的。1927年大革命失败之后,蒋介石屠杀革命群众,全国一片白色恐怖,中国革命在困难中前进。这个时候在知识分子中间发生了大分化,有的从五四运动的阵营中分化出来,闭眼不看现实,走向消沉没落。很多人当时是在北京,成为京派领袖，出了一本书叫《看云集》，在序里说将来再出一本书叫《闭目集》，连云都不看了。从思想到文章，逐渐向封建主义文化妥协。还有一种人叫买办资产阶级，与京派的力量互相结合。近两年来，竟然有人将三十年代的落后面加以肯定，这在思想方面是一个不好的现象。

还有一种人单纯追求艺术，文章、小说写得很干净，也很完整，但是思想内容和现实相脱离。在诗歌中也同样有这种情况。尽管我们今天对这些文章要继续分析，对这些作家继续分析，绝不能够一笔抹杀，但是他们不代表中国"五四"传统的主流。"五四"传统的主流是"为人生"的艺术，是和现实密切结合的。像我和我的朋友，一大批青年作家走的是另外一条道路，和政治的关系密切，与现实的联系比较紧密。经过中国共产党的号召，不管当时党怎么困难，现实怎样困难，我们都留下来了，这就产生了三十年代一大批年轻的进步作家，形成了中国现代文学运动的主流。

我们今天谈到延安文艺座谈会的讲话，要肯定讲话的重大历史意义、划时代意义，同时也不能够忘记中国文学的发展史。延安文艺座谈会讲话，包括毛主席的文学思想在今天仍然具有指导意义。但它不是突然出现的，它是中国新文学运动史发展中的一个新的阶段。这个阶段，是从"五四"以后一直向前走，1927年大革命失败以后更是全面地往前走。像我这个年纪的一代人，正是1927年大革命失败以后出现的青年作家。今天回顾这一点，有什么作用？任何人在中国的历史条件下，要从事文学，或者其他艺术，都不能忘记政治，不能忘记人民，也就是不能忘记这个时代、国家、民族给予我们的培养。我们是不是教条主义，简单化地由文学作工具来为某一个政权服务，来宣传某一个政治思想？不是的，这是两回事。关心政治、和政治密切结合与简单化地为政治服务是两回事。"五四"以后，我们几十年的文学道路，一直提倡关心政治、和政治相结合，但我们也为此吃了亏，什么亏呢？就是简单化地为政治服务。我个人在这个问题上，有深切的经历。假如没有"左"的教条主义的干扰，甚至严重干扰，我们可能产生更多的优秀作品。因为常常要为一个中心服务，以致影响到我们追求更高的、更完美的、更进步的文学作品。这一点我个人的例子暂时不举，下面再谈。

我的第一个经验是，我从青年时期开始搞文学就同政治结合，和中国共产党领导的政治运动，和马克思主义在中国的思想运动密切相关。没有这种思想运动给予我的教育，没有这种政治运动给予我的锻炼，我今天就不会坐在这里和大家一起谈心了。我可能变成一个反动作家，写不出《李自成》。《李自成》不管成功还是失败，让后人去评价，但从刚开始写就贯穿着历史唯物主义的思想，这个不是我一时拿来，而是几十年受马克思主义思想熏陶和教育的结果。这就是我要决定做什么样的作家，走什么样的道路，这是第一点。

第二个经验，这个经验也是从不自觉到半自觉，逐渐到自觉，就是名副其实地搞文学，扎扎实实搞文学，不投机、不取巧、不妄想轻而易举地取得成功、获得声名。在年轻的时候，也有名利思想，但还不那么严重。也就是说，出本书，嘱托别人写篇文章评论评论，用现代话来说就是捧场。如果人家不捧场，就感到寒心。三十岁左右，每出一本书，总希望别人捧场，给予高的评价，这种心理相当重。到中年以后，逐渐觉悟，到今天觉悟更多，是不是完全彻底呢？我不知道，不过觉悟很多。所以我就有些经验，有些话，对群众、对读者、对朋友经常谈这个问题。一个什么经验呢？首先是有四句话，很简单："加强责任感，打破条件论，下苦功，抓今天。"就是我们当一个作家，当然搞别的工作是同样的，这四句话大概都管用。加强责任感，也就是说，我当一个作家，搞文学创作，首先是为什么？这个必须搞清楚。一本书出版后，拿稿费，这不是我们的最高目标。我们对国家、对人民、对我们所处的这个时代，有一个不可推卸的责任。为促进我们国家的发展，为建立我们祖国的文化信念和文学信念，我们当仁不让，这叫加强责任感。什么时候我们责任感一强，我们更愿意努力，拼上老命努力，这就是加强责任感。第二句话叫打破条件论。条件好，可以更好工作，更好创作；条件不好，我们也要做事，也要创作。这叫打破条件论。还要下苦功，不下苦功不行，不下苦功做不出大的成绩。而且要抓今天，不能浪费时间，不能等着。一部成功作品不下功夫就突然出现，那是不可能的。所以我们必须活一天，就要学习一天，就要辛辛苦苦地重复一天的写作。许多人吃亏就吃亏在不能抓今天，抓今天很重要。这是四句话。我还有两句话：耐得寂寞，勤学苦练。做一个真正的作家或者做个真正的科学家或者一个真正的学问家,要养成一种人格的修养。人格的修养,就这两句话,要耐得寂寞,勤学苦练。我有时好开玩笑,日本有个作家写中国太平天国的历史小说,去年已经出版了。我是多少年来准备写,但始终未动笔,他就催我,他问我太平天国什么时候准备写,我说等你名满天下之后我才有时间去写。这是玩笑话。但是此处有哲理思想——不必计较虚名,当大家不能耐得寂寞的时候,你一定要能耐得住寂寞。

各位是年轻人、中年人,可能对这个问题感触还不深,我认为一些年纪大的人,一生吃亏在耐不得寂寞。不该写的文章要写,不该参加的会要参加。为什么呢?写篇文章,让读者知道他发表文章了;多次参加会议,到处领个奖发消息;参加会见某人某人,留下名字。这都是耐不得寂寞的表现。甚至哪一本书上,哪篇文章提到别的作家没有提他,或者没有把他的名字排在前面,他心里就很不高兴,晚上睡眠不安了,这都叫作不能耐得寂寞。我们既要养成耐得寂寞的习惯,也要勤学苦练,勤奋地学习、下苦功夫。这两点必须合起来。作为一个作家,工作太多。我有时候跟人家谈,跟朋友写信,人家不完全理解我上面的想法,我就加了两句话解释:耐得寂寞,才能不寂寞;耐不得寂寞,偏偏寂寞。一个耐不得寂寞,总想出名的人,最后谁也记不得你。你在群众、读者心灵上没有什么印象,所以才偏偏寂寞。耐得寂寞,才能不寂寞。因为你有一个更高的追求,埋头苦干,做出真正的成绩,这样的话才能得到一个作家应有的名声。看起来三年、五年别人不大注意你，甚至十年、八年别人不提你。那没关系，只要作品立起来了，到最后你就不寂寞了，群众忘不下你，甚至你死后后人还记得你。

"四人帮"被粉碎之后，1977年春天《李自成》第二卷出版了，第一卷也修订重印了。在第二卷出版的时候，我还没有得到解放，"右派"问题没有改正，还是"摘帽右派"。我无限感慨，写了一首诗，诗的最后两句是"十年寂寞篷窗女，羞学江家时样装"。搞文学创作有如一生的马拉松赛跑，马拉松赛跑还有一定的距离，可是我们搞文学创作的人是一生都在赛跑，有的人起跑的时候跑在前面，观众为你欢呼喝彩，但最后谁跑在前面，那才是真正的胜利。不要因为别人在开始五百米、一千米跑在前面，群众为他们喝彩，我们就心急了，眼睛红了，沉不住气了，这样的思想认识就太浅薄了。不管怎么说，我们要不停地往前跑，要相信自己的毅力，相信自己平常的锻炼，看谁赢得最终胜利。这叫耐得寂寞。

我还有两句诗，就是："经多实践思方壮，看破浮名意自平。"经验多了，包括生活道路的实践和创作的实践，经验积累得多了，使我的文思更壮实，这叫"经多实践思方壮"。"看破浮名意自平"，是说人生道路中的浮名看破以后，我的心情就更平和了。这一点是我中年以后才得出来的一个做人的经验。年轻的时候没有，即使晓得这个道理也做不到。我们今天出一本书，发表一篇文章，我们应不应该高兴？我说应该高兴，但不要高兴得太早。《李自成》现在出了三卷,围绕《李自成》在报刊上发表的评论不少,人家该评论评论,该研究研究,我有时候看都不看。为什么这么心如止水,心情这么冷淡?因为成功不成功不能靠这些,我的工作还没完成,《李自成》才出了三卷,还有第四卷、第五卷没写成。这些评论当然都是好评、称赞,究竟是不是指引?评论是不是恰到好处?到底好在什么地方?称赞好、评价高并不一定是指引。所以为什么茅盾给我写的信,我非常重视?因为茅盾不但学问很渊博,还有几十年的创作经验。所以他称赞也好,指出毛病也好,我都重视,对我有启发。这就是说我们对一切荣誉、嘲笑、诽谤,都不要挂在心上。如果重视人家骂我,我早就改行啦。做人呀,我们要有这一点胸怀,不必过分计较,要站得高一点,看得远一点。看得高一点,我们追求得就更高了,所以"看破浮名意自平"。如果你读读文学史,就更清楚了。许多作家、许多诗人在生前不被理解,死后才被人们逐渐理解,评价很高。拿作品得奖来说,得奖的作品当然是好作品,但是不是得奖的作品都能经得起时间的考验?不见得。诺贝尔文学奖,有许多人没有得过,托尔斯泰没得,契诃夫没得,曹雪芹也没得,可是这些人都是很优秀的作家。而得奖的人,作品不一定就好。一个作家对待名利不能斤斤计较,等着人家捧场。其实是缺乏自知之明,不知道自己作品有多大毛病。有的人甚至到处拉关系,让人家写文章在报纸刊物上吹捧,这就更不高明了。

以上所谈论的就是怎样做一个作家,对人生应该抱什么态度。现在就谈我个人的经验,不谈别人。为什么不谈别人呢?每一个作家都有他自己的道路,一般而言作家有共同的地方,但是个人有特殊的地方,不能要求人家都一样。但是有一个问题:每一个作家成就的高低,成就的大小和他所走的道路非常有关系,不能不重视各个作家所走的道路。到今天我总结起来,我的道路有几个方面特点。

第一点,我从青年时代起,就接触到共产党领导的政治运动和马克思主义思想。时代的潮流给予我一生用之不尽的教育,使我能够分辨是非,能够在文学理论方面有自己的看法、有自己的思想。在最困难、最混乱的时候,没有失去我清楚的头脑,没有跟风跑。但也有时候我对这个问题看得稍微马虎,我就出错误;什么时候我严肃认真地对待这个问题,我的错误就少一些,甚至成就多一些。

第二点,我的道路是把读书、研究学问与创作联系到一起,而不是孤立起来写小说。当然这条道路也有我吃亏的地方,我在青年时期,包括中年前半段,我的创作不算太多,但是也不少。为什么有些朋友看起来少?因为我不是单打一地写小说,我有很多时间在读书、研究学问,写理论方面的文章。当然除去中间大概有四年时间我在大学里教书(按:作者1945年2月至1946年7月,在四川三台任国立东北大学文学院副教授。1949年初至1951年夏,任上海私立大夏大学文学院教授、代院长,兼任大学副教务长)之外,一般时候我读书就多。这一点是我的经验,就是把读书、研究学问、丰富自己的知识和创作道路结合起来。

我今年七十二岁,到今年十月满七十二岁。我现在精力还饱满,为什么提到年纪?我活到七十二岁,回顾我自己的经验、我走过的路程,我认为这个路程走得很对,把研究学问、读书跟我的创作结合起来。为什么我今天觉得有写不完的东西,我不是感到文思枯竭,没有什么东西可写了,也不是考虑到我写完《李自成》以后就没有更大的计划了。老天爷如果让我高寿,活到八十五岁以后,我大概到死之前还会感到很大遗憾,可惜死得太早了,我还有很好的创作计划、艺术追求和梦想来不及实现。我虽然已经进入高龄,但是我的创作欲望不是消沉,而是依然旺盛,仍然像年轻人一样有很高的追求。但这个追求不是空想,我有很多具体的计划,很多具体的准备。原本打算写三部历史小说,《李自成》写完以后,第二部是太平天国,叫"天京悲剧",写完之后还有第三部,写辛亥革命,书名是"大江流日夜"。如果我能年轻二十年,还打算写"文化大革命"。可惜呀,来不及了。"文化大革命"要是我来写,真是惊心动魄啊!

为什么我有这么多的想法?归结起来有两个条件,第一个条件就是关心现实、关心政治,用文学这个武器来推动我们社会向前,我这个心愿几十年没有变。第二条,我一直高度重视现实题材作品。因为这是主流,历史小说是偏师。我原来有写历史小说的计划,也做了些准备,但并非迫切。我计划要写一些重大现实题材小说,如从上海回到河南计划写"三部曲",但落了空。有的计划已经写了一二十万字,书名叫"白杨树",但遇到了障碍,夭折了,我把稿子烧掉了。

这些障碍今天就不谈了。《李自成》是产生于1957年特殊年代。因此我常说，没有1957年，可能就没有《李自成》。

李夏茹根据姚雪垠1982年8月15日在大连文学讲座上的演讲录音整理，姚海天、刘涛审核

我学习文学语言的道路

一

文学作家被称为语言艺术家，这是大家都晓得的说法。但至于是不是每个作家都能达到语言艺术家的水平，那就不一定了。有很多作家也写了作品，出了不少书，也做出了成绩，被大家所公认，但不一定都能被称为语言艺术家。因为文学作品包含了很多因素，许多条件，只要在某些方面达到一定水平，都可以称为作家；但不一定达到了其他几种水平，同时也达到了语言方面的成功。这就是告诉我们一个事实，出版过小说和其他一些作品的作家，他可以在他的作品里有思想性，有一定艺术性，还有其他方面成就，但不一定他在语言的运用上是成功的，或者是很成功的。

构成文学作品的最基本的要素是语言，因为没有语言的运用就没有创作，我只能说是最基本的要素，因为构成文学作品的要素不仅仅是语言。没有对语言的起码要求，必然没有好作品。所以，作家必须掌握的最基本的技巧是什么呢？可以说是语言的运用。我们说作家掌握的技巧不是一方面的，是许多方面的，但语言的运用是一个最基本的、最起码的要求。我们常常谈到基本功，各行各业都有基本功，演员有演员的基本功，作家有作家的基本功，科学家也有他们不同的基本功。基本功也不是一个方面的。比如，拿小说家来说吧：对生活的理解，是一个基本功；作家的思想修养也是一个基本功；懂得小说写作的基本技巧、基本道路；又如小说的结构、小说的人物塑造等。这是起码的要求，都可以算作基本功，但是对于一个小说家来说，基本功中最基本的一项是什么呢？我个人认为是语言运用的修养。

对于作家来说，语言的基本功以及对于语言的运用是不断地锻炼和提高的，应该看作终生的追求。它是一种没有止境的学问。一个作家如果从事几十年的创作，他在语言运用上应该是不断成熟、不断提高、不断向好的方面前进。当然，也有一种现象，作家在语言上也会走入歧途。作家后来的语言反而不如前期的语言，这种现象在文学史上并不少见。譬如说，早期的作品是朴素的，而后期的作品是雕琢的，我们绝不能说他是在逐步提高，而只能说他后来走错了道路。所以，凡是有高追求的作家，他一生在语言方面总是在下功夫，不断地追求，不断地提高，而且这种提高是无止境的。正如我们写一篇作品，改一遍再改一遍，要改几遍，甚至许多遍，甚至过了几年重新去看，还有待修改的地方。这种修改，不仅仅是内容的修改，更多的时候是语言方面的推敲修改。重新推敲，重新修改，使之由不完善达到完善。过几年又发现问题，又发现原来没有毛病的地方，又有了可以修改的问题。对于一部作品是这样，不断在修改中给予完善。一个作家一生学习运用语言的过程，也是在不断提高、不断趋于完善、不断趋于成熟的。

　　当然，作家在语言上的修养或提高，是有阶段性的。我不会下围棋，但听说下围棋是分段的，你是四段，我是五段，他是六段，最高是九段吧。语言的学习不能这样硬性分段，但它的前进过程也是有段落的，写一个阶段，学习一个阶段，又提高一步，再经过学习、写作，又提高一步，总是不断地从实践到认识，从认识回过来又指导实践。所以，一个有成就的作家，他老年时期与中年时期，在语言方面的成就又不同，同他青年时期的成绩又有不同。所以他实际上也是分段前进的，不可能一步就跳到成熟境地。拿具体作家来说，老舍的语言运用，他毕竟对北京的群众口语比较熟悉，是比较成功的。但是后期语言比他早期语言显然提高了很多，到了《茶馆》水平的时候（这里要声明一下，《四世同堂》我还没有来得及看），运用北京语言可以说达到了"炉火纯青"。当我在青年时期读他的作品例如《老张的哲学》等，感到远不如后期语言运用得好。这也就是说，不论如何成功的作家，他语言的进步和提高，都是逐步的。我们不能要求年轻的作家语言必须达到很成熟的阶段才能从事创作。我们对语言的要求也是作为作家追求的目标来要求的。

　　作家对文学语言的学习和追求，应该向哪几个方面努力呢？据我的不成熟的看法，至少应该包含以下几个方面：

第一，要使自己运用语言达到准确性。这一点看起来容易，实际上却不是十分容易的。不准确的有几个方面，一是词意上的不准确，或者由于我们对于事物的认识不清楚，或者我们在修辞上没有经验等，都能使我们语言产生不准确的毛病。比如有人写小说，写到新中国成立以前的人物，或清朝的人物，对同辈称"世兄"，这是对词汇的性质不明白。"世兄"不是对平辈说的，而是对晚辈说的。比如说，我同张三是朋友关系，是同辈，对张三的儿子或侄子，称呼他们为世兄。这个词用错是对词的含义不清楚。比如说对自己死去了的父亲，新中国成立以前或历史上怎么称呼呢？人民群众若没有文化，可以还说"我的父亲"，但稍微有点知识的、在社会上有点身份、有点地位的，也就是说曾经读过书的人吧，或者多少有点文化修养的人，他们就用"先父""先贤"来称呼自己死去的父亲，用"先兄"称呼死去的哥哥，用"先慈""先母"称呼死去的母亲。像这样的说法，对我们中年以上的人早已是常识了，从童年起就懂得了，可是新中国成立以后成长起来的人，就不一定懂得这个常识问题。另外，有一种不准确就更细致了，属于修辞方面的。比如说，形容一个几百里的山脉，有同志说"壁立千仞"的什么山脉，这样的同志可能只是一时的错误，而他本人是很有写作才华的，那么为什么会有这样的修辞呢？这是因为基本功还不够，他在写这句子的时候大概注意力是要形容，要流畅，而没有注意词的准确性。我们可以称一座山峰壁立千仞，但山脉就不能这样形容了。山脉往往包括几百里，它有壁立千仞的悬崖、山峰，有雄伟的大山，也有平缓的地方，它包含着各种各样的高山，所以，你不能用"壁立千仞"来形容山脉，这叫作修辞上的不准确。还有一种风俗和生活的知识没有仔细考虑而导致失误。我自己也常常犯这个毛病。我举一个例子，我在《李自成》第二卷中写黑虎星的妹妹，随着哥哥到闯王军中，她才十五岁，母亲刚死去不久，我写她头上扎一根红头绳，像这样的情况当然不准确，而且是个笑话，应该扎白头绳。我看了读者来信指出这个错误，自己不由得哈哈大笑。为什么呢？像这样的生活常识，我从小就知道，可仍然不免犯错误，这就是在写作的时候不仔细，将自己本来明白的事情也搞错了。那么改成扎白头绳行不行呢？我想也不行。根据我们现在所看见的书或人物画，明朝的时候，姑娘们、妇女们还没有扎辫子这种现象，大概姑娘们梳辫子在明朝还没有，是从清朝开始的吧。这需要考据家去替我拿定主意。但我自己是这么认识的，所以单单把红头绳改成白头绳，也不准确。但前一个是偶然的疏忽，是写作的时候不够仔细，不够认真，后一个是历史知识问题，这都是难免的。

我自己这样的例子也很多，特别是写长篇小说容易出这个毛病，所以我常常接到读者的信，指正我的毛病，我心中十分感激。等待将来《李自成》最后定稿的时候，再重新推敲，重新修改。

第二，是语言的艺术性。平常我们所说的语言的艺术性，一般是指语言的形象化和形象性，这是每个欣赏文学的人都明白的，对作家就更不用说了。不过我所说的语言的艺术性包括的方面更多一些，不仅仅是指语言的形象性。比如说，有的作家语言干巴巴的，有的作家语言渗透着感情，而且闪着思想的光辉。同样有形象性，这就分出语言艺术的高下了。有的作家虽然也描景了，但缺乏色彩。语言的色彩是绘画美，一般的形象性未必都能做到这一点。我举一个例子来说，唐朝的王勃写过一篇我们大家都熟悉的文章，叫作《滕王阁序》，其中写到江南的秋天，"落霞与孤鹜齐飞，秋水共长天一色"。在夕阳照射之下，通过山上的暮霭，也叫山岚，使山上的树木颜色都变化了。我们没有色彩感的作家可能写不出，或者写得不准确，而王勃却写出来了。他有两句写秋天的水和秋天的山，"潦水尽而寒潭清，烟光凝而暮山紫"。头一句我们听不惯，第二句使我非常佩服，他写黄昏的时候，山上暮霭笼罩，夕阳照到山上，山上变成什么颜色呢？再说一遍，是江南的秋天山色，而不是北方的秋天山色，即黄昏的山色变成了紫色，这就是晚霞笼罩着青绿山水，被太阳照射之后，太阳光线是红色的，而山水间的草木是青色的或绿色的，合在一起，山色更显出黄昏特有的紫色色调。这就是准确，也是色彩感。还有一种比这更细腻的，是王维的诗句，有一句我非常佩服，"日色冷青松"，写山中非常幽静，阳光照射在松林里，他用一个"冷"字，说明森林很深，山中很幽。而这一个"冷"字用在"青"字上面，"日色冷青松"，他不仅把色彩写出来了，而且写出了环境的气氛，这就是色彩感。还有音节感，这一点我下面再详细谈。我们的话有时候说出来很好听，有时候说出来的话啰里啰唆的，不好听。这就是最简单的音节美，也就是音节感。还有语言个性化，一个成功的作家在语言上有他特殊的地方，也可以说有他的个性化。例如，老舍的语言与大家的语言不同，这是老舍的个性化。另外，他写人物，每个人物的语言都有个性，这也叫作个性化。有的作家写了许多人物，个性不清楚，有的简单地把人物分几种类型。比如，年轻的工人说话粗犷，高级知识分子说话文绉绉的，这是最简单的个性化，真正成功的艺术家要远远超过这种水平。

第三，是语言的群众性。这一点也很重要。基本上我们当代文学都注意了，但是不是每个作家都深刻地理解了这一点，而且在他的创作实践中做到了这一点？不见得。比如，一些作家常常有他生造的词，欧化的句法，脱离了群众的口语等。这既脱离了群众口语，也违反了中国古典文学运用语言的常规。这算不算是创造性的表现呢？我看既脱离了群众的语言，又违背了中国传统语法的规律或习惯，这就不能算是创造性。创造性是我们提倡的，但需要的是在我国群众口语的基础上进行创造，也要求创造出来的不违背中国已经形成的语法、文法和修辞规律。

运用语言的习惯、特色和成就，这是研究一个作家必须注意的课题。这个问题不仅直接关系到作家表现能力的高低，也是形成一个作家独特的文学风格的基本条件。一个作家的文学风格，当然不完全是语言问题，它是一种综合的艺术特色，它是各种固有的艺术特色的综合表现。可是，语言的运用特色，大概可以说是构成一个作家的风格的很重要的、很基本的条件之一吧。

目前，我们文学作品有重大的成就，这一点我们大家都是肯定的。但是，在肯定我们成就的同时，也不应该忽视有些作品在语言上出现的一些毛病。这些毛病最常见的是词义不准确，文法或修辞上有毛病，语言不精练，生造的词和不必要的欧化倾向。这些问题不是偶然现象。如果我们仔细地拿一部作品去读，会看见有许多作品中，或者报刊上发表的作品，常常有这样或那样的毛病，但我不是说有这些毛病就不是好作品了，我不是这个意思。因为语言是文学作品的第一要素，可是有这些毛病的文学作品应该不应该引起我们的重视呢？我认为应该引起我们的重视。这问题主要是作家在语言或者基本功方面没有过关，或者认识不够。当然，编辑也有责任，编辑你为什么看不出来呢？

作家在学习文学语言方面，所走过的道路，所得到的经验与认识不尽相同。今天，我只是打算谈一谈我自己学习文学语言的道路，提出我的经验，但是我绝不能说我的经验是成功的经验，我的语言的毛病仍然很多很多。我的经验仅仅是在我们这个时代许多作家各种经验中一个人的经验而已，这经验也没有从理论的高度进行总结。

二

五四新文学运动爆发的时候，我还是一个小孩子，不到十岁的童年时代，所以我说我是新文学运动以后成长起来的人。我在青少年时期认识文学,爱好文学,确定我一生的文学创作道路,是受五四新文学和当时通过翻译的西洋文学熏陶或者哺育成长起来的。我学习文学语言的第一阶段,不可避免地带有这种时代的烙印。

这烙印的特点在什么地方呢?就是文化的影响。五四新文学的成就是光辉的,这一次新文化运动是伟大的,但是什么事情都不是十全十美的,单就文学语言来说,有它的历史的局限性,纵然是成就很高的作家,也不能避免历史的局限性。当时最显著的影响是语言的欧化倾向,创作的文学作品是如此,翻译的文学作品更是如此。欧化倾向是二十世纪二十年代到三十年代前期不可避免的历史现象,是文体解放运动中锐意向西方学习的时代烙印。晚清以梁启超、王遵宪为代表的新文学或新诗体运动,是带有进步意义的改良运动,并没有彻底破坏旧文学的传统。他们虽然在文章中或诗歌中,也吸收了少数的西洋词汇,但没有趋向欧化。五四新文化运动则不然,这是一次革命运动。五四时代的先驱们,以反封建的精神提倡新文学,不仅从精神上、思想上,也从文体上、语法上、词汇上,大量从西洋文学中吸收营养,学习表现的形式和技巧。那时候,由于近代中国是一个落后的弱国,是半封建半殖民地国家,先驱们难免会崇拜西洋文化,包括西洋文学,在文化上曾经产生过全盘西化主张,产生过民族文化的虚无主义。有人曾经提出主张,用英语代替中国语,这是民族虚无主义。当然,这是个别的人物。当时说,"中国的月亮没有外国的圆",盲目崇拜西洋,这倒不是个别人了。如何认识中国古典文学的遗产,如何将中国古典文学遗产同发展新文学联系起来,在当时还没有被重视。也许,多数人还没有考虑到这个问题。至于如何认识文学语言的真正源泉是在群众的口头上,则在当时也没有人注意到。不是说绝对没有认识到,而是说多数人还没有认真注意,没有从理论上认识或研究这个问题,这是创作方面的情况。所以我说在二十年代到三十年代初,我们的文学走的道路是带着明显的欧化烙印,这是不可避免的历史现象。至于翻译方面那就走得更远了,特别是曾经提倡直译,在今天看来它也是历史现象。但这种历史现象后来也自然被时代抛弃了。

我的第一篇小说是1929年春天写的,发表在《河南民报》副刊上。这篇小说是写一个青年农民和一个地主家的丫鬟恋爱,后来双双被逼死。小说的题目叫作《两个孤坟》。这是我的处女作。以后我很少再写小说,因为我的兴趣是在历史方面,希望以后成为一个马克思主义的史学家。所以在1935年以前,为了生活,而且对现实有感触,也常发表一些杂文等小文章。当时我对文学语言问题根本不懂,也没有考虑过。所以这一阶段,大约是在五四文化的影响下走过来的。另外,中国古典文学对我也有影响。

1934年,现代中国文学史上发生了一个重大运动,就是大众语运动。大众语运动,一般人是强调对国民党的反击。因为国民党从1932年开始,就提倡尊孔读经,学生恢复作文言文。当时搞得最热闹的是南京,当然也影响到许多地方,湖南的何健是提倡最出力的国民党地方官僚。这是一股反动的逆流，其目的是破坏进步的文化，遏制文化方面的革命运动，是与反共的目标相一致的。这股逆流，不仅在文字方面提倡恢复文言文，而且恢复传统的儒家思想，也包括有些地方禁止女学生穿短袖、旗袍等。所以，针对国民党的反动逆流，进步文化阵营就提倡大众语文学，与之针锋相对。但是，这只是大众语兴起的一个原因，还有一个原因是中国革命更加深入。当时日本帝国主义侵略中国，步步占领东北又向华北侵入，上海的"一·二八"战争已发生了两年。日本人灭亡中国的野心更加暴露了，而中国革命与反革命的生死搏斗还在进行，就是说民族危亡的关头已经到来。如何唤起广大人民，推动广大人民的觉醒，就成为文化界、文艺界的迫切任务。这样，从这个角度来看问题，进步文化阵营有一个历史的反省，就是五四新文学在某些方面脱离了广大人民群众，不仅在内容方面，也包括文学的形式方面、文学的语言方面，而语言方面更突出。于是从反省里面认识到，提倡大众语文学是很急迫的，在这同时也提出了另外一个新的问题，即简化文字的问题，和大众语问题配合起来的，叫作"口头文语""手头字"，这两种运动结合在了一起。另外，当时产生了拉丁化拼音方法，那时候许多人称之为新文字，希望通过新文字的提倡代替方块字，也就是代替民族的汉字。这主观愿望是革命的，是非常积极的，但实践起来是很大的空想。一个国家语言不统一，读音不统一，如何能够统一成拼音？而且像中国这样大一个国家，文化又这么悠久，要改变文字，这不是短时间甚至需要几百年以后才能考虑的事情。凡是这些东西我当时都是拥护的,而且当时上海文化界发表宣言,我也是签名人之一。这时候我基本上是靠稿费生活了,通过创作实践,我对于口头语言有了较深的认识。对于新文学运动我起初是拥护的,但是很快就怀疑了,认为这里面空想成分很大,不是短时间能够实现的。由于对大众语运动的参加和认识,使我在文学语言的学习上来了一次大的变化。我当时害肺结核病,常常从北平回到河南养病。我就利用在河南养病的时候,把我故乡的语言、精彩的语汇记录下来,积累了许多资料。当时曾想编一本"中原语汇集",后来没有实现。但这一工作对我帮助很大,从理论上我认识了大众语是中国新文学取之不尽的源泉,是摆脱欧化、同大众结合的最好的手段,也是表现群众生活的最好工具。在收集河南语的工作实践上,我深深体会到中原群众的语言有多么丰富,多么生动。这些认识开始影响我的创作,但还不能说已经起了决定性作用。

  认识上提高了一步,创作上也就跟着来。到了1938年春天,我写了一个短篇小说《差半车麦秸》,影响比较大。但多少年来谈这篇小说的同志,都没有把影响它的原因完全说明。据我看来,我们1934年到1935年讨论大众语,但是真正用大众语来写的作品还是很少的,因为我们的多数作家还没有机会同人民群众接触,而是住在上海、北京,接触的多是学生、知识分子。特别是南方的作家,在这方面比我们中原地区和北方作家在语言方面更困难一些。当讨论大众文学时,有人也提出方言文学,让作家创作方言文学作品,但这条路走不通。所以，以北方话为基础，容纳各个地区提炼过的方言，这也是文学语言的一条道路。南方的作家不如中原的作家、北方的作家得天独厚。而我的《差半车麦秸》就是充分地发挥了中原大众语言优点。在今天看起来是历史的陈迹，但在当时来说，读书界感到很新鲜。接着，1940年到1941年，我又写一部中篇小说《牛全德与红萝卜》，仍然产生了相当影响。这是我文学语言学习的第二个阶段。但是在这个阶段，我也有新的考虑，就是用大众语、群众口语能不能在任何题材、写任何人时都发挥优势呢？我认为也不行。像《差半车麦秸》和《牛全德与红萝卜》有它们的特点，而这些特点曾经被读书界所肯定，甚至可以说被赞赏。但是任何有特点的事物都有其局限性，这一方面的优势难免有那一方面的弱点。我们写知识分子，写学生，写职员，写官僚，写绅士等，如果还用《差半车麦秸》和《牛全德与红萝卜》那样的语言，能不能写好呢？那是无法写好的，会闹笑话。所以事物都不是绝对的，优点有时候也会变成局限，长处会变成短处，这是我不得不考虑文学语言的另外的问题。

发表《差半车麦秸》的第二年，即1939年秋天，我开始写长篇小说《春暖花开的时候》。这部小说写的是一群青年知识分子在抗战初期的救亡活动，其中有大学教授，也有地方绅士、官僚，等等。这样的题材能不能保持《差半车麦秸》的语言风格呢？我认为不能。尽管《差半车麦秸》当时受到社会上的广泛赞赏，但是我还是决定用另外的语言风格来写《春暖花开的时候》。如果我用《差半车麦秸》那样的语言风格，那样以河南农民大众的生活语言来写一群青年知识分子和绅士、教授等人物，以及他们的生活和活动，那就失去了表现能力，而且会闹出笑话。这次创作实践，使我在语言上思考了许多问题。我想，一个作家是应该死守着一套笔墨、一套语言，还是应该掌握多种笔墨、多种语言？我考虑的结果认为，不应受一种语言拘束，应该掌握多种语言，丰富和扩大表现生活的能力。所以尽管《差半车麦秸》是受称赞的，但我不能死守着《差半车麦秸》这套语言风格。

《春暖花开的时候》是在1939年秋天敌机轰炸湖北老河口的日子里开始动笔写的，为躲轰炸，我每天到郊区写，一边写一边在重庆的《读书月报》上连载。这中间发生了皖南事变，刊物停止了，我也停笔了。到了1943年才重新写了第一部分，出了单行本，分一、二、三册。按计划是写三部分，没有写完。在写《春暖花开的时候》我同时写了一个中篇《牛全德与红萝卜》，是继承《差半车麦秸》的语言风格写的，有些地方甚于《差半车麦秸》，特别是在小说中运用了民歌的表现手法，我自己特别感兴趣。有的朋友因喜欢《差半车麦秸》和《牛全德与红萝卜》的朴素、生动的北方农民群众语言，就认为我写《春暖花开的时候》在语言方面倒退了。我没有声辩，但我心里有我的认识，所以在写《春暖花开的时候》我又写了一个中篇《重逢》，还写了长篇《戎马恋》等作品，都是按照《春暖花开的时候》的语言风格来写的。这些作品在语言上走的是另外一条路。今天相隔四十年，我需要重新总结。

我在回忆录《学习追求五十年》里面，对于语言问题作了初步的简单的总结。我现在补充说一说，因为《春暖花开的时候》这部书两年来一直准备要重新出版，列入中国青年出版社的出版计划。但我没有时间修改，也没有时间回头看一看。青年时期的作品，到了二十世纪八十年代，我自己已七十开外了，有没有重新出版的必要，有没有重新出版的价值，有没有必要花费一定时间来加以整理（《春暖花开的时候》原来是未完成的作品）？我需要冷静地做一个估计。所以，今年夏天我带着《春暖花开的时候》一部分稿子，在大连看了一遍。当然，我看到里面有许多弱点，特别是第一分册，需要好好修改。但是我也看到里面的生活气息很浓，打动了我自己，常常吸引着我放不下手来。那种流畅和朴素的语言，而且充满着感情的语言，也使我得到了艺术享受。是不是每个人都偏爱自己的作品呢？我认为不是。我是几经挫折，许多事情有我艺术上的见解，在这个问题上我不会把坏的讲成好的，所以经过冷静评估之后，决定抽出相当一段时间将这部未完成的作品做一个结束，其中一部分要重新修改。那么这里头在语言问题上说明一个什么道理呢？就是《春暖花开的时候》，它所表达的语言美不是《差半车麦秸》和《牛全德与红萝卜》可以达到的，它是另外一条路，它们是两种风格、两条路。因小说内容不同，所反映生活与人物的不同，它们各有各的长处。这就证实了我原来的认识，一个作家应该掌握多种笔墨，能够运用多种语言，才不受一种语言、一种表现方法的局限。

那么，《春暖花开的时候》的语言和我说新文学运动带有欧化倾向的语言有什么关系呢？有什么不同呢？它和中国古典文学又有什么牵连呢？好，下面我谈谈我学习过程中进入的又一个新的思考阶段。

三

过去我们曾经有一个阶段，对于"五四"以后的欧化语言、欧化文风，是持批判态度的。1942年左右，在讨论民族形式问题的时候，有个别人，也许是一些人吧，曾经提出来要否定"五四"传统，重新从民间文学开始。当然，这是错误的。五四文学不仅是革命的、积极的，还是我们的宝贵财富。语言方面我们不能只看到欧化的倾向，还要看到除欧化毛病之外，还有它可以继承的部分。它与我们的古典文学不一样。它也是以活的语言为源泉，不过偏向了知识分子的语言，而缺乏从人民大众语中去吸取营养。只要我们把这些缺点注意到了，加以克服，"五四"传统就是在语言方面也应该值得我们学习和吸收。

《春暖花开的时候》是从五四新文学传统的语言的积极方面来学习的。在学习的时候，在大众语讨论时，我从理论上得到了启发。当时讨论大众语时，曾经要用拉丁化拼音字代替方块字、代替汉字。我很快就不赞成这个主张。但是我考虑一个问题，能不能使我们的小说、散文写出来，让人家一听就懂。而将来如果是用拼音字来写我们的小说，必然要使人一听就懂，这问题倒是值得重视。所以在写《春暖花开的时候》时，我没有作什么宣传，但是我很注意我的小说文笔，尽可能使人一听就懂。这需要克服几个问题。不在我的语言中用一些生造的词，不在我的语言中用不必要的欧化的文法，要追求朴素。朴素并不等于不追求美，而是比雕琢的美更自然。要讲究散文的音节，只有音节铿锵、自然，读起来才能如同行云流水，人家听起来才舒服，才可以达到朗诵的程度。我是向这方面追求的，所以尽管《春暖花开的时候》有许多是描写景物的、描写心理的，文字很下了一番功夫，但它没有生硬的句子、生造的词。这一点是经过了一些努力产生的。这一种特色，它主要是经过大众语问题讨论之后，我重新考虑如何吸收"五四"传统才产生的，同时这也和我对于古典文学的学习有相当的关系。我对古典文学是很喜欢的，尽管我幼年、少年时，常常失学，可是通过自己学习，我读了不少古文，我也会提起笔来模仿古人写文章。这一套练习，使我懂得了对文字的推敲办法。另外，也使我懂得如何注意文字的音节美。如果这一套锻炼，随便用在白话文里头，它会搞得非驴非马；如果把这一套精神、这一套美的理论原则加以适当地运用，会使我们的语体的散文，就是白话文，写得更美。这个问题我想了很久，而在写《春暖花开的时候》通过实践来加以熟练、加以运用，才达到了我自己的一个新阶段。

在这个时候，我也考虑到古典文学的另一个方面，我在二十二三岁的时候读了不少元代的杂剧。元代杂剧有一部分是文人写的,有一部分是和杂剧班子在一起生活的人写的,前一种文笔很美,但不够通俗,像马致远的《汉宫秋》、白仁甫的《梧桐雨》。但另外一种以关汉卿为代表,就是运用了生动的群众的口语。我从元曲中吸收了很多东西。另外,我考虑到我们的小说、宋元话本、明代的拟话本,是用口语写的,非常朴素,听起来非常舒服。为什么听起来非常舒服呢?因为它是要说的,所以听起来既朴素又干净,又流畅。那么后来像《红楼梦》《儒林外史》等,许多长篇小说虽然不再由说话人来说,变成了案头文学,但因为这些作家继承了说话人的口头文学传统,接受了好的文学遗产,像《儒林外史》也好,《红楼梦》也好,所以语言是朴素的、干净的,而且念起来、听起来十分舒服。这些道理我都反复思考过。于是在写《春暖花开的时候》给自己定出了几条标准,就是小说语言,包括描写、抒情语言要看起来顺眼、读起来顺口、听起来顺耳,这算"三顺"吧。

后来,到了抗战末期、解放战争初期,我写成了《长夜》这本书。我把学习到的两种语言用进去,一种是北方农民群众语言,一种是知识分子的语言,混合在一起。而且在《长夜》里写景的部分,我不但注意了语言的干净、精炼,还注意了音节美。这在《长夜》一开始,写农村一片荒凉的那一段描景可以作为代表。这就是到了《长夜》这一阶段,把《春暖花开的时候》的基本经验和《差半车麦秸》《牛全德与红萝卜》的经验混合到一起了,这就为以后写《李自成》在语言上开辟了一条新的道路。我到中年以后,开始写《李自成》，这是混合了河南或者北方农民的大众语言、知识分子的语言，特别是也写了高级士大夫官僚的语言，也有江湖上的语言，总之《李自成》这本书里所运用的语言比较复杂，这是到中年以后开始的新试验。试验结果如何，现在还不能完全肯定，因为还有第四卷、第五卷没有出版。大体说来，几个方面的经验都集中用在《李自成》这部小说上，而今天回头来看，假如我只能运用一种语言，而没有掌握多种语言，大概《李自成》不可能写出来。

四

1942年在国民党统治区的大后方，也就是重庆、成都、昆明等地方，关于民族形式问题被提出来进行热烈讨论。这个问题的起源是由于毛泽东同志《新民主主义论》提到民族化的问题。民族的形式，新民主主义的内容，这是当时毛泽东同志提出来一个发展我国文化的方向。这问题实际上更早的时候也提过，斯大林也提过，民族形式、社会主义内容。但是在国民党统治区的大后方引起讨论的是《新民主主义论》在延安发表以后。讨论进行了两三年，其中意见有分歧。我很注意这次讨论，但我没有参加论战。

我常常把一些理论问题引到我的创作实践上来考虑，到底民族化如何能够达到？关于这个问题始终没有真正解决。比如说有人认为要从民歌、民间文学演唱等，来解决民族化的问题。我认为不能这样，我们经历了五四运动，新文学在中国已经有相当长的战斗历程，也生下了根。不能抛开"五四"传统，不仅是精神方面，就是在形式方面也不能抛弃"五四"传统，问题是怎样改造、发展。这想法我是在大众语讨论之后，有了一个萌芽。在讨论大众语时，也提出了"旧瓶装新酒"的问题，有人说旧瓶可以装新酒，有人说不能装新酒，这实际已属于民族形式和发展新文学道路的问题了。1942年的民族形式问题的讨论是这一老问题的重新提出，放在更高的水平上进行争论，但是我自己有许多问题并没有解决。我的认识还是停留在摆脱不必要的欧化这一点上。到抗战末期、解放战争初期写成《长夜》这部小说的时候，还是从语言方面着眼，我更追求语言的民族气魄，但都是在摸索，都没有达到成熟的认识。新中国成立以后，我继续思考这个问题，写《李自成》是有目的地而且有理论认识地来实践民族风格、民族气魄的追求。

《李自成》它有几个方面都在追求民族风格和民族气魄，其中语言的追求可以说是一个主要问题。关于这个问题大家看过《李自成》之后，自然会明白，这里我不做过多解释。我这里只说一个误会，就是：人们看到《李自成》民族气魄比较突出，认为我是将中国传统的章回小说和西洋长篇小说中的描写技巧融合在一起。实际不是这么简单，其中一个很重要的问题就是语言的民族气魄，这是我经过多年的摸索，从创作实践上积累的一些知识，以及我读书得到的知识，最后都通过写《李自成》这部小说在语言上实现了我的追求。至于《李自成》这部小说在语言上实现民族化的特点是什么，我今天就不谈了，大家分析研究。

总体来说，我从开始写小说到老年的几十年间，学习文学语言的道路大体分为几个阶段。第一个阶段，是不懂，是在欧化空气之下学习写作。这叫作对语言的道理并不懂得。第二个阶段，就是1934年至1935年提出了大众语文学的讨论，同时提倡简化字，又提倡拉丁化拼音方法。这一次讨论使我在认识上大大提高了一步，我开始有目的地重新了解我童年、少年、青年时期生活在河南城乡时的口语，有意识地把一些精彩的语汇记录下来，而在这个时候我还是阅读元人杂剧的时候，我将许多现代河南词汇同元朝甚至更早时所使用的词汇比较，看出了它们的渊源，有些在元朝时甚至更早所使用的词汇到现在还活在人民的口头上，这使我对研究语言有很深的兴趣，曾经打算编一本"中原语汇集"，直到新中国成立后下农村，我仍然很注意这方面的收集。尽管没有时间来编"中原语汇集"，但是开始注意中原的活生生的大众口语，对我这一生文学上的努力起了决定性的作用。

在我利用河南人民口语写《差半车麦秸》和《牛全德与红萝卜》时，我一方面努力运用河南人民大众的口语，感到这种口语是精彩的，另一方面也发现它对一个作家的创作来说也不是十全十美的，它有一定的局限性。因此我在写《春暖花开的时候》就不能用农民大众的口语，那样就不能够很好地写知识分子的生活和知识分子的典型人物。我开始认为"五四"时代传统的白话文只要是改了欧化的影响，就是对我们非常有用的工具。这样，我就还是按照传统的"五四"

白话文道路，而加上我对古典文学的修养，对人民口语的修养，使我的白话文走到要排除生硬的句子、欧化的色彩，走到"看起来顺眼、说起来顺口、听起来顺耳"的美学追求，注意朴素美，注意音节的流畅，流畅而又不流于油滑，美丽而又不流于雕琢，读起来铿锵又具有节奏美、音节美。至于我在写《春暖花开的时候》等作品时的美学追求，是不是完全达到了，那是另外一个问题了。一个作家不能盲目地写，要有不同方面的美学追求，语言也有美学追求。这是一个新的阶段。

1942年到1943年，民族形式问题争论之后，我也在创作实践中考虑一些新问题。虽然我写《差半车麦秸》《牛全德与红萝卜》以及《春暖花开的时候》，都注意到排除欧化倾向，走到群众中，容易看得懂、听得懂，读起来朗朗上口这些特点，这些特点已经属于民族化的范畴，但还没有上升到理论上的认识。等我写《长夜》时，我的实践又向前推进了一步，是将"五四"以来传统的白话文排除了欧化倾向，和河南农民大众生动的口语结合在一起来写作。与此同时，我继续探索古典文学的影响。到了新中国成立以后，写《李自成》这部小说时我在理论上的认识已经比较清楚一些。因为我在创作实践上已经积累了许多年的经验，创作实践又推动着我的理论认识，所以《李自成》这部小说是在已有理论认识的情况下，尽可能使语言能够充分表现民族气魄、民族风格。

在《李自成》小说中有许多对话，掺杂着文言语汇，还有许多诗词、书信,皇帝的诏书、批文等,这是属于古典文学的传统,是特殊语言的运用。因为既然写历史小说,你必须用当时习惯的表现形式。古人就是用这种文体表达他的思想的。关于这些方面,掌握起来需要花费相当大的功夫。如果你不能代古人作诗填词、写信、写布告等,就缺少了表现古人的语言工具。举一个例子说,李岩这个人物到底是怎么回事,因为资料缺乏,今天还没有完全弄清。但既然要给他写成文武双全的人物,我必须使他在文笔方面有知识、有学问,能够写文章,能够作诗填词。作诗是封建时代一个所谓有文才的人必须具备的条件。可是,在历史资料上只有李岩的《劝赈歌》,而没有别的作品。《劝赈歌》不能表现李岩的文才,怎么办呢?所以李岩的诗词以及给闯王的那封长信只能由我自己来生编了,这就叫作文学创作。无疑的,为了写这个人物,写李岩的夫人汤夫人,按照古代特别是明清时代的传统,大家闺秀往往是读书的,会作诗、会写文章。而她们的诗和文章要按照规格去写,她接受了明朝文化的教养。怎么办呢?我只好替她写诗,替她写给李岩的一封信。懂得中国古代文学的人,一看她的诗是懂得规格的诗,那封信是受了元朝文体的影响。有时候为表现时代的气息,为表现人物的性格、身份,这些特殊语言的使用非常必要。而在《李自成》这部书里,可以说百分之九十九是我替小说中人物写的,有同志开玩笑,说我是崇祯皇帝的"秘书长",是李自成的"参谋长",李自成的作战计划、调兵遣将是我替他搞的。我再举一个例子,崇祯曾经得到不准确的报告,说洪承畴被清兵抓到以后,已经自尽了。这就要在北京祭洪承畴。其实洪承畴没有死,而是投降了清朝。要加强这一戏剧性的变化,必须将洪承畴这件事重点来写。据史书上记载,崇祯皇帝要亲自去祭他,那崇祯的祭文怎么写呢?小说中的崇祯皇帝的祭文是我代写的,而且写得很感动,连我自己也被感动得哭了。这一边强调祭文,又突然得到洪承畴投降的报告,在艺术上就显出特别的力量,特别的效果。可惜崇祯写的祭文早已失传了,连几句也找不到,所以我只好自己替崇祯写祭文。它和一些文字都可叫作特殊语言运用。要掌握这种语言,不出毛病,要下多年功夫。我无意说今天年轻一代的作家在这个问题上要花费时间学习,而且学不好会闹出笑话。但是如果是写历史小说怎么办呢?至于怎么解决,各人的方法是不能一概而论的。

直到今天我仍然感到自己在语言学习的道路上还存在很多问题,《李自成》里的语言毛病还不少,只好到最后定稿时重新推敲、修订。我有一个习惯,就是经常翻字典、词典,我的书斋里有很多字典和词典,不懂的时候就查一查。如果去外地开会、旅行,我总要带一部《现代汉语词典》,遇到词义不十分明白的字或词就查一查,有疑问的词也随时查一下。根据我的经验,我的错误往往就出在我懒得翻书的时候。我多年养成了这么个习惯,而今天来看我这个习惯,还应该保持下去。活到老,学到老,常翻词典也是为了解决学习问题。

以上是我学习文学语言道路上的一点经验,或者走过的艰难道路，对同志们不一定有参考价值。如果有谈错的地方，请同志们给我指出，给我帮助。

李夏茹根据姚雪垠1982年8月27日在大连市文联的报告录音整理，姚海天、刘涛审核

我的现实主义创作手法

今天,我主要从美学的角度来谈谈我对历史小说创作规律的认识。这里面的内容很丰富,它既包括我对社会主义现实主义美学原则的追求,又包括我的悲剧美学思想、我的小说结构美学思想、我的语言艺术特色以及民族化等问题。因为时间关系,我今天只能谈一个问题,就是对社会主义现实主义美学原则的追求。

我写的《李自成》,在各种文艺流派中我属于哪个流派?我拥护哪个流派?我说出来,可能你们认为我落后了。我走的是社会主义现实主义道路,是属于这个流派,你们可能好久没有听到这个流派了吧?这几年来人们都在谈这个流派、那个流派,好像很少人谈社会主义现实主义。有人用革命现实主义来代替,我今天却要提出一个社会主义现实主义,我甘愿落后。我为什么要提出社会主义现实主义呢?因为这是社会主义道路决定的,是社会主义性质决定的。我们提倡现实主义,那么我们的现实主义是属于什么样的现实主义呢？能不能跟《三国演义》《水浒传》《红楼梦》相提并论呢？不能。因为它们是几百年以前的现实主义。是不是跟托尔斯泰、巴尔扎克的现实主义一样呢？不一样。我们的现实主义是二十世纪、无产阶级经过革命已经夺取政权、建立了新的社会的现实主义。这个新的社会是以马克思主义做指导，由人民群众，尤其是以工农、革命知识分子为主体的一个社会主义。因此，我们的文学所走的道路不能脱离这一历史现实，忘记了这个历史现实，我们一切问题都空了，这是我考虑的一个思想方法。由于我们是这么一个时代，这么一个历史现实，因此我们的现实主义就应该叫作社会主义时代的现实主义，把"时代"两个字节省了，也就是社会主义现实主义。这是我的理解，百家争鸣，我只是一家，但它是我行之多年的，如果我没有坚持这个方法，我的《李自成》就写不出来。

在有的时候，我冒着生命的风险为这个创作道路而奋斗，举个例子，《李自成》第一卷一开始就写皇帝生活，第二卷有两个单元十几万字，至于第三卷就更多了，假如我不是坚持社会主义现实主义的道路，我敢不敢写？不敢写。很多人反对我写，主张只能用漫画化的方式，涂抹几笔，加以贬斥。而写第一卷的时代是什么时代？正是我们说话不自由的1957年，是知识分子普遍遭劫难的时代。第二卷大量写崇祯、皇后、贵妃、皇贵妃、宫女、皇亲国戚，这是什么年代呢？是"文化大革命"期间。这样抗拒历史潮流，抗拒压力，捍卫什么？捍卫的是现实主义道路。今天谁胜利了？是现实主义胜利了。《李自成》写皇帝的很多章，大家普遍地给予肯定，包括我自己也是"王婆卖瓜自卖自夸"。我在法国巴黎对新闻记者和汉学家们说，像我这样的创作，你们欧洲没有，即使今天也没有人像我这样来描写皇帝的生活。这是我对世界文学做出的新贡献。我是代表中华民族的作家给他们说话的。这就是说，我的成功是现实主义道路的成功。

再举一个例子，我们中国小说从《三国演义》开始描写战争，一些描写战争的场面都是两个武将斗三十回合、五十回合、八十回合，最多的是一百多回合。至于士兵、下级军官，只是站在旗下不动，观战，到最后一方将官打败了，然后旗子一挥就冲上去。这种写法合不合理？不合理。因为战争是群体的战争，不是斗架，偶尔也有斗架，但一般是群体战争，将官指挥下级军官、士兵共同作战。我是研究过了的，一般程序化描写战争，我不要。不要，怎么办？这就要走现实主义道路，这样就使得《李自成》里面写了多次的战争都不一样，根据明朝末年的一些具体军事活动作为参考，这就是现实主义的。抛掉现实主义我就不能写出明朝末年的战争。因此我对这个问题是非常重视的。

从中国来看，我们的现实主义有个历史的发展过程，从最早的唐人小说到元末明初的《三国演义》《水浒传》，一直到十八世纪的《红楼梦》《儒林外史》，这里面都有现实主义，也可以说基本上是现实主义的伟大作品。这些现实主义与我们今天的现实主义一样不一样？不一样。所以我总称它们为古典现实主义，包括最进步的《红楼梦》，我认为它跟我们今天的大不一样，它有很多创作手法我们吸收了，作为光辉的遗产。但有很多创作手法要批判，不能接受。这一点我对古典现实主义的看法与许多专家有区别。"红学家"谁都不谈《红楼梦》的艺术缺点，只谈《红楼梦》好、伟大。我认为世界上没有十全十美的伟大作品，任何伟大的作品都有它的历史局限性，它不能超过它的那个历史时代给它的各种条件。曹雪芹所没有的条件我们今天有了，我们今天有了的条件，过一二百年以后也有我们的历史局限性，一代一代向前发展。

我有一首诗说明我对古典文学的态度。这首诗有四句，我念出来大家听听："百代风流各创新，前贤未必绝无伦。今天自辟康庄道，不拜施罗马后尘。"这首诗是 1960 年前后写的，弹指之间二十五年，在二十五年后的今天我还是坚信我这一主张是对的。施耐庵、罗贯中是十三世纪前后的人，我们今天的哲学思想、美学思想他们根本没有想到，我们的文艺理论他们根本没有想到；我们不但吸收了中国古代文学遗产，而且吸收了世界各国好的、优秀的文学遗产；我们今天的文化素养远远比他们丰富。因此，我们有我们的创新，绝不应该跟在他们的马屁股后面磕头作揖。那么欧洲十九世纪批判的现实主义是不是到顶了呢？没有。它们有许多地方值得我们学习，大概对我益处最大的是中国的《红楼梦》，外国的《战争与和平》，但《战争与和平》有许多地方我是不赞成的。没有绝对的、十全十美的作品，这是我的理论。我还有一句话：我尊敬前贤，但不迷信前贤；我能尊敬一个人，但不迷信一个人。我们社会主义现实主义一定要开辟新的道路，比如《李自成》的因果关系，时代进程的因果关系，我的看法比托尔斯泰进步多了。因为托尔斯泰强调的是偶然性，我强调的是必然性。从小说结构来说，《战争与和平》的毛病很多，常常丢掉了故事的进程，作者在那儿发表议论，长篇对话。这些东西我都抛掉了。具体来说，我写的皇帝宫廷生活那么丰富多彩，那么复杂，托尔斯泰对沙皇生活写得很简单。所以我们今天现实主义发展了，前进了。为什么前进了？第一，我们吸收了十九世纪的现实主义创作方法，吸收了中国从《三国演义》到《红楼梦》创作的现实主义方法，托尔斯泰他不可能吸收我们中国《三国演义》《红楼梦》的创作方法。我们中国文学有三千多年历史（这是指有文字记载），我们的诗歌、散文一直发展下来没有中断，但旧俄罗斯在十七世纪到十八世纪还是以模仿法国为主，我们没有这个阶段。第二，我们掌握了历史唯物主义，托尔斯泰没有，所以我们有自己的发明创造，这并不奇怪。

我们今天的社会主义现实主义究竟有什么特点？也就是说我自己所走的道路有什么特点？首先一个特点就是对待历史的态度和看法。《李自成》是历史小说，应该重视对历史的态度和看法。比如说我写《李自成》，首先就得了解明朝末年各方面的历史情况，广泛地收集资料，研究资料的真伪，得出自己的认识，这是写作的基础。这好比我们写现实题材的作品，如果你对现实生活没有深刻的了解，能不能写出好作品来？不能。

我们这些年来，历史题材的电影、电视、小说的混乱，其主要毛病有两种，一种是对历史没有认真研究，写出来的作品不吸引人，不能引起美学趣味，而更严重的是不懂历史。比如有一个作品写五四运动，出现了这样的细节：荣禄在天津宴请袁世凯，赛金花袒胸露背、半个乳房露在外边参加盛大的舞会，舞会完了以后，赛金花趴在袁世凯的面前，故意把自己的乳房压在袁世凯的手背上。这是虚构，作者虚构得合不合理？不合理。因为在当时根本没有这样的事情。我们说小说必须虚构，但现实主义创作方法的虚构有个条件，就是虚构的细节放在当时的时间、空间所构成的环境里，经过推敲是合理的，这样经过艺术加工后，更能深刻反映历史现实。这是个原则。又如现在的《三国演义》，刘备去诸葛亮住的隆中访问诸葛亮，诸葛亮中门上挂了一副对联"淡泊以明志，宁静而致远"。这是虚构，这种虚构合不合理？不合理。东汉末年没有张贴对联的风俗习惯，张贴对联的风俗习惯是从明朝开始的，到明朝中叶才兴盛起来。这个细节在明朝中叶的《三国志通俗演义》没有，清朝初年经过毛氏父子修订加进了这个细节，而且是根据当时的生活来虚构的。

我说的这些话是什么意思呢？我们创造再创造，虚构再虚构，有的虚构得好，有的虚构得不好，有的虚构得合理，有的虚构得不合理。作为我们今天的现实主义，我们考虑的是东汉末年有没有对联，没有就不要写进作品。而古典现实主义就不管这一套，它可以根据作者自己的生活时代把对联加进去。现在经济学有宏观的经济和微观的经济，宏观的经济是从大局着眼，看得很广阔，微观的经济是从局部着眼，看得非常细，非常透。我们的现实主义对待历史是不是有这样的情况？有。有宏观的历史观察，也有微观的历史观察。如果我不知道我们中国从明朝末年一直到清朝许多农民战争的规律，农民起义和朝廷斗争的规律，很难写好《李自成》；如果我不知道明朝末年的风俗习惯，也写不出《李自成》。所以《李自成》这本书里，宫廷生活写得那么详细、那么丰富，一直到今天没有人挑出毛病。我常说，历史小说得到青年读者的欢迎，这不是一个衡量的主要标准，要让老专家、历史学家、老教授他们看了后认可、佩服，这才有生命力。当然两方面都要照顾到，一方面要照顾到广大的青年读者，另一方面又要照顾到老专家、老教授，这就要求作家对待历史保持严肃性、科学性，在艺术上要写得成功，要写得感人。

最近我看了一部小说，说的是战国末年齐国的商人到咸阳做生意，带着一个美女在街上唱歌，目的是招徕买主并引诱秦始皇出来看，她唱的是什么呢？唱的是七言诗，这合理不合理？不合理。它违背了文学史常识。战国时期中国诗只有四个字，连五个字也没有，到东汉才出现五言诗，到魏晋出现七言诗，到唐代完全成熟，可作品中写的是战国时期在咸阳唱七言诗，这不是违背历史常识吗？！我们现在的编辑水平低，把不了这个关。像这样只能骗青年，骗不了我们老头子，历史小说必须让老头子点头才够水平。我们河南拍了一部电视连续剧，叫《包公》，后来到北京征求意见，我是河南人，当然请我去。我们去了以后，先是看电视剧然后吃饭，吃饭的目的是让我们说好话。当时主持人说，电视剧《包公》放映后，群众反响热烈，领导很称赞，现在听听老专家、老前辈的意见。我当时发言说，群众反响热烈不是唯一标准，因为一些群众的历史文化素质不高；领导说话不能全部算数，新中国成立以后，领导对文艺随便肯定，随便否定，往往后果严重，他们一不是历史学家，二不是文学家。其实这个电视剧的毛病很多，当时我只指出几个重大毛病。我们现在历史题材的电影、电视、戏剧混乱极了，谁不懂历史谁敢写，越不懂历史越敢写，真正懂历史的专家学者小心极了、慎重极了。真正敢写的是李白与杨贵妃谈恋爱，一谈就谈得很久。李白真胆大，也不怕皇帝杀他；杨贵妃也未免太下贱了，好像酒吧间的女人一样。这都叫不懂历史。我现在提出来，目的是要严肃地认真地对待历史，只有这样，才能够反映历史的真正面貌，才是现实主义的。这是第一个特点：严肃地对待历史。

第二个特点是，我们的现实主义与哲学思想相结合，社会主义现实主义与历史唯物主义相结合。不懂得历史唯物主义就很难真正理解错综复杂的历史现象和规律。有人说历史唯物主义落后了，我认为历史唯物主义的根本原理没有落后，当然我们还可以拿很多理论来丰富它、充实它，但基本原理不能变，这是社会主义现实主义历史小说创作方法的一个哲学基础、一个灵魂。

新中国成立以后，我们搞革命现实主义，把人物、事件、个人生活写得很简单，简单到什么程度呢？简单得一对青年男女在一起谈恋爱，不谈爱情，只谈工作，谈学习毛选。我就不相信我们的青年男女就是这样谈恋爱的。把人物写得太简单，英雄人物在阵亡之前，没有其他任何思想，是用特殊材料制造的，难道我们社会这么简单？是我们现实主义创作方法的错误？不是的。这是曲解了现实主义创作方法，现在这种现象开始扭转。我是坚持现实主义的，所以我将宫廷生活、崇祯皇帝内心写得很复杂，世界上的事情是复杂的，用现在的话说是多层次的。能够写出非常复杂的现实生活，是真正的现实主义创作方法。简单化不是现实主义的创作方法。我们多少年来，由于极"左"思潮的影响，败坏了现实主义的声誉，使得大家不谈现实主义创作方法，而谈各种流派，这是多少年来被极"左"思潮破坏之后对现实主义的一个惩罚。

　　文艺为政治服务，政治第一，不强调艺术性，这给我们的文艺创作带来了很大的损失。我到法国去，外国人不断给我提出这个问题，说中国的小说都是政治宣传。法国的作家有个原则，认为作家不要关心政治，作家只有写作。小说是艺术，不强调小说的美学，光强调小说宣传政治，那不行。所以今天我提倡社会主义现实主义历史小说的创作方法，实际带有战斗性。我们许多年来，在"历史为政治服务""历史古为今用"的口号下，可以随便曲解历史，改造历史。我是坚决反对借古喻今的，历史本身充满了教育意义，历史小说如果写得好，第一可以丰富人们的历史知识，第二可以吸取历史的经验教训，可以知道历史事件发展变化的规律，对今天有借鉴作用。历史小说肯定一些人并加以歌颂，批判一些人并加以嘲笑和鞭挞，这都是教育意义。另外历史小说应该充满艺术气息，提高大家的审美能力，不需要改造历史为今天的政治宣传服务，凡是改造历史的工作都是站不住脚的。因此我们一定要尽可能地研究历史，发现它的规律，发现它的因果关系，总结历史教训，通过对历史故事的组织和表现，达到美学的标准。

根据这些看法，历史小说必须有历史的科学性，又要有小说的艺术性，这两方面有机结合才能形成好的历史小说。我们多少年来对于历史小说在批评方面有很大毛病，总是说在历史上如何起了进步作用，却没有说这部历史小说怎样反映了历史真实、历史规律、历史本质。这是极"左"思潮的文艺批评。我说的话是很严肃的，这条道路不能再走下去了。我们今天的历史小说，从我开始，从《李自成》开始，为历史小说开辟了新的道路。这是大家承认的。我没有完全走传统的创作道路，也没有走《说岳全传》《杨家将》的道路，而是哲学上的历史唯物主义，历史上的科学历史观，文学上的现实主义创作方法，我走的就是三者结合起来的道路。《李自成》与中国古典小说以及"五四"以后的历史剧都不同，不是一些枝节的不同，而是根本上的不同。如果有人问我对当代文学有什么贡献，等别人研究出来后自然会得出结论。我认为《李自成》在文艺思想、小说美学思想方面开辟了新的道路。

自《李自成》出来以后，有很多人写历史小说，都说受到我的影响，那么是不是跟我的一样呢？不一样。距离很远，我具备的条件别的作家没有。我的创作包含着丰富的美学思想，在中国当代小说发展中有相当重要的意义。像《李自成》中描写的这样广阔复杂的社会生活，中国过去的小说没有，今天仍然没有。把这个民族风格运用到《李自成》，表现得很鲜明，很能吸引人，这是开创性的。小说中的语言那么复杂，不同人物有不同的语言，这是开创性的。这都是美学问题。另外我还有一套写作理论，因时间关系不谈了。

过去认为悲剧是正面人物的失败和死亡，反面人物不能作为悲剧人物，但是《李自成》错综复杂，充满着悲剧气氛，正面人物的悲剧，反面人物的悲剧，有大悲剧有小悲剧，一环扣一环的悲剧。这个悲剧理论是我提出的，所以说我在小说美学方面开辟了新道路，这个道路是沿着社会主义现实主义发展起来的。社会主义现实主义的历史小说，出现在当代中国有特别重要的意义。为什么这样说呢？中国有几千年的文明史，土地辽阔，人口众多，而受极"左"思潮的影响，长期以来没有人敢写历史小说，一段时间曾有一个提法，说只能写新中国成立后的十三年。我们中国有个特点，封建意识很严重，掌权人说句话，下面很多人就当吹鼓手，只能写十三年，搞得文学题材十分狭窄。中国有丰富的历史题材，有优秀的文化遗产。中国历史为人们所关心，中华民族不但在大陆、在中国台湾、在南洋、在欧美都有，通过什么把中国的炎黄子孙联系起来？通过中华民族的文化、通过历史把他们联系起来。所以中国当代出现的历史小说填补了这个空白。这个意义很重大。我们这样强调历史题材，是不是用历史题材来压倒现实题材？没有这个意思。只是说应该重视文艺百花园里历史题材这朵花。它有利于民族的大团结，有利于增强民族的自豪感，有利于爱国主义的弘扬。

历史小说的出现，扭转了多少年来极"左"思潮只强调反映现实而不强调写历史的局面，可人民群众是欢迎历史题材的。为什么现在历史题材的电影、电视水平普遍不高，甚至低俗，但是群众还欢迎？因为历史对群众来说不可缺少。因此我们今天要建立新的历史领域，同形形色色的反历史主义的文学作斗争。我们的历史题材文学中长期以来唯心主义盛行，把历史随便歪曲，不该翻案的翻案，不该歌颂的歌颂，不按历史的本来面目来反映历史。还有一种情况，有的历史剧名曰"伟大的浪漫主义作品"，其实是反历史的唯心主义的。北大有个学生发表文章说，忠实于历史和违背历史的都可能成为名作，《汉宫秋》是违背历史的，《桃花扇》基本是忠于历史的，它们都成为名作。这是把古代和今天混到一起了。《汉宫秋》违背历史是元朝人写的，离我们几百年，我们管不到，那么我们今天要不要忠实于历史，这是个原则问题。我们今天违背历史肯定要失败。曹禺是我的朋友，他的《王昭君》违背历史，他要写一个欢欢喜喜出塞的王昭君，这怎么能行呢？我们前些年青年人支边，上海姑娘一坐上火车就哭哭啼啼，这还是共青团员知青支边。今天尚且如此，何况两千年以前乎！倒是秭归一带王昭君的故乡有一个民间传说很能说明问题。说王昭君决定出嫁，想回家乡看看，皇帝允许了，王昭君回家乡后乡亲们不让她走，可时间到了，王昭君走时老百姓就沿着香溪河放声大哭，眼泪涨满了香溪河，冲到长江，使龙王爷坐立不安。龙王爷派一条龙去看看到底是怎么回事，龙去看时，也被感动得流泪，后来眼泪都变成了石头子，所以现在香溪河有很多好看的石头子。这个民间传说很能说明当时人的感情。曹禺把王昭君写得欢欢喜喜出塞，这怎么可能？这违背历史真实，是曹禺一生最失败的作品。曹禺为什么这样写？是有位领导人告诉他，要把王昭君写成一个加强民族团结的典型。曹禺为了解决这个问题，从主题出发，从政治出发，然后再进行艺术加工。所以说，我们不能让文学廉价地为政治服务。这是三十年来一条失败道路告诉我们的。我们现在要建立新的小说美学，这不仅是个理论问题，也是一个创作实践问题。从"五四"以后，我们的文艺经过了多次论战，多次竞争，但只有作品的榜样性、开创性最重要。如果不是柔石的短篇小说，不是茅盾的《子夜》，我们的新文学讨论再多也提不高。抗战初期讨论民族形式问题，讨论了两三年，没有什么效果，当时我就发现要从创作中来探讨中国问题，所以我的小说着重探讨中国风格、中国气派的问题，直到《李自成》才到了一个高峰。

　　以上我是讲的现实主义，下面再谈谈浪漫主义的问题。以我的理解和经验，浪漫主义是以现实主义为基础，以浪漫主义为补充，用浪漫主义来补充现实主义。那么有人会问，可不可以以浪漫主义为基础？根据我的创作经验，不行。浪漫主义与唯心主义连在一起，它不能深刻地反映历史。我们今天讲人物的典型，讲典型环境中的典型人物，是现实主义美学的一个课题，浪漫主义办不到。我们可以回顾"五四"以来的浪漫主义作品，有没有一个人物达到了典型性？曹操、武则天、蔡文姬都没有达到，浪漫主义不能反映历史的真实面貌，蔡文姬用范仲淹的"先天下之忧而忧，后天下之乐而乐"这句话来吹捧曹操，我们知道范仲淹是北宋人，蔡文姬是东汉末年人，她怎么会用范仲淹的话来歌颂曹操呢？我们的历史小说应该有历史感，作家在叙述的时候可以用现代语言，但历史人物对话不能用现代语言，前代人不能用后代人的话。文艺作品需要虚构，但在关键问题上不能虚构。如果一两个重要情节是虚构，那么就把你塑造的人物完全破坏了。历史小说与某种哲学观点、某种历史观点密切相连，与历史唯物主义密切相连，不严肃的历史态度与某些浪漫主义紧密相连。因此说浪漫主义只能是对现实主义的补充，而不能成为一种主要的创作方法。

所以我们现在一个根本原则就是要提倡历史唯物主义，提倡社会主义现实主义，浪漫主义只能补充现实主义，而不是一种主要的、基本的创作方法，这一点对我来说是行之有效的。我在《李自成》里面，是以现实主义为基础，用浪漫主义来补充的。什么地方坚持现实主义，什么地方采取浪漫主义，由于时间关系，今天就不谈了。

姚海天根据姚雪垠1983年5月21日在湖北大学学术报告的录音整理

向世界各国作家学习

编者按：1984年10月底，姚雪垠应邀访问法国，出席马赛玫瑰节世界名作家会议，并参加名作家卖书签名仪式；于11月5日接受马赛市政府授予的纪念勋章。本文是姚雪垠在授勋仪式上的答谢词。

能够在此气候温和、风景秀丽的马赛市出席名作家会议，我深感荣幸。马赛市政府授予我的纪念勋章，给予我很大的荣誉。我愿意与出席玫瑰节世界名作家会议的朋友们分享这一荣誉。并且我认为，马赛市所给予我的盛情接待和崇高荣誉，绝不仅仅是我个人的事情，而是体现了中法两国的深厚友谊。

我来马赛参加玫瑰节世界名作家会议，怀着两个目的：一是要同世界各国文学的同行交朋友，二是要虚心向各国的同行学习。中国虽然是一个有十亿人口的大国，在历史上对世界文明曾有过辉煌贡献，但是中国在文化上从来不自满和闭关自守。中国历史上不断地以自己的高度发达的封建文化影响周围的民族和国家，同时也从别国吸收各种有用的文化以丰富自己。中华民族是一个善于学习和富于创造性的民族，所以外国优秀文化一旦移植到中国，便会在中国的肥沃土壤中生根、发芽，开放绚丽的鲜花。七八世纪产生了光彩夺目的唐代文化，固然是中国人民在特定的历史条件下发扬了伟大的创造精神，但是也应该指出在一定程度上得益于对西域（包括中亚和西亚）和印度次大陆文化的移植。

从十九世纪末期开始，中国又一次掀起向外国学习的浪潮，推动了中国的新思想、新文化、新文学的革命，即举世皆知的五四运动。就文学方面来说，从二十世纪初到当代，我国大量地介绍了法国的、英国的、德国的、意大利的、西班牙的、北欧的、俄罗斯和苏联的、美国的、日本的、拉丁美洲的，等等，许多国家的作家和作品。以法国文学来说，半个多世纪以来一直受到中国读者的喜爱和珍视。在二十世纪二十年代，莫泊桑和都德的短篇小说曾选入初中的语文课本。现代中国作家走的是现实主义创作道路，几乎没有人不爱读西洋的优秀的文学作品，吸取好的影响。其中，十九世纪的法国文学和俄国文学，在中国作家的心中占有特殊的重要地位。

女士们、先生们，在今天国际文化交流日益密切的时代，任何一部杰出的文学作品，既是本国、本民族的精神财富，也是世界各国的共同财富；任何一位杰出的作家，既是本国、本民族的骄傲，也是国际文学界的共同骄傲。各个国家的文学可以互相学习，互相促进，互相补充。只有各个国家都产生带有本民族特色的优秀作品，全世界的文学才能够真正繁荣，全世界文学的大花园才能够百花齐放，争奇斗艳，一片春光。

我认为，真正的作家都是有正义感的、有人类良心的人。不论我们的国家相距多远，政治制度有多大差异，生活习惯有多么不同，作为一个来自远东的中国作家，最大的心愿是让全世界的人民都不受战争的残害，也不受战争的威胁和讹诈；弱国不受强国的欺凌，更不受别国的军事占领；贫国不受富国的剥削，大小国家平等互利。总之，我希望各国人民都能在和平环境中建设自己的祖国，都有充分的机会工作，提高本国人民的生活水平，发展自己的民族文化。我的这一强烈愿望也许是莅会的世界各国作家的共同愿望。尽管会议只有两天，但是在这一共同心愿上，必将会建立起我们的友谊。

最后，请允许我再说几句话以结束我的发言。法国国务部长兼马赛市长德菲尔先生和法国著名小说家、龚古尔学院院士德菲尔夫人为世界名作家组织并主持了这次会议，为推进世界性的文化交流做出了卓著贡献。会议为世界名作家之间架起了友谊之桥，而德菲尔先生和夫人是架桥的工程师。对德菲尔先生和夫人的这一工作我衷心地表示赞许和感谢，谨祝愿这一事业将会逐年发展，有无限前程和无限的生命力。在马赛期间，承马赛市政府的乐格朗先生和他的助手布松夫人经常陪着我，使我的访问得到很大方便。请允许我借此机会表示衷心的感谢，祝愿中法友谊像长城一样坚固！

原载《大学文科园地》1985年创刊号，收录本书时略有修订

怎样写长篇小说

我今天讲的题目是：怎样写长篇小说。

为什么长篇小说吸引读者的力量大大不同？为什么有的长篇小说看了一半就不想看了，有的长篇小说看是看完了，但再也不愿重新看一遍了？有的呢，令人看了一遍还想看，如果没有时间，就抽出一两个单元看。每次看，都有不同的审美享受和进一步受到的启发。这是值得我们每个有志于写长篇小说的人认真探讨的问题。我想原因是长篇小说本身有一个思想性问题，而且包含着美学的问题，尤其重要的是关系着长篇小说的美学问题。在艺术上成功的长篇小说虽说不能使读者百看不厌，但至少愿意多看几遍，从中得到许多的审美享受和思想启发。

长篇小说、中篇小说和短篇小说有共同的艺术原则，也有不同的艺术原则，或叫作规律。我今天偏重谈长篇小说的艺术规律，而对一般的艺术规律少谈一些。有的小说主题先行，主题思想不错，就是不能够抓住人心，不能给读者带来审美享受。按说几十年来，我们应该产生过辉煌的艺术作品，很遗憾，虽然产生了成功的作品，但在艺术上还谈不上辉煌的成功。原因在什么地方？因为回避了或者说不重视长篇小说的艺术性问题，过去的很多年，深入谈论小说艺术问题被看成是资产阶级思想。许多年在文学创作问题上泛滥着短见的政治功利主义，妨碍了对小说美学的探讨。一部长篇小说是否成功，达到什么水平，有一个艺术标准。不是说可以发表、可以出版，能有人写文章称赞或得到奖金就行了。当然，得到奖金固然也是可喜的事情。文学评论有几篇好评，未必靠得住。真正的作品应该能征服人心、征服读者，不仅征服当代的读者，还能征服后代的读者。

一个从事创作的作家，他生前在进行马拉松赛跑，死后继续在进行马拉松赛跑。有时头一千米是齐步跑的，但跑到最后就不一样了。真正有志向的、追求高目标的作家，应该争取在马拉松赛跑的最后时刻仍跑在前面，得奖不是最后标准，得诺贝尔文学奖的作品未必都是好的，好的毕竟是少数；没得诺贝尔文学奖的未必不是伟大作品，托尔斯泰就没有获得诺贝尔文学奖。生前得诺贝尔文学奖甚至被许多人歌颂，也不一定能经得住历史考验。懂得中外文学史的人可以找到很多这样的例子。举中国一例，陶渊明生前没有什么地位，他死后，由于种种社会时弊，也没有把他放在更高的地位。可是，时间越往后，陶渊明的地位越高。经过一百多年，到南北朝时，陶渊明的威望已经很高很高了。杜甫的诗在生前已经有名，但也不认为是很好的；生前还有人骂他。

他死后，逐渐看出他的高明。至今还没有人超过他们。这叫作"死后还在进行马拉松赛跑"，死后的马拉松赛跑决定于生前的马拉松赛跑。生前，你的准备充分，你创作了确实不朽的作品，死后，就会在历史上继续精彩。因为那时摆脱了许多的人事关系，后人只看你的成绩，这才能显出你的生命力到底怎样。

生命力在什么地方？在于光辉的艺术成就，在于真正创造出激动人心的艺术作品。对于作家的主观来说，创造比较高水平的小说，需要些什么条件呢？我们一向强调生活基础，这点很重要，但这能不能解决一切问题？我看不能。我看除生活基础深厚之外，还应考虑到作家的美学修养、写作功力。学问修养里包含着美学修养，我们可以从曹雪芹的诗歌艺术看出他的学问修养。他的诗写得很好，文章也写得很好，他懂得的方面很多，比我们多，在他熟悉的东西方面比我们理解的深。我们想想，如果曹雪芹没有很好地学习，能不能写出《红楼梦》？曹雪芹自己会画画，他很懂得画画的道理。画画的道理也是美学的重要部分。曹雪芹会扎风筝，他扎出来的风筝很美，这都说明他的美学修养非常丰富。所以写好长篇小说，不仅需要深厚的生活基础，还需要修养。学问修养里包含着美学修养，还有写作的锻炼、实践、功力等。仅仅写得多行不行？不行。拿中国的书法来讲，写毛笔字也是艺术，可以成为书法家，有的人写了一辈子也成不了书法家。能够成为书法家，还需要看得多，饱览古代书法艺术。看得多有两个好处，一个好处是在书法艺术方面提高自己的美学修养,一个好处是吸收众家之长。如果书法家能够摆脱匠气,写出来确实艺术气息很浓厚,那一定很有学问。过去讲究画家会作诗,懂得诗的好坏,这也是画家的文学修养。真正的大书法家,不是一天到晚光写。书法尚且如此,何况写小说?何况写长篇小说?我们强调长篇小说美学的重要性,目的是用美学原则指导长篇小说的写作。有无美学理论的指导,是否掌握美学技巧的规律,差别很大,这一点很重要。我们常常看得多了,写得多了,摸到了一些艺术规律,但为何不可以提前掌握这个规律来指导我们的创作呢?所以,我不同意轻视理论的倾向。

另外,要提高长篇小说评论的水平。很多年来,我对小说的评论工作都感到不满意,对艺术创作,怎么能用条条框框封闭呢?在评论中常常是:这个主题思想很好,跟政策很紧;这个人物还是有性格的,虽然思想低点等,框得很死。近几年对中短篇小说评论工作有很大进步,但对长篇小说的评论工作进步不大。一个作家如果能够成为一个有水平的小说家,那他一定是个艺术家。只会条条框框,解决不了实践问题。我举个例子,《李自成》第三卷写洪承畴被俘投降的一章,有些人写评论文章指出我用马克思主义观点处理了民族问题,是这样的。明朝与关外的清朝之间的战争,是一个民族矛盾问题,也是一个马克思主义问题。如果大家喜欢这个单元,就不仅是这个问题了,历史学家也可以解决这个问题嘛,何必要小说家呢?小说家就是用具体的艺术构思在这个单元里把沈阳、北京、松山三个地方交叉来写,三种风俗环境、生活状况都写出来了。洪承畴被捕以后决心尽节，他绝不是天生的汉奸。要是在"四人帮"的时候，一定不会让写他决心尽节那一段，只能用漫画形式勾画出一个汉奸的丑恶面孔。我没有这样处理，我写他被清兵捉住以后决心尽节，完全是出于真实的感情，后来又写他如何投降。这是采取了现实主义的创作方法，让人看了以后不得不信服。在洪承畴绝食的时候，清朝的庄妃（后来是顺治的母亲）给他送人参汤，这个细节，对他后来思想变化、不再寻死是有影响的。但庄妃并不是下贱，以她的容貌来勾引洪承畴。庄妃虽然很美，亲自送人参汤，但她本身很高贵。

我写崇祯皇帝得到了报告，说洪承畴尽节了，他要亲自去祭奠，叫礼部写祭文，他不满意，要亲自写祭文，刚写好，突然得到报告，洪承畴投降了。我写这段时，花了很多心思，崇祯的祭文是我一个字一个字写出来的。评论家只会说：这个单元写得好，符合马克思主义观点。真有点"得知音难"啊！改变当代大学文学教学的现状，改变当代文学评论的现状，也需要提高美学修养。人家费了很大苦心写了一章或一个单元，在艺术方面确实达到很高的水平，结果你老兄一看，这个人物思想正确、那个人物有个性就完了，这可不叫知音。要进行小说美学的探讨，特别是对长篇小说。当然，评论长篇小说确实比评论短篇小说的难度大得多。

第二个题目，长篇小说与中短篇小说在美学上的共性与特殊性。长篇小说与中短篇小说在美学上的共性很多，有些共性最近若干年也有争论。小说要不要写故事？长篇小说、中篇小说、短篇小说在美学上有共同的东西，有一般的规律，语言、人物、景物描写等，是它们的基础。甚至诗词、散文都有共同的规律。当然，光知道共同的规律解决不了具体的问题，为什么呢？因为长篇小说的情节要复杂得多，人物要复杂得多，结构要复杂得多，因此，只是笼统地找一些一般规律，解决不了具体思路。写长篇小说所需要的作家修养，包括生活、学问、美学修养，比中短篇小说要高明得多。我并不是说写短篇小说不能产生伟大作品。鲁迅就没有写过长篇小说，契诃夫就是一个短篇小说大家。我并不是说写短篇小说不能达到一个很崇高的地位。但写好长篇小说所需要的生活积累、学问修养的积累的难度要大得多。它有特殊规律。

先谈一下长篇小说的结构美学。

长篇小说的结构包含着三个要素：第一点，反映开拓生活的规律和视野与中短篇小说大不相同。短篇小说写的是生活横断面，写一天的生活，一个钟头的生活，写一两个人物。长篇小说就不同了。《水浒传》写了一百零八将，但到底有多少人？我没有统计过。《红楼梦》的人物很多，有人说是四百多人。人物众多，故事情节也复杂。现在《李自成》到底有多少人？我不知道。我只管写。前年一个大学的中文系统计了一下，大约是几百人。《三国演义》里的人物更多，因为它反映了前后五十年的生活。长篇小说反映的生活内容复杂，人物不可能太少。

我写《李自成》，开始有人劝我写短一点。清样打出后，还请吴晗看过。吴晗是明史专家，我写的正好是明朝末年的历史，所以叫他看看。吴晗同志很爽快，谈着谈着，他说："你是不是可以写短点？"他说写小说有个规律，第一卷很精彩，第二卷松弛，第三卷拖沓。因为我是一面创作一面研究理论问题，以前我在大学也讲过小说原理课。另外，《李自成》的出现与我考虑长篇小说的美学问题有重大关系。我当时对吴晗说，小说不分大小，决定好坏的是所反映的生活内容，而并不完全是作家的主观。这部小说要写出明清之际，即十七世纪中叶的历史阶段，写出那个阶段中国历史宽阔的画面——明清的民族斗争以及明朝政权和农民起义部队的斗争，起义部队之间的矛盾斗争，明朝政权内部的斗争。因此，这个生活场面很复杂，上至皇帝，下至叫花子，三教九流都有。皇宫里，不仅写皇帝、妃子，还要写宫女、太监，不可能压缩得很小。这部小说，从头到尾我是有准备的，于是我跟吴晗谈了每卷的大致内容。我们一面喝酒一面谈，谈的时间很长，有三个多钟头。谈到最后，李自成大悲剧结束，高夫人的悲剧结束，整个都是波澜壮阔激动人心的。因此我非得这么写。从《李自成》开篇到现在已经二十六年了。1957年下半年批斗我，打翻在地，我变成了"反面教员"。在这痛苦的情况下，我天天一面哭一面为自己找出路。我认为，出路不在生前而在死后。我写的稿子，在我死后让人拿出来献给党，那我就为中华民族做出了贡献。在这种情况下，我开始写《李自成》。从1957年到现在是二十六年，等全部写完，大概需要三十年。我当时准备死后拿出来，结果现在没等到死就拿出来了，那时我还不到五十岁，我坚决要把它写完。我的勇气，吴晗很受感动，他说："好！我赞成，你只管写！"当时出版社的同志陪着我们一道喝酒。他也曾担心，一共是五卷，出了第一卷，是不是下面会写不下去。经过这次谈话，他也放心了。

　　长篇小说的生活面多，人物也多，和短篇小说不一样。长篇小说的结构由它所表现的内容来决定，里面包含的历史过程比较复杂，时间也比较久，我们不可能把长篇小说压缩得很短，这不能以作家的意志为转移。作家是反映客观生活、反映客观世界的，不能随便将重大的事件删去，删去了就不能表现这个时代。一部作品篇幅的大小、长短与表现的客观生活有密切关系，与开始写什么也有关系。《李自成》第一卷一开始就写北京城戒严，崇祯皇帝议和，清兵进入北京周围地区。这本书名字叫《李自成》，实际不是专写李自成，而是想把它写成中国十七世纪中叶的百科全书，这是我的想法。李自成只有生活在这个时代条件之下，他才能成功；也只有生活在这个时代条件之下，他才会失败。为写十七世纪清兵进入关内、成为中国的主人这个历史局面，所以一开始就写清兵入关到北京，为后来第五卷清兵正式进北京、清王朝建立打下基础，前后是呼应的。

　　那么，写《李自成》为什么要从潼关南原大战开始？不从他起义开始？这就是我要讲的第三点。长篇小说的结构从属于它的主题思想要求。这部小说，我不是单纯写农民怎样受剥削受压迫，最后被逼上梁山，这个主题思想谁都可以想到。我写《李自成》，包括许多农民运动规律，在什么情况下它会发展？在什么情况下它会建立根据地？这是我的主题思想。所以我不必写它如何在米脂县起义。如果从起义写，你说会多长？从李自成起义到潼关南原大战前后十二年，十二年怎么写？所以，我一开始就写一个农民领袖在全军覆没之后持什么态度。美国作家安格尔（聂华苓的丈夫）问我："《李自成》这本书你一开始就写全军覆没，然后惨淡经营，是不是与你自己的遭遇相近？"我说："我写李自成全军覆没的时候，正好与我个人全军覆没是一致的，所以我一面写《李自成》一面哭。"我这个人喜欢掉眼泪，我常一面构思，一面哭，五十岁以后哭得就更多了，结果害了眼病。李自成的命运与我有共同的地方，但我不服气，如果写《李自成》仅仅是为了我自己的命运，那它不会有多大价值。作家的命运与广大群众的命运是息息相关的。"文化大革命"期间，我接到过信，后来又有人当面告诉过我，一些老知识分子几乎想在那种命运之下自杀，看了《李自成》第一卷以后，忽然增加了勇气，不自杀了。

第三点，作家的美学修养和审美趣味。

我想详细地写崇祯皇帝，写宫廷生活，这在文学上还是新课题。长期以来，写对立面人物都是漫画法，我认为这是反现实主义的。汉奸也是人，你把他从美学上写深写活才有典型意义。一碰上汉奸等反面人物，一律用漫画法，从美学上说反现实主义，从哲学上说反历史唯物主义。所以我不那样写，反正我想生前不出版。另外，我对中国传统小说很有意见。中国传统小说写战争，都是两员将官在阵前拼搏，士兵站在后面看，等将官斗得差不多的时候，旗帜一挥，士兵再冲上前去。我对此很不满意。中国古代战争不是这样打的。将官固然重要，士兵也是很重要的。我看过些历史，也看过古代军事学。明代大将戚继光就强调个人武艺，认为艺高则胆大。战争是群众的活动，而不是个人的活动，不是一个大将的活动。为什么《三国演义》等小说只歌颂将官的活动？古代是英雄传奇的时代，还没有进入歌颂群众的时代，潼关南原大战，有那个历史没有？其实只有野史传说，没有实事。没有，我也要写，发挥我自己写古代战争的观点。通过这次战争，我让许多主要人物上场，把主要人物放在矛盾冲突上。潼关南原大战以后全军覆没，把李自成这一人物放在生死攸关的场面，放在风口浪尖上。所以《李自成》第一卷一开始的两个单元，首先写清兵进入北京周围地区，北京戒严，这是为了呼应整个五卷的发展，一个人失败以后抱什么态度？是动摇、悲观、妥协投降，还是继续战斗，继续惨淡经营？真正的英雄是后者。整个《李自成》里有两种基调，一种是悲壮，一种是壮美，当然也包含着优美。

长篇小说结构，大体分两类。一类叫单线结构，"五四"以后的长篇小说多属于单线结构，拿茅盾的《子夜》来说，曾经想打破单线结构，写吴荪甫的亲戚在农村，写了四五章不大精彩，就不写了。另一类是两条线，比如《安娜·卡列尼娜》，一条是列文这条线，一条是安娜这条线。有的线更多，像《战争与和平》。复线结构包括双线结构和多线结构。《李自成》采取的是多线结构。有以崇祯为代表的朝廷和以李自成为代表的农民军的激烈斗争,还有朝廷里大臣之间的斗争,皇亲和贵族之间的斗争,李自成和张献忠的矛盾,等等,所以是多线矛盾。单线和复线两种结构,难度最大的是复线结构。因为这需要了解整个时代的风貌和各种生活、各种历史规律。这两种结构各有专长,单线矛盾也可以写出伟大作品,像《红与黑》是单线结构。复线矛盾也可以写出伟大作品。问题在于,如果你的长篇小说打算写出像百科全书一样的生活,场面非常大,非常复杂;不是单纯反映一个事件,而是要反映历史错综复杂的因果关系和规律;不是反映几个人,而是反映不同命运、不同阶层的各种生活、各种人,那么单线小说不能承担起这个任务,必须用复线结构。一般说来,我赞成大家写单线发展的小说。应该有攻关的雄心壮志,但确实也要看到具体困难。比如,《李自成》的第二卷,一方面写崇祯皇帝宫廷内部的斗争,另一方面又分别写李自成、张献忠、红娘子三条线,同时还包括三个不同的地方。攻破洛阳这年冬天到过元宵节写了三个地方,在洛阳过春节、元宵节,在北京过元旦,在开封过元旦、过元宵节,三个城市对照写比较复杂,所以要重视复线发展的困难。克服困难,需要作家有较高的综合修养。什么叫综合修养?就是生活经历、学问知识、美学修养、技巧的关联。

不管多么复杂的长篇小说,有几个原则必须遵守。大部头长篇小说要能大开大阖,不能局限在一个地方;要穿插严密,不能写到这个地方忘了那个地方;不能让人物突然出现，脉络不清。红娘子这个人物是第二卷出现的，但我在第一卷已经埋下了伏笔。潼关南原大战以后，高夫人跑到潼西，一天正在行军途中，看见从村寨里冲出一队带着猴子的人，后边有人追赶，马上骑着一个姑娘，会使弹弓，高夫人在危急时刻救了他们，于是把红娘子提出来了。这样写有好处，至少给人几个印象：第一，红娘子是杂技团卖艺的；第二，她是个年轻姑娘，是个在封建社会中饱受压迫和侮辱的妇女代表，而不是一般人心目中的乐户绳妓；第三，她弓马娴熟，武艺超群，尽管后面有人追赶，但她能保护卖艺班子逃出来。另外，给红娘子心里也留下一个印象：高夫人了不得！为后来红娘子决心起义投奔高夫人，埋下伏笔。这都需要结构安排。

《李自成》这么复杂，有什么办法使结构不乱呢？我最多用十五章形成一个中心进行描写。第二卷开始写李自成被困在商洛山中，周围官兵进攻，大部分将士害病，宋家寨的地主同官兵勾结准备进攻老营，这种困难情况写了十五章，后来转败为胜。第二卷写崇祯在北京城里民穷财尽，由于和皇亲借钱，发生了崇祯和皇亲之间的明争暗斗。其中写了宗族斗争、皇子被害死，紫禁城内外，大概写了八章。第二卷还写了几章红娘子的起义。起义之前，又写了几章，形成一个单元，单元有单元的结构，但与整个故事是有联系的。如天气预报，中央气象台报告全国的天气形势，各省有各省的天气预报，甚至一个很小的地方的气象，可以大体保持独立。比如周围都是山，只有一个村落在山中，它虽然受整个大气的影响,但它自己的小气候是独立的。长篇小说也有这种情况,有单元,单元里还有它的结构,整个结构要给人以完整的概念。第一卷我又增加了一章,但没有来得及加进去。这一章是写张献忠起义后,消息传到北京。为什么这么写?因为第一卷开头是写崇祯。崇祯的注意力一方面是对满族,一方面是对张献忠,这样就能前后呼应。《李自成》每一章的字数没有特别长的,一般一章在一万二千到一万五千字,顶多不超过一万七千字,给人一种均衡感。有的小说,这一章写万把字,那一章写三四千字。当然,各有各的手法。

文字要准确,要变化,这是用心最深之处。我有两句话:笔墨变化,丰富多彩。不但整个一章要有变化,一个小单元里,甚至一章或一个情节里也要有变化。《李自成》第二卷里有一段,题目叫作"虎吼雷鸣马萧萧",写李自成几乎被张献忠害死:这天早晨天不明,李自成对着将领训话,队伍面前烧着一堆火用来驱蚊,火光映在李自成的脸上、头盔上、战马上和将士们的刀剑上。李自成简短地总结了两年的战斗历程,充满信心。不远,有老虎的叫声,有山涧的水声,有天上远远的雷声,所以叫"虎吼雷鸣马萧萧"。有人有意见,为什么不用"虎啸",要用"虎吼"?古人常常用"虎啸"。我说,"虎吼"也可以,不能古人怎么用我们就怎么用,要注意音乐美,下半句是"马萧萧",如果是"虎啸雷鸣马萧萧",七个字里有三个"萧"字,就太重复了。因此,从音节美上一定要用"虎吼雷鸣马萧萧"。这里,写出了壮美。李自成讲话时,火光照在宝剑上、照在头盔上、照在马头上，远处老虎的叫声、天上的雷声，还有山涧里冲下来的水声，都烘托出壮美的气氛。接着是行军，走了很长时间，天刚刚明，走到一个山湾子，漫山遍野都是山花，各种飞鸟刚刚醒来，喳喳叫着。将士们已经走了一天，应该打尖休息一下，李自成把马鞭一甩："不休息，继续开路！"

这里有一个笔墨变化的问题，先写出壮美，然后是鸟语花香，清清的流水，早晨的红日照得一片血红，于是壮美变成了优美。诸如此类的各种变化，在《李自成》的每一章每个单元都有，潼关南原大战的白刃交锋，以高夫人为中心的战斗场面，以田见秀管辖战场的巧战斗智，等等，都叫笔墨变化。这是一种美学享受。中国有句古话"文似看山不喜平"，写文章就像看山一样，最不喜欢平淡，必须是奇峰突起，断崖深沟，白云缭绕，然后是一片平坦的山坡，这样才能构成一幅好看的画。写长篇小说更要重视这句话。

要使长篇小说前后呼应、结构严密、大开大阖，作家必须对整个故事的进程有个大体了解，做到全局在胸。《李自成》第四卷还没写完，第五卷已经写完了，一直写到李自成之死。我准备今年下半年到明年，用一年时间写完第四卷。写长篇不能靠灵感，我反对别人说我"奋笔疾书"。前一个月有位记者写了我一篇访问记，我当时就把"奋笔疾书"勾去了。我是一个按部就班写作的人，写得非常慢。我这几年，每天天不亮就起来，拿着提纲，对录音机口述，然后将一盘盘磁带交给秘书，他根据录音记下来给我，我再改一遍。小说就是这样写的。我现在七十多岁了。常常因为一个生词翻好多书。一件事的来源要查准确,不能轻易写进去,所以我写东西慢得很。我没有天才,靠的是苦功夫。我也没有灵感。每天我看完电视新闻就睡觉,到一两点钟醒来。用冷水擦身,泡杯茶,然后开始工作,说到痛苦的时候,我自己哽咽得不能成声。到五点半,冬天天还黑着呢,我穿上衣服,下楼跑步。俗话说,人老先从腿上老,所以我很注意锻炼腿,我按时睡觉,按时锻炼,按时工作,无所谓灵感,无所谓"下笔不可收拾"。写长篇小说事先必须搞清重大关键的地方、重要情节、重要人物以及后来的发展变化。比如写慧梅之死,其中的某些细节是后来想起来的,但她的死,在"文化大革命"以前就决定了。写长篇小说的作家,一定要避免盲目性,事先必须做到全局在胸。以上是关于结构问题。

第三,谈一下长篇小说的人物。一部长篇小说,有主要人物,有次要人物,还有更次要的人物。主要人物决定历史故事的进程,必须写深写好,次要人物也不能马虎,即使是只露一面的人物也应该写好,使他有生命。潼关南原大战出现一个背锅老头,他死得太早了,那有什么办法?潼关南原大战死那么多人,只好让他冤枉一点。人物要写出个性,不能草率从事,这一点我受了什么启发呢?

有一年,正是抗战期间,重庆故宫绘画展览,我去看了几次。有一幅画是明代的,大小几百朵花,没有一处败笔,这给我很大启发。长篇小说里的人物有几十甚至几百人,能不能这么用心用力?这是创作态度严肃不严肃的问题。宋朝有位画家叫李洪林,画的是郭子仪的故事。这幅画不用色彩，人物众多，结构疏密非常得体，一个个人物神气活现。写长篇小说如同这长幅画卷一样，重要人物、一般将领甚至士兵都不可马虎，不可有败笔。长篇小说写人物群像特别难，人物性格不能雷同。性格雷同了就不是好作品。要写出性格上的不同，这是真正见功夫的地方。写人物还要前后照应，注意铺垫，还要写出重要人物和非重要人物的关系。我写皇宫里的崇祯皇帝，写太监、周后、田妃、宫女等，都围绕着崇祯和周后的生活原则活动。崇祯在焦头烂额没办法时，冷雨敲着窗台，忽然听见宫女在墙外一面敲着锣，一面喊着"天下太平！天下太平！"，这样烘托出宫廷中内外交困的环境气氛。

　　长篇小说的人物怎么出场？重要人物或关键人物一出场，首先应该给人留下一个鲜明的印象。王熙凤是怎么出场的？林黛玉来到贾府，还没有看见王熙凤就先听见了她的声音。我也学习了这种手法。潼关南原大战前夕，李自成与大家正在商量事情，忽然听见一阵马蹄声来到大门外边停下。这是一匹烈性马，它不停地腾跳，喷着响鼻。我写刘宗敏走到院子里，地皮被踏得震动；忽听见"咔嚓"一声，院中踩断了一根树枝，听声音比棒槌还粗。门一开，带进一股冷风，他往小椅子上一坐，又是"咯吱"一声。于是一下子写出了刘宗敏的性格特点。李自成怎么出场呢？一个风霜凄厉的晚上，明月当空，在一座光秃秃的山上只有一棵松树，李自成带着服装不整的队伍停立在山头上。他看捉拿自己的告示，吼了一声，拔出宝剑，在告示上唰唰地划了两下，几片破纸随风飞去。《三国演义》里写徐庶辞宴去曹营,刘备送他,走得很远了,徐庶又回转来见刘备。对他说,如果你要得天下,必须把诸葛先生请出来——这叫铺垫。然后写刘备两次拜访卧龙先生没有见到,第三次才见到。于是诸葛亮正式上场。下边作者的想象更丰富,火烧博望坡这一战本来与诸葛亮毫无关系,作者因为要让诸葛亮亮相,所以就把这场大战往后拉了几年,让诸葛亮一出场就指挥这一战打败曹操。接着,新野大战又胜了。这样,两次战争把诸葛亮写得非同一般。为什么诸葛亮出来以前,让徐庶走呢?这是让路。因为徐庶也很有本领,他在,就不能突出诸葛亮。所以,重要人物的出场很重要,出场是给读者留下的第一印象。

另外,没有反面就显示不出正面人物。多年来,由于教条主义统治了创作,对反面人物不敢写,违背了现实主义的要求。写反面也要大胆运用现实主义手法,要写深。人物、故事、情节是表面的,必须通过故事情节写出人物灵魂的深处,这样小说才有深度。不管是正面人物,还是反面人物,都应该写出他的典型环境。写明朝宫廷生活我是下过苦功的。宫廷里的陈设,摆的文房四宝,用的茶杯,送点心的盘子,我全都经过细致的研究,不然要闹出笑话。田妃并没有经过考证,需加上自己的想象,想象有个原则,必须在可能的情况下想象。如果清朝的画挂在屋里,就不行,因为写的是明朝末年的事。把民间用的东西挂屋里也不行,一切要照顾到典型环境,最初我写李自成在潼关南原大战前坐下来抽烟,后来删去了,因为烟叶是明朝末年才从吕宋传到中国大陆的。我也写过煮红薯，一想，不对，红薯传到内地去也是后来的事。我在第二卷也写过白塔，一查，顺治八年才修了白塔，当时并没有，必须删去。另外，还有些小毛病，只好以后最后定稿时再改。

　　文章要对历史负责，要准确。写环境，写当时风俗制度必须合乎情理。当前我们的历史小说吃亏在于对历史生活不熟悉，乱写。比如写清朝末年，写赛金花穿着袒胸露背的衣服跳舞，这不可能。赛金花是中国汉族妇女，又是小脚，她怎么能去跳舞呢？我国的电视历史片也有不少问题。典型环境是通过生活细节来写的，离开生活细节就没有典型环境。几十年来，由于教条主义的影响，编辑常把"非本质"的东西删去，留下"本质"的东西。于是一部小说变成一条筋，几个条条框框宰割了具体、生动、复杂的生活，怎能写好东西？

　　根据1984年在中国作家协会文学讲习所的报告录音整理，原载《草原》1985年第1期，收录本书时略有修订

如何应用史料去修志

同志们：

本来说给少数同志进行座谈，没想到各县做史志工作的同志们都来了，济济一堂，需要用报告形式。

我是一边想，一边谈。这个我已成了习惯，许多年来都是如此。由于一边想，一边谈，就难免逻辑性很差。好在这是故乡人见面，是叙家常，叙学术性家常。

首先，我祝贺大家已经取得的成绩，我对大家的工作表示十分尊敬。我自己的业务基本上是写小说，也有人称我是史学家。这样的称谓，我虽然有愧，但也感到光荣。青年时期，我准备当史学家，后因家里没钱，必须靠稿费生活，后来就变成了青年作家。于是，我就走上了创作道路。虽然如此，我仍不忘历史。

第一，关于编写志书，我认为这是史学上的重要一支，关系重大。如果有些人不够重视，我说句不客气的话，那是由于中国还是个文化落后的国家，有些领导还不理解它的重要意义。

中国史学，源远流长。什么时候有史官，我没有考证。但在春秋时期，各国都有史官，而且不少人都有重要成就，出现了许多不朽作品和许多有光辉人格的人。像晋国的董狐，被称为千古史官的典范。之后还有伟大的史学家兼文学家司马迁等。后来每朝为了修史，都设有史馆，聚集一些有学问的人修史，一直到封建社会终了。

过去为修史，有些人冒很大风险，才保存下来一些材料。也有人为着修史，保存材料，犯了灭门之罪，这在清代表现得最突出——设文字狱。为此，有些人不单自己被杀，全家被杀，连亲戚、朋友也都受到牵连，或被杀掉，或被充军。

修史为什么重要？修史不仅是保存资料，通过资料，可以看出是非善恶，这叫"寓褒贬，别善恶"。许多人做了坏事，他不怕别的，就怕"青史留名"，留下坏名声。所以，过去每一代都有史官，也都有史馆。每个皇帝都有起居注。皇帝死后，都有实录，记载他在位时的一些大事，包括奏章和批语，直到清末。

当然，这里边也有矛盾。在封建时期，当朝人很难修当朝的历史。官修历史，多是后代修前代。至于历朝的实录，往往不断修正。为什么修正呢？就是封建统治者，竭力把不光彩、不利于他的东西删掉，而利于他的则加以吹嘘，加以润色。比如顺治的母亲嫁给摄政王多尔衮，不仅后来就是当时都有很多传言。但在清代实录上没这一笔，顺治以后的康熙实录上也没有。到底有没有，很难说。我看可能有，可能是从实录里给删掉了。

另外，修史是一种很重要的战斗工具。我们邓县在清代有个彭而述，曾经当过皇帝的老师。他是明朝的臣，投身清朝，应该说他是有功绩的。可是清朝把他列入"贰臣传"，这是个很严厉的贬斥。认为他身仕二朝。洪承畴在清朝统一中国上，立下了汗马功劳，而清朝也把他列入"贰臣传"，所以洪承畴也是个悲剧。可见得封建统治者，利用修史在各个方面来发挥它的战斗作用。彭而述、洪承畴之所以被列入"贰臣传"，因统治者不喜欢在清朝再出现像彭、洪这种人。这就是以封建的道德标准，即封建的"三纲五常"的道德标准，来进行历史的批判。

至于历史，它保存了大量的科学知识、各行各业各方面的知识。比如我们要了解张衡，只需要看看《后汉书》里的《张衡传》，就大体可以了解。地方志是整个历史范围中的一个重要支流，它又是通史和全国性历史的重要组成部分。有些在全国性史书上没有，我们可以从地方志书上寻找到；有的在全国性史书上记载错的，我们可以从地方志中找到材料，加以订正。所以地方志修得好不好，关乎整个历史研究和写作。比如，相传杞县有个李岩，是兵部尚书李精白的儿子，曾坐过监。后来李自成起义，由红娘子杀了知县，才把他救出来。有没有这回事呢？根据我和其他几位同志的研究，认为没有。何以见得？曰：地方志。杞县志和开封府志都不承认这个人。再寻根刨秧，有没有红娘子呢？没有。开封府志和杞县志，都没有记载红娘子起义的一点痕迹。不但如此，相传崇祯十三年，红娘子破开杞县城，救出李岩，投奔李自成。查阅《杞县志》上的大事记，不但没有什么人破杞县城，所谓"流贼"连县境以内也没有到过。

地方志不仅可以证实历史记载的正确与否，而且，它逐渐发展为包括各个学科的记录，如军事靠地方志，地脉矿藏靠地方志，甚至气候变化等也靠地方志。我看，如果把所有志书的旱涝情况加以统计，中国历史上的天旱雨涝规律，也就可以看个差不多。

地方志在军事上也非常重要。今天我们是个大一统的国家，内战不会有了，不大注意这个了，但在过去可是很重要的。清初，一位大学者叫顾祖禹，写出一部伟大的作品《读史方舆纪要》，我认为这是中国第一部军事地理学。他把每个县的交通、要塞，什么时候在什么地方打过什么仗，都写得清清楚楚，对封建时期的军事很有帮助。他靠什么呢？当然他也到过很多地方，但更多的是靠史书和地方志。

我们今天看到晚清和民国时修的志，有新的写作方法，当时有个湖北钟祥县志修得好。有的志书因受封建思想影响，把年轻守寡、含辛茹苦的人称为"节妇"写进去；做了官甚至官很小，也写上。这样史学价值和科学价值不大。民国年间修的钟祥县志，把地面物产、地下矿藏，写得很清，这在当时，可说是一部新型地方志。

二十世纪三十年代，顾颉刚曾提倡修地方志，可惜后来发生"七七事变"，他这个愿望没有实现。我们今天修地方志，是在社会主义时期，在马列主义指导下来修志，封建时期志书的弱点要排除。我们要吸收新知识,我们有我们的"寓褒贬,别善恶"。那些节妇守寡,可以不管。而更重要的是重大的政治和军事变化,以及一些重要的物产。比如邓县的烟叶是什么时候有的?我问邓县的同志,他们说明朝末年就有了。我说不对,一定在清朝才有。

邓县烟叶是从哪里来的呢?它是哥伦布发现新大陆,在古巴一带看到人们抽烟叶,以后把它带到欧洲去的。这是在十五世纪末到十六世纪初,先在西班牙、葡萄牙种植,后传到美洲大陆。等到葡萄牙人来到东方,占领了菲律宾,就把种烟这一套带到菲律宾,所以吕宋岛盛产烟叶。到了明代晚期(大概是万历年间),从吕宋岛传到我国沿海江浙一带,后来戚继光部队北上,又传到长城内外和东北一带。到中国东北,旱烟袋流行,所谓"东北有三怪"——窗户纸糊在外,生个小孩吊起来,大闺女噙着旱烟袋。到清朝中期,水烟袋流行了,鼻烟壶流行了。那么,内地什么时候有烟叶的呢?清朝的军队,吴三桂的军队,打李自成、张献忠,就把抽烟的习惯和种烟的方法带到内地的陕西、四川、河南。所以说明朝末年邓县就种烟叶子,不合历史,没那么早。

河南大概种烟最早的是邓县,那时邓州、均州(湖北)卖熟烟(即烟丝),挂个牌子是"均邓名烟"。后来,外国人和中国民族资本家开办烟草公司,这才引进了新的烟种(一般是美国烟种),于是,就大量种植。这时,由于襄城、许昌靠近铁路,又有什么南洋兄弟烟草公司,所以襄城、许昌就作为新的烟叶试点种开了。炕烟也首先在襄城发展起来。

这个邓县较晚，以前只有绳烟、折子烟，因这些不适合卷烟，所以后来才发展炕烟，烟种也改变了。

后来买办阶级和地方势力结合起来，在邓县成立了许多烟行，当时从汉口来的买办称"烟客"，一到邓县，被奉若财神爷。他们残酷剥削农民和中小地主，非常毒辣。我们如果能把这个问题研究清楚，写到邓县志上，就成了一部很重要的经济史料。希望有志之士，从事调查，弄清这个问题，为研究经济问题提供史料。这，太重要了！诸如此类还有很多，大家可以从这里找到很多重要的经济史料。

所以，一部好的地方志，有政治史、军事史、经济史、文化史、人物志等。许多人物、资料，如不抢救，再往后就难找到了。我一到南阳，问过几位中年同志："张嘉谋你们知道不知道？"他们不知道。张嘉谋是我们河南首先提倡新教育的一个重要人物，做出了重大贡献，也参加过《河南通志》的纂修工作。他家就在南阳。我这一代还认识，而在南阳的一些中年人都不知道了。所以，对有贡献的人物的资料，必须进行抢救，像南阳地区出的这些全国第一流的学者冯友兰、冯沅君，以及在研究甲骨文方面有特殊贡献的董作宾，等等。

从事地方志纂修工作，既艰苦，又光荣，是个重要工作。领导理解与否，暂不管他，而我们从事这个工作的同志要理解。这个做实际工作的和领导认识之间的差距，随着中国教育的发达和文化水平的提高，会逐渐缩小。而首先，大家要坚定信心，认为自己担任这项工作是光荣的，是可以自豪的。要以这种精神状态，去从事地方志工作。

第二，修志与采集资料的关系。

这点我有一个看法，省志的同志到北京找我，我也谈过我的这个看法。目前，上级有指示，开展修志工作，应当遵照指示，完成这一工作。但我个人看法是，目前抢救资料是第一位重要的工作。因为有些史料，如不抢救，就会被遗忘。老人逐渐凋谢，新长起来的娃娃不知道。就像一部民国史，在我的脑子里是"历历在目"，而让后一代看起来，民国史就跟前朝古代一样。有一位研究我的大学教授，谈起我少年时在樊钟秀部下当过兵，他不知道樊钟秀是何许人也，我就给他介绍樊钟秀的出身。在我心目中，樊钟秀栩栩如生，而五十来岁的大学教授就不清楚。

这次我回老家姚营，提到姚家的来源，我小时候记得有块石碑记载过，而碑却不见了，因现在有几个人在写我的评传，一问我们姚家从哪来，不好回答。有了这块碑，就有证据了。在我离家后，他们连夜找，结果在一个桥下找到了，并且拓成拓片送给我。碑文上说，洪武初年，我们姓姚的从江西搬来，为什么搬来？志书上没有，碑文上没写，这就要从当时的政治、军事形势上来看这个问题。

朱洪武最初在南京建立政权时称吴。这时在武昌出现个大汉国，是陈友谅建的。群雄追逐，陈友谅占领湖北和安徽一部分及江西的大部分，力量很大。朱洪武就竭尽全力同陈友谅在鄱阳湖打仗，双方都有船只，像现在的海军。开始朱洪武几乎被打败，但到最后还是陈友谅被打败了，朱洪武一直攻到武昌，大汉国就覆灭了。后来，朱洪武才建立了大明帝国，而江西一带的老百姓很怀念陈友谅。在洪武初年，一是因河南当时人口稀少，二是怕陈友谅的臣民对抗，于是就强迫江西的老百姓迁到河南。我们姓姚的就这样迁到邓县，这就是我们祖宗迁来的原因。这里我是以通俗的知识加以说明，补充地方志的不足。这个很重要，也很有意思。

所以，目前最重要的，我认为是抢救资料、编辑工作、纂修地方志，要按上级讲的去完成，但常常修史，是后人修前人的史，当时史是没法修的，自古以来都是如此。尽管到了社会主义时期，也是如此。

为什么说抢救资料非常重要呢？因为我们如果不把有些史料抢救出来，任其湮灭，我们就对不起后人，对不起我们的工作。比如新中国成立后的历次运动，今天看来是受了"左"倾的影响。在"左"倾影响下，我们损失有多大，有多少聪明才智之士被打成右派。"文化大革命"在思想上是越"左"越好，在行动上是以同志为敌，在文化上是虚无主义。马列主义越来越少了，而唯心主义越来越盛了。上层建筑从来不可能是一次运动把它扫掉的。马克思在《政治经济学批判》序言里有一句名言："随着经济基础的变更，全部庞大的上层建筑，也或慢或快的发生变革。"他说在经济基础变化之后，上层建筑才变，而且是或快或慢，有时很缓慢，甚至是几百年才变。怎么能说一次运动就可以扫掉了。而扫掉的是什么呢？扫掉的正是我们文化的精华。洛阳白马寺，藏了一部贝叶经（全国只两部），老和尚跪下来磕头，说这是国宝不让烧，也不中，一下子烧掉了。这叫什么"四旧"？！我要不是毛主席说话保护，我也被"烧掉"了。呀！危险极了。

当然，作为一个县的同志，对于你们县里的反右派斗争和三年困难时期带来的损失，现在要写出来是不容易的，在目前来说也没有必要。但这些资料要不要保存呢？要保存。有些资料我们不保存，对不起后人。等到我们进入二十一世纪，建立起一个既有物质文明又有精神文明的强国时，那时如果需要总结这方面的经验，因为各国走社会主义的道路不同，各有各的经验，中国在总结这个经验时向我们要史料，我们说当时没有注意。那人家会责备我们：你们搞历史的，搞地方志的，为什么忽略了这些材料？我们将何以对待后人！何以对待历史科学啊！所以，我认为搞地方志的同志，现在有两个任务：一个是当前的任务，就是按照上级要求，完成修志工作。另一个是我们要有战略眼光，为着后人，为着将来人们懂得这段历史，懂得中国建成社会主义所走过的成功的与弯曲的道路，应该抢救一些暂时还不能发表的资料，锁在保险柜里，也是很好的。因此，我提出一个问题：抢救资料是当务之急，是战略眼光，是对未来负责。现在的修志，是对当前负责任。这两个既有统一性，也有区别性。

修志能否成功，决定的因素不完全靠史料。古人曾谈到写史的几个必要条件：史学、史识、史才。这是唐朝一个大学者刘知幾提出来的。一是史学，即真正有学问。我想用现在的话解释就是掌握丰富的材料。二是史识，就是你对于历史的分析能力，你的见解。三是史才，即一个人在写历史时的表达能力。清代章学诚又增加一条，叫史德。我们现在修地方志，也得讲这些条件。尽管我们内容有变化，可总得有知识，有学问吧！掌握丰富的材料吧！

所以，我们修地方志，就不能光限制在研究本地的历史文献上，要有整个中国历史的知识。胸中要网罗中国历史知识，才能对一个县、一个地区的历史，看得比较准确。如果我们的知识光限制在一个县、一个地区，对全省、全国很茫然，很难想象我们能把地方志修好。

另外是史识，即史见，对今天来说，就是历史唯物主义的思想方法。至于史才，就是要有做编辑的特长，能叙事，条理清楚，有概括，有分析，文笔畅达。有的地方还要带点文学味道。当然，文学味道也不能太多，太多就失真了。我对司马迁的《史记》佩服得不得了，但在有些地方，我觉得文学味太多了。比如说项羽垓下突围之后，剩了二十八个人跟着他，迷失了方向。向一个樵夫（或农人）问路，这人骗他，说往左，他就往左去，一去就迷路啦，耽误了逃走的时间。后来他到乌江，有一个老头驾个空船，请他上船，他不肯上船。他说："我率了八千子弟兵渡江，到现在就剩我一个人了，我有何面目见江东父老？"就等着汉兵追来，自杀。这个事情，我以前读书时就怀疑，那个农夫和那个驾船的老头，后来都没再出现，当时给说话了没有？说了又谁知道？这，可能是真的，也可能是虚构的，这可能是民间传说被司马迁收集到的。这地方就多少带有一些文学味了。不过这在其次，只要重大事件的情节符合历史就行了。

再谈谈史才。总之，写历史要实事求是，不要夸张，不要纯文学味道。没有好的史料，就不能写出好的地方志。而每个史料，都要经过辨伪，有的可靠，有的不可靠。因为史料是现象，现象总是复杂的。哪些反映本质？哪些不反映本质？哪些是后人加的？哪些不是后人加的？要弄清。如果所有资料都可靠，这也叫"尽信书，不如无书"。所以，我们收集材料是越多越好，但在运用的时候，要经过辨伪。倘若我们能在收集资料时就加以辨伪，会对后人帮助更大。

第三，要运用历史唯物主义。对于别廷芳应该怎么评价？对邓县戴焕章应该怎么评价？我有我的意见。也有人强调别廷芳的抗日斗争，并有中共地下党员给他做工作，而对他前期的行为不作评论。这，就给人一个印象：别廷芳也是一个进步人物，值得肯定的人物。这个我不同意。我们邓县的戴焕章，有人强调他在第五战区带了一支游击队，参加抗日斗争，后来他又把一部分枪支送给新四军。因此，李先念同志对他是肯定的。强调这一点，于是戴焕章也就变成进步人物了。我总觉得这些论断都不是全面看问题，不是从本质上看问题。

先谈别廷芳。我的看法，大概不很准确，因为我已离开家乡几十年，这是我青年时期的印象。有人说，你青年时期怎么有这个观察力呀？因为我在青年时期，就比较关心社会，就多少接受些马列主义。但这毕竟是我青年时期的观察，不管我谈得对不对，这对各位都可以作为一个引线，打开思路。利用这个方法，来分析分析，再根据你们所掌握的丰富材料，从另外一个角度来看这个问题。

现在，我谈谈我是怎么个看法。我们封建社会崩溃之后，各色各样的地主阶级都有一个自救运动，他们既要反对军阀混战，又要反对土匪，有时也反对贪官污吏，有这么个自救运动。而这个自救运动，有不同的派别，不同的派别又各站在不同的立场上。一种是接受帝国主义资助和外国的影响，希望从教育入手，来改造中国，来挽救封建地主和富农的命运，这就是定县平教会，在中国影响不大。

另外一种是以梁漱溟为代表的所谓"三自"运动，这一派力量比较大。抗战以前广西的李（宗仁）、白（崇禧）、黄（旭初）称为"广西李白黄"，他们是接受梁漱溟这一派的政治主张——自治、自卫、自养的"三自"政策。这一派在北方的成果是邹平乡村建设学院，依靠军阀韩复榘来培养干部。

还有一派是从土霸王、土皇帝起家的。内乡的别廷芳即属这一派。民国初年，内乡社会很落后，也有大地主。这地方是交通要道，土匪多，军队也多，贪官污吏横行。这就产生了一些占山为王的土寨，其中就出现了别廷芳。当别廷芳打败了别的土寨时，自己就扩充力量，既反对军阀的军队在这里驻扎，骚扰百姓，也打土匪，某些时候也反对贪官污吏在这里横行。所以它是当地地主阶级的一种自救运动。

内乡有大地主，封建性最强，很多是靠种大烟土，而种大烟土又是内乡地方上的主要财政来源。这种经济性质完全是封建性的，没有什么进步意义。到国民党要禁烟（不准种大烟）的时候，曾派一个省府委员齐真如到内乡查烟，叫铲除烟苗。据说别廷芳下个命令，沿公路十里以内烟苗全铲光。这个齐真如沿公路一看，没有烟苗了，就说内乡早铲光了。实际十里之外照样种。在这种经济基础上，就出现了封建武装，这个封建武装最早是完全反对进步的：不准国民党存在，不准有洋学，不准留洋头，不准抽洋烟（纸烟）等。后来才有改变（这暂且不谈）。别廷芳手下的团长如杨捷三、刘顾三等，当了团长，都变成大地主了，都有十几顷、二十几顷的土地，都有好几个姨太太，纯封建性的。

别廷芳也不允许国民党军队驻扎在宛西三县（镇平、内乡、淅川），和国民党的矛盾很尖锐。国民党的嫡系力量到河南，是在民国十九年（1930年）的下半年。因为民国十九年，阎（锡山）冯（玉祥）合起来同蒋介石打仗，打了几个月，最后因张学良率兵入关，武装讨平，结果阎、冯被打败了，这以后蒋介石的嫡系军队才到河南，并宣布刘峙为绥靖主任兼省长。虽然如此，但河南的地方军队，也就是地方小军阀并不服气。如当时在南阳驻扎的十一路军（即刘镇华），尽管他依靠蒋介石，但他是地方势力，刘镇华出于自个儿的利益，是袒护内乡势力的。其他在河南的主要还有张伯英的二十二军地方部队，豫北还有石友三的部队。所以，虽然当时名义上已归蒋介石统治，但并不巩固。

特别是宛西三县民团在别廷芳统治下，跟蒋介石有个共同要求，即反共，坚决反共。当时豫鄂皖边区红军西征，特别是徐海东这一支红军，到了陕南一带，对河南西南部威胁很大。这既是蒋介石的心腹之患,也是别廷芳的心腹之患。这是宛西别廷芳与蒋介石利益的共同所在。可这时正值蒋介石指挥大军围剿、追歼红军主力,分不出更多的军队来围攻徐海东,这时候正好别廷芳的宛西民团就替蒋介石看守了河南西南面的大门。如果刘峙要剿灭民团,不仅没有军队可抽,而且,宛西民团一消灭,红军的力量就可以发展过来,这就是当时的形势。所以看起来宛西民团跟蒋介石有尖锐矛盾,但在反共这一点上却是一致的。这就是别廷芳的宛西民团能够存在和发展壮大的客观条件。这是分析宛西民团的第一段。

第二段是彭锡田。彭锡田是镇平人,贫农出身,过去曾在冯玉祥那里工作过,有一定的民主思想,是赞成乡村建设派的,曾经在豫北办了个河南村治学院。到石友三驻兵豫北时,把他们赶走了,学院里大部分人到了山东邹平,彭锡田就回到了镇平。但彭锡田与其他以梁漱溟为代表的乡村建设派不同。梁漱溟是依附军阀政府搞乡村建设,而彭锡田却是走武装斗争的道路。他回去以后,当上了镇平侯集区区长,有了一个区的政权,他就搞民团,实现他的政治道路和武装道路。

镇平这个县的经济基础与内乡不同。它不是纯封建性的,它不是靠大烟土搞财政收入的。这个县的真正大地主(有几十顷地)不多,是中农、自耕农、小地主多。此外,它还有一定的手工业基础,如石佛寺就是全县丝织业的工业基地。所以说它的经济基础与内乡不同。这就产生了彭锡田的斗争道路。他实行的办法是减轻人民负担，反对土地垄断。他手下的团长，每月拿的薪水很少（这与内乡不同）。当时的县长阚葆贞，当县长每月只拿他的县长薪水，官司不让他问，由各区成立息讼所，代替问官司，成了司法机关。这就使县太爷及其衙门里的大小官员们，想借司法权来勒索坑害百姓的事没有了。

他办的民团也与内乡不同。凡男子十八岁以上，四十五岁以下，一律得受训练，不打仗时种庄稼，打仗时则都是兵，除常备民团之外，全县遍地是兵。

在税收上，他实行一种累进税，收入越多的、赚钱越多的税越重，赚钱少的税轻。他提倡和发展手工业，如纺纱、织布、织丝绸等。不搞大工业，不搞现代化的东西。而是保护落后的但对农民眼下有点好处的那种手工业生产，这就是乡村建设派的特点。发展到广西也是如此。它没有也不可能解决农村封建土地问题。而在当时，这种改良主义有它的积极效果，减轻了国民党政府对农民的压力，老百姓很拥护他。这就是彭锡田的大致情况。后来，他跟别廷芳合作，别廷芳为宛西民团司令兼第一支队长，他为第四支队长，他对别廷芳做团结工作，对别廷芳也很尊重。而别廷芳通过他知道一些外国的情况，慢慢也有些改变。在彭锡田的思想影响下，别廷芳的最大特点是办天宁寺宛西乡村师范学校，培养乡村建设干部。后来也治河、改地，把河滩开起来种庄稼，修公路等。但他不是采取自下而上，自觉自愿的办法；也不是采取号召的办法，让大家明白而后去做。而是严刑峻法，搞封建法西斯统治，杀了很多人。所以，要从他一生看，他的本质完全是封建性的，他的作为正是封建社会处于崩溃阶段的一种地主阶级的自救运动。

至于后来他参加抗日战争，这是在全民族抗日形势下他的一些积极表现。但他的本质依然是封建的。封建性的人物，在民族危机时候，可以从事反抗异族侵略的活动。在封建时期的中国历史上，哪一个爱国将领、大臣，他本身不是封建的？他既要忠君，又要保护封建制度，也要为民族牺牲，这是历史本身的矛盾。这是我的看法。

至于戴焕章，也是同样。早期的邓县，西乡是土匪蜂起，闹得一片荒凉，几十里不见人烟。在东乡，为了抵制土匪，就组织"红枪会"。后来，枪支慢慢多了，枪支何以多？曰：军阀混战的结果。如当时有一个师的陕西部队，路过邓县，被红枪会把整整一个师给消灭了，最后师长只带很少几个人突围跑掉了。所以后来听说在汲滩街，连卖菜哩、卖东西哩，都挂着手枪，或背着长枪。经过其他军阀混战，买枪风气也起来了。最后在"红枪会"被消灭下去后，民团就起来了。这是邓县地方武装势力消长变化的简单情况。

戴焕章是南乡人，也办民团，这个民团也是地主阶级自己保护自己的武装。既要反抗土匪，也要反抗零散的部队。它是个封建性的武装，对人民仍然进行残酷的压迫和剥削。因为他只有靠剥削人民，才能向官府行贿送礼，也只有靠剥削人民，才能豢养这批武装——民团，以求自存。离开剥削，离开苛捐杂税，他就不能生存。所以仍然是封建的。

当时，发生了两股力量的矛盾，一股是内乡（别廷芳）民团的力量，一股是邓县地方民团的力量。内乡民团利用邓县的败类，大批开到邓县，内乡有个以宛西民团总指挥名义的杨捷三，住到邓县。就跟邓县民团打起来了。后来，包围了戴焕章的寨子，戴焕章突围出来逃走了，跑到枣阳和当地的土霸王余华凤勾结起来，苟延残喘。记得1938年冬天，我从南阳到五战区去，经过新野南边新店铺，当晚赶到戴焕章住的村庄，那真像《水浒传》说的那样：大块吃肉，大碗喝酒。那时他们也没军装，都穿着便衣，挂着盒子枪，出来进去，跟土匪差不多。当时，跟我一道的嵇文甫老先生就很看不惯。第二天戴焕章派人送我们往东去，正走着，对面来了个抽大烟的，骑着一匹马，背后跟着二十多个背枪的。事后才知道这就是枣阳的土霸王。如此社会，你们何曾见！

戴焕章因为打了败仗，没地方去，就同五战区交涉，转为游击队。可他这游击队，国民党也压他。那时共产党在豫中也活动开了，他就两面受挤，惶惶如丧家之犬。所以，后来他就接受了共产党的影响，最后把他的枪支也送一部分给共产党。因此，我们只能肯定他这一段，肯定他这一方面，而不能全面肯定他是进步人物。假如戴焕章当时把内乡势力打跑了，他来统治邓县，人民仍然会喘息、呻吟在他的封建统治之下，不会有任何进步气息、民主气息的。这是我的看法。

因此，我们在修志时，凡是遇到这些复杂一点的问题时，都应该用历史唯物主义的思想方法，来进行分析，进行评价，才能得出正确的结论。我今天举的例子，不一定分析得对，只代表我几十年前的看法，因为后来我没有掌握更多的材料啊！

我们修志的同志，应充分掌握资料，运用历史唯物主义，利用阶级分析，来进行评论，不能人云亦云，不能根据某一件事情，就全部肯定，或全部否定。这是历史唯物主义的重要性，我说得不一定对。

我对各位的工作，是很推崇、很重视，并寄予很大希望的。我们修志队伍还需要逐渐充实扩大。我们参加修志的同志，也不妨树立一个远大的目标，向历史研究方面跨进，将来成为一个真正的修志专家。

我们的各级学校里，将来应该设立一门讲解乡土物产、乡土历史的课程。现在还没有。如果有了这个，让学生们一开始就了解他们生活的周围环境，激发他们对家乡的热爱，使他们对家乡负有责任感。因此，应设有这门课程。而我们修志的同志，正可以为那些乡土文化历史教员，提供他们在教学、研究方面的资料。这，多么重要啊！

我还有个意见，曾经在北京同周明镜同志谈过，就是我们是否可以在南阳建立一个文献馆，把南阳地区从历史上到今天，在文化、科学等各个领域有特殊贡献的人，把他们的传记、资料都陈列出来，用以教育地方青年，激励他们奋发向上。比如在南阳有了这样一个文献馆，各县中小学生，每逢假期，由老师带着来参观，参观我们南阳地区自古以来出现的这么多在学术界、文化界、科学界有贡献的人，这会鼓舞他们奋发，会给他们以启导作用。只要经济条件允许，这是可以做到的。这是个希望，也许十年八年才能实现。将来人们会知道这是一个很重要的工作。我们作为一个文明国家，像这样的工作，就一定要做出来。

我认为今天收集资料，研究地方史、地方文化，不仅要看到新中国成立以后，还要看到新中国成立以前。要看到近代，从近代到现在。当然，古代的也重要，但古代有许多在以前的志书上可以参考。历史是条长河，"抽刀断水水更流"，是连接不断的，所以收集资料要抢救，要挖掘。如对近百年的历史资料不挖掘，不抢救，等后人去收集就晚了，就更困难了。我们的责任是承上启下的，永远是承上启下的。

希望你们身体健康，工作愉快，搞出卓著的成绩来！

报告题目为编者所加，南阳地区地方志总编室周明镜根据姚雪垠1985年10月8日上午在当地史志工作者集会上所作学术报告的录音整理

勇敢地承担历史赋予的任务

老师们、同学们：

几十年以前，这个地方是个荒岗，而现在是人才荟萃之地，这是我们的进步，也是我们的希望。今天到这里跟大家见面，我感到非常高兴，就无拘无束地漫谈。

先谈我目前的情况。我已经进入高龄了，十月十日就满七十五岁了。古人常说：人生七十古来稀。我们现在大大超过了这个限度。我充满着浪漫主义情绪，充满着希望，除完成《李自成》这部长篇小说外，还有一些重大的创作计划等待我写，假若我活到九十多岁，还能完成二至三部作品。能不能实现我的愿望呢？事物总是两面的，有不可能的一面，也有可能的一面，我看可能一面居多数。原因何在？我精神不老，意志不衰退，我的形象思维很活泼，逻辑思维很严密，加上我们今后不会再搞"运动"了，我的心情开朗，无忧无虑，能专心一意为人民为祖国搞我的专业。因此，我相信我还有两三部作品有希望写出来。这是我目前的状况。

《李自成》这部书一共五卷，写成之后大约有三百五十万字。这是直到今天世界上最长的一部小说了（编者注：姚雪垠基于当时的情况而谈。当前，网络小说的出现远远突破了小说篇幅长短的限度）。如今，第一、二、三卷早已出版，第五卷基本完成，回头正在修改第四卷。当然困难是多，杂事找我的可多了，这是万不得已呀！人总是个活人吧，既然活在世界上就有人的生活和他生活的复杂性。我每一次离开北京前，总想沿途写些散文，写几首诗，从来没有实现。这一次回南阳到邓县，一天到晚忙于演讲，忙于见人，忙于题字。可以说，疲于奔命。但是从另一方面看，故乡人民的热情使我感动。如果我还是个"牛鬼蛇神"，灰溜溜地回故乡，没人敢理，纵然有个亲戚内心很关心我，表面上也要划清界限，都不理我，那样的话，精神上的痛苦，非言可宣啊！现在虽然说忙，但到处热烈的掌声、亲切的笑脸，令人感到欣慰。尤其青年时，我到邓县，孙鼎同志陪着我，那个热烈场面真是感动人。在邓县曾跟一两万师生见面，全对我报以热烈掌声，全都是发自内心的笑脸。作为一个作家本来是人民群众的一员，对此能不感动吗？当然感动。今天到此，又同青年朋友们见面。我是七十五岁的老人，尽管是老人，但看见大家这么热情，在老年的心灵上也充满着春意。

今天谈什么呢？杂谈。可能对各位有两种意义：一种是听听故事，一种可能有某些启发的地方。我是自学出身，还不能说是自学成才，算不算成才，死后盖棺论定。小学我上了三年，初中我上了不到半年，高中我考的是河南大学预科，上了两年。头一年被国民党抓去，因为没有找到证据，后来保出来了。第二年暑假，被学校开除。开除的理由是两句话，"查该生思想错误，言行荒谬，着即开除学籍"。我就借了十几块现洋，逃到北平。从此以后，贫病交迫，辛苦备尝，读书写文章。原来打算自学研究历史，希望花费若干年，埋头图书馆，成为第一代的马列主义史学家，但是不行，必须写短文章维持生活。短文章越写越多，慢慢就成了青年作家，再变为知名的青年作家，从此决定了我走创作道路。我既是现代文学史上的人，也是当代文学史上的人。到目前为止，有研究我新中国成立以前的作品得硕士学位的，听说外国有得博士学位的。总之我是年纪大了，有个好处，在现代文学史上有一笔，在当代文学史上也有一笔。好在没有关系，今后不会有人秋后算账，要不然的话，批判现代文学史的，我得挨批，批判当代文学史的，我又得挨批，现在不怕了。

我写小说很早，从十九岁发表第一篇小说，距今五十七年矣！中间停了三四年，后来又继续发表作品。在二十世纪三十年代中期，1933年、1935年又开始集中写文章了。所以二十年代末期，即1929年发表的第一篇小说不算，我属于三十年代出现的一批比较重要的青年作家之一。有人把中国目前的作家分成五代，即"五世同堂"。二十世纪二十年代五四新文化运动的前驱者鲁迅、叶圣陶、茅盾、谢冰心等，叫第一代作家。现在健在的已寥若晨星，也不能写东西了。第二代作家，是三十年代出现的。其中有一批跟着中国共产党走，在共产主义、马克思主义思想影响下从事文学创作的青年，在政治上要求进步，甚至有的坐监、流亡。这一批青年有一部分转变到创作的，有一部分搞理论研究的。三十年代正是国共两党分裂时期。共产党在苏区进行武装斗争，但她的思想和政治影响并没有衰弱、减退。实际上领导白区思想斗争的是左翼的青年，而不是国民党。国民党在文化战线上是失败者，在文学战线上也是失败者。这说明，这一批青年代表着中华民族的思想文化的精华，他们的武器是马克思主义。今天的青年有许多不了解这段历史。假若没有马克思主义的光辉照耀，就没有这批作家、思想家、学问家。我就是在三十年代这么一个大革命浪潮里头参加革命斗争的青年作家之一。没有三十年代所受马克思主义的影响，就没有今天我的文学成就。我可以这么说，对于西洋的许多作家，我尽管主张也向他们学习，但内心里我对他们并不重视。原因何在？我们所掌握的马克思主义他没有。

我去年十一月间在法国，有两个作家跟我深谈过两次。他们不同意中国作家关心政治，不承认文学与政治的关系。他们认为，作家不要管政治，文学是艺术，不需要与政治黏在一起，拿这个问题来跟我辩论。这两个作家中有一个是女作家，有一个是得过诺贝尔文学奖的名作家。我就只好坦率地谈我的观点：我们新中国成立以后的文学，有许多强调宣传政治，不讲究艺术，我也不同意。我们两个在这点上，都是在坚持文学应该是艺术，不应该是政治的传声筒，但是我不同意作家不关心政治。我到法国来，法国的朋友向我提出的问题中百分之九十以上是政治问题，比如：我们的涉外关系；我们的"四化"建设；中国强大以后是否侵略别国；西藏问题；还有许多国际问题。在一个宴会上，马赛市的博物馆馆长问我：今天上午甘地夫人遇刺，中午死在医院里，你是中国老作家，对此有何看法？政治问题呀！那我就马上回答，我们中国不反对政治斗争，但反对用暗杀手段解决政治斗争，因此对暗杀甘地夫人，我代表中国作家表示谴责！这是政治问题呀！假如说我不关心政治，不关心国内的政治和国际的政治，那么，当被问到这些问题时怎么回答？那就没有共同交流思想的机会了。因此一个作家，一个大作家，杰出的作家，不但要关心本国的政治，也要关心世界的政治。这样他的创作，他的方向，才有利于全世界人民，当然首先是有利于本国人民。

我说，你们法国何谈自由呢？希特勒纳粹军队占领法国的时候，你们的贝当元帅，在维希这个地方组织政府，向希特勒签订了投降书。你们海军在突尼斯港口，由于不愿意海军被纳粹夺去，海军自动地凿沉了军舰，这是多么动人的事情啊！这是不是政治呢？贝当元帅签订投降书是政治，你们的海军自己凿沉军舰是政治，当纳粹占领法国的时候你们法国有没有一个作家歌颂贝当，歌颂希特勒？没有。直到今天你们有没有一部作品歌颂贝当元帅，歌颂希特勒？没有。这难道不是政治吗？这难道不是法兰西民族的最高利益，你们所要遵从的吗？这驳得他无话可说啊！我说你们说的自由，我们不赞成。当然你们有些民主制度我们要学习，因为我们是从半封建社会走向社会主义的,有许多封建的遗毒。但你们有些所谓自由我们不赞成。产生了十八、十九世纪法国的思想家、文学家、艺术家的巴黎,被世界人民称为世界艺术的首都。而今天我看到巴黎大街上,出售一些性欲、性生活的东西,像这样的自由,中国不允许,法律不允许,社会道德不允许,以及民族道德不允许。因此,当法国朋友问我对法国的印象,我总是回答:一些先进的科技成果值得我们学习,文化方面也有值得我们学习的,但更多的方面不值得学习。先进的东方,落后的西方,我从来不对人隐瞒我的观点。为何说"落后的西方"呢?因为西方文化带有很多资本主义的腐朽的成分,不健康,不能代表人类的前途。我去一个地方参观,一进大门,墙上有幅画,红、绿、黄颜色涂得乱七八糟。找到他们主人,我问这画是什么意思?他说:"我也不懂得。"这叫现代派绘画,这怎么能代表人类进步的文化呢?我到马赛艺术宫去参观,许多文艺复兴时期的绘画,现实主义的,看了以后激动人心。我说:看这些画,对我写小说,从事文学创作,有极大的帮助!然而被法国许多当代的人丢掉了,去搞那些莫名其妙的东西,难道这些文化也叫自由吗?也值得我们学习吗?

总之,我从青年时代起,就学习了一点马克思主义的理论,学得不深,但是我一生享用不尽。它成了我生活的一部分。思考什么问题,我有了一个方法,有了一个标准,它对我来说,起着战斗作用。直到今天,这个战斗作用仍在发挥。我们有我们的优点,也有我们的缺点。缺点是我们有些人利用开放，利用自由，引进外国的不健康的东西，而我们有些党的领导干部熟视无睹。且不说黄色录像对我们的青少年的毒害，只说所谓的通俗文学及传奇文学热，有的背离了马克思主义的思想道路，背离了无产阶级文化准则，而我们不加纠正，允许吗？从党的原则说，不允许，从马克思主义说，背离了马克思主义。我们已看到中央从党代会以后，很重视这一问题。因此，我头一个经验向各位汇报，学习马克思主义，坚持马克思主义真理，中国决不允许建立资本主义。丢掉我们的崇高理想，不允许！凡是违背社会主义，违背共产主义思想的，都是没有前途的。希望中国新一代变成资本主义社会的人，这正是帝国主义所希望的。二十世纪五十年代美国有个国务卿杜勒斯，他有一句很有名的话。他认为，共产党执政的国家，到第三代要变质。我们如果今天丢掉马克思主义，丢掉社会主义前途，我们恰恰被杜勒斯说中了。各位同学都是未来的人民教师，毕业以后教中学，将来桃李满河南。你们的桃李要变成什么人物，与你们的教育有密切关系。所以，在目前思想战线比较混乱的时候，我拿出我的经验贡献给你们：珍视马克思主义真理，用马克思主义哲学头脑作武器来分析一切现象，不如此就搞不好我们的业务。我们随大溜，跟着东倒吃羊头，西倒吃猪头，不是最好的教育灵魂的工程师。教育工作者是灵魂工程师，我们用什么蓝图来塑造青年一代的灵魂，这是个关键性问题。这是要谈的第一点。

　　第二点，要有广泛的知识。邓县人有不正确的说法，说我有天才，我不承认。我跟别的孩子差不多。前几年我看见湖北省一份报纸，上面登有一则消息，说姚雪垠小时候如何如何聪明，看了什么书，跟大家谈很多问题。这是胡说八道。我有那么聪明吗？那就变成神童了。所以人就怕出名，一出名，各种神话就来了。没有哩。我小时候也和儿童们在一起做游戏，都经过这个阶段。我也是个极普通的小孩成长起来的。所不同的是，我懂得读书以后，比较用功，用古人的话说叫"手不释卷"。这样日久天长，知识逐渐丰富，思想也逐渐丰富了，才有所成就。所以任何人，都要从童年开始，把读书视为生命的一部分，坚持不懈。我到今天，只恨我没时间读书。我常常想，假若三年之内没有人找我，没有人请我演讲，请我题字，我埋头闭户读书三年，哎呀，那简直如登天堂！可惜呀，今生今世，不可得矣！青年时候未抓紧时间读书，老年时候没有时间读书，这叫作青年时期吃草，老年时代挤奶。没办法啊。

今天我不准备专门谈访问法国的情况，我随时举例。法国人有些是理解中国的，但更多的则是不理解中国。我问到法国一个朋友，他是搞政治的，社会党南方局的局长。我说你对中国有什么印象，他说，过去说中国人懒惰、自私、贫穷、愚昧、肮脏，但现在中国是不一样了。我说：是不一样了。是的，过去外国人瞧不起呀。这次，我到法国去，我就充满着民族的自尊心和自豪感。为什么能够这样呢？由于接受的中国历史、中国文化比较多，我懂得中国，我是真正的中国作家，我是理解中国的。在法国时曾有一个美国《环球画报》的记者访问我，问的问题是很棘手的。他问我到法国以后，是否世界观发生变化了？我说，为什么？他说法国在欧洲是个高度文明的国家，你到这里看看法国的情形，就很可能使你的世界观变化了。我说：这是笑话！第一，中国有几千年的文明史，中国文化在历史上高于欧洲，只是到近代落在后边，但很快我们就会追上来，因为历史渊源比欧洲雄厚得多；第二，我是共产党员，我有我的信仰和哲学，从青年时代我就决定了，绝不会到欧洲以后，看了欧洲的东西我就转变世界观。我们中国在许多地方比较优越。这是懂得中国。如何懂得中国，要读书。不能靠我们的感性认识。何况青年人十几岁，二十几岁，顶多三十来岁，靠自己感性认识毕竟有限，那就需要读书。我在面对许多外国作家时是充满着自豪感的。

有一次我在日本，和日本一个大作家井上靖谈起中国前途及文学前途。我说，我相信，几十年之内，中国文学会在世界上大放光芒。什么原因？我们的文学史，单有文字记载的已有三千多年。比如《诗经》，其中有一部分颂诗，是西周初年，到今天已有三千一百多年，这在世界文学史上是很难得的。中国文学史从没有中断过。我们从《诗经》《楚辞》下来，整个文人文学，包括诗、词、曲，不断发展，从未间断。我们的散文文学也有三千多年的历史，到春秋战国辉煌一时，以后从未间断。我们的小说源远流长。当我们处于唐代，公元七八世纪，传奇文学完成了。从结构来说，从人物形象来说都十分成熟。这是欧洲文学显然没有的。欧洲出现短篇小说，现在追溯到《圣经》故事。而真正的短篇小说是薄伽丘的《十日谈》，也远远比我们落后。我们的长篇小说《三国演义》《水浒传》这样的鸿篇巨制，欧洲没有。当我们十八世纪产生了《红楼梦》，欧洲哪有啊？！欧洲真正的长篇小说，注重写生活，写人物，是从十九世纪开始的。就文学的源流说，中国占上风。从历史看，你们日本作家经常到中国去，跑一跑，找点材料回来写。原因是你们领土有限，我们中国九百六十万平方公里，生活丰富，无穷的丰富。近一百多年来，我们受资本主义国家的欺负，沦为半殖民地，我们的人民此起彼伏，用各种方法反抗帝国主义，惊心动魄，充满着血泪。这一段历史我们是取之不尽，用之不竭。你们国家有没有？没有。只说近几十年来，辛亥革命以后，人民为推翻三座大山，死了几千万人，直到新中国成立，这么腥风血雨的时代，你们没有。因此像这样的土地，这样的历史，应该产生中国的伟大文学。而今天大家不了解中国，有我们自己的责任，也因为欧洲许多国家戴着有色眼镜看中国。

  我在法国，在巴黎中国学院，对法国汉学家用我的南阳话作报告。我拿我自己来比，《李自成》包罗了一个时代，三教九流各种人物都有，写生活，上至宫廷，下至庶民百姓。《李自成》每卷都发行了一百多万本，现在已出版了八册，合计将近一千万本，而且还印给少数民族，如朝鲜文、维吾尔文、蒙古文，加上中央人民广播电台三卷本的广播，还有其他资料，如戏曲、连环画，真是家喻户晓。你们今天的法国作家，欧洲作家有无这种情况？没有。我充满着骄傲。我不是自己吹牛，我是为我们民族争地位，这是民族感，民族骄傲。现在欧洲没有翻译《李自成》，因为太难翻译了。但是都知道。我在法国访问，大家问到我的《长夜》。《长夜》已翻译成法文，很受好评。跟着就问《李自成》的写作情况。他们问我《长夜》是不是代表作？我说不是。《李自成》好比一座高山，《长夜》是高山下的土丘。迟早你们法国人会见到的。我之所以能这么挺着胸脯在外国谈话，就是懂得中国历史，也对欧洲情况有一定了解。

在法国马赛，有一个女记者访问我，我就告诉她，当我们唐朝盛世，七世纪的时候，我们产生了唐代高度的封建文化。我们的文学产生了李白、杜甫、王维这一批大诗人。我们的绘画、舞蹈、佛教艺术，都达到了辉煌的高度。就马赛这个地方，是法国最早的城市，出现于公元前六世纪，而我们中国，公元前六世纪，正是春秋时期。我就不是光谈我们的四大发明。从中国文学史谈下来，天文学、医学虽然知道得很少，但知道点点滴滴都值得骄傲。所以，她很兴奋，她算服了。她说原来中国历史这么悠久，对世界人类贡献这么大啊！我说这些，意思是什么呢？就是说一个人要有各种知识。知识越广，好比做生意，你越有办法来随心动用你的资本。中国有两句古话，"长袖善舞，多财善贾"。学问之道亦然。你没有学问，你在社会上诸处就应付不了，这叫书到用时方恨少。书读多了，就没有这个"恨"了，你随时可以应付自如，可操主动权。

这是第二点，要有知识，要读书。尤其是青年时期要读书。因为青年时期，事情少一些。国家、社会给你读书的时间，此时不读书，更待何时啊！一个人一生有多大成就，与青年时期的基础有密切关系。且莫说一些科学家很年轻时就成功了，就是学问家，也多数是在很年轻时就成功了。我们搞近代史的都知道梁启超，他十七岁中举，他中举与别的举人不同。别的举人只学了八股文，而他中举时学问很渊博，很了不得。胡适在参加五四运动这一年，我记得他是二十四岁，就能参加那么一次伟大的历史政治运动。胡适从美国回来到北大任教授，我记得是二十八岁。我们还有个伟大的学者王国维，死时五十来岁，但留下了不朽的业绩。许多学问家都是如此。可见得青年的关系大矣哉！青年时期如果打不好基础，这样一辈子一晃两晃就过去了。老年的基础要靠青年时期打。老年时想专心读书也不大容易。希望你们要利用青年时期多读书，读好书。这是我要谈的第二点。

第三点，我的经验，不管学什么，都要懂得中国历史。许多搞自然科学的，也是要懂得历史的。除了专门化之外，是共同所必需的。一个民族的知识分子，应该懂得本民族的历史，本民族历史的经验，历史的发展。一个民族的历史作用，不仅在于告诉人一些知识，它是一个民族的凝聚力。一个民族自然地团结在一起，它的历史，它的文化，它的语言文字，都起着凝聚力的伟大作用。我们中华民族号称十亿人，中国台湾只有两千多万人，另外遍布在世界各地的华人很多，包括新加坡整个国家百分之七十六是华人。马来西亚、印度尼西亚有许多华人。美洲，包括美国和中美洲有很多华人。这些华人尽管政治思想不同、立场不同，但都心向祖国。为什么？因为是一个民族，有共同的历史，共同的语言，共同的文化。所以，学习历史，进行爱国主义教育非常重要。

我今年元月份到新加坡，遇到两位中国台湾作家，一位是南阳潦河附近人，他说离穰东只有十几里路。原姓王，笔名叫痖弦，是台湾有名的诗人，编一个《台湾联合报》副刊。还编一个刊物叫《联合文学》，送了我三本，纸张很好，印刷精美。我说，你这刊物印这么好，纸张这么好，在今天大陆是不可能的，恐怕最近几年也赶不上。我说，痖弦，什么时候你敢把我的作品发表在你办的刊物上，才算你成功了。我跟他们见面不谈政治。尽管政治立场不同——他是国民党员，我是共产党员——但见面后非常亲切。他称我为乡长。他说："乡长啊，在上中学的时候，我就读到你的作品了。我的父亲是个教员，常常给我谈到你的情况，我现在在台湾还收集你的书，有许多本。你能不能给我写个条幅？"我说，写个条幅你敢不敢在台北的客厅里挂出来？他说，当然敢了。我说明天就给你写条幅。所以我就写了条幅给他了。这是为什么呢？他是受国民党教育长大的现办国民党的报刊的人。为何我们很有感情呢？这是民族感情。政治斗争在历史的长河中毕竟是短的，而民族则是非常长期地存在的。只有到全世界都变成共产主义了，民族才会逐渐消失，但那是非常遥远的。我们不能用虚无主义来看这一问题。

我还遇到一位女作家,过去许多报纸都登了。她是中国台湾一位很有才华的女作家,本名陈平,笔名叫三毛。她很有才华,嫁给一个西班牙丈夫,六年以前她丈夫在海里潜水淹死了。后来她也没有结婚。我们在新加坡的活动快结束时,东道主举行宴会送行。宴会快要结束时,我就走到三毛坐的桌子边说道:"三毛,明天几点你飞回台北啊?"她忽地站起来就扑到我的怀里:"姚先生,你亲亲我吧!"接着她痛哭起来。她说:"大陆是我的父母之邦,也是我的家乡,现在没有机会回大陆看一看。"我说:"三毛,你什么时候要回大陆,你写信告诉我,我请中国作家协会向你发出邀请。"她说:"虽然我想回去,可是台北不一定放我去。"此时,几个记者都用相机镜头对着我们,要抢镜头。她就不愿意让记者照相。就拿起纸袋来挡住自己。我就拍她,并说:"三毛,这是民族的眼泪,崇高的眼泪!哭吧,让他们照吧!不要遮!"所以照的照片就是三毛在我怀里痛哭。她是国民党统治下的台湾岛的很有才华的女作家,而在这个时候,就在片刻之间,民族感情大于政治思想,大于哲学思想。宴会结束以后,坐汽车回住的酒店,在汽车上我们仍坐在一起。我说三毛,明天早上我起来用宣纸给你写两句话,作为纪念。她说,姚老,你年纪大了,整天这么忙,你明天早晨好好睡觉,不要写了吧!但是我有个毛病,我是苦命人,每天早晨起床早。我天不明就起来了,就用宣纸两张,一张写了首诗,一张写了几句话,吃早饭时,塞进她的房间。吃过早饭我还有事情,等到十点钟回来时,她正要走。我说三毛,你要到美国去检查身体，检查结果请写信告诉我。她说好吧！我们黯然伤别啊！有句古话：黯然销魂者，唯别而已！我给她留的信上说，你到美国以后检查身体，如果情况许可希望你到大陆参观，事前你告诉我，我请中国作协给你发出邀请。到北京的飞机班次、时间，打电话告诉我。尽管我是七十多岁的老人，我必须亲自到飞机场去迎接你。这是因为她代表的是中国台湾同胞，不仅是三毛，代表的是中国台湾作家。我回到房间以后，一打开门，她留的信在地上。信写得很简单，像诗一样，大意是：虽然初次会面，但永远也忘不了，你给我的诗，我将永远珍藏。刹那相会，一别永恒，不能再见面了。同一个民族的血比水要稠得多，像诗一样，不是简单的象征。这三毛的故事，很感人。中国香港各派报纸都详细地刊登了这一故事和照片。我们新华社发出专电，我们对海外的中国新闻社也发出消息。这就说明一个民族它有许多团结的渠道，历史、语言、文字、文化，一个中国大陆老作家，和一个中国台湾中年女作家，素昧平生，为什么她对我这么亲近呢？这就说明民族感情的浓烈。这是一个传统的教育，爱国主义的教育。

我在巴黎的时候，法国《世界报》的记者访问我，提出这样一个问题，也牵涉到民族问题。他问我：你有没有看过台湾作家的作品？我说看过，但不多，因为忙，不能多看。他说，你认为台湾作家的作品怎么样？我说：我认为是写得很不错的。而且我一向有一个思想，不管是大陆作家的作品还是中国台湾作家的作品，只要是好的作品，都是炎黄子孙的骄傲,都是我们对世界文化的贡献。他说:你认识不认识台湾作家。我说:中国台湾的老作家从大陆去的我认识一些,我看见有人写回忆我的文章《记姚雪垠》,在台湾《传记文学》杂志上连载三期。我听说有的老作家死了,年轻一代作家就不认识了。他问:你有没有机会看到台湾作家?我说:很少出境,看到中国台湾作家机会不多。我说你有机会看到中国台湾作家吗?他说:有时候在台湾游历,有时在欧洲访问,看到的机会比较多。我说:好吧,请你转达我一个意见,我是中国大陆有地位的老作家,我欢迎中国台湾作家回大陆访问,不谈政治,只看看祖国的壮丽河山,访亲问友。只要哪位作家愿意回大陆,我建议中国作协发出邀请。请你转达我这番诚意!这位法国记者说,我是可以转达的,但是他们恐怕没有机会回大陆。

我说,既然如此,你再转达我的意见,我愿意到台湾去参观。从我童年时代起,日本就占领台湾,第二次世界大战以后,台湾回归中国,但是由于政治原因,至今我没有机会踏上祖国这块土地。我很想到台湾看看,请你转告台湾作家或者是我认识的老朋友,希望他们邀请我到台湾去。我相信我的国家、我的党会放我去的。他说,可以,你的意见我可以转达。我用马列主义看这一问题。我们现在提出"一国两制",这"一国两制"的原则也适用于台湾。我们讲爱国主义,所以中国现在这个政策我是竭诚拥护的。真正体现了马克思主义。还是回到我对历史的看法,对台湾各界的看法,这是历史的观点,民族的观点,也是马列主义的看法。

所以，我希望我们每个人都要学习民族的历史，培养爱国主义感情。按照马克思主义的观点，一个有先进文化的强大力量的民族，纵然在一个历史阶段政治上被异民族统治，军事上被异民族征服，但迟早要战胜异民族，必对异民族的文化实行同化。第二次蒙古民族占领了整个中国，元朝持续了九十多年，最后被打败了，而蒙古民族的文化还是被同化了。当然后来蒙古民族逐渐跟上去了，这是另外一个问题。最值得注意的是女真族，前后两次：第一次建立金朝，打过江南，统治了今天的华北到华中、长江流域。金朝被推翻以后，金朝的文化没有留下来，而金朝文化实际上汇合到汉族文化中去了。为什么汉族尽管被打败了，但是文化依然征服了战胜的民族？后起女真族就是满族。后起的女真族又是占领了整个中国，今天满族的同胞恐怕认识满文的人少极了，只有少数几个专家学者认识。这是民族文化的一个很强大的力量。因此我们要学习历史和祖国文化。纵然你是搞自然科学的，但也不能没有爱国之心。因此，学习历史，学习祖国文化，我认为各学科、各个专业都应该来学习，至少都应有一定的常识。

另外我提到一点，就是要学习中国的语文。纵然是搞自然科学，也应该把语文认真地学习一下。有些伟大的科学家，你要不要发表你的意见，发表你的论文？你的文章写得疙疙瘩瘩，你自己放弃了人类语言的工具，放弃了这个武器，多可惜啊！搞文史的，当然更应该学好语文，学自然科学的也应该如此。你不能生活在真空里头吧！你总在中国的土地上，在人民群众中生活。你给人家写东西词不达意，当医生的写的病历人家不认识，药名也不认识，这能行吗？所以我希望不管各行各业的人，都把语文认真学习好。认真对待语文之外，也把钢笔字写一写，竖是竖，横是横，不要"跳舞"。这是我的一点希望。

同时也希望同学们要关心政治，关心世界大事，认真地关心。怎么关心政治啊？就得目光准确，才不会遇到问题坐井观天。我回到邓县，回到南阳，同志们问我，你看家乡的变化大不大？我对问题有两种答复：一种让大家心里高兴，哎呀，变化大极了！真是出人意料，太好了！但我不采取这种办法。我说：从竖的看，用历史观点看，变化非常大；但从横的看，仍然落后啊！我这是实事求是，而且有示范作用。如果今天从横的看，在先进的形势下看，更好地要向邻国看，看看日本，看看新加坡，人家进步到什么程度，人家人民那么富。我们过去长期不进步啊，就是关住门，不看外国事，所以我们眼光不能只看到南阳地区，也不能只看到我们郑州、河南，要从横的方面，目光随时看到外面，才能看到我们的不足。有不足，才有决心赶上去。所以我说，从竖的看有很大变化，从横的看仍然落后。这也叫马列主义啊，这是实事求是啊。马列主义有一个思想方法，就是对一个事物，从周围的各种关系中来确定它的性质，不把它孤立起来。你们用马列主义也可以来分析分析，具体的我就不谈了。我前天到张衡墓去看了看，张衡墓没有重修，这样一位古代的世界级伟大科学家兼文学家，坟墓到现在都没有认真来修，没有一个纪念堂。如果在外国，那早就成了旅游区了。我到日本，看见日本活着的作家，有他的文学馆。我去参观了大作家井上靖的文学馆，保存他的资料，里边有好几个职员。学生放假期间排队来参观，受到启发和教育。这是活着的作家。我也看到已亡的作家，著作保存很完整，任人参观。我们的医圣祠也是搞得不伦不类，处处显得我们南阳落后、无知。言之惭愧呀！本来我们的历史是值得骄傲的，也确实非常辉煌，但直到今天，我们都没有作出认真的研究和纪念。所以，向横的看，我们的骄傲情绪，可以大杀一杀。那就努力奋进，奋起直追。

拿教育来说，比利时这个国家还没有南阳地区人多，那是文化高度发展的国家。南阳地区九百多万人口，现在只有个南阳师专是最高学府。我们对外国说，我们感到惭愧，对中国说呢？我们升学的困难大得很。今天河南考生升入大学最困难，分数线高。我们能否把南阳师专升为师范学院，二十年以后，在南阳办一所综合性大学？一谈到这个问题，有两个条件尚不具备，一个是经济条件，一个是师资条件。所以承认我们落后，而且痛心疾首地承认我们落后，不承认不行。承认落后，不是长他人的威风，败自己志气，而是要奋起直追，卧薪尝胆。我的家乡那个小学都办得破破烂烂的。我们能不能把教育质量提高，每个乡村都有几个师专毕业生、大学毕业生办教育？什么时候教育能达到这个程度，各个乡村都有几个大学毕业生、师专毕业生，我们的教育才能发展起来。教育发展起来，我们的封建落后的思想状况才能迅速改变。我们长期以来不重视教育，我认为这些人将来要受到历史的谴责，历史是无情的。为什么中国这么落后？不重视教育，不重视知识分子，谁有知识谁有罪，这叫作极"左"思潮。不是某一个人负责的问题，而是一种思潮。这种思潮，今天在我们党中央的领导下，逐渐破除，但它还伸出一个长长的尾巴，没有完全割掉。什么时候这个极"左"思潮的尾巴彻底解决了，教育才能真正发展起来。历史已经证明了。十九世纪末，中国开始引进外国机器，举办洋务运动，但成效不很大，不能说没有成效。因为举办洋务运动的人都是封建买办。派去的督办、厂长，都是做官的人，长袍马褂，去时坐着轿。这历史的经验值得总结。今天当然与十九世纪末不能相比了，但我们有几个当厂长、当经理的真懂得现代的科学管理方法？恐怕还得一个过程，这也是教育为先啊。万事都得搞，哪一门最重要？我认为教育最重要。有人说：你是作家，你光替教育说空话。不是，我关心教育，我也教过几年书。我现在每一次到别处去，首先在高等学校都要讲几次。教育非常重要。

各位老师们、同学们，你们的任务是神圣的，历史和民族赋予了你们神圣的任务，你们要勇敢地承担历史赋予你们的任务，改变中国落后的思想，落后的文化知识，中国才有前途，中国的"四化"才能成功。物质文明建设好了，但是文化状况、思想状况、道德品质没有推向社会主义高度，这个建设是无效的，不属于社会主义的。必须既有物质文明建设突飞猛进，也有文化教育政治思想和人民的思想品质都向社会主义同步前进,这个国家的建设才是完整的,才不至于走入歧途。这问题重要极了。我绝不是看你们的面子,故意给你们说这个话的。前几年,"四人帮"被打倒以后,党中央征求一些专家意见,叫我写出我的意见,我首先提出发展教育。因为国家对教育投资太少,对教育太不重视,对知识分子太轻视才有了今天的落后状况。

我今天就讲这些。最后一个希望,就是希望大家决心当社会主义的人民教师,不是一般教师。教育不仅是个技术问题,要思想也领先,非这样不行。你们各位事业是崇高的,责任是重大的,前途是无限的!

祝你们大家好!

根据姚雪垠1985年10月8日下午在南阳师专(现名南阳师范学院)师生大会上的演讲录音整理,原载《南阳师专学报》1985年第2期,收录本书时有修订

我的学习和创作道路

编者按： 姚雪垠于1992年8月在山西大同参加中国当代文学学会第十一届年会期间，到大同云中大学作了一次报告，这是他最后一次公开演讲。由于年事已高，此后姚雪垠先生不再出席其他年会或外出报告。本文为云中大学校报编辑部梁艳萍根据报告录音整理，收录本书时有修订。

我从十九岁开始在报刊上发表小说，至今已经走过了六十三年的文学创作道路。两年前，在武汉举行的"姚雪垠文学创作六十周年学术讨论会"上，与会的专家学者回顾总结了我六十年的创作道路和文学成就。在这里，我把这六十多年的学习、创作经验、体会和同学们谈一谈，供大家了解。

我在三十岁以前的青年时期，有狂妄、骄傲的坏毛病。但从另一个方面看，我对自己有很高的要求。当时我想：我活着，不仅仅是历史的旁观者，而且要做历史的参与者和历史的推动者。这个人生态度非常重要，它给予我极大的鼓励，决定着我的一生。三年前，在北京举行的"姚雪垠手稿捐赠仪式"上，马烽同志说："我上初中起就读姚老的作品，姚老最大的特点是捧不倒、打不垮。"我在1957年被打成"右派"，受到猛烈批判，但我在精神上并没有被打倒，我一边被批判，一边开始动笔写作《李自成》，这正是由于我的人生目标在鼓舞着我。

我在青年时曾希望当个史学家。那时是大革命失败以后，中国共产党受到了很大的挫折，毛主席提出了"农村包围城市，武装夺取政权"的战略思想，一部分人到农村去发动武装斗争，另一部分人在城市宣传和普及马克思主义。我受当时思潮的影响，对马克思主义哲学思想即历史唯物主义和唯物辩证法很感兴趣，希望凭自己若干年的努力，做一个马克思主义史学家或者是中国文学史家。后来，史学家没有当成。我因为参加地下党领导的活动，先是被捕入狱，保释出来以后，第二年又被学校开除，理由是"思想错误，言行荒谬"，听说当局还要抓捕我，我连夜逃往北平。在北平，我每天早起晚归，中午吃个馒头，喝点白开水，整天在北平图书馆看书。为了生活，我便向报刊投稿，以换取稿费谋生。因为生活太苦，缺乏营养，又用功，我的身体很差，患上了肺结核，经常大口吐血。三十年代，这种病没有特效药，我估计自己最多能活到三十岁。就在这种情况下，我还要拼命读书、写稿，与命运斗争。奇怪的是，到中年以后，我的身体渐渐地好了起来，肺结核不治自愈；到了老年，身体更好，可以说是耳聪目明，脑子还好用，思考问题还细致,可以继续写作长篇,也可以进行学术研究。我每天的工作都很紧张,不论是星期天还是节假日,我都没有休息过。即使是人们热热闹闹地过年节,我还是照样凌晨两三点钟起床工作。几十年来,天天如此,年年如此。国内的名山大川,风光秀丽的地方很多,大家都欢迎我去参加活动,演讲、会晤,但我很少去,我必须抓紧时间,完成我的任务。人老了,更要珍惜每一天。

《李自成》动笔于1957年,至今已有三十余年,尚未完成五卷全书。同时还有《天京悲剧》等计划吸引着我,等我去动笔,可见任重道远,道路艰辛,我从不敢放松。

新中国成立以后,生活条件变好了,我一直在努力,希望拿出好作品,但每次"运动"几乎都是运动对象,一些好的创作计划不能实现。而不努力、不用功、革命口号喊得很响、整人的人,却没有做出什么成绩。有句话说,"历史无情却有情",我们家乡还有句俗话,叫作"吹鼓手掉井里,响着响着下去了"。这就是生活,就是历史!

现在看来,我之所以能够取得一定的成绩,首先是由积极健康的人生观决定的。我从青年时代起,就下决心要为中国文学做出自己的贡献。如若不然,我早就经不起挫折磨难而消沉下去,不打自倒。我过去说过,没有人能打倒我,只有我自己才能打倒我自己。1957年我被错划为"右派"时,领导曾宣布:给他一口饭吃,让他活下去,做个"反面教员",铲除这株毒草,壮大鲜花。三十多年过去了,可我这株"毒草"不仅没有被铲除,反而愈长愈旺。可见历史的客观规律不容违背,历史是不以人的意志为转移的,历史的规律值得思考。同时,也说明人的命运往往是掌握在自己手里,你的前途和命运如何,看你是不是勤奋努力,能不能把握住历史和机遇。

我被错划为"右派"时,领导同志找我谈话,问我将来有什么打算。我说,我身上虽有不少毛病,但在政治上没有犯过错误,一直是拥护共产党、跟党走的。将来等问题解决以后,如果让我去大学教书,可以做一个中等水平以上的教师,同时研究学问;如果去研究所研究中国历史,研究中国文学史,也可以搞出相当的成绩;如果仍回到创作岗位上,我可以写出好的作品。请放心,我决不会自杀。那时,我一个人在武汉,家在开封。组织上打电报将我的老伴儿叫到武汉,陪了我半个月,怕我产生自杀的念头。面对当时的情形,怎么办?经过短时间的痛苦和思考后,我便下决心动笔写《李自成》。

许多看过《李自成》的人说,《李自成》写得不错,但他们不晓得这不是从天上掉下来的。新中国成立前我就是成熟、成名的作家。我曾在大学教过四年书,主要讲授"小说原理"和"现代文艺思潮",特别是前者,对我帮助很大。关于小说结构和美学方面的道理,通过教书,进行学习和思考,对后来写《李自成》很有益处。

当时我一面哭,一面悄悄写《李自成》,害怕被人知道,说我心不死。当时精神上很痛苦,因为人被孤立了,没有人同你说话,不能接触社会,也没有资格到图书馆借书;

很熟的朋友，在路上碰到后，你要同他说话，他脸一绷，头一摆，走过去了。这个痛苦你们年轻人现在是难以想象的。不能去借书，我的书又在开封，不能查资料，在这种情况下，只有凭我过去的学问底子动笔写《李自成》。在下放监督劳动之前，一定要拼命赶出稿子，不然计划是空的。有句话说，"精神变物质"，我在几个月时间里完成了《李自成》第一卷几十万字的稿子，尽管粗糙，只能说是草稿，但为以后提供了修改的基础，这很重要。如果没有这个草稿，以后情况变了，很可能去写其他题材了。因此我常说，没有1957年，可能以后就没有《李自成》。这也是坏事变好事吧。

在几十年的创作中，我总结出了我的三个座右铭。第一个是，要加强责任感。一个人对于社会，对于国家是有责任的，不管遇到什么挫折，都要有责任心。打破条件论，不依靠条件。下苦功夫，抓今天，只要活一天，就要抓住每一天，不能浪费时间。我从年轻时就养成了这个作风。简单说就是一句话：加强责任心，打破条件论，下苦功，抓今天。

第二个是，读书学习，研究学问，或搞写作，一定要能沉下心，甘心坐冷板凳，能耐得住寂寞，做到勤学苦练。简单说：耐得寂寞，勤学苦练。

第三个是，生活无止境，艺术追求无止境，生前马拉松，死后马拉松。这主要是对文学创作来说的。

几十年来，我每天凌晨两三点钟起床，先用冷水擦身，泡一杯茶，就开始工作。这么早就工作，偶尔一次可以做到，但要年年月月坚持下去，一般人做不到。正是凭着这种顽强的毅力，我不断提高艺术修养，开创出了自己的历史小说创作的新道路。

1957年被错划"右派"后，因为不能去借书，也不能同人交流，要写《李自成》，平时的知识修养很重要。对史学的修养，对文学的修养，对历史唯物主义的修养，三者结合起来成为我的综合创作优势，使我能写出《李自成》。当时我想，书写成后即使不能出版也没关系，历史总会有变化的，我死后由后人拿出来交给国家，也是我对中华民族的一份贡献。没想到几年后形势出现了变化，《李自成》在1963年出版，这是原来预料不到的。

《李自成》的小说结构、人物塑造，事先都有计划和安排。在当时的历史环境下，小说中写皇帝、皇后、妃子、大臣等人物是禁区，只能简单地进行丑化，不能写他们丰富的生活，特别是他们大大小小的悲剧。过去写蒋介石，一出场，就是拄着双拐、两鬓贴着橡皮膏。这不叫现实主义，是丑化。蒋介石有他反动的本质，但他在当时代表着一个阶层，如果他是那个舞台形象，革命早就成功了，何必要几百万军队去打仗，很多人去流血牺牲？历史是由各个阶级互相矛盾和斗争而形成的，既然有农民起义部队、起义英雄，也必然有同农民起义相对抗的一些了不起的人物，如果不写崇祯皇帝，不写杨嗣昌等人物，那李自成的战斗就没有对象。既然写崇祯皇帝，那就得写崇祯的典型环境，是由什么人物支撑的，他有皇后、妃子、宫女、太监。他一天到晚的生活如穿衣、吃饭、睡觉都离不开宫女侍候，睡觉还要有宫女值班，随时照顾，为他不断地熏香，屋里散发出阵阵清香。他也一刻离不开太监，为他传达圣旨。宫廷有各部大臣，都察院，外边还有将领。这就构成一个统治集团，构成一个江山，所以必须写这些人物，没有这些人物，就没有明朝，就没有李自成的世界，既没有他的成功，也没有他的失败，这就是历史唯物主义。过去的一段时间，由于我们的工作中存在着严重的"左"倾教条主义，用唯心主义代替唯物主义，用形而上学代替唯物辩证法，影响了国家的经济、科学、文化、教育的发展。当然国家也取得了很大的成就，因为毕竟有忠心耿耿的广大人民群众，广大的科学家、教育人才、文艺工作者，为了中国的科学文化教育的发展，在优越的社会主义制度下和真正的马克思主义的教导下，一直在奋斗着、工作着、前进着。现在想来，我们的成就是令人瞩目的，教训也是深刻的。将来，后人如果写出中国的现代史，则会说：没有神，只有科学；没有主观意志，只有客观规律。只有主观意志符合客观规律，才能起正确的作用，推动历史的前进；反之，违背客观规律，只会摔跟头，受挫折。

正因为我的底子比较好，有一定的艺术修养，在开始动笔写《李自成》时，小说的艺术结构在我心里就形成了，小说中众多人物在我脑海里出现了，我要求小说须有几个特点：

一、结构完整。不管小说写多长，不管人物有多少，情节有多复杂，历史生活有多丰富，我都要把它写得结构完整，计划用三五年时间付诸实践。《李自成》现在没写完，写完有三百多万字，现在人物有多少我不知道，有人统计三卷中有性格的人物有两百多人，大的典型人物有几十个。我称之为"百科全书式的小说"，从宫廷生活到市井生活，从明朝官兵到农民起义军，从江湖上的三教九流、算命打卦到关外满族生活；小说中人物多极了，生活场景变化万千，有非常激烈的战斗，像潼关南原的惨烈大战，也有崇祯和后妃在中南海游玩的情景，有的埋伏在第一卷的人物在后边起很大作用。这说明我对长篇小说的艺术修养是有基础的，不是盲目的。

二、语言方面要有特点。最典型的是一般群众语言容易写，在这方面，"山药蛋派"有独到之处，将群众语言融进小说，有很大成就。在这方面我起步很早，《差半车麦秸》发表在1938年春天，是在延安文艺座谈会的前四年。这部小说完全是用河南农村的生活语言写出来的，突破了当时的文风，在全国反响很大。运用群众语言的问题容易解决，难点是上层士大夫、官僚、文人，他们的语言问题如何解决。《李自成》中，读者认为解决得很好，包括许多学者专家都这样认为。古人五岁开始读书，还要通过科举考试，秀才、举人、进士，一步一步晋升，中了进士以后才有做官的前途，所以从四五岁就开始读文言文的书，语言思考里带有文言，这批人的语言怎么办？首先，历史小说人物的语言不能用现代词汇，甚至不能用五四运动以后的新名词，更不能用翻译名词。古人的语言要同生活语言融汇在一起，成为历史上官僚、知识分子的语言，这一点最难，而《李自成》在这方面确有独到之处，现在还没有人能达到。除此以外，皇帝要写诏书，许多人物还要写檄文、书信，都用文言文，所以一定要达到相当高的水平。如果我替古人写首诗，这首诗不具备古人的规格，那就不是历史小说，古人用的不是现代白话诗来表达感情，而是用古人习惯的题材——律诗、绝句，把律诗、绝句写好，还要把檄文、书简写好，它们不仅能表达意思，而且本身就是文学作品。不然，就会破坏小说的完美。这都很难。《李自成》中有许多诗、词、书简、檄文、皇帝诏书、一般的官方报告，都写得恰到好处。所以，有人戏称我既是李自成的"参谋长"，又是崇祯皇帝的"秘书长"。

三、经得起专家学者的考验。今天，我们的历史小说能不能流传下去，不仅要让文化层次较低的一般读者赞成，还要让许多专家学者看了以后肯定、佩服，这点很重要。茅盾、朱光潜等大家都非常称赞《李自成》的成功。我现在看了许多历史电影、电视、小说，一看就摇头。因为它一开口就是现代语言，没有古人说话的风格，完全外行。必须写出古人的生活习惯，风俗人情。《李自成》写明朝宫廷生活，皇帝御案上摆什么文件，墙上挂什么字画，案头摆什么文房四宝，是否这样摆法，我不知道，都是我想的，但它合理，符合历史生活。没有虚构就没有小说，所以历史小说大部分是虚构的，《李自成》也是如此。但所有习惯、风俗人情都要符合当时的情形，这就需要渊博的学识，包括天文、地理、三教九流、治病药方、历史常识，等等。这种知识基础，是我青年时代喜欢读书而逐渐打下的，到中年时发挥了很大的作用。所以培养自己的知识基础是非常重要的。你们将来有人可能成为作家、理论家、研究工作者,应该从青年时代起就培养自己的治学基础,千万不能忽视青年这一段最好时光。

今年是北京图书馆建馆八十周年,请我题词。1931年我被河大开除后就来到北平,当时只有二十出头,经常在北平图书馆读书。我读书很杂,什么书都读,这与我后半生的成就有密切关系,奠定了我以后的知识基础。你们将来如果搞理论工作,评价一篇文章必须有丰富的知识,包括现代生活知识和古代文化知识,这不是一张文凭可以解决的。拿一张文凭不算什么,写一篇作品得了奖也不算什么,车载斗量,不可胜数。现在出现了很多作家,但能够经得起时间考验的、历史筛选下来的少极了。在我青年时代,同我一起在文学上赛跑的有很多人,有的已故去,有的还活着,而今天能仍旧发挥文学光和热的人少极了,这固然有许多原因,但是留下来的人必须基础好,这一点对作家很重要。

我在人生最艰难的日子,用了七八个月的时间写出四十多万字的《李自成》第一卷后,就下放农场监督劳动了。在繁重的劳动中,我得了严重的关节炎,起居行走非常困难,我真希望腿永远瘸了,不再下放劳动,可以专心写《李自成》,完成这部书。但后来我的腿竟然很快好了,没有留下残疾。在农场两年时间真是千辛万苦,一边从事繁重劳动,还要一早一晚甚至利用午休,抓紧时间以记日记为名构思稿子。1960年秋天,我的"右派"帽子摘去了,从农场回到武汉,条件改善了。

有领导听说我在写《李自成》,想要看一看。虽说稿子还未整理出来，我还是拿了出来。当时有两个想法，一个是我是摘帽"右派"，"控制使用"，不敢违抗命令；另一个是抱着幻想，如果他识货，会给我帮助。他们看完以后，认为很好，便向武汉市委汇报，说姚雪垠学问如此渊博，艺术如此成熟，应该支持他，把小说写完。又说，我们如果培养一个青年作家，具备丰富的知识，写出成功的作品，那得需要多少年？当时正是"三年自然灾害"的困难时期，人们吃不饱饭，我的家又不在武汉，为了我不至于挨饿，领导将我安排在一家饭店，修改《李自成》。几个月以后，第一稿修改完了。

后来，中国青年出版社听说我写了历史小说，就派人来武汉。他们看过稿子，评价很高，决定出版。问我有什么要求，我说，在出版以前，请史学界的权威审读一下稿子，把把关，免得以后受批判。出版社就把第一卷稿子打印了20份，请专家看。明史专家吴晗看后，很赞赏，他说这部小说在思想性、艺术性上都超过《三国演义》。他请我赶快来北京，在他去伊朗之前和他见面，谈一谈。当时，我在庐山写东西，接到电报后，马上从庐山回到武汉后进京。

见到吴晗以后，吴晗再次肯定了《李自成》，说它超过《三国演义》。我自负地说，《李自成》应该超过《三国演义》，因为我比罗贯中晚生了六百年，我不但吸取了中国几千年文化遗产的精华，还吸取了马克思主义哲学思想，吸收了近代西洋小说的写作手法，我们应该超过古人。当时我所担心的是有人不同意我的观点。郭沫若的《甲申三百年祭》

发表以后，有一些观点我就不同意，尽管他是我的前辈，我对他非常尊敬。当时吴晗很支持我。吴晗还提出了一些很中肯的意见，他说《李自成》中有些词用得很不恰当，例如"满清"这两个字，国务院已经通知了，用"满清"是大汉族主义，清朝就是清朝，不要用"满清"这两个字，里面含有侮辱的意思。我说，《李自成》计划写五卷，有三百多万字。吴晗说《李自成》的篇幅像《红楼梦》《水浒传》那样就行了。他说写长篇小说开头都很精彩，后面越写越松，最后败北了，像强弩之末。这点我不同意，为什么呢？我说我统筹考虑，考虑得很细，不但第一卷如此，而且每一卷都波澜起伏，大开大阖，一直到尾声。吴晗听了我的详细介绍。他最后说，我赞成你，你就这么写，就写这么长。

1962年秋天，第一卷排出校样后，我又进行修改，基本上不是修改内容和故事，而是加强了中国气派和民族风格，在艺术上再上一个台阶。《李自成》的责任编辑江晓天责任心很强，让我放手修改。1963年春天，书排好版了，江晓天给我写了一封信，说尽管是清样，如果你觉得不满意的话，还可以修改，我们只求作品好，作品精。于是我又改了一遍。1963年8月，《李自成》第一卷出版了。

因为我是"摘帽右派"，书出版后，报纸、刊物上都没有发消息，没有评价。但它使我更了解了一条真理：真正的好作品，它会靠艺术的双腿，行走在全国读者之中，引起反响。尽管当时报刊上不评介，但不同层次的读者都喜欢看。特别是高级干部和专家学者，他们平时很少看小说，但看了

《李自成》以后就不容易放下来。因此书很畅销，一再重印。可是武汉有人大肆攻击，认为《李自成》是"反党反社会主义的毒草"，又说经过右派劳动改造，并没有改掉我的世界观。何以见得呢？他举个例子，崇祯皇帝是封建地主阶级的总头子，你对他写得那么有感情，写他那么辛苦，日夜为国事操劳，半夜还不睡觉，天不明又起来批阅文书，这样歌颂封建皇帝、充满着脉脉温情，这还不是反动吗？又批判说，你把皇后、妃子、宫女写得那么美，把农民五岁的孩子流长长的鼻涕都写出来了，这是诬蔑贫苦农民子弟。批判者也不想想，生得不美能当妃子、宫女吗？皇后更美，这是历史的原因、客观存在，你能改变吗？还有牛金星是个举人，他投奔了李自成，李自成对他很尊敬，马上重用，牛金星是个封建举人，没有经过思想改造，为什么要重用他呢？这个人说我是以古喻今，对当前知识分子改造政策发出怨言。这些大臣都是皇帝的鹰犬，你使他们那么有学问，有本领？还有大臣卢象升，虽然为抗击清兵死去但他曾经镇压过农民起义，双手沾满人民的鲜血，你歌颂他们用意何在？

为什么我们国家在那个年代会产生这种现象呢？一个原因是，一些人在新中国成立前或初期参加了革命，有了一定的资历，新中国成立后成了中上级干部，但读书不多，对中国文学史、五四文学史，对马克思主义哲学了解少，加上个别人的嫉妒心理，才导致了这样的偏见。湖北省属中共中央中南局，陶铸是中南局的原第一书记，很有文才，看了《李自成》后，在一次干部会议上谈到了这个问题，他说，我们现在的作家写现在的生活写不了多丰富、多深，而姚雪垠写三百多年前的生活写得那么丰富、那么深，这值得我们思考。陶铸的报告马上传到湖北，陶铸肯定了这部书，北京的高级领导肯定了这部书，武汉这位作家兼理论家就不能再说姚雪垠是"反党反社会主义"了。

等到"文化大革命"一开始，反对一切、怀疑一切的浪潮起来了，出现了不少批判我的大字报、小字报，非要打倒姚雪垠这个"反动权威"才行。如果这次批斗使我受了伤，把家里的藏书、卡片和已经写好的八十多万字稿子拿走烧掉了，就很难写下去了。特别是我的一万多张资料卡片，这些卡片上的历史资料都是从许多史书上抄下来的，它们烧毁了，我就是"巧媳妇难为无米之炊"了。当时，《李自成》第一卷出版后，我寄赠毛主席一套。后来他看了，指示要对我加以保护，让我把书写完。武汉市委领导根据毛主席的指示，嘱咐工作队对姚雪垠加以保护。那时全国幸运的作家里，我是第一个。"文化大革命"中我没有被批斗，没有挨打，稿子、藏书、卡片也没有被烧毁。后来，红卫兵起来了，到我家去扫"四旧"，工作队指示不让去，但没有说明原因，但这是群众运动，工作队也没有办法，但我的藏书、卡片、稿子都没有遭到损坏。红卫兵认为，我是三十年代的作家，一定会有不少黄金、美钞，但细细寻找，什么也没有找到，只把我的领带、老伴儿的绣花拖鞋抄走了，说这是资产阶级的东西。我的藏书、卡片、稿子都贴上了封条，看起来很厉害，其实是很好的保护。因为贴上封条，别的派别的红卫兵来了，就不抄了，不毁坏了。那个时候大街上成堆的书都烧掉了，多可惜！我的藏书里有明朝版本好几部，清朝的也有几部，如果烧毁了，损失就大了。这是第一次对我保护，后来呢？基本上也是斗争对象，但没挨打。在一次武汉市创作会议上我曾经在大会上发言，质疑"三突出"的不合理性。很多人鼓掌赞同，但也有人要开我的批斗会。可毛主席指示说要保护我，他们有顾虑，就派文艺处长到省委请示，省委宣传部领导说，姚雪垠的话固然有毛病，但不是根本错误，你们现在批斗他，将来如何了结呢？他们一听，怕承担后果，准备好的批斗会就不再开了，使我逃过了一劫。

当时的极"左"思潮严重干扰我写《李自成》。那时第二卷已经写完了，正在修改，他们派各种工作让我去做，占用我的时间，无法写作，使我非常痛苦。1975年秋，《李自成》第一卷的编辑朋友江晓天路过武汉来看我，劝我给毛主席写信，请求他支持我。我说这个意见很好，但危险性很大。我是三十年代的作家又是摘帽"右派"，万一毛主席收不到信，落到别人手中，那就是罪上加罪，后果就严重了。为慎重起见，我就给北京的朋友们写信征求意见。我首先询问茅盾，那时他也"靠边站"，处境困难，茅盾回信批评了我，他说你千万要等待，过了三四年你的书会有人抢着出，再忍受三四年吧。我又通过其他领导朋友写信，原武汉市委书记宋一平同志答应帮忙，让我用毛笔字给毛主席写信。信很快转呈到毛主席手里，很快批了。这曾轰动一时，鼓励了知识分子、专家、学者。大家说毛主席没忘了知识分子，姚雪垠给毛主席写了一封信，毛主席给了指示，大家要鼓足干劲，不要灰心丧气，许多人听到后直掉眼泪。

毛主席批示后，我于1975年底来到北京，住在中国青年出版社的两间职工宿舍里。到北京后摆脱了武汉当时的严重干扰，我可以安心写《李自成》了。1977年邓小平回到中央工作，不久中宣部部长张平化同志到家里看望我。他说，邓副主席委托我来看望你，你有什么困难，中央替你解决。当时我的确有困难，户口在武汉，买肉、蛋、米、油等，都要票证。但我回答说，没有困难，请你向邓副主席转告，我一切都好，谢谢邓副主席的关怀。中国老一代知识分子中有学问、有本领、比我贡献大的人很多，我只是其中一个小分子。我当时为什么说一点困难也没有呢？这时不再搞"运动"，不再批斗我，不再让我上山下乡，耽搁时间，我已经感谢万分了，有个桌子让我写作，我就满足了。况且"文化大革命"刚结束，国家也很困难，我怎么再好提自己的困难呢？

现在，我已经进入暮年，仍然天天忙碌。写历史小说很辛苦，得读很多书，需要一字一句地推敲，才能最后定稿。后面的任务还很重。我常说，写《李自成》就像艰苦的长征，风风雨雨，我已经"长征"了几十年，不敢一天放松。这次来大同，想到太原看看，没有时间。去年春天，我花10天时间到了广州、深圳、中山三个地方参观，与老朋友见面。这次外出写了24首诗。其中有一首题目是《惭愧》，头一句是"惭愧纷纭成'国宝'"，意思是说，广州、深圳的朋友们称我是"国宝",因为我创作经验丰富,有比较成功的作品,青年开始就发表作品,现在仍在继续写作,全国到我这个年龄写长篇小说的就我一个人了,所以称我是"国宝"。第二句是"文章学问半征程",意思是说我写了大半辈子,任务重,困难多,还有很长的路要走。接着,"平生空有登峰愿,日暮西风吹旅旌",是说自己的一生一直在探索在追求,在攀登文学艺术的高峰,现在人已经老了,来不及了,空怀心愿,有一种悲凉无奈之感啊!

我在一篇文章中这样写道:"假如你向我的老朋友提出这样一个问题:姚雪垠的性格特点是什么?你准会得到不同的回答,甚至是毁誉各异。假如是问我自己,我会告诉你,我的性格有各种弱点和毛病,但有一个十分重要的特点,使我在我的一生中能够屡经挫折而不曾消沉倒下。我的这个十分重要的性格特点是:非常坚强的事业心和永不消沉的进取心。"前年在武汉举行的我从事文学创作六十年座谈会上,我作了《八十愧言》的发言,最后说:"(即使《李自成》写完了,)我的艰苦长征并没有完成,我还要将《李自成》全书修订一遍,对后世的读者更加负责。此后,还有久已酝酿于胸中的太平天国、戊戌变法、辛亥革命等重大历史题材等我动笔。我还要像一匹老马,驮着重负,趁着夕阳晚霞,不需鞭打,自愿在艰苦的创作旅途上继续长征。"这绝不是口头上的豪言壮语,完全是我的真实想法。

最后,我再重复我前面说的一个座右铭,就是"生前马拉松,死后马拉松"。我们一定要看得长远,不要只看眼前。我常对中青年作家说，你们获奖是好事，但不必依靠、太看重，因为得奖容易，能不能经得起历史的考验很重要。历史无情却有情，对真正有贡献的作品历史会百般照顾，不会忘记；而贡献不切实、不大的作品，或者只是虚名，热闹一时，历史终会淘汰。这就是历史是无情的，却是有情的。这也是我对几十年文学道路的认识和体会。

1992 年 8 月

后记

　　经过数月的努力和编辑同志的紧张工作，父亲姚雪垠的《姚雪垠小说创作公开课》已经付梓，即将问世，我感到十分欣慰。此书能得以及早出版，我首先感谢中国青年出版总社皮钧社长、陈章乐总编辑对此书的高度重视和秦婷婷编辑的辛勤付出。

　　父亲姚雪垠因知识渊博、创作经验丰富和风趣幽默等原因，他的演说吸引了很多听众，受到广泛欢迎。据一位同乡好友说，他在二十世纪五十年代读书时，语文老师有一次对班上同学们说：抗战胜利后，姚雪垠先生回到家乡河南邓县，县中学邀请姚先生到学校作报告，内容是"怎样提高写作水平"。因为请来的是著名作家，又讲得好，听众很踊跃，操场挤不下，有的人就爬到墙头上甚至树上听。这样的情景于二十世纪四十年代在开封的几所学校也出现过。

　　早在二十世纪三十年代初，父亲在河南大学预科上学期间因投身学潮而先后被捕和开除学籍。在北平漂泊期间，因用功过度和生活太苦，罹患上肺结核，有时大口吐血不止，只好回河南养病。他应好友、地下党员、后来为抗日殉国的梁雷之邀，先后三次到杞县大同中学休养和写作，偶尔代课。新华社原社长穆青当时是大同中学学生，他晚年在《忆雪垠老师》一文中说："记得当时校园里有一个幽静的小院，姚老师就住在这里。平时，他总是闭门写作，很少外出活动。有时候梁雷老师有事，便请他给我们代课。我现在还清楚地记得他上课的情景：经常穿着一件蓝布长衫，大襟上插着一支钢笔；讲起课来从不拘于课本，总是借题发挥，宣传革命思想，语言充满了感情。有时激动起来竟热泪盈眶，使我们深受感动。饱满的激情，儒雅的风度，使姚老师很快便赢得了学生们的敬爱。"穆青说的是父亲在课堂上讲课的情景，他在众人聚会时的讲话也是如此。上海解放前夕，父亲为解决住房问题，应聘到上海浦东农业学校教国文。这时候正值蒋介石发动的内战时期，共产党节节胜利、国民党崩溃在即，父亲在全校师生聚会上多次发表演说，甚至疾呼"黑夜即将过去，曙光即将降临！"他的演说得到了进步师生的呼应。几十年后，农校的学生仍然清楚地记得他演说时慷慨激昂的情景。

1951年夏，父亲为了实现《黄昏》《长夜》《黎明》"三部曲"的写作计划，毅然辞去待遇优渥的大学教职，从上海回到河南专事写作。一回到省会开封，就多次应邀到河南的文艺团体和河南大学作报告，虽然受当时条件所限，没有录音，甚至没有专人记录，但父亲当时的几次演说提纲完好地保存了下来，纲目明晰，小楷字书写工整。几份演说提纲包括"短篇小说的结构""学习创作的三个基本问题""加强对苏联文学的学习""关于如何提高文学的教学与研究水平问题"，等等。在演说的总题目下，分列若干个大小标题，十分详细，一目了然。

自二十世纪五十年代中期至七十年代，在这段非常的历史时期，父亲的演说自然中断了。直到"文化大革命"结束，迎来了文艺的春天，1977年《李自成》第二卷和第一卷修订本相继出版，1981年第三卷问世，影响日隆，父亲应各界邀请的演说和讲话又多了起来。特别是在二十世纪八十年代初，父亲担任了中国当代文学学会会长，演说更加频繁。不论是出访日本、法国、新加坡和中国香港，还是在大学、中学、文艺界和中国新文学学会的年会上，他随身只带一两页提纲，凭借博学、经验、口才，旁征博引，深入浅出，声情并茂地侃侃而谈，赢得了各方面听众的欢迎和尊重。本书收录了多篇这一时期的演说文稿。

《我的学习和创作道路》是父亲1992年利用在山西大同参加中国当代文学学会第十一届年会的机会，在大同云中大学作的一次演说。从这次演说可以明显察觉到，父亲已不像往常演说那样精力充沛，才思敏捷，声如洪钟，滔滔不绝了。但他依然能把听众带进知识的世界里，或释疑解难，或引领听众感悟和欣赏文学艺术之美。真是岁月不饶人！父亲真的老了！这是父亲一生中最后一次演说。

编完本书，掩卷沉思，感慨良多。父亲虽然学历不高，仅仅是小学三年级和初中一学期的学历，像同辈一些作家一样完全靠自学成才，走进了文学的殿堂。他虽然不是演说家，但他的演说有特点，受到人们欢迎。为什么？据我感悟，父亲在文学上的成就和演说之长，与他一生一如既往的信念、追求有关，也与他一贯刻苦、执着、勤奋和永不歇息的奋斗精神分不开。演说水平的高下，完全是学识的积累，技巧则居其次。父亲的精神使我受到启示并不断激励着我，但我做得远远不够，相差十万八千里！

最后，我还要感谢陶新初、刘增杰、刘宣、刘涛、姚河予等教授学者，正是他们前后给予了不同方面的帮助——或组织演说，或整理录音，或寻觅讲话，或审读书稿——本书才得以顺利出版。

姚海天
2023年盛夏

图书在版编目（CIP）数据

姚雪垠小说创作公开课 / 姚海天，陶新初主编 . —北京：中国青年出版社，2023.9
ISBN 978-7-5153-6989-1

Ⅰ.①姚… Ⅱ.①姚…②陶… Ⅲ.①姚雪垠（1910-1999）—小说创作—文学研究—文集 Ⅳ.① I207.42-53

中国版本图书馆 CIP 数据核字（2023）第 119632 号

责任编辑：秦婷婷
书籍设计：瞿中华

出版发行：中国青年出版社
社　　址：北京市东城区东四十二条 21 号
网　　址：www.cyp.com.cn
电子邮箱：jdzz@cypg.cn
编辑中心：010-57350406
营销中心：010-57350370
经　　销：新华书店
印　　刷：北京科信印刷有限公司
规　　格：880mm×1230mm　1/32
印　　张：16
插　　页：1
字　　数：320 千字
版　　次：2023 年 9 月北京第 1 版
印　　次：2023 年 9 月北京第 1 次印刷
定　　价：49.00 元

如有印装质量问题，请凭购书发票与质检部联系调换
联系电话：010-57350337